| 中国当代研学丛书 |

诗词

古典小说与诗词歌曲解析

石麟 | 著

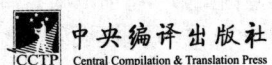

图书在版编目(CIP)数据

古典小说与诗词歌曲解析／石麟著. —北京：中央编译出版社,2020.3
ISBN 978-7-5117-3776-2

Ⅰ. ①古…

Ⅱ. ①石…

Ⅲ. ①小说研究—中国

Ⅳ. ① I207.4

中国版本图书馆 CIP 数据核字(2019)第 287368 号

古典小说与诗词歌曲解析

出 版 人：葛海彦
责任编辑：刘　溪
责任印制：刘　慧
出版发行：中央编译出版社
地　　址：北京西城区车公庄大街乙 5 号鸿儒大厦 B 座(100044)
电　　话：(010)52612345(总编室)　　　(010)52612339(编辑室)
(010)52612316(发行部)　　　(010)52612346(馆配部)
传　　真：(010)66515838
经　　销：全国新华书店
印　　刷：三河市华东印刷有限公司
开　　本：710 毫米×1000 毫米　1/16
字　　数：332 千字
印　　张：18.5
版　　次：2020 年 3 月第 1 版
印　　次：2020 年 3 月第 1 次印刷
定　　价：98.00 元

网　　址：www. cctphome. com　　　邮　　箱：cctp@ cctphome. com
新浪微博：@中央编译出版社　　　　　微　　信：中央编译出版社(ID: cctphome)
淘宝店铺：中央编译出版社直销店(https://shop108367160.taobao.com)(010)55626985

本社常年法律顾问:北京市吴栾赵阎律师事务所律师　　闫军　梁勤
凡有印装质量问题,本社负责调换,电话:(010)55626985

目录

一、小说批评与评点派研究 …… 1
小说概念与小说文本的混淆
　　——小说批评与小说史研究检讨之一 …… 3
古代小说评点派的形成、演变和主要特点 …… 13
集体意识与个体意识的分别体现
　　——中国古代小说评点人物论扫描之一 …… 25
毛宗冈批《三国演义》的叙事理论 …… 34
晚明小说批评刍议 …… 44
清代前中期小说批评刍议 …… 56
脂批《红楼梦》叙事研究 …… 69

二、小说史与小说文本臆探 …… 83
《世说新语》二则简析 …… 85
话本小说研究的新收获
　　——评《话本小说史》 …… 87
《三国演义》导读 …… 92
《三国演义》悲剧人物论 …… 94
《水浒传》导读 …… 102
署名罗贯中的三部小说及其源流刍议
　　——兼及它们与《三国》《水浒》之关系 …… 104
《残唐五代史演义传》的承上启下 …… 115
《西游记》导读 …… 130
心猿意马的放纵与收束
　　——《西游记》主题新探 …… 132

"三言"导读 ································· 139
从弘扬女才到女权至上
　　——略论从明末到清末的章回小说对妇女问题的逐步重视 ········ 141
《聊斋志异》及其《青凤》导读 ················ 154
《儒林外史》阅读提示 ······················ 156
《红楼梦》导读 ·························· 160
《红楼梦·听曲文宝玉悟禅机》阅读导引 ············ 164
40年前手绘《红楼梦》人物关系图
　　——湖北师范大学教授石麟墨迹露面引来点赞 ·········· 166

三、唐人豪侠传奇作品讲解 ···················· 169
《朝野佥载·柴绍弟》 ······················ 171
《纪闻》（三篇） ························· 173
《广异记》（三篇） ························ 181
《谢小娥传》 ···························· 186
《童区寄传》 ···························· 190
《博异志·木师古》 ························ 193
《续玄怪录·尼妙寂》 ······················ 196
《集异记·胡志忠》 ························ 200
《原化记》（六篇） ························ 203
《酉阳杂俎》（七篇） ······················ 215
《谈宾录》（两篇） ························ 227
《窦烈女》 ····························· 231
《虬髯客》 ····························· 233

四、诗词曲与民歌时调赏析 ···················· 237
杜甫《登高》导读 ························· 239
陆游《书愤》阅读提示 ······················ 241
辛弃疾《水龙吟·登建康赏心亭》导读 ·············· 242
马致远《越调天净沙·秋思》导读 ················ 244
张养浩《中吕山坡羊·潼关怀古》导读 ·············· 246
于谦诗二首简析 ·························· 248
《正宫叨叨令·东来的》鉴赏 ··················· 250
《正宫醉太平·夺泥燕口》鉴赏 ·················· 252
《南商调山坡羊·熨斗儿》鉴赏 ·················· 254
《挂枝儿》十首鉴赏 ························ 256
《山歌》八首鉴赏 ························· 266

01

一、小说批评与评点派研究

小说概念与小说文本的混淆

——小说批评与小说史研究检讨之一

针对中国古代小说而言，其概念与文本其实是捆绑在一起的两张皮。迄今为止的绝大多数中国古代小说史著作和批评、研究的成果，对这两个概念其实都是混淆使用的。这种现状对于进一步建构我们的中国古代小说史和对中国古代小说作品进行批评研究都是极端不利的，应对之予以检讨和澄清。

一

首先，说几句大煞风景的话。

（1）中国古代很多文献中的所谓"小说"，根本就不是我们今天从文体学意义上所说的"小说"。

（2）我们今天的所谓"小说"，古人并非全部叫它"小说"。

（3）从古到今的很多名为"小说×××"的文献、著作，其研究对象有相当大一部分不是"小说"。

由此，一个尖锐的问题就凸显出来：我们过去的一些"中国古代小说史"一类的著作和许多小说批评、小说研究的文章，所研究的对象究竟是小说"概念"，还是小说"文本"？

为了检讨这个尖锐的问题，我们不妨进一步展开上面那三句话。

关于第一句话，早期的材料主要有：

> 饰小说以干县令，其于大达亦远矣。（《庄子·外物》）
>
> 若其小说家，合残丛小语，近取譬论，以作短书，治身理家，有可观之辞。（桓谭《新论》）
>
> 小说家者流，盖出于稗官，街谈巷语，道听途说者之所造也。（班固

《汉书·艺文志》）

以上几段文献记载，是很多中国小说史著作开篇必见的"语录"，也是小说批评领域经常引用的"小说"资料。然而，这些言论中的"小说"概念与我们实际上要研究的中国古代小说文本基本上是风马牛不相及的。

先秦的庄子所谓"小说"，是与"大达"相对的"琐屑言论"的意思。汉代的桓谭所谓"小说"，是将那些譬喻某种"小道理"的故事、传说、寓言等"残丛小语"合在一起而作的"短书"。（章炳麟《文学总略》云："古官书皆长二尺四寸，……经亦官书，故长如之，其非经律，则称短书。"汉代凡经、律等官书用二尺四寸竹简书写。其他书籍，包括"子书"在内，均以短于二尺四寸竹简书写，称为"短书"。）比桓谭晚几十年的班固虽然在《汉书·艺文志》中将"小说"与儒、道、阴阳、法、名、墨、纵横、杂、农"九流"并列，称之为"诸子十家"，但却又毫不迟疑地说了这么一句话："诸子十家，其可观者九家而已。""小说"在这位历史学家心目中，大概只能算作诸子中的等外品，是"短书"中之"短书"也。然而，班固所谓小说家所作之"小说"，与我们今天的"小说"文体仍然不是一回事。

谓予不信，且看班固所开列的小说十五家的篇目：

《伊尹说》二十七篇。（其语浅薄，似依托也。）《鬻子说》十九篇。（后世所加。）《周考》七十六篇。（考周事也。）《青史子》五十七篇。（古史官记事也。）《师旷》六篇。（见《春秋》，其言浅薄本与此同，似因托之。）《务成子》十一篇。（称尧问，非古语。）《宋子》十八篇。（孙卿道宋子，其言黄、老意。）《天乙》三篇。（天乙谓汤，其言非殷时，皆依托也。）《黄帝说》四十篇。（迂诞依托。）《封禅方说》十八篇。（武帝时。）《待诏臣饶心术》二十五篇。（武帝时。）《待诏臣安成未央术》一篇。《臣寿周纪》七篇。（项国圉人，宣帝时。）《虞初周说》九百四十三篇。（河南人，武帝时以方士侍郎号黄车使者。）《百家》百三十九卷。右小说十五家，千三百八十篇。

这十五家所著一千三百八十篇（卷）"小说"作品，今天是很少可以看得到了，但从上引括号中那些班固自注的文字中，我们却可大致明白这中间有实录、有考辨、有论说、有异术，乃至有怪诞之说，相当杂芜，而如今之所谓小说文体者却很难找到。

为了说明问题，不妨以其中篇幅最巨、影响最大的《虞初周说》为例作一点小小的考证。

所谓《虞初周说》，指的是虞初这个人所作之《周说》这本书。

关于虞初其人的记载，最早见于《史记·封禅书》："太初元年，是岁西伐大宛，蝗大起。丁夫人、洛阳虞初等以方祠诅匈奴、大宛。"

随后便是《汉书·艺文志》著录小说十五家在《虞初周说》后面的注释，全文如下："河南人，武帝时以方士侍郎号黄车使者。应劭曰：其说以《周书》为本。师古曰：《史记》云虞初洛阳人。即张衡《西京赋》小说九百，本自虞初者也。"

那么，张衡《西京赋》中是怎样说的呢？原文如下："匪唯玩好，乃有秘书。小说九百，本自虞初。"薛综注云："小说，医巫厌祝之术，凡有九百四十三篇，言九百，举大数也。持此秘术，储以自随，待上所求问，皆常具也。"

由上可知，虞初乃汉文帝时洛阳人氏，是一位善诅咒的方士。著有《周说》一书，以史书《周书》为本，被归入小说者流。当时人所谓"小说"，乃"九流"之外的杂书，其中包括医巫厌祝之类。《虞初周说》九百四十三篇，内容庞杂，是作者用来回答皇帝询问的资料汇集。

由上可见，先秦两汉文献中记载的"小说"只能是文献学意义上的小说，根本就不是今天文艺学概念中的小说。

二

自《汉书·艺文志》而下，从唐初长孙无忌、魏征等人修撰的《隋书·经籍志》直到清中叶纪昀等人编撰的《四库全书总目》，很多历史文献都著录了"小说家"的作品，但多半也不是文艺学意义上的小说。

《隋书·经籍志》将小说归之于"经史子集"四部中的"子"部，并列出了二十五部小说的目录：

《燕丹子》一卷。（丹，燕王喜太子。梁有《青史子》一卷；又《宋玉子》一卷，录一卷，楚大夫宋玉撰；《群英论》一卷，郭颁撰；《语林》十卷，东晋处士裴启撰。亡。）《杂语》五卷。《郭子》三卷。（东晋中郎郭澄之撰。）《杂对语》三卷。《要用语对》四卷。《文对》三卷。《琐语》一卷。（梁金紫光禄大夫顾协撰。）《笑林》三卷。（后汉给事中邯郸淳撰。）《笑苑》四卷。《解颐》二卷。（杨松玢撰。）《世说》八卷。（宋临川王刘义庆撰。）《世说》十卷。（刘孝标注。梁有《俗说》一卷，亡。）《小说》十卷

（梁武帝敕安右长史殷芸撰。梁目，三十卷。）《小说》五卷。《迩说》一卷。（梁南台治书伏挺撰。）《辩林》二十卷。（萧贲撰。）《辩林》二十卷。（席希秀撰。）《琼林》七卷。（周兽门学士阴颢撰。）《古今艺术》二十卷。《杂书钞》十三卷。《座右方》八卷。（庚元威撰。）《座右法》一卷。《鲁史欹器图》一卷。（仪同刘徽注。）《器准图》三卷。（后魏丞相士曹行参军信都芳撰。）《水饰》一卷。右二十五部，合一百五十五卷。

这个目录中的有些书籍，我们今天是可以看得到的，但这二十五部作品，除了诸如《笑林》《世说》等轶事作品总共大约十部之外，其他更多的作品基本上也与现代之所谓小说毫无关系。

同样是唐代，刘知几在其《史通·杂志》中对文言小说作了十类划分：一曰偏记，二曰小录，三曰逸事，四曰琐言，五曰郡书，六曰家史，七曰别传，八曰杂记，九曰地理书，十曰都邑薄。

以上十类中，除了"琐言"中的刘义庆《世说新语》等作品、"杂记"中的干宝《搜神记》等作品、"逸事"中的葛洪《西京杂记》等部分作品之外，其他多为历史或地理著作，是不能算作小说的。可见，在刘知几的心目中，小说观念仍然不很明晰，且往往与正史之外的记事文相混淆。

不要说唐代的历史学家长孙无忌、刘知几等人，甚至一直到清代的大学者纪晓岚辈，他们的小说观念照样与今天有着十万八千里的距离。

《四库全书总目》卷一百四十《子部·小说家类一》谓："张衡《西京赋》曰：'小说九百，本自虞初。'《汉书·艺文志》载《虞初周说》九百四十三篇，注称武帝时方士，则小说兴于武帝时矣。故《伊尹说》以下九家，班固多注依托也。然屈原《天问》杂陈神怪，多莫知所出，意即小说家言。而《汉志》所载《青史子》五十七篇，贾谊《新书·保傅》篇中先引之，则其来已久，特盛于《虞初》耳。迹其流别，凡有三派：其一叙述杂事，其一记录异闻，其一缀缉琐语也。"

纪晓岚等人认为，中国古代的文言小说，可分为三大派：杂事、异闻、琐语。那么，这三大类中，又有哪些作品与今之所谓小说吻合呢？

我们首先来看《四库全书总目》从卷一百四十《子部·小说家类一》到卷一百四十二《子部·小说家类三》中开列的小说书目：

《西京杂记》六卷，《世说新语》三卷，《朝野佥载》六卷，《唐国史补》三卷，《大唐新语》十三卷，《次柳氏旧闻》一卷，《刘宾客嘉话录》一卷，《明皇杂录》二卷《别录》一卷，《因话录》六卷，《大唐传载》一卷,《教坊记》一卷,《幽闲鼓吹》一卷,《松窗杂录》一卷,《云溪友议》三卷,《玉泉子》一卷,《云仙杂记》十卷,《唐摭言》十五卷,《中朝故事》二卷,《金华子》二卷,《开元天宝遗事》四卷,《鉴戒录》十卷,《南唐近事》一卷,《北梦琐言》二十卷,《贾氏谈录》一卷,《洛阳缙绅旧闻记》五卷,《南部新书》十卷,《王文正笔录》一卷,《儒林公议》二卷,《涑水记闻》十六卷,《渑水燕谈录》十卷,《归田录》二卷,《嘉祐杂志》二卷,《东斋记事》六卷,《青箱杂记》十卷,《钱氏私志》一卷,《龙川略志》十卷《别志》八卷,《后山谈丛》四卷,《孙公谈圃》三卷,《孔氏谈苑》四卷,《画墁录》一卷,《甲申杂记》一卷,《闻见近录》一卷,《随手杂录》一卷,《湘山野录》三卷《续录》一卷,《玉壶野史》十卷,《东轩笔录》十五卷,《侯鲭录》八卷,《泊宅编》三卷,《珍席放谈》二卷,《铁围山丛谈》六卷,《国老谈苑》二卷,《道山清话》一卷,《墨客挥犀》十卷,《唐语林》八卷,《枫窗小牍》二卷,《南窗记谈》一卷,《过庭录》一卷,《萍洲可谈》三卷,《高斋漫录》一卷,《默记》三卷,《挥麈前录》四卷《后录》十一卷《第三录》三卷《余话》二卷,《玉照新志》六卷,《投辖录》一卷,《张氏可书》一卷,《闻见前录》二十卷,《清波杂志》十二卷《别志》三卷,《鸡肋编》三卷,《闻见后录》三十卷,《北窗炙輠录》一卷,《步里客谈》二卷,《桯史》十五卷,《独醒杂志》十卷,《耆旧续闻》十卷,《四朝闻见录》五卷,《癸辛杂识前集》一卷《后集》一卷《续集》二卷《别集》二卷,《随隐漫录》五卷,《东南纪闻》三卷,《归潜志》十四卷,《山房随笔》一卷,《山居新语》四卷,《遂昌杂录》一卷,《乐郊私语》一卷,《辍耕录》三十卷,《水东日记》三十八卷,《菽园杂记》十五卷,《先进遗风》二卷,《觚不觚录》一卷,《何氏语林》三十卷。右小说家类杂事之属,八十六部五百八十一卷。

《山海经》十八卷,《山海经广注》十八卷,《穆天子传》六卷,《神异经》一卷,《海内十洲记》一卷,《汉武故事》一卷,《汉武帝内传》一卷,《汉武洞冥记》四卷,《拾遗记》十卷,《搜神记》二十卷,《搜神后记》十卷,《异苑》十卷,《续齐谐记》一卷,《还冤志》三卷,《集异记》一卷,《博异记》一卷,《前定录》一卷《续录》一卷,《桂苑丛谈》一卷,《剧谈录》二卷,《宣室志》十卷《补遗》一卷,《唐阙史》二卷,《甘泽谣》一卷,《开天传信记》一卷,《稽神录》六卷,《江淮异人录》二卷,《太平广记》五百卷,《茅亭客话》十卷,《分门古今类事》二十卷,《陶朱新录》一卷,《睽车志》六卷,《夷坚支志》五十卷。右小说家类异闻之属,三十二部七百二十四卷。

《博物志》十卷，《述异记》二卷，《酉阳杂俎》二十卷《续集》十卷，《清异录》二卷，《续博物志》十卷。右小说家类琐语之属，五部五十四卷。

此外，在《四库全书总目》卷一百四十三《子部·小说家类存目一》和卷一百四十四《子部·小说家类存目二》中，四库馆臣们还给我们开列了相当多的小说类作品的目录：

《燕丹子》三卷，《汉杂事秘辛》一卷，《飞燕外传》一卷，《大业拾遗记》二卷，《海山记》一卷，《迷楼记》一卷，《开河记》一卷，《续世说》十卷，《丁晋公谈录》一卷，《残本唐语林》二卷，《昨梦录》一卷，《谈薮》一卷，《月河所闻集》一卷，《养疴漫笔》一卷，《清夜录》一卷，《翠屏笔谈》一卷，《朝野遗记》一卷，《三朝野史》一卷，《幽居录》三卷，《至正直记》四卷，《冀越集记》二卷，《农田余话》二卷，《东园客谈》一卷，《东园友闻》一卷，《可斋杂记》一卷，《方洲杂言》一卷，《寒斋琐缀录》八卷，《双槐岁抄》十卷，《石田杂记》一卷，《双溪杂记》无卷数，《立斋闲录》四卷，《寓圃杂记》十卷，《复斋日记》二卷，《野记》四卷，《前闻记》一卷，《明记略》四卷，《近峰闻略》八卷，《下陴纪谈》二卷，《延休堂漫录》三十六卷，《剪胜野闻》一卷，《玉堂漫笔》三卷，《金台纪闻》二卷，《春风堂随笔》一卷，《知命录》一卷，《溪山余话》一卷，《愿丰堂漫书》一卷，《见闻考随录》无卷数，《碧里杂存》一卷，《苹野纂闻》一卷，《贤识录》一卷，《病逸漫记》无卷数，《孤树裒谈》十卷，《吏隐录》二卷，《北窗琐语》无卷数，《蟫头密语》一卷，《病榻遗言》二卷，《名世类苑》四十六卷，《迩训》二十卷，《西吴里语》四卷，《明朝典故辑遗》二十卷，《吴社编》一卷，《笔记》一卷，《世说新语补》四卷，《樊川丛话》八卷，《西台漫记》六卷，《见闻杂记》四卷，《林居漫录前集》六卷《畸集》五卷，《閟然堂类纂》六卷，《西山日记》二卷，《玉堂丛语》八卷，《贻清堂日抄》无卷数，《汝南遗事》二卷，《客座赘语》十卷，《剪桐载笔》一卷，《金华杂识》四卷，《峤南琐记》二卷，《琅嬛史唾》十六卷，《避暑漫笔》二卷，《明世说新语》八卷，《管窥小识》四卷，《见闻录》八卷，《太平清话》四卷，《西峰淡话》四卷，《兰畹居清言》十卷，《癸未夏抄》四卷，《明遗事》三卷，《云间杂记》三卷，《读史随笔》六卷，《玉堂荟记》一卷，《庭闻州世说》无卷数，《客途偶记》一卷，《玉剑尊闻》十卷，《明语林》十四卷，《明逸编》十卷，《闻见集》三卷，《筠竹杖》七卷,《今世说》八卷,《秋谷杂编》三卷,《陇蜀余闻》一卷,《皇华纪闻》四卷,《砚北丛录》无卷数,《汉世说》十四卷,《过庭纪余》三卷。右小说家类杂事之属一百一部四百七十五卷(内七部无卷数),皆附存目。

《山海经释义》十八卷图二卷,《幽怪录》一卷,《续幽怪录》一卷,《续元怪录》四卷,《龙城录》二卷,《独异志》二卷,《陆氏集异记》四卷,《剑侠传》二卷,《录异记》八卷,《括异志》十卷,《青琐高议前集》十卷《后集》十卷,《云斋广录》八卷《后集》一卷,《五色线》二卷,《峡山神异记》一卷,《闲窗括异志》一卷,《续夷坚志》二卷,《异闻总录》四卷,《效颦集》三卷,《谈纂》二卷,《陆氏虞初志》八卷,《志怪录》五卷,《西樵野记》四卷,《广夷坚志》二十卷,《见闻纪训》一卷,《耳抄秘录》一卷,《高坡异纂》二卷,《冶城客论》二卷,《佑山杂说》一卷,《古今奇闻类记》十卷,《二酉委谈》一卷,《燃犀集》四卷,《异林》十六卷,《快雪堂漫录》一卷,《孝经集灵》一卷,《前定录》二卷,《仙佛奇踪》四卷,《狯园》十六卷,《耳新》十卷,《王氏杂记》十四卷,《燕山丛录》二十二卷,《芙蓉镜孟浪言》四卷,《敝帚轩剩语》三卷《补遗》一卷,《耳谈》十五卷,《闻见录》一卷,《逸史搜奇》无卷数,《四明龙荟》一卷,《才鬼记》十六卷,《蚓庵琐语》一卷,《矩斋杂记》二卷,《冥报录》二卷,《雷谱》一卷,《史异纂》十六卷,《有明异丛》十卷,《觚剩》八卷《续编》四卷,《旷园杂志》二卷,《述异记》三卷,《鄱署杂抄》十四卷,《果报见闻录》一卷,《信征录》一卷,《见闻录》一卷,《簪云楼杂说》一卷。右小说家类异闻之属六十部三百五十二卷(内一部无卷数),皆附存目。

《笑海丛珠》一卷,《牡丹荣辱志》一卷,《东坡问答录》一卷,《渔樵闲话》二卷,《开颜集》二卷,《谈谐》一卷,《谐史》一卷,《古今谚》一卷,《滑稽小传》二卷,《笑苑千金》一卷,《醉翁滑稽风月笑谈》一卷,《文章善戏》一卷,《抃掌录》一卷,《古杭杂记诗集》四卷,《玉堂诗话》一卷,《埤雅广要》二十卷,《十处士传》一卷,《蓬窗类记》五卷,《博物志补》二卷,《古今文房登庸录》一卷,《香奁四友传》二卷,《居学余情》三卷,《古今谚》二卷《古今风谣》二卷,《黎洲野乘》无卷数,《六语》三十卷,《广滑稽》三十六卷,《谐史集》四卷,《古今寓言》十二卷,《广谐史》十卷,《清异续录》三卷,《小窗自纪》四卷《艳纪》十四卷《清纪》五卷《别纪》四卷,《豆区八友传》一卷,《笔史》二卷,《青泥莲花记》十三卷,《板桥杂记》三卷。右小说家类琐语之属三十五部二百二十七卷（内一部无卷数），皆附存目。

以上这三百一十九部二千四百一十三卷文言"小说"作品，至少有一半与今天所谓"小说"不搭界。与之相反的一个信息就是，像我们今天认为的正宗小说——通俗小说一派，在《四库全书》中根本见不到一鳞半爪。也就是说，直到清代，在那些学者文人的心目中，"小说"概念与"小说"文本仍然是两张皮，根本贴不到一起。

三

关于第二句话，今天我们所谓的小说，古人叫作什么呢？

叫法很多，除了上面已经出现过的某些概念以外，还有诸如"传奇""说部""话本""虞初""稗传""稗官""野乘""演义""志传""遗史""野史""诗话""词话"等等，这样一些概念，或偏或全，指的正是我们今天所谓"小说"。对于这样一些"小说"之异称，凡治中国古代小说史或从事小说批评研究者均心知肚明，此处就不一一举例说明了。

关于第三句话，既然有些叫作"小说"的可能不是小说，而不叫作"小说"的反而是货真价实的小说，这样一来，很多关于中国古代小说的论著，甚至是著名论著对其论述之对象就有了极大的偏差。

聊举荦荦大者为例：

蒋瑞藻的《小说考证》将《荆钗记》《西厢记》等戏剧作品与《三国志演义》《水浒》混为一谈，统称小说。

鲁迅的《古小说钩沉》"钩"的都是今之所谓"小说"吗？愚以为至少其中的《青史子》《水饰》之类不是吧。鲁迅的《中国小说史略》第三篇"《汉书·艺文志》所载小说"也基本上不是小说。

阿英的《小说闲谈》直至《小说二谈》《小说三谈》《小说四谈》中，既有《弹词小说论》《弹词小说二论》《弹词小话引》《弹词论体》等文章，又将《珍珠塔》等大量弹词作品作为小说来进行研究，甚至还有《杂剧三题》《清末的时调》《关于川剧〈柳荫记〉》等文章。这是将多种通俗叙事文体均看作"小说"，更显其驳杂。

程毅中的《古小说简目》甚至将《茶经》《煎茶水记》等饮馔之属的作品也收入其中。

袁行霈、侯忠义的《中国文言小说书目》则除了《茶经》《煎茶水记》之外，还收了被《四库全书总目》讥为"是书皆杂钞古今名物训诂及奇文隽字，可供词藻者之用者，随笔所记，颇无伦次"的《书蕉》一书，甚至还收了《乾嘉词坛点将录》这样的作品。

综合以上诸大家的做法，"小说"是什么，可真正是"妾身未分明"了。它既是一个文献学中的类别概念，而且按照中国的传统分法，属于经史子集四部中的"子部"，同时，它又是一个包含了戏曲和多种讲唱文学的通俗叙事作品的大杂烩。

我们这样来认定什么是小说，进而根据这种认识来写小说史或进行小说批评研究，难道不是一个极大的悲剧吗？

其实，应该有不少人早已看到这中间的问题，但是，为什么我们的小说史和小说批评著作还要依照这样一个模式写下去呢？

原因有二：一是迷信权威，二是思维惯性。既然从班固到纪晓岚再到鲁迅这些权威人士都认为那些东西是"小说"，我们怎么敢说它不是小说？既然大家名家们都这样写小说史或从事小说批评研究，我为什么要别具一格呢？

但是，这样一来，可就对不起那些真正的小说作家和小说作品了，同样，也就对不住那些想真正了解中国古代小说史的芸芸众生了。

因此，我们要想实事求是地研究中国古代小说，首先必须明确自己的研究对象是什么？或者说，我们是要研究小说概念史抑或是小说文本史？但更多的中国古代小说史和批评研究著作，其实是将中国古代的小说概念和小说文本这样两个大相径庭的东西杂糅到了一起，弄成了非驴非马的东西。

四

如此一来，首先必须正名：我们所研究的文艺学中的"小说"指的是什么。

第一，它必须是以叙事为主的，而不是以议论、说明、抒情为主的。

第二，它必须是写人的，当然，这其中也包括具有人格意味的神仙鬼怪。

第三，它的叙事写人必须是一个完满自足的整体，而不是局部零星或者残缺不全的片段。

第四，它必须具有一定程度的虚构，而不是完全照抄历史著作甚或连细节描写都忠实于历史事实。

第五，它必须是以散文为主的，诗词歌赋乃至讲唱艺术因素则只能具有辅助作用。

按照以上五条标准,笔者提出以下几个文艺学意义上的概念:纯小说、准小说、次小说、泛小说。

完全符合上述五条标准的是"纯小说",这是研究中国古代小说文本史的重点。基本符合以上五条标准但不够严格而全面者,谓之"准小说"或"次小说"。准小说与次小说在本质上是一样的,其区别在于:准小说产生于纯小说之前,而次小说则出现于纯小说之后。符合上述五条标准的前四条而不符合第五条者,谓之"泛小说",主要指的就是除戏曲之外的某些讲唱文学作品。为什么要将戏曲除外?因为在中国古代文学史上,戏曲是与小说并列的一种文体,而其他讲唱文学样式则多半是依附戏曲或小说而存在的,故而将依附于小说而存在的那些讲唱文学样式认作"泛小说"。

凡不符合以上五条标准而只有一个"小说"名称者乃是文献学中的"小说",如上文提到的《青史子》《水饰》《茶经》《煎茶水记》《荆钗记》《西厢记》《书蕉》《乾嘉词坛点将录》之类,应该是中国古代小说概念研究者或文献学研究者的任务。

(原载《湖北师范学院学报(哲学社会科学版)》2014 年第 1 期)

古代小说评点派的形成、演变和主要特点

评点,是具有中国特色的文学批评方式。小说评点始自宋代,评点派形成于明末清初。本文所要弄清楚的,乃是关于评点派的一些最基本的问题。

一

要想真正了解中国古代小说"评点派",我们必须首先弄清"小说评点",要弄清"小说评点",还得从什么是"评点"说起。

(一) 评点

"评点"一词,是两层意思的组合。大致而言,"评"就是评论,"点"就是圈点。两者相结合,就成为我国古代文学批评的一种非常实用的方式。

"评"在中国古代汉语中有多重含义,与"评点"相关的则至少有两重:一是"评语"的意思,二是一种"文体。"

在中国古代,评语首先是对人而言的。《后汉书·许邵传》:"初,邵与靖俱有高名,好共核论乡党人物,每月辄更其品题,故汝南俗有'月旦评'焉。"当然,评语也可以对作品而言。《南史·文学传·钟嵘》:"嵘品古今诗为评,言其优劣。"

"评"还可以作为一种文体名。明代徐师曾《文体明辨序说·评》:"按字书云:'评,品论也,史家褒贬之词。'盖古者史官各有论著,以订一时君臣言行之是非。"清代蒲松龄等人对自己小说作品的品论,实际上正是对这种文体的沿用和发挥。

"点"在这里指的是品评文章时所作的记号。如杜甫《戏为六绝句》之一云:"庾信文章老更成,凌云健笔意纵横。今人嗤点流传赋,不觉前贤畏后生。"再如清人钱泰吉《曝书杂记》卷二云:"尚书标点王鲁斋先生凡例:朱抹者纲领

大旨,朱点者要语警语也。"

将"评"与"点"相结合,用来对诗文进行品评,在唐代就已开始,宋代已颇为流行。如吕祖谦的《古文关键》、真德秀的《文章正宗》、方回的《瀛奎律髓》等,均可作为例证。而刘辰翁则著有《班马异同评》《笺注评点李长吉歌诗》等多种著作,对诸多思想家、文学家的作品进行了精彩的品评。尤其是刘辰翁对于《世说新语》的评点,更是令人瞩目,它是目前所知的第一部小说评点著作。

(二)小说评点

作为小说评点的老祖宗,刘辰翁对《世说新语》的评点大多比较简明扼要。一般说来,都具有较强的概括力和较高的艺术鉴赏水平,体现了文人对文言小说批评的特点。同时,也体现了文学批评的对象从诗文转向小说的早期状态。

明代,随着通俗小说的大量印行,小说批评明显地体现了一种适应市场需要的商业化倾向。一些出版商或由书商网罗的下层文人对通俗小说的批评,主要是为了迎合那些世俗的读者,从而为他们自己出售书籍打开更大的销路。这样的批评,基本上没有多大的理论价值或艺术价值可言。如余象斗为余氏双峰堂出版的《批评三国志传》《水浒志传评林》所做的评点,就是这方面的代表。

明代后期,由于一些文人如李贽、袁宏道、叶昼等对通俗小说的重视,更由于他们中间的某些人亲自参与对通俗小说的评点,使小说评点进入了一个新的历史阶段——从作品的思想内涵、艺术成就、审美效应、社会功能等各个不同的角度对通俗小说进行了高层次而又通俗化的评判。并且,这时的批评家还认识到评点的重要意义。如袁无涯托名李贽所撰写的《出像评点忠义水浒全传发凡》中说:"书尚评点,以能通作者之意,开览者之心也。……如按曲谱而中节,针铜人而中穴,笔头有舌有眼,使人可见可闻,斯评点所最贵者耳。"在当时,甚至造成了一个假托名人而评点小说的时代风尚,李贽、汤显祖、钟惺等人的名字均曾多次被别人借用。同时,汤显祖等文人对文言小说尤其是"虞初体"小说的批评也蔚然成风。有了这种风起云涌、如火如荼的局面,小说"评点派"也就呼之欲出了。

(三)小说评点派

小说评点派形成于明末清初。从明末的崇祯年间到清初的顺治、康熙年间,小说评点著作层出不穷。稍作统计,就有关于《型世言》《辽海丹忠录》《隋史遗闻》《禅真逸史》《隋炀帝艳史》《樵史通俗演义》《续西游记》《水浒传》

《山水情》《闪电窗》《空空幻》《十二楼》《珍珠舶》《平山冷燕》《吴江雪》《三国演义》《金瓶梅》《生花梦》等通俗小说或文言小说评点的著作大量涌现。其中,如金圣叹评点《水浒传》、毛宗冈评点《三国演义》、张竹坡评点《金瓶梅》,均可称为中国古代小说批评的精品。这样一大批既有数量又有质量的小说批评著作的出现,标志着中国古代小说评点派的形成。更何况,在"评点派"形成以后的雍正、乾隆直至清代末年的漫长时间里,小说评点的著作依然不绝如缕,且不时掀起小小的高潮,甚至还出现了众多批评者对某一部小说作品进行持久不衰的、多视角、多层次的接力棒式的批评的状况。如对《聊斋志异》《儒林外史》《红楼梦》的批评均乃如此,它们有时所跨越的时间当以"百年"为计算单位。因此,我们完全有理由说,中国古代小说评点派形成于明末清初,并且繁衍于整个清代。

二

中国古代小说评点派的形成绝不是偶然的,它具有文学的、文化的乃至政治的、时代的等各方面的因素。同样,小说评点派自身的演变过程也饶有意义,兴盛衰落、起伏变化,并非一两句话说得清楚。因此,我们在这里有必要用一定的篇幅对这些问题略作探究。

(一)评点派形成的主要因素

评点派形成的因素很多,这里仅择其要者而言之。

1. 两部评点巨著的影响

在中国古代小说评点派的形成过程中,有两部评点著作起到了关键的作用:一个是金圣叹等人对《水浒传》的评点,另一个是汤显祖等人对《虞初志》的评点。这两部评点著作,一个是通俗小说评点的榜样,一个是文言小说评点的典型,都给明末清初的评点派著作起到了导夫先路的作用。

要说明这两部评点著作在小说评点派形成过程中所起到的巨大作用并非难事,因为在不少评点派著作中曾多次提到这两部评点巨著或金圣叹、汤显祖这两位评点派的功臣。请看如下例证:

顺治年间的批评家王望如,在他的批评文字中反复提及金圣叹。"吴门金圣叹反而正之,列以'第五才子',为其文章妙天下也。"(《五才子水浒序》)"细阅金圣叹所评,始以'天下太平'四字,终以'天下太平'四字,始以石碣放妖，终以石碣放妖，发明作者大象之所在。"（《王望如先生评论出像水浒传总论》）"宋江使钱不择地，不择人，不择书；一味撒漫，结纳天下。无论他人，即天真烂漫如黑旋风者，不免为相见时十两铜臭来得慷慨，死亦甘心。金圣叹往往鄙薄之，若今之多财不施者，求圣叹之鄙薄，正不可得。"（《水浒传》第三十七回评语）而毛宗冈则干脆伪托金圣叹之名写了一篇《三国志演义序》，在结尾写道"时顺治岁次甲申嘉平朔日，金人瑞圣叹氏题"。至于其他小说批评论著中提到金圣叹和他评点《水浒传》的，则不胜枚举。聊举数例："《水浒传》圣叹批，大抵皆腹中小批居多。"（张竹坡《第一奇书凡例》）"犹记圣叹引一绝技，以评《水浒》之智取大名府。"（《女仙外史》第六十七回永清评语）以上言论，无论是对金圣叹的赞扬抑或是对他的批判，有一点却是可以肯定的，那就是金圣叹及其对《水浒传》的评论文字，对评点派的形成具有很大的影响。

　　在文言小说的批评方面，影响最大的则是汤显祖等人对《虞初志》的评点。首先是《虞初志》的点校出版，引起了自明末直至有清一代的"虞初"体小说的持续编辑出版，有的还有评点。如《续虞初志》《广虞初志》《虞初新志》《广虞初新志》《虞初续新志》《虞初近志》《虞初广志》《虞初支志》等等，可谓层出不穷、蔚为大观。其次是文言小说评点家们由前到后的持续性影响。先是汤显祖在《点校虞初志序》中说："余暇日续为十二卷，点校之，以供世之奇隽沈丽者。"随后，则有张潮对汤显祖的模仿，这位张山来先生在康熙二十二年所撰的《虞初新志自叙》中说："此《虞初》一书，汤临川称为小说家之'珍珠船'，点校之以传世，洵有取尔也。独是原本所撰述，尽摭唐人佚事，唐以后无闻焉。临川续之，合为十二卷，其间调笑滑稽，离奇诡异，无不引人着胜。究亦简帙无多，搜采未广，予是以慨然有《虞初后志》之辑。需之岁月，始可成书，先以《虞初新志》授梓问世。"再往后，则又有郑澍若对张潮的学习，这位郑醒愚先生在嘉庆七年撰写的《虞初续志序》中说："山来张先生辑《虞初新志》，几于家有其书矣。诚以所编纂者：事非荒唐不经，文无鄙俚不类。较之汤临川之续合《虞初》原本，光怪陆离，足以凿方心，开灵牖，弥觉引人入胜。虽然，天地之大何所不有。凡可喜可愕可歌可泣之事，千态万状。即可喜可愕可歌可泣之文，亦层出不穷也。予闲取国朝各名家文集，暨说部等书，手披目览。似于山来先生《新志》之外，尚多美不胜收。爰择录其尤雅者，名曰《虞初续志》。"

　　2. 多种文学艺术形式及其批评文字的影响

　　除了小说评点巨著自身的影响之外，评点派之所以成为评点派的另一个重要因素就是多种文学艺术形式及其评点文字的影响。

我们不妨先看看小说评点家们在各自的评点文字中是怎样涉及甚或借用多种文学艺术形式中的语言或事例的。宋代潘兴嗣撰《濂溪先生墓志铭》称赞周敦颐之风范"如光风霁月"，毛宗岗《读三国志法》对关羽的赞美之辞中也说道"待人如霁月光风"。这是前人文章影响小说批评的例证。宋人王琪《春暮游小园》诗中有"开到荼蘼花事了"的句子，张竹坡批评《金瓶梅》第四十九回有段旁批一字不误地予以引用："所为'开到荼蘼花事了'也。"更为有趣的是，曹雪芹在《红楼梦》第六十三回也引用了这一诗句。这是前代诗句影响小说评点，小说评点又影响小说创作的例子。我们再看一例。宋代朱淑真《生查子·年年玉镜台》词的末句写道："人远天涯近。"到了王实甫《西厢记》第二本第一折中，演变成"隔花阴人远天涯近"的唱辞。再到张竹坡批评《金瓶梅》第五十四回回前批，则成为"然瓶儿一死，亦未尝不有'隔花人远天涯近'意。"最后，到庚辰本《红楼梦》第二十五回正文"（宝玉）一抬头只见西南角上游廊底下栏杆外似有一个人在那里倚着，却恨面前有一株海棠花遮着看不真切"下面，又生发出一段颇具审美眼光的脂批："余所谓此书之妙皆从诗词句中泛出者，皆系此等笔墨也。试问观者，此非'隔花人远天涯近'乎？"这又是从前代词句到戏曲唱辞再到小说批评文字层层影响的典型例证。

诸如此类的例子还有不少，如毛宗冈评点《三国演义》第十二回批曰："典韦飞戟，许褚飞石，俱可称没羽箭。"如《聊斋志异·罗刹海市》稿本"无名氏甲评"曰："罗刹海市最为第一，逼似唐人小说矣。"再如林钝翁批评《姑妄言》第五卷评语："李笠翁《奈何天》传奇中两句说得好：'世人莫道形难变，欲变形骸早变心。'此之谓也。"

在古代小说评点派的批评文字中，还有不少地方涉及或模仿以前的戏曲批评文字。如庚辰本《红楼梦》第十二回有一段署名"畸笏"的眉批："瑞奴实当如是报之。此一节可入《西厢记》批评十大快中。"再如有正本《红楼梦》第四十一回总批云："刘姥姥之憨从利，妙玉尼之怪图名，宝玉之奇，黛玉之妖，亦自敛迹，是何等画工，能将他人之天王作我卫护之神祇，文技至此可谓至矣。"这里，以一"妖"字评判林黛玉，却是从王季重《批点玉茗堂牡丹亭词叙》中"杜丽娘之妖也"的评语变化而来。

（二）评点派的演变过程

从明末清初评点派的形成，到清代末年评点派的衰落，历时两百多年。在这一漫长的历程中，评点派经历了几次大大小小的起落，这是一个充满发展变化的过程。

1. 形成期

在明代小说批评的直接影响之下，评点派于明末清初逐步形成。其间，具有代表性的著作就是金圣叹批评《水浒传》。同时或稍后，还有诸多《三国演义》评本、诸多《水浒传》评本、诸多《金瓶梅》评本、邓乔林批评《广虞初志》、又玄子等批评《浪史》、钱江拗生批评《樵史通俗演义》、陆云龙批评《型世言》、铁崖热肠批评《辽海丹忠录》、不经先生批评《隋炀帝艳史》、袁于令批评《隋史遗文》、心心仙侣等批评《禅真逸史》、佚名批评《西游补》、贞复居士批评《续西游记》、天花才子批评《后西游记》、且笑广芙蓉辟者批评《醋葫芦》、天花藏主人批评《平山冷燕》、佚名批评《山水情》、谐道人批评《照世杯》、谐道人批评《闪电窗》、卧雪居士批评《空空幻》、蚓天居士批评《鸳鸯针》、醉花驿使等批评《锦绣衣》、惜花痴士批评《笔梨园》、钓鳌叟等批评《女才子书》、幻庵居士批评《珍珠舶》、佚名批评《金云翘传》、素星道人批评《载花船》、烟水散人批评《桃花影》、刘在园等批评《女仙外史》、张潮等批评《虞初新志》、石城批评《吴江雪》、佚名批评《绣屏缘》、一啸居士批评《铁花仙史》、青门逸史批评《生花梦》等著作。

中国古代小说评点派的最大特点是：形成期即为高潮期。上述这些评点著作在明末清初几十年时间里相继问世，造成了一个繁花似锦、云蒸霞蔚的可喜局面。虽然这些著作并非都是优秀的，其中有的甚至还很幼稚乃至低劣，但它们中间又的的确确有不少出类拔萃的见解和独具只眼的评判。

2. 延续期

康熙以降，至道光间，是中国古代小说评点派的延续期。其间比较突出的批评著作有：诸多《西游记》评本、蔡元放批评《东周列国志》、蔡元放批评《水浒后传》、董孟汾批评《雪月梅传》、许宝善批评《娱目醒心编》、寄旅散人批评《林兰香》、佚名批评《枕上晨钟》、佚名批评《五色石》、林钝翁批评《姑妄言》、张文虎等批评《儒林外史》、郑醒愚批评《虞初续志》、黄承增等批评《广虞初新志》、王士禛批评《聊斋志异》、佚名批评《儒林外史》、何晴川批评《白圭志》、佚名批评《万花楼演义》、张纲吾等批评《岭南逸史》、许祥龄等批评《镜花缘》、兰岩等批评《夜谭随录》、佚名批评《萤窗异草》、夏虚泉等批评《小豆棚》等。

这一期的批评著作虽然大多比上一期的批评著作稍逊一筹，但其间亦有优秀之作。一些针对通俗小说的批评著作虽在整体上不一定能超过金圣叹的小说批评，但在某些局部或某些层面上又有所突破。对文言小说的批评，则更是在整体上超过了上一个时期，取得了辉煌的成就。

3. 衰落期

晚清数十年，是中国古代小说评点派走向衰落的时代。这种衰落，不仅表现在批评著作的减少，而且体现在批评质量的降低。这一阶段的评点派著作有：诸多《红楼梦》评本、诸多《聊斋志异》评本、诸多《儒林外史》评本、陈得仁批评《何典》、朱鼎仲批评《虞初续新志》、方幼樗批评《夜雨秋灯录》、邹弢批评《青楼梦》、佚名批评《发财秘诀》、李友琴批评《新上海》等。

三

下面，我们将对小说评点派的基本特点作一些说明和讨论。所谓特点者，与众不同者也。这里，对于中国古代文学批评的一般方式和方法，我们不拟作过多的介绍，小说评点派与其他批评方式的不同之处才是本节讨论的重点。

（一）基本情况

大体说来，小说评点派的批评文字可分为两大部分。其一，整篇的论文，如一些序跋、例言、读法、题词之类。这些文字能够比较全面深入地表达批评者的文学思想和对某些作品的总体看法。其二，零散的评点，如对具体内容的回前批、回后批以及与小说原文紧密结合的夹批、旁批、眉批等等。这些文字大多比较灵活，尤其能解决具体问题，充分体现批评者们的审美感悟。

除了"评"以外，小说评点派也有的作些"点"的工作，即在小说原著上进行圈圈点点。如夏履先《禅真逸史凡例》中说："史中圈点，岂曰饰观？特为阐奥，其关目照应，血脉联络，过接印证典核要害之处，则用╲，或清新俊逸、秀雅透露、菁华奇幻、摹写有趣之处，则用○，或明醒警拔、恰适条妥、有致动人处，则用╲，至于品题揭旁通之妙，批评总月旦之精，乃理窟抽灵，非寻常剿袭。"再如松月道士《桩钿铲传·圈点辨异》云："凡传中用红连点，红连圈者，或因意加之，或因法加之，或因词加之，皆非漫然。凡传中旁边用红点者，则系一句；中间用红点者，或系一顿或系一读，皆非漫然。凡传中用黑圆圈者，皆系地名；用黑尖圈者，皆系人名，皆非漫然。凡传中桩钿铲三字，用红圈套黑圈者，以其为题也，皆非漫然。"

（二）评点者常涉及现实，发牢骚甚至愤世

小说评点派中人对小说的批评，绝不仅止于就事论事，他们所评价的对象，

也绝不仅止于小说作品中的人和事，而是将他们的目光投向现实社会，把他们对黑暗现实的愤懑凝聚于笔端。正如同中国古代小说发展史上有那么一些发愤而创作的作家一样，在中国古代小说评点派中也有那么一些发愤而批评的评点者。

金圣叹批评《水浒传》在开卷第一回所说的那段名言，研究古代小说者几乎尽人皆知："一部大书七十回，将写一百八人也，乃开书未写一百八人，而先写高俅者，盖不写高俅，便写一百八人，则是乱自下生也；不写一百八人，先写高俅，则是乱自上作也。乱自下生，不可训也，作者之所必避也。乱自上作，不可长也，作者之所深惧也。一部大书七十回而开书先写高俅，有以也。"张竹坡批评《金瓶梅》第五十五回回前批中有一段话，也是借书中人物大发感慨："此回方正写太师之恶与趋奉之耻，为世人一哭也。写桂姐假女之事方完，而西门假子之事乃出，递映丑绝。吾不知作者有何深思于太师之假子，而作此以丑其人，下同娼妓之流也。"站在这样的高度来评价一部小说作品，才能真正评出那些优秀之作的精髓；也只有站在这样的高度来评价一部小说作品，才能体现评点者们不同流俗的眼光。这样的作家、这样的批评家，堪称中国古代小说创作与批评的脊梁。

（三）评点者自以为深得作者之用心

董孟汾在《雪月梅传》第九回的一段夹批中，就表达了一种与作者心心相印甚至影响到读者的感受："作者无端撰此等文字，批者又无端批此等批语，令读者又无端落这些眼泪。作者、批者，同恶相济，害死有情人不少，不知是功、是过。"托名随园老人的批者也将《萤窗异草》的作者浩歌子视作同"情"之人。他在《萤窗异草·桃叶仙》篇后批云："近察秋毫，远昧舆薪，世人之短视者，固多也。惟此得遇丽人，香艳千古，不惟可以解嘲，抑更可以解醒，浩歌子直世间第一解人。"而在《萤窗异草·销魂狱》的评语中，随园老人又说："遇此人，不得不销此魂，浩歌子之言，真是情至之语，可见情之所钟，犹在我辈。"真可谓情根一缕，心心相印，且再三致意。至于批评者邹弢，则干脆在评点《青楼梦》时，多次表示自己是作者与书中人物关系之知情者。在该书第四十九回，邹氏批曰："犹忆丙子春，予在吴中，适逢爱卿诞辰，得称觞于其间，亦平生一快事也。"在第六十二回，邹氏又批曰："幼卿一人，吾曾见之，真当时名妓也，奈薄命何。"在第六十四回，邹氏说得更为清楚："读者细细猜之，作者性情与挹香相同，则姓俞者何人？"

当然，在这方面也有批评者与作者素昧平生，甚至不是同时代人而自认为与作者心心相印者,张竹坡就是最典型的一个。他说:"迩来为穷愁所迫,炎凉所激,于难消遣时,恨不自撰一部世情书,以排遣闷怀。几欲下笔,而前后拮构,甚费经营,乃搁笔曰:我且将他人炎凉之书,其所以前后经营者,细细算出,一者可以消我闷怀,二者算出古人之书,亦可算我今又经营一书。我虽未有所作,而我所以持往作书之法,不尽备于是乎!然则我自做我之《金瓶梅》,我何暇与人批《金瓶梅》也哉!"(《竹坡闲话》)这简直是将批书与写书看作同等重要,将批书人和写书人视为一体了。此外,蔡元放也对能把握《水浒后传》作者陈忱之"文心"而充满自信。他在《水浒后传读法》中多有颇为淋漓酣畅的论述,文长不引。

(四) 幽默风趣以至于油滑的批评语言

中国古代小说评点者们的批评语言当然是百花齐放的,各人有各人的风格。但那些批评大家的语言却往往是幽默风趣的,诚如庚辰本《红楼梦》第二十二回眉批所云:"小科诨解颐。"一段幽默风趣的批语,比那种令人昏昏然的说教当然要高明得多,也更能引起读者的阅读兴趣。如《儒林外史》第四十七回写道:"小厮搬出三十锭大元宝来,望桌上一掀。那元宝在桌上乱滚,成老爹的眼睛就跟这元宝滚。"在这里,齐省堂增订本有批语云:"用笔亦如走盘之珠。"张文虎则批道:"连成老爹心肝都跟着元宝滚哩。"诸如此类的批语,在《聊斋志异》中也可看到。如《骂鸭》篇篇末但明伦评曰:"余遇有负己者,每笑而置之,未尝一骂;今乃知不骂适以害之。自今以始,将日日早起而骂之。且劝人之遇恶人者,皆大发慈悲而共骂之。特恐骂之不可胜骂,使人不得常行其慈耳。"小说原文本来就充满讽刺意味,批评者的语言亦生动活泼、相得益彰,这样,就更加加深了读者的印象。

然而,这种充满幽默讽刺意味的批语如果弄过了头,就免不了陷入油滑的泥潭。我们先来看看金圣叹对《水浒传》第二十六回武松与孙二娘打斗时的一些批语。当书中写到孙二娘"脱那绿纱衫儿,解了红绢裙子,赤膊着"时,金圣叹批道:"必须赤膊方使下文尽兴。"当书中写到"武松就势抱住那妇人"时,金圣叹批道:"妙人,生平未经之事。"当书中写到武松将孙二娘"当胸前搂住"时,金圣叹批道:"前者嫂嫂(指潘金莲)日夜望之。"当书中写到武松"压在妇人身上"时,金圣叹批道:"写出妙人无可不可,思之绝倒。"这就是一种风趣到油滑的批评文字,大批评家金圣叹也未能免俗。相近的例子,在其他评点派著作中也可找到。如《三国演义》第九十三回,当书中写到诸葛亮痛骂王朗,"王朗听罢,气满胸膛,大叫一声,撞死于马下"时,毛宗冈批道:

"周瑜有三气，王朗只是一气。老儿气不起，不似少年熬得。"再如《金瓶梅》第五十三回写到陈敬济调戏潘金莲，潘金莲故意失惊骂道"怪贼囚，好大胆，就这等容容易易要奈何小丈母"时，张竹坡批道："然则如何，不容易又如何？"还有贞复居士评点《续西游记》第三十七回回末总批中也有这样风趣而油滑的评语："美妇见行者变得标致，争来温存摸索，究竟不过要吃他耳。今之受妇人温存摸索者，大可畏也。"所有这些，均堪称可爱的幽默和可恶的油滑之结合。

（五）具有合理因素的"读法"

在许多评点著作中，都有所谓"读法"。大多数批评者都很重视这些读法，除了撰写专题文章论述"读某某某某法"外，有的还在具体的批评文字中指出这是"某某法"，那是"某某法"。

所谓"读法"，就是在阅读某部小说作品时，先提出一些读者应注意的问题，而谈得最多的乃是人物性格问题和"文法"问题。对人物性格的分析，大多带有品评意味，有些甚至是模仿"九品中正制"的做法，对书中人物进行从"上上"到"下下"的多等级评价。而所谓"文法"，其实具有两面性：对读者而言，它是阅读文本和欣赏作品的提示，是"读法"；对作者而言，它又是创作经验和写作技巧的总结，是"作法"。如金圣叹就在《读第五才子书法》中一口气提出了十几条"文法"：倒插法、夹叙法、草蛇灰线法、大落墨法、绵针泥刺法、背面铺粉法、弄引法、獭尾法、正犯法、略犯法、极不省法、极省法、欲合故纵法、横云断山法、鸾胶续弦法。此后，毛宗岗在《读三国志法》中也提出：《三国》一书，有巧收幻结之妙；有以宾衬主之妙；有同树异枝、同枝异叶、同叶异花、同花异果之妙；有星移斗转、雨覆风翻之妙；有横云断岭、横桥锁溪之妙；有将雪见霰、将雨闻雷之妙；有浪后波纹、雨后霡霂之妙；有寒冰破热、凉风扫尘之妙；有笙箫夹鼓、琴瑟间钟之妙；有隔年下种、先时伏著之妙；有添丝补锦、移针匀绣之妙；有近山浓抹、远树轻描之妙；有奇峰对插、锦屏对峙之妙。张竹坡在《批评第一奇书金瓶梅读法》中也提出：读《金瓶》当看其白描处；当看其脱卸处；当看其避难处；当看其手闲事忙处；当看其穿插处；当看其结穴发脉、关锁照应处。蔡元放在《水浒后传读法》中也说：传中所有各种文法甚多，如相间成文法；跳身书外法；犯而不犯法；明点法；暗照法；忙里偷闲法；借树开花法；烘云托月法；加一倍写法；火里生莲法；水中吐焰法；欲擒故纵法；移花接木法。另外，在《红楼梦》脂评中也屡屡涉及各种"文法"：如草蛇灰线、避难法、躲烂碎文字法、横云断山、偷度金针、山断云连、忙中写闲、特犯不犯、打草惊蛇、自难自法、错综穿插、攒三聚五、一击两鸣、层峦叠翠、倒卷帘法、背面傅敷粉法、金蝉脱壳法、烘染法等，不一而足。

上述诸评点者所提到的"文法"，其实就是小说写作技法，大多是具体可行的，也往往能体现批评者的艺术鉴赏力。虽然其间有些提法显得支离破碎、重复烦琐，甚至还受到一定程度的八股选家的影响，但大体而言，对于小说的创作和欣赏是有一定帮助的。现代写作基础知识中的某些概念，如明写、暗写、详写、略写、伏笔、照应、过渡、对比、烘托、反衬、倒叙、插叙等，大多都是由这些"文法"发展演变而成的。因此，对这些文法，我们不能轻易否定。

（六）"后评"言及"前评"

在评点派的同一部批评著作中，还有一种引人注目的现象——"后评"言及"前评"。具体而言，也就是先有某一段批评文字以后，又有另一段批评文字对前者进行评价，或赞同，或反对，或商榷，或生发，总之是一种对"批评"的再批评。

我们先看后评对前评赞同的例证：《聊斋志异·喷水》篇先有王阮亭批语："玉叔褵裰失恃，此事恐属传闻之讹。"后面又有何守奇评曰："渔洋评甚明。"庚辰本《红楼梦》第三十三回有批语云："未丧母者来细玩，既丧母者来痛哭。"随后，有署名"绮园"的眉批云："批得是。"《儒林外史》第四十五回卧闲草堂有回末总评云："俗语云：'吃了自己的清水白米饭，去管别人家的闲事。'如唐三痰辈，日日在县门口说长论短，究竟与自己穿衣吃饭有何益处？而白首为之而不厌耶！此如溷厕中蛆虫，翻上翻下，忙忙急急，若似乎有许多事者，然究竟日日如此，何尝翻出厕坑之外哉！"张文虎在这里不止一次地赞叹说："妙喻。""痛快，的确。"

我们再来看后评对前评进行反驳的例子：《隋史遗文》的主要批评者是袁于令，但在袁于令评改以前的《隋史遗文》本子中，已有一些原评。该书第二十八回原评云："程咬金虽做响马，观其临去通名，其气象毕竟不同。"袁于令对此评不满，反驳道："通名自是粗率处，非豪举也。"相近的例子在《儒林外史》的批评文字中也可找到，在该书第十六回、第十八回的回末总评中，都有张文虎批评先有卧闲草堂本批语的例子。然而，喜欢批驳别人的张文虎也曾遭到来自后人的批驳。《儒林外史》第三十一回有张文虎的一段批语："此等说话少卿安得而知之，而笔之于书。然则此书非少卿者所作，可知矣。"平步青于此处批驳道："此等说话，未必出自青然。安知敏轩不能自撰自嘲？啸山似为作者、评者所愚。"最有趣的是庚辰本《红楼梦》第十四回中，有两段出自不同批评者的眉批，后批对前批简直是一种嘲讽了。前批云："宁府如此大家，凤姐如此身分，岂有使贴身丫头与家里男人答话之理呢。此作者忽略之处。"后批嘲讽道："彩明系未冠小童，阿凤便于出入使令者，老兄并未前后看明，是男是女，乱加批驳可笑。"相近的例子，在《红楼梦》庚辰本《红楼梦》第二十六回议论宝玉处、甲戌本第二十八回"宝玉所说药方"处、庚辰本第三十九回"口里说请老寿星安"处均可找到，文长不引。

中国古代小说评点派的特点，远远不止以上所言数端，然限于笔者所掌握的材料和所具有的水平，也迫于文章的篇幅，只好就此打住了。

（原载《福州大学学报（哲学社会科学版）》2005年第3期）

集体意识与个体意识的分别体现

——中国古代小说评点人物论扫描之一

人物形象的塑造，是小说创作中的核心问题。同样，作品中的人物形象也是引起小说评点家注目的重大问题之一。在此，我们仅就评点家们对小说作品中人物身上的集体意识——传统伦理道德和作家本人的个体意识——作者心灵展示这两大问题的评价作一些讨论。

一、伦理道德的载体

中国是礼仪之邦，是极讲究伦理道德的国度。而小说，恰恰是反映社会意识形态最敏感的一根神经。因此，在古代小说作品中，有大量宣扬伦理道德的篇章或片段，而某些人物形象，本身更是伦理道德的载体。对此，小说批评者们早有发现，并多有阐述，有时甚至借题发挥，发表议论。

（一）"能为孝子，然后能为忠臣，为信友，为义士"

中国传统伦理道德的核心乃是儒家所提倡的忠、孝、节、义等道德行为准则。这样一种社会意识形态，不知不觉地渗透到小说创作之中，也自然而然地影响了小说评点。评点家们对书中人物忠、孝、节、义等行为的赞颂文字，可谓汗牛充栋，不胜枚举。

首先言"孝"。在封建伦理道德之中，"孝"是所有道德观念的根本。我们且看毛宗岗的议论："太史慈为母报德，而终以克报，慈诚孝子也；曹操为父报仇，而竟不克报，以操非孝子故也。"（《三国演义》第十一回回前总批）再看张竹坡的说法："金莲，恶之尤者也，看他止写其不孝；普净，善之尤者也，看他止写其化众人以孝。"（《金瓶梅》第七十八回回前总批）评点者不仅以孝与不孝来定人之善恶，甚至还主观认定作者也这样想。

在大力提倡孝道的同时，评点者们还借小说中的描写告诉读者，凡性孝之人定能干得大事。《红楼梦》第二十四回写到贾芸"恐他母亲生气"时，庚辰本夹批："孝子可敬。此人后来荣府事败，必有一番作为。"有的评点者甚至认为"孝"是一种天性，是一种毋庸反复提倡也应明白的道理。《型世言》第四回写一少女割肝给祖母治病，陆云龙便在回首处借题发挥大谈"纯孝"的道理："唯夫刲肝割股，乃出十四岁之女流，吾知一人之孺慕，信足发人人之孺慕，不可知，可由也。"而另一位评点者董孟汾则干脆在书中相关之处反复批道："真孝子语。""真孝子，令人落泪。"（均见《雪月梅传》第三十四回夹批）

其次说"忠"。毛宗岗评点《三国演义》时言此尤多。如第九回夹批："王允……不忍弃天子而走，乃其忠也。"如第二十回回前总批："云长之欲杀曹操，为人臣明大义也。"在第二十五回回前批中，毛氏又就关羽"降汉不降曹"一事大发议论："云长本来事汉，何云降汉？降汉云者，特为不降曹三字下注脚耳。……汉是汉，曹是曹，将两下划然分开、较然明白，是云长十分学问、十分见识，非熟读《春秋》不能到此。"在第六十六回单刀会故事处，毛氏又借题发挥："关公不屑与东吴较量尔我，只将'大汉'二字压倒东吴，此其读《春秋》得力处也。"毛宗岗外，其他评点家也多有此种言论，如："古来忠臣炳炳千古者固亦甚著，亦未有若明季之盛者也。握笔拈出，已眉竖骨立。况读之者，能无魂惊心动乎？"（《樵史通俗演义》第三十回评语）

"忠"，除了是一种臣对君的行为之外，还泛指下对上的赤诚。如毛宗岗在《三国演义》第二十九回回前总批对许贡的三个门客行刺孙策为主子报仇之事的评价："若三人之箭射枪搠，孙策盖已身亲受之，其事比豫让为尤快，其人亦比豫让为更烈。"更有甚者，即便是蔡邕对董卓忠心耿耿的行为，居然也能得到毛宗岗的肯定："士各为知己者死。没有人受恩桀、纣，在他人固为桀、纣，在此人则尧、舜也。董卓诚为邕之知己，哭而报之，杀而殉之，不为过也。"（《三国演义》第九回回前总批）

再次看"节"。古人所谓节，有广义和狭义之分。狭义的"节"，专指女子的节烈；而广义的"节"，则还包括男性的大节，如民族气节等。对妇女的节烈，批评者们非常看重。陆云龙在《型世言》第十回回末批道："奇哉烈妇，一死鸿毛，不笄而冠欤！"钓鳌叟在《女才子书》卷二之末也批道："贞烈有如碧秋，自应炳照青史。"青门逸史在《生花梦》第三回回末总评中也赞叹："姜氏节烈可效，生死关头，何等勇决，绝不作儿女态，当号为须眉丈夫，不可以巾帼目之。"青溪醉客在《蝴蝶缘》第四回的回末总评中对守身如玉者也大为钦佩："华柔玉不但才色过人，且能守身如玉，可敬可敬！"

至于广义的"大节",在评点者们那里也得到了足够的重视。如《辽海丹忠录》第十八回回末总批:"(毛文龙)一门大节,俱足上达圣明,感天地,真亦武林盛事也。"这里所说的"一门大节",乃是泛指忠、孝、节、义等很多方面,或者说,就是指的一些美好高尚的道德节操。当然,这种大节,也可专指为国家而死难的行为。如郑醒愚在《虞初续志·马文毅公广西殉难始末》篇后批曰:"死吴逆之难,唯公与范文贞公并传不朽。而阖门殉节,尤罕见也。"再如毛宗冈对刘谌殉国死节的一段赞美之辞:"独至后汉之亡,而北地王能死,又有夫人崔氏之能死,尤足为汉朝生色。"(《三国演义》第一百一十八回回前总批)此处所言,已不是那种守身如玉的个人节操,而是国破家亡之际忠君报国的大节。

最后谈"义"。"义"的内涵,远比"节"更为丰富。而且,"义"与其他道德范畴的概念相结合,便会产生新的含义。如"忠义""信义""仁义""孝义"等等。为了说明问题,我们还是先看评点家的言论。《三国演义》第二十三回毛宗冈夹批:"(吉平)立誓以杀曹操是其忠也;至死不招董承是其义也。"这便是忠义双全。第三十九回,毛宗冈又有一段夹批:"方写孙权报仇,便接写甘宁报恩;方写甘宁报恩,又接写凌统报仇。义士之义,孝子之孝,各各出色。"这堪称孝义辉映。再如《东周列国志》第五十回蔡元放的回前总批:"鉏麑以刺客而死于仁义,提弥明以仆夫而死于主人,都是尚义高人,可敬可羡!"此乃有仁有义。然而,但明伦在《聊斋志异·田七郎》篇中对主人公的评价却更为全面:"能为孝子,然后能为忠臣,为信友,为义士。若七郎者,虽曰未学,吾必谓之学矣。"这堪称"忠孝信义"四项全能了。为了体现书中人物作为伦理道德载体的综合性和重要性,毛宗冈甚至玩起"辩证法"来,且看:"或疑关公之于操,何以欲杀之于许田,而不杀之于华容?曰:许田之欲杀,忠也;华容之不杀,义也。顺逆不分,不可以为忠;恩怨不明,不可以为义。如关公者,忠可干霄,义亦贯日:真千古一人。"(《三国演义》第五十回回前总批)这样的评论,是否符合小说作者的原意,是否正确评价关羽,或可再作讨论,但却充分表现了毛氏对伦理道德的曲意回护和无比崇敬。

(二)"其德之全矣乎"

除了"义"能与"忠孝仁信"等道德观念组合之外,其他道德观念之间也能相互组合,形成一种综合性的道德信条。

我们先看"忠"与"孝"的组合。金圣叹素不喜宋江而尤爱李逵,其根本原因就在于宋江"假"而李逵"真",即便在"忠孝"问题上也是如此。金氏有言:"写李逵口中并不说忠说孝,而忽然发心服侍宋江,便如此寸步不离,激射宋江日日谈忠说孝，不曾服侍太公一刻也。"（《水浒传》第三十八回夹批）李逵如此，张飞亦如是，他们都是真正的忠臣孝子。毛宗岗亦有云："恶吕布以正父子之伦，恶曹操以正君臣之礼，如翼德者，斯可谓之真孝子，斯可谓之真忠臣。"（《三国演义》第二十八回回前总批）对这种忠臣孝子，评点者们是由衷钦佩且倾心歌颂的，袁宏道在《虞初志·高力士外传》中有夹批云："高公岂第忠臣，抑亦孝子。每读一段，便欲捧心。"

我们再看"悌"与"忠孝"的组合。所谓"悌"，其实就是"孝"的延伸和补充，它是相对于兄弟姐妹之间的责任和义务而言的一种伦理关系。在古代小说评点文字中，这方面的言论甚多。如《三国演义》第二十五回写关羽对嫂嫂的毕恭毕敬，毛宗岗夹批："今天下有如此悌弟否？"再如《红楼梦》第二十五回写贾宝玉自承责任而使贾环避开惩罚，甲戌本夹批："玉兄自是悌弟之心性，一叹。"还有有正本第六十九回回末总批："看三姐梦中相叙一段，真有孝子悌弟义士忠臣之概，我不禁泪流一斗，湿地三尺。"

至于其他方面的多重道德观念的组合，评点者们也多借助书中人物得以表达，如："可旌曰孝烈。"（《聊斋志异·商三官》篇末何守奇评语）"此一回内写向小娥之孝、平淑姑之贞、甄孺人之烈，可为闺中师范。"（《姑妄言》第十九卷卷前总批）"忠孝节烈，萃于一女子之身，此亘古所未有。"（《虞初续志·沈云英传》篇末"退士"评语）当然，要说对美好道德的全面赞扬，谁也赶不上但明伦："美哉乔女！其德之全矣乎：不事二夫，节也；图报知己，义也；锐身诣官，勇也；哭诉缙绅，智也；食贫不染，廉也；幼而抚之，长而教之，仁也，礼也。迨身既死，而犹能止其棺，斥其子，卒以遂其归葬之志，得为完人于地下。呜呼，抑何神乎！"（《聊斋志异·乔女》篇末评语）

中国古代小说中的许多人物形象，除作为上述"忠""孝""节""义"等封建伦理道德的载体而外，在其他方面亦堪称世人之楷模。例如《水浒》中武松于孝悌忠义之外的"仁慈"。对此，金圣叹多有评价："特表武松仁慈之至。""频频表出武松仁慈者。"（第二十七回夹批）再如关羽的大丈夫情怀，在毛宗岗那儿也得到了经典的赞叹："历稽载籍，名将如云，而绝伦超群者莫如云长。青史对青灯，则极其儒雅；赤心如赤面，则极其英灵。秉烛达旦，人传其大节；单刀赴会，世服其神威。独行千里，报主之志坚；义释华容，酬恩之谊重。作事如青天白日，待人如霁月光风。心则赵抃焚香告帝之心而磊落过之，意则阮籍白眼傲物之意而严正过之。是古今来名将中第一奇人。"（《读三国志法》）

上述而外，还有许多伦理道德观念被小说评点者们借助小说中的人物得到表彰。在这方面，毛宗岗的《三国演义》评点表现得尤为充分。如："陶恭祖三让徐州。其名曰谦,其字曰恭,其人则让,可谓名称其实。"(第十二回夹批)"天子刺血,马腾嚼血,六人歃血。只因一纸血诏,引动一片血诚。"(第二十回夹批)"(鲁肃)能孝亲笃友,则必能忠君矣;能轻财好施,则必不私其家以负国矣。"(第二十九回夹批)其他评点者在这方面也发表了不少意见,聊举二例:"倬然之救王公,不惜功名,不顾身命,知恩报恩,不愧古人!"(《枕上晨钟》第十五回回末总评)"如叔宝者,真乃贫而有守者也:有轻财之友而不投,遇豪贵之交而不认。"(《隋史遗文》第八回回末总评)

对某些女性人物形象,评点者们也往往将她们视作伦理道德的载体而进行评判。如董孟汾于《雪月梅传》第三十四回的夹批:"好文章掷地当作金石声,贤哉岑母!规戒之语,纯是从圣贤学问中来。"再如寄旅散人在《林兰香》第五十七回回末总评中对春畹的评价:"春畹为侍女是贤侍女,为妾是贤妾,为妻是贤妻,为母是贤母。攸往咸宜,真令人爱之敬之。"

更有甚者,有的评点者不仅认为"人"应该懂得伦理道德,就是动物有时也具有伦理"意味"。如《三国演义》第七十七回写关羽死后,赤兔马"数日不食草料而死",毛宗冈借机批云:"此马不为吕布死而为关公死,死得其所矣。马亦能择主乎?"对伦理道德的推崇竟至到了由人而及马的地步!

二、作者心灵的外化

中国古代小说,可从不同角度进行多种类别划分。如果从创作主体和作品的关系来看,则可分为两大类。一类是"积累型"作品,如《三国演义》《水浒传》《西游记》等。它们的特点是成书过程十分复杂,往往先有历史事实,随即是民间流传,再往后是"说话"和"戏曲"等讲唱艺术的演讲,最终由一位或几位文人在此基础上进行搜集、整理、加工再创造而写成通行的文本。质言之,这类小说是民众与文人共同劳动的结果。另一类是"原创型"作品,如大量的传奇小说、拟话本小说以及《金瓶梅》《儒林外史》《红楼梦》等。它们的特点是成书过程相对简明一些,一般都有比较明确的作者。质言之,他们是文人单独创作的作品。

上述两类作品虽有集体创作和单独创作之分别,但"作者"(或写定者)的思想却全都不可避免地要在作品中顽强地表现出来。当然,在原创型作品中,作者的主观意图可能贯彻得更全面、系统一些,而在积累型作品中,作者的思想可能会流露得零碎、枝节一些。进而言之,在小说作品中,最能体现作者或写定者意识形态的是什么呢？回答是：人物形象。尤其是在那些主要人物身上，创作主体的思想往往能得到最充分、最惬意的表达。

至于评点者，对于小说作者笔下人物的评价则表现出两种状态。其一，评点者得作者之胸臆，并与作者产生共鸣。在这种情况下，评点者的意见就是符合作者原意和作品实际的。其二，评点者与作者有一定的思想距离，他是按照自己的思想观念来认识作品中人物形象的，这样就会得出并不符合或并不完全符合作者原意的结论。如果评点者见识低于作者，就会歪曲作者原意；如果评点者见识高于作者，就成为一种"再创造"了。就后一种情况而言，评点者在某种意义上也是作者（甚至有的评点者还修改原著，如金圣叹、毛宗岗等等）。因此，本节所谓"作者心灵的外化"，其实也包含了部分评点者心灵的外化。

（一）"特以泄其暂尔之愤懑"

古人有所谓"发愤著书"说，在小说创作领域，也有发愤而为小说的言论。明代前期，刘敬就在《剪灯馀话序》中指出作者"特以泄其暂尔之愤懑"。至于署名李贽的《忠义水浒传叙》中那段发愤而为小说的名言，则更为人们所熟知："古之贤圣不愤则不作矣。不愤而作，譬如不寒而颤，不病而呻吟也，虽作何观乎？"

《出像评点忠义水浒全传》第十五回在阮小五诉说官府扰民的罪责时，有眉批云："说透千古情弊，使人见官府痛恨，见盗贼快意，如此世界，便是险事。"这是非常典型的批评者得作者之文心的例子。在这里，书中人物、小说作者和评点家三者之间的看法是基本一致的。与此不同的是金圣叹在《水浒传》第十八回回前总批中所言："此回前半幅借阮氏口痛骂官吏，后半幅借林冲口痛骂秀才，其言愤激，殊伤雅道，然怨毒著书，史迁不免，于稗官又奚责焉？"这便不纯然是作者的意思，分明是有些评点者自己的意气夹带其中了。到了《青楼梦》第十五回的回前总批，情况就更不一样了："人秉天地秀灵，具绝世才华，抱半生抑郁，固不得不有以发泄。于是以忧伤之意，作虚幻之词，竟以青楼二女巨眼当之，识挹香于乞丐时，则此书之旨，犹屈平之骚，宋玉之赋而已。"这段话，不仅指出了作者借书中人物以发泄内心愤懑的事实，而且，还将评点者自己的人生感受打入其中。

小说作者们除了借书中人物发表对现实的整体不满而外，还表达出各自对生活中某些具体问题的看法，而有些评点者自然也不愿放过这大发牢骚的机会。《李卓吾先生批评忠义水浒传》第十七回回末总评云："李生曰：鲁智深、杨志却是两员上将，只为当时无具眼者，使他流落不偶。若庙堂之上得有一曹正、张青其人者，亦何至此哉！李卓吾为之放笔大笑一场。"这段颇带评点者主观感情色彩的言论，表达了对人才得不到重用的愤懑。再如《发财秘诀》第十回回末总评云："著者尝言，生平所著小说，以此篇为最劣。盖章回体例，其擅长处在于描摹，而此篇下笔时，每欲有所描摹，则怒眦为之先裂。"批评者深得作者之文心，并且引用作者言论印证自己的观点，甚至涉及由于作者对社会中小人的极端愤怒，影响到小说创作时的平和心态，未能正常展开艺术描写，终至弄出了"生平所著小说，以此篇为最劣"的可悲结局。由此可见，创作主体在小说创作过程中借书中人物以发泄心头愤懑的情况是多么使评点者注目。

（二）"作者于此寄慨不少"

与发愤而为小说有着某种联系的另一种观点就是，在书中人物身上寄托着作者的人生感叹。《水浒传》第十四回，阮小七曾说"人生一世，草生一秋"。金圣叹接过这句话，在回前总批中作了酣畅淋漓的发挥："阮氏之言曰：'人生一世，草生一秋。'嗟乎！意尽乎言矣。夫人生世间，以七十年为大凡，亦可谓至暂也。乃此七十年也者，又夜居其半，日仅居其半焉。抑又不宁惟是而已。在十五岁以前，蒙无所识知，则犹掷之也。至于五十岁以后，耳目渐废，腰髋不随，则亦不如掷之也。中间仅仅三十五年，而风雨占之，疾病占之，忧虑占之，饥寒又占之，然则如阮氏所谓论秤秤金银，成套穿衣服，大碗吃酒，大块吃肉者，亦有几日乎耶！"这真是一种痛苦而又坦白的人生体验。或许书中那鲁莽的阮小七并没有想得那么多，但金圣叹却认为这是作者借书中人物在表白自己的内心感受，而作为评点者，也不妨再次"转借"，用来作为自己的人生感叹。准乎此，《水浒传》中阮小七的这段话，就不仅仅是作者心灵的外化，甚至是评点者心灵的外化了。

如果说，上面那段话还有点金圣叹将自己的思想"强加"给作者和书中人物之嫌疑的话，那么，下面的一些评点文字则是评点者对作者的"知心"之论了。先看《儒林外史》卧闲草堂本的几段评语："秦老是极有情的人，却不读书，不做官，而不害其为正人君子。作者于此寄慨不少。"（第一回回末总评）"牛、卜二老者，乃不识字之穷人也，其为人之恳挚，交友之肫诚，反出识字有钱者之上。作者于此等处所，加意描写，其寄托良深矣。"（第二十一回回末总评）"高、施二人自夸科第正途，动辄看人不起，一遇万中书事，手足无措，被凤四老爹弄之股掌之中，此作者寓意处。"（第五十回回末天目山樵评语）无论正面人物或是反面形象，无论是寄托还是寓意，联系吴敬梓的生平，我们可以断言这几段评语是切中肯綮的。

再看其他例证。刘松亭云："除黄让父子，其忠孝无可议外，其馀麟阁功勋悉属女子，作者其有微意乎？"（《岭南逸史》第二十八回回末总评）邹弢云："作者生平以大用是期，而寥落风尘，一腔绝大经营，苦于无从表见，故借挹香筮仕一节，发泄几分出来。"（《青楼梦》第五十三回回前总批）

评点者们认为，小说作家除了在书中人物身上寄托自身感慨而外，还寄托了某些人生感悟。《西游补》的评点者对此特别敏感，他再三宣称孙悟空乃"人心"的象征，而作者正是借此阐发了人生感悟："盖行者迷惑情魔，心已妄矣；真心却自明白，救妄心者，正是真心。"（第十回评语）"收放心，一部大主意却露在此处。"（第十一回评语）"五色乱是心猿出魔根本，乃《西游补》一部大关目处。"（第十五回评语）明眼人不难看出，这实际上是更深层次的人生感慨。

（三）"非过来人，不能得知如此亲切"

至此，我们必须进而探讨一个核心问题：在评点者们看来，小说作者、作品以及书中人物究竟是何种关系呢？

张竹坡强调小说作者的人生体验："作《金瓶梅》者，必曾于患难穷愁，人情世故，一一经历过，入世最深，方能为众脚色摹神也。"（《批评第一奇书〈金瓶梅〉读法》）"作者写玉楼，是具立身处世学问，方写得出来。"（第七回回前总批）"身污、途穷，所以著书。作者本意了了。"（第七回眉批）

"脂批"则比较强调作者与书中人物及其故事的内在联系。当《红楼梦》第一回写"眼泪还债"时，甲戌本眉批："知眼泪还债大都作者一人耳。余亦知此意，但不能说得出。"在《红楼梦》第二十七回描写"黛玉葬花"和《葬花吟》时，庚辰本眉批："开生面，立新场，是书不止《红楼梦》一回，惟是回更生更新。且读去非阿颦无是佳吟，非石兄断无是章法行文，愧杀古今小说家也。"在第二十八回，评点者意犹未尽，继续讨论作者与书中人物及其"作品"的关系。不过，这一次评点者却将自己也扯了进去，甲戌本眉批："不言炼句炼字辞藻工拙，只想景想情想事想理，反复追求，悲伤感慨，乃玉兄一生天性。真颦儿知己，则实无再有者。昨阻余批《葬花吟》之客，嫡是玉兄之化身无疑。余几点金成铁之人，笨甚笨甚。"

说到作者通过书中人物的"作品"来表现自己的才华，这种做法在《雪月梅传》中也有相同的例证。该书第三十七回写岑生奉旨草拟了一道"四六表章"，皇帝和大臣们都赞叹不已。此处，董孟汾夹批："岑生表之美，即作者文之美。读此知是镜湖自誉之笔。"

当然，也有认为作者是托之游戏的说法。如《续虞初志·陶岘传》篇末批语："此扼腕伤怀，而托之游戏，以销其壮心者。"

甚至有的评点者深入到作者的人格层次来探讨问题。如董孟汾在《雪月梅传》第十二回的回末总评中说："前半写蒋、岑忠义激烈，直从血性流出，然非忠义人不能道只字。"

更有甚者，有的评点者认为作者之所以能塑造出某些人物，是因为作者乃"过来人"，或者干脆就是作者的夫子自道。但明伦《聊斋志异·于去恶》夹批云："非过来人，不能得知如此亲切。"冯镇峦《聊斋志异·叶生》篇后批云："余谓此篇即聊斋自作小传，故言之痛心。"但明伦《聊斋志异·司文郎》夹批云："拭泪而言，先生自道也。"《小豆棚·庄仙人》的篇末，袁硕夫大笔一挥："作宦不得志于大官，强于得罪子民。千古一辙，良可寄慨！七如作是，岂自道耶？"

众所周知，中国小说发展到清代，出现了不少"夫子自道"的作品，至少是作者将自己的生活经历和感受打入作品之中，寄托于书中人物身上。正因如此，才有小说创作中的"自叙传"一说。而某些评点者或是作者的亲戚好友，或为作者的同时代人，至少也是对作者生活的时代甚至生平事迹了解颇为深入者。他们在各自的评点文字中反复指出"过来人""夫子自道""自作小传"云云，至少是看到了中国古代小说的一种特殊状况——作者与作品联系特别紧密。他们将这种状况指点出来，并认为这是小说创作的一种高级状态而予以赞扬，这一方面体现了他们审美目光之锐利，另一方面也给后人阅读那些小说原著提供了极大的便利。从这个意义上讲，这一类的评点文字是具很高的资料性和审美性双重价值的。

（原载《扬州大学学报（人文社会科学版）》2006 年第 4 期）

毛宗冈批《三国演义》的叙事理论

毛宗冈对于《三国演义》的叙事方法议论颇多，我们先看一个具体例证："此卷序事之法，有倒生在前者：其人将来，而必先有一语以启之，如操之夸黄须是也；有补叙在后者：其人既死，而举其未死之前追叙之，如操之恶杨修是也；有横间在中者：正叙此一事，而忽引他事以夹之，如两军交战之时，而杂以曹彰、杨修两人之生平是也。至于曹操之平代北，则因曹彰而及焉，曹丕之忌曹植，则又因杨修而及焉；其他正文之中，张、赵、马、魏、孟达、刘封诸将，或于彼忽伏，或于此忽现，参差断续，纵横出奇，令人心惊目眩。作者用笔，直与孔明用兵相去不远。"（第七十二回回前总评）

在《读三国志法》中，毛宗冈曾归纳说："《三国》一书，乃文章之最妙者。"此之所谓"妙"，主要指的就是叙事方法之高超。而这，正是本文论述的核心所在。

一

像《三国演义》这种鸿篇巨制的章回小说，在叙事过程中不可能平铺直叙，它必须是波澜起伏的。要造成故事情节之波澜，一个重要的方法就是前有伏笔、后有照应。毛宗冈在评点《三国演义》时对此多有议论。

如第二回回前总评中的一段话："前于玄德传中，忽然夹叙曹操；此又于玄德传中，忽然带表孙坚：一为魏太祖，一为吴太祖，三分鼎足之所从来也。分鼎虽属孙权，而伏线则已在此。此全部大关目处。"再如第二十七回回前总评云："文有伏线之妙：荥阳城中之事，先于东岭关前伏线，此即伏于一卷之内者也；玉泉山顶之事，早于镇国寺中伏线，此伏于数十卷之前者也。其间一传家信，一叙乡情，闲闲冷冷，极没要紧处，却是极要紧处。如此叙事，虽龙门复生，无以过之。"

在四十一回的回前总评中，毛宗冈又将几乎相同的意思另外举例说明了一次："文有伏线之妙。玄德之取长沙，魏延之救黄忠，尚隔数卷，而此处襄阳城外，早有一魏延忽然而来忽然而去。在此时初无补于玄德，初无益于襄阳，而孰知预为后日之用，真奇事奇文。"

结合上述这几段评点文字，在第五十三回的回前总评中，毛宗冈进一步将伏笔与照应放在一起进行了综合讨论："文章之妙，有前文方于此应，后文又于此伏者，如魏延之献长沙是也。前在襄阳城下大战文聘，今在长沙城上杀却韩玄，是前文于此应也，孔明既死，魏延乃有反汉之谋；魏延初降，孔明已有欲杀之志，是后文又于此伏也。通观全部，虽人与事纷纷，而伏应之妙，则一篇如一句，斯真有数文字。"

除上述数例而外，毛宗冈还有许多关于伏笔照应的评点文字散见于各回的夹批之中："此处先写赤帻，为后文伏线。""好，照应。"（均见第五回）"孔融此时便有左袒袁绍之意，为后文曹操杀融伏线。"（第二十二回）"为长坂坡伏笔。"（第二十五回）"为后华容道伏线。"（第二十六回）"为后文关公守荆州伏笔。"（第六十三回）

最有趣的是，在第二十一回回前总评中，毛宗冈不仅高度赞扬了《三国演义》作者对伏笔的运用，而且还借机嘲笑了那些写小说杂乱无章的人："前者汉帝失玉玺，今者玉玺归汉帝，相去十数卷，遥遥相对，而又预伏七十回后曹丕受玺篡汉之由，有应有伏，一笔不漏，一笔不繁。每见近人纪事，叙却一头，抛去一头，失枝脱节，病在遗忘；本说这边，又说那边，手忙脚乱，病在冗杂。今试读《三国演义》，其亦可以搁笔矣。"

毛宗冈认为有些伏笔的运用是带有辩证意味的："此卷叙正得襄阳之事，下卷又叙斩庞德获于禁之事，皆快事也。而出兵之前，乃有失火为之告凶，又有恶梦为之告变，是早为七十六回伏线也。夫为失意伏线，而伏于将失意之时不足奇，惟伏于将快意之时则深足奇。"（第七十三回回前总评）这里所说的"七十六回"，指的是关公走麦城的故事。按说，小说作品中写"失火为之告凶，又有恶梦为之告变"，是为关公失败走麦城而作为"伏笔"用的，但作者却将它们埋伏在关公得襄阳、斩庞德、擒于禁等一连串成功的喜悦之事的前面。这种伏笔，会产生令人意想不到的效果，堪称具有辩证意味的"伏笔"。

进而言之，毛宗冈还认为伏笔有"虚""实"两大类："文之以前伏后者，有实笔，有虚笔。姜维伐魏在六出祁山之后，而一出祁山之前，先写一姜维。此以实笔伏之者也。钟、邓入蜀，在九伐中原之后，而一伐中原之前，先在夏侯霸口中，写一钟会，写一邓艾，此以虚笔伏之者也。且前有武侯之嘱阴平，葬定军,又虚中之虚。此外夏侯霸之言,又虚中之实。叙事作文,如此结构,可谓匠心。"(第一百七回回前总评)这里,不仅指出了什么样的是伏笔之"虚",什么样的是伏笔之"实",而且还进一步分辨出"虚中之虚""虚中之实",亦可谓独具只眼。

更有甚者,毛宗岗还指出了各种各样伏笔的综合运用:"读《三国》者,读至此卷,而知文之彼此相伏,前后相因,殆合十数卷而只如一篇,只如一句也。其相反而相因者,有助汉之沙摩柯,乃有抗汉之孟获;其不相反而相因者,有借羌兵之曹丕,乃有借羌兵之曹真;其相类而相因者,有马超在而印去之柯比能,乃有马超死而忽来之彻里吉;其不相类而相因者,有六纵而不服之蛮王,乃有一纵而即服之雅丹丞相。至于孟达致书于李严,早有李严致书于孟达以为之伏笔矣。申仪助司马而杀孟达,早有孟达之约申仪而背刘封以为之伏笔矣。"(第九十四回回前总评)如此伏笔,堪称"埋伏照应"之大全和极致了。

当然,在这方面说得最为酣畅淋漓的还是《读三国志法》中的一段话:

《三国》一书,有隔年下种,先时伏著之妙。善圃者投种于地,待时而发。善弈者下一闲著于数十著之前,而其应在数十著之后。文章叙事之法亦犹是已。如西蜀刘璋乃刘焉之子,而首卷将叙刘备先叙刘焉,早为取西川伏下一笔。又于玄德破黄巾时,并叙曹操带叙董卓,早为董卓乱国、曹操专权伏下一笔。赵云归昭烈在古城聚义之时,而昭烈之遇赵云早于磐河战公孙时伏下一笔。马超归昭烈在葭萌战张飞之后,而昭烈之与马腾同事早于受衣带诏时伏下一笔。庞统归昭烈在周郎既死之后,而童子述庞统姓名早于水镜庄前伏下一笔。武侯叹谋事在人、成事在天在上方谷火灭之后,而司马徽未遇其时之语,崔州平天不可强之言,早于三顾草庐前伏下一笔。刘禅帝蜀四十馀年而终在一百十回之后,而鹤鸣之兆早于新野初生时伏下一笔。姜维九伐中原在一首五回之后,而武侯之收姜维早于初出祁山时伏下一笔。姜维与邓艾相遇在三伐中原之后,姜维与钟会相遇在九伐中原之后,而夏侯霸述两人姓名早于未伐中原时伏下一笔。曹丕篡汉在八十回中,而青云紫云之祥早于三十三回之前伏下一笔。孙权僭号在八十五回后,而吴夫人梦日之兆早于三十八回中伏下一笔。司马篡魏在一百十九回,而曹操梦马之兆早于五十七回中伏下一笔。自此而外,凡伏笔之处,指不胜屈。每见近世稗官家一到扭捏不来之时,便平空生出一人,无端造出一事,觉后文与前文隔断,更不相涉。试令读《三国》之文能不汗颜!

对于伏笔和照应,毛宗岗有时也和金圣叹等其他评点家一样,用"草蛇灰线"这样一个形象化的说法来代替之。如在第二十一回的一段夹批中,他就说:"叙事真有草蛇灰线之奇。"

那么,什么叫作"草蛇灰线"?它为什么又代指埋伏照应呢?

所谓草蛇,乃草中之蛇,因其有长有短、隐隐约约,故而用以比喻埋伏照应方法之忽隐忽显的特点。诚如毛宗冈所言:"如草中之蛇,于彼见头,于此见尾。"(第十五回回前总评)所谓"灰线",窃以为就是各种灰质的东西画成的线,因其有粗有细、断断续续,故而用以比喻埋伏照应方法之忽断忽续的特点。"草蛇"与"灰线"加在一起,就比较全面地表达了埋伏照应方法的两大特征:若断若续,若隐若显。

二

对于一位叙事技法高超的长篇小说作者而言,他有一个必须达到的境地:用尽量少的文字表达尽量多的内容。这在中国古代小说批评家们那儿,被称之为"省笔"艺术。

可以这么说,像《三国演义》《水浒传》《西游记》《金瓶梅》《儒林外史》《红楼梦》这样一些情节复杂、头绪纷繁的作品,作者如果不会用省笔,那将无法进行创作,而只能把作品写成流水账。

毛宗冈在评点《三国演义》过程中多次言及省笔。例如:"此句在李儒口中带叙出来,省笔。""此段在狱卒口中补叙出来,省笔。"(均见第四回夹批)"补写二人踪迹,只在二公口中自叙,省笔。"(第十九回夹批)"一段大文只在满宠口中一句点出,省笔之甚。"(第二十一回夹批)"此事不用实叙,只在使者口中虚写,省笔。"(第二十三回夹批)"省事又省笔。以下按过翼德一边,接叙玄德一边。"(第六十四回夹批)

上述这些评论,基本上都是通过书中人物之口带叙故事,从而节省笔墨的方法。这种例子在毛批《三国》中其实还有很多,尽管评点者有时并未点明一个"省"字。如第三十五回夹批云:"借牧童口中画出一玄德。"第六十五回夹批云:"又在玄德口中补写一马超。"第九十三回更是连连夹批道:"又在南安人口中写一姜维。""又在子龙口中写一姜维。"

当然,除了通过书中人物之口"带叙"另一人物而外,还可通过某人之"眼""耳""意"来"带叙"他人。

先看"眼中",毛批有云:"先从李儒眼中虚画一吕布。""又从董卓眼中虚画一吕布。""又从董卓、李儒眼中实写一吕布。"（均见第三回夹批）"是童子眼中看出一玄德。"（第三十五回夹批）"在玄德眼中极写一马超。"（第六十五回夹批）"在子龙眼中写一姜维。"（第九十三回夹批）通过他人眼中来写人叙事，是一种非常经济实用而又生动活泼的方法。因为它往往既写了"被看人"，又写了"着眼者"，可以达到一箭双雕的作用和效果。

与此用法相近的还有通过书中人物"耳中""意中"写人叙事。对此毛宗冈也有论述："先生耳中又听出一玄德。"（第三十五回夹批）"又在关公意中写一黄忠。""又在云长意中写一黄忠。"（均见第五十三回夹批）"又在子龙意中写一姜维。"（第九十三回夹批）

更妙者乃在"口中""眼中"的综合运用，诚如毛批所言："又在孔明眼中口中写一姜维。"（第九十三回夹批）"今作者将糜芳中箭在玄德眼中叙出，简雍著枪、糜竺被缚在赵云眼中叙出，二夫人弃车步行在简雍口中叙出，简雍报信在翼德口中叙出，甘夫人下落则借军士口中详之，糜夫人及阿斗下落则借百姓口中详之，历落参差，一笔不忙，一笔不漏。"（第四十一回回前总评）

除了通过书中人物之感官来写另一人物从而达到节省笔墨的效果以外，《三国演义》还通过一种特殊的方法来叙事，那就是诗家所谓"不写之写""以少少许胜多多许"。这种"此处无声胜有声""柳藏鹦鹉语方知"之法，当然也引起了毛宗冈的注目。他在《三国演义》第三十七回的回前总评中说道："此篇极写孔明，而篇中却无孔明。盖善写妙人者，不于有处写，正于无处写。写其人如闲云野鹤之不可定，而其人始远；写其人如威凤祥麟之不易睹，而其人始尊。且孔明虽未得一遇，而见孔明之居，则极其幽雅；见孔明之童，则极其古淡；见孔明之友，则极其高超；见孔明之弟，则极其旷逸；见孔明之丈人，则极其清韵；见孔明之题咏，则极其俊妙。不待接席言欢，而孔明之为孔明，于此领略过半矣！"

三

毛宗冈还特别重视故事情节的曲折多致，在《三国演义》第四十三回的回前总评中，他有一段长长的批语："此回文字曲处：妙在孔明一至东吴，鲁肃不即引见孙权，且歇馆驿，此一曲也。又妙在孙权不即请见，必待明日，此再曲也。及至明日，又不即见孙权，先见众谋士，此三曲也。及见众谋士，又彼此角辩、议论龃龉，此四曲也。孔明言语既触众谋士，又忤孙权，此五曲也。迨孙权作色而起，拂衣而入，读者至此，几疑玄德之与孙权终不相合，孔明之至东吴终成虚往者也。然后下文峰回路转，词洽情投。将欲通之，忽若阻之；将欲近之，忽若远之。令人惊疑不定，真是文章妙境。"

这里，毛宗冈的评点比较细致深入，要想故事生动，必须讲究一个"曲"字，平淡无奇的故事是很少有人欣赏的。进而言之，要想使自己笔下的故事曲折多致，又必须善于运用对立转换的原则，"将欲通之，忽若阻之；将欲近之，忽若远之"。这样，才能使故事曲折离奇，如峰回路转，达到引人入胜的艺术效果。

为了使得长篇小说的故事情节曲折多致，作者们往往在以重笔叙写中心故事的同时，又在它的前前后后作一些陪衬性的"补"写。毛宗冈在《读三国志法》中称主体故事前面的部分为"先声"，后面的则为"余势"。

毛宗冈说："《三国》一书，有将雪见霰；将雨闻雷之妙。将有一段正文在后，必先有一段闲文以为之引；将有一段大文在后，必先有一段小文以为之端。"此即金圣叹所谓"弄引法"，亦即以大致相同或相近的次要情节引出主要情节的方法，比较接近于小说话本中以"头回"引入"正话"的方法。如《三国演义》中要写"火烧赤壁"这一大的战争，便先写了"博望烧屯""火烧新野"两段规模较小的战争以引之，而三次战争的描写重心又都在"火攻"二字。

具体而言，这种"引"法还有长短之分，有的是临时发挥，有的则是蓄谋已久。如书中第二十八回写关羽、张飞古城相会，张飞认为关羽是受曹操指使带兵来抓自己，关羽说："我若捉你，须带军马来。"毛宗冈在此夹批道："借此一语带起下文，如针引线，极叙法之妙。"因为关羽的这句话，作者便借机引出下文蔡阳带兵赶关羽、张飞进一步误解、关羽斩蔡阳的精彩故事。这便是临时发挥的短"引"。

相比较而言，小说第三十五回作者写诸葛亮出场，则是一段蓄谋已久的长"引"了。对此，毛宗冈在该回的回前总批中有一番较长的议论："此卷为玄德访孔明，孔明见玄德作引子耳。将有南阳诸葛庐，先有南漳水镜庄以引之；将有孔明为军师，先有单福为军师以引之。不特此也：前卷有玉龙、金凤，此卷乃有伏龙，凤雏；前卷有一雀一台，此卷乃有一凤一龙。——是前卷又为此卷作引也。究竟一凤一龙未曾指为谁。不但水镜不肯说龙、凤姓名，即单福亦不肯自道其真姓名。庞统二字在童子口中轻轻逗出，而玄德却不知此人之即为凤雏；元直二字在水镜夜间轻轻逗出，而玄德却不知此人之即为单福。隐隐约约，如帘内美人，不露全身，只露半面，令人心神恍惚，猜测不定。至于诸葛亮三字，通篇更不一露，又如隔墙闻环佩声，并半面亦不得见。纯用虚笔，真绝世妙文。"在第三十六回的回前总批中，毛氏再次谈到这一问题："叙单福用兵处，不须几笔，然设伏料敌、破阵取城之能，已略见一斑矣。后文有孔明无数神机妙算，此先有单福小试其端以引之。如将观名优演名剧，而此一卷，则是副末登场也。"

说罢"先声"，再看"余势"。相对"弄引"而言，"余波"要简单一些。还是先看毛宗冈所言："《三国》一书，有浪后波纹，雨后霢霂之妙。凡文之奇者，文前必有先声，文后亦必有余势。"此即金圣叹所谓"獭尾法"，亦即在重大故事叙完之后，又叙一相同或相近的小故事以作余波。如《三国演义》在写了刘备三顾茅庐一大段精采的故事以后，又写了刘琦三请诸葛亮一小段故事以作映带，便令人感到余波荡漾、韵味无穷。

"将雪见霰"与"浪后波纹"，其实是一个问题的两个方面。它所表明的是中心故事与其"先声""余势"之间的关系；或者说，是一道山脉中的主峰与其来龙去脉的关系。一部优秀的长篇小说，如果只写几个精彩的大故事是不够的，它必须由许多小故事前后左右拱绕着中心故事，宛若众星捧月、万笏朝宗。这样，才使得全书的情节安排具有层次感，也使得读者在欣赏作品时具有一种审美间歇感和张弛有致的正常心态。

四

上述几方面而外，对于《三国演义》的叙事，毛宗冈还有一些评论同样能引起我们的重视。尤其是在《读三国志法》中，毛宗冈一口气说出了《三国》一书的十四"妙"。其中，绝大多数都是就叙事立论的。有一些我们在上文已做介绍，下面再补说数则。

毛宗冈说："《三国》一书有星移斗转，雨覆风翻之妙。"所指的即是诸种矛盾相互之间的渗透冲激、对立转换，从而使故事情节变生不测、愈翻愈奇。在这里，毛宗冈一口气列举了《三国演义》中重大故事情节的四十二次出人意料的变化，最后说："论其呼应有法，则读前卷定知其有后卷；论其变化无方，则读前文更不料其有后文。于其可知，见《三国》之文之精于其不可料，更见《三国》之文之幻矣。"

毛宗冈说："《三国》一书有寒冰破热，凉风扫尘之妙。"指的是故事情节推衍过程中的动静结合、冷热相间。正如毛氏所举例说明的那样："如关公五关斩将之时，忽有镇国寺内遇普静长老一段文字；昭烈跃马檀溪之时，忽有水镜庄上遇司马先生一段文字；孙策虎踞江东之时，忽有遇于吉一段文字；曹操进爵魏王之时，忽有遇左慈一段文字；昭烈三顾草庐之时，忽有遇崔州平席地闲谈一段文字；关公水淹七军之后，忽有玉泉山月下点化一段文字。至于武侯征蛮而忽逢孟节，陆逊追蜀而忽遇黄承彦，张任临敌而忽问紫虚丈人，昭烈伐吴而忽问青城老叟。或僧、或道、或隐士、或高人，俱于极喧闹中求之，真足令人躁思顿清，烦襟尽涤。"

毛宗岗说："《三国》一书，有笙箫夹鼓，琴瑟间钟之妙。"所指的则是故事情节安排的刚柔相济、优美与壮美相结合。诚如毛氏举例所言："如正叙黄巾扰乱，忽有何后、董后两宫争论一段文字；正叙董卓纵横，忽有貂蝉凤仪亭一段文字；正叙催、汜猖狂，忽有杨彪夫人与郭汜之妻来往一段文字；正叙下邳交战，忽有吕布送女、严氏恋夫一段文字；正叙冀州厮杀，忽有袁谭失妻、曹丕纳妇一段文字；正叙荆州事变，忽有蔡夫人商识一段文字；正叙赤壁鏖兵，忽有曹操欲取二乔一段文字；正叙宛城交攻，忽有张济妻与曹操相遇一段文字；正叙赵云取桂阳，忽有赵范寡嫂敬酒一段文字；正叙昭烈争荆州，忽有孙权亲妹洞房花烛一段文字；正叙孙权战黄祖，忽有孙翊妻为夫报仇一段文字；正叙司马懿杀曹爽，忽有辛宪英为弟画策一段文字，至于袁绍讨曹操之时，忽带叙郑康成之婢，曹操救汉中之日，忽带叙蔡中郎之女，诸如此类，不一而足。人但知《三国》之文是叙龙争虎斗之事，而不知为凤、为鸾、为莺、为燕，篇中有应接不暇者，令人于干戈队里时见红裙，旌旗影中常睹粉黛，殆以豪士传与美人传合为一书矣。"

毛宗岗说："《三国》一书，有横云断岭，横桥锁溪之妙。文有宜于连者，有宜于断者。如五关斩将，三顾草庐，七擒孟获：此文之妙于连者也。如三气周瑜，六出祁山，九伐中原：此文之妙于断者也。盖文之短者，不连叙则不贯串；文之长者，连叙则惧其累坠：故必叙别事以间之，而后文势乃错综尽变，后世稗官家鲜能及此。"这种"横云断岭"法用得好，一方面可以使故事情节多一些曲折，避免冗长累赘之病；另一方面，又可以使故事情节包含更丰富的内容，具有更重要的意义。当然，该不该断，什么时候断，完全应视情节发展的需要而定。否则，随心所欲地乱断一气，那只会把作品断得支离破碎、杂乱无章，其效果也就与作者的动机背道而驰了。

毛宗岗的《读三国志法》中还有不少这方面精彩的论述。例如"有近山浓抹，远树轻描之妙"，是指运用虚实结合的方法而使作品具有立体感。再如"有奇峰对插，锦屏对峙之妙"，是指小说创作的"对写"之法，亦即通过相同或相反的情节之间的相互映衬，从而形成一种对称感。还有"同树异枝、同枝异叶、同叶异花、同花异果之妙。"这种提法，在别的小说批评家如脂砚斋那儿分别被称之为"特犯不犯""横云断山"等。至于他所说的"《三国》一书，有添丝补锦，移针匀绣之妙"，则是指运用补叙的方法，使作品结构匀称。

除《读三国志法》而外，毛宗岗在具体的《三国演义》逐回评点中，也提出了一些很有见地的看法。如他称故事情节间过渡的写法为"过枝接叶"，在第八十一回的回前总评中毛氏举例说道："当关公显圣之后，便当接先主杀刘封，而中间忽有曹操患病、华佗被杀、曹丕袭爵、曹植赋诗一段文字以间之。及刘封既斩之后，便当接翼德被刺、先主伐吴，而中间又有献帝禅位、曹丕篡汉、成都闻变、孔明劝进一段文字以间之。其过枝接叶处，全不见其断续之痕，而两边夹叙，一笔不漏。"

尤能引起毛宗岗兴趣的还是《三国演义》作者所用的"补叙"之法。如第十六回介绍吕布的妻妾情况时，毛氏夹批："补叙得好。"再如第二十一回"青梅煮酒论英雄"时，又写曹操自叙"望梅止渴"一事，毛氏又批："忽于此处补出一段闲文，妙绝，妙绝！"还有第一百十七回补叙诸葛亮妻子和儿子事，毛氏连连批曰："武侯夫人事直至篇终补出，叙事妙品。""诸葛瞻往事，却于此处补出，叙事妙品。"在《读三国志法》中，毛宗岗干脆对补叙的方法来了一个大总结："《三国》一书，有添丝补锦，移针匀绣之妙。凡叙事之法，此篇所阙者补之于彼篇，上卷所多者匀之于下卷，不但使前文不拖沓，而亦使后文不寂寞；不但使前事无遗漏，而又使后事增渲染，此史家妙品也。如吕布取曹豹之女本在未夺徐州之前，却于困下邳时叙之。曹操望梅止渴本在击张绣之日，却于青梅煮酒时叙之。管宁割席分坐本在华歆未仕之前，却于破壁取后时叙之。吴夫人梦月本在将生孙策之前，却于临终遗命时叙之。武侯求黄氏为配本在未出草庐之前，却于诸葛瞻死难时叙之。诸如此类，亦指不胜屈。前能留步以应后，后能回照以应前，令人读之真一篇如一句。"这里不仅分析了补叙的重要性，而且还进一步指出补叙是为了使前文不拖沓，后文不寂寞。毛宗岗的说法是否正确，我们可以再作讨论，但他对补叙之重视却是显而易见的。

毛宗岗还注意到叙事过程中细节真实的问题。如书中第四十六回，有著名的"草船借箭"的故事。当故事叙述完毕以后，作者又补充了一句："却说曹操平白折了十五六万箭。"此处，毛宗岗有夹批曰："江东得箭十馀万，曹操失箭十五六万。盖大半射在船上，小半射落水中矣。若亦整整失得十万箭，不惟无此等文，亦无此等事也。"

以上通过对毛宗冈批《三国》叙事理论的分析，我们可以看出毛宗冈在这一方面颇有造诣。平心而论，毛宗冈批《三国》可能在人物塑造理论、审美接受理论、语言艺术理论等方面未能达到金批《水浒传》、张批《金瓶梅》、脂批《红楼梦》的高度，但就叙事理论而言，毛宗冈较之上述三家是有过之而无不及的。

（原载《三峡论坛》2010 年第 4 期）

晚明小说批评刍议

明代嘉靖以降，章回小说与拟话本小说得以大量出版，这对于小说批评既是一个前提，又是一种刺激。故而，隆庆直至明末的小说批评便掀起了一个高潮，其中尤以万历年间为甚。而这一时期小说批评的繁盛，又体现了中国古代小说批评已进入比较自觉成熟的阶段。这种自觉与成熟，大要体现在如下几个方面。

一、对小说功能的再认识

晚明以前，人们对小说功能的认识主要在三个方面：史鉴功能、劝诫功能、娱乐功能。明代前、中期的小说批评者们，又在娱乐功能的认识基点上，渗入了一点"自娱"的意味。所有这些，仍被晚明的某些批评者所认可。

笑花主人在《今古奇观序》开篇就说："小说者，正史之馀也。"这是一种传统观念，晚明亦多有之。如署名李贽的《忠义水浒传叙》云："故有国者不可以不读，一读此传，则忠义不在水浒而皆在于君侧矣。贤宰相不可以不读，一读此传，则忠义不在水浒而皆在于朝廷矣。兵部掌军国之枢，督府专阃外之寄，是又不可以不读也，苟一日而读此传，则忠义不在水浒，而皆为干城心腹之选矣。"再如甄伟在《西汉通俗演义序》中说："使刘项之强弱，楚汉之兴亡，一展卷而悉在目中，此通俗演义所由作也。"还有，可观道人也认为《新列国志》能"与《三国志》汇成一家言，称历代之全书，为雅俗之巨览，即与《二十一史》并列邺架，亦复何愧？"（《新列国志叙》）所有这些，都还是从翼史意识出发而重复着小说的史鉴功能。

袁无涯在《忠义水浒全书发凡》中说："顾意主劝惩，虽诬而不为罪，今世小说家杂出，多离经叛道，不可为训。间有借题说法，以杀盗淫妄行警醒之意者，或叮拾而非全书，或捏饰而非习见，虽动喜新之目，实伤雅道之亡，何若此书之为正耶？昔贤比于班马，余谓进于丘明，殆有《春秋》之遗意焉，故允宜称传。"这番话，可视作对小说的史鉴功能与劝诫功能的双重认定。

至于对小说的劝诫功能的认可，似已成为晚明诸多批评者的共识。如酉阳野史在《新刻续编三国志引》中认为是书"以警后世奸雄，不过劝惩来世，戒叱凶顽尔"。再如冯梦龙则在关于"三言"的三篇序言中反复提到小说可使"怯者勇，淫者贞，薄者敦，顽钝者汗下"。(《古今小说序》) 小说可以"说孝而孝，说忠而忠，说节义而节义"。(《警世通言叙》) 而"三言"的命名则标志着"明者，取其可以导愚也；通者，取其可以适俗也；恒则习之而不厌，传之而可久"。(《醒世恒言序》) 夏履先则说得更为明确，他认为像《禅真逸史》这样的小说"处处咸伏劝惩，在在都寓因果，实堪砭世，非止解颐"。(《禅真逸史凡例》) 欣欣子在《金瓶梅词话序》中则从因果报应的角度阐述了小说的劝诫功能："至于淫人妻子，妻子淫人，祸因恶积，福缘善庆，种种皆不出循环之机，故天有春夏秋冬，人有悲欢离合，莫怪其然也。合天时者，远则子孙悠久，近则安享终身；逆天时者，身名罹丧，祸不旋踵。人之处世，虽不出乎世运代谢，然不经凶祸，不蒙耻辱者，亦幸矣。故吾曰：笑笑生作此传者，盖有所谓也。"以上诸家，诚可谓比较全面地论述了通俗小说普遍而持久的劝诫功能。

晚明批评家对小说的娱乐功能尤为看重，无论是娱人还是自娱，他们一再宣称小说是"游戏"之作。聊举数例为证：天都外臣汪道昆谓："小说之兴，始于宋仁宗。于时天下小康，边衅未动。人主垂衣之暇，命教坊乐部纂取野记按以歌词，与秘戏优工相杂而奏。是后盛行，遍于朝野。盖虽不经，亦太平乐事，含哺击壤之遗也。"(《水浒传叙》) 胡应麟谓："小说者流，或骚人墨客游戏笔端，或奇士洽人搜罗宇外。"(《少室山房笔丛·九流绪论》) 谢肇淛谓："凡为小说及杂剧戏文，须是虚实相半，方为游戏三昧之笔。"(《五杂组》卷十五) 汤显祖谓："然则稗官小说，奚害于经传子史？游戏墨花，又奚害于涵养性情耶！"(《点校虞初志序》) 凌濛初在冯梦龙"三言"的影响下撰写了"二拍"，他在《拍案惊奇序》中谈到："因取古今来杂碎事，可新听睹、佐诙谐者，演而畅之，得若干卷。……总以言之者无罪，闻之者足以为戒，可谓云尔而矣。"这便是小说娱乐、劝诫功能的复合统一，亦即所谓寓教于乐也。

由上可知，对小说的史鉴功能、劝诫功能、娱乐功能的认可，在晚明批评家那儿是屡见不鲜的。然而，这些还只是承以前小说批评之余绪，不足称道。在晚明小说批评中，真正值得大书一笔的，乃是批评家们对小说审美功能的认识和阐述。

对小说审美功能的认识，其实是以对小说的娱乐功能的认识为基础而进入的一种高级状态。娱乐，本身就包含审美于其间，是一种朦胧的、初级状态的审美活动。晚明批评家的可贵之处，正在于能从小说创作娱人或自娱的游戏笔墨之中，体味到其间的审美功能。这不能不说是中国小说批评史上的一大进步。

正如同许多事物的发展规律一样，人们对小说审美功能的认识，一开始不可能十分系统和明晰，而只能呈现出一种迷蒙的、莫可名状的混沌状态。或者说，晚明的批评家还只能大致上对小说产生一种审美认同，而不能条分缕析地谈出美的诀窍。总之，他们还只是达到一种知其然而未知所以然的地步。当然，也有少数批评家对某些问题谈得比较具体一些。

汪道昆谓《水浒》一书"如良史善绘，浓淡远近，点染尽工，又如百尺之锦，玄黄经纬，一丝不纰。此可与雅士道，不可与俗士谈"。（《水浒传叙》）这便是一种整体上的审美认同。诸如此类的感受，在不少批评家笔下均可看到。如胡应麟称《水浒传》"述情叙事，针工密致，亦滑稽之雄也"。"而中间抑扬映带，回护咏叹之工，真有超出语言之外者"。（《少室山房笔丛·庄岳委谈》）而袁宏道《听朱生说水浒传》一诗，表达的更是一种审美快感："少年工谐谑，颇溺《滑稽传》。后来读《水浒》，文字益奇变。《六经》非至文，马迁失组练，一雨快西风，听君酣舌战。"将《水浒》的艺术魅力抬高到《六经》《史记》之上，确为石破天惊之论，然究其所以然，仍未详细分析《水浒》美在何处，这大概与诗歌无法作长篇论证有关。在另外一篇文章中，袁宏道阐发得明确一些，他借"里中好读书者"之口说"人言《水浒传》奇，果奇。予每检《十三经》或《二十一史》一展卷，即忽忽欲睡去，未有若《水浒》之明白晓畅、语语家常，使我捧玩不能释手者也。"（《东西汉通俗演义序》）可惜中郎先生并未就《水浒》语言之"明白晓畅、语语家常"生发开去，深入探讨，仍归结于"不能释手"的审美感受。再如汤显祖评价《虞初志》一书，所表明的也是一种浑然的审美心得："读之使人心开神释、骨飞眉舞。"（《点校虞初志序》）至于夏履先在《禅真逸史凡例》中认为该小说"吟咏讴歌，笑谭科浑，颇颇嘲尽人情，摹穷世态，虽千头百绪。出色争奇，而针线密缝，血脉流贯，首尾呼吸，联络尖巧，无纤毫遗漏"，这种批评，显然较之以上诸家更为细致具体一些。

由上可知，晚明批评者们对小说审美功能的认识尽管还比较笼统，有的只能算作一种感受，但他们毕竟已经开始敏锐地接触到了小说批评的本质问题之一——审美。沿着这个方向走下去，小说的批评将出现一个比较高级的境界。

二、在"传道"掩盖下的新思考

所谓"传道"实即小说的史鉴功能与劝诫功能的结合,亦即在小说创作中按照统治阶级的意识形态来训导广大读者。晚明的小说批评家大都很重视这一问题,这在上一节业已阐述。这里要说明的主要是两点:其一,批评家们借助于"传道"来抬高小说的社会地位;其二,批评家们以"传道"自称,而实际上体现的乃是他们对某些问题的新思考。

先谈第一点。汪道昆在批驳有人认为《水浒》"近于诲盗"的观点时说:"《庄子·盗跖》,愤俗之情,仲尼删诗,偏存郑卫。有世思者,固以正训,亦以权教。如国医然,但能起疾,即乌喙亦可,无须参苓也。"(《水浒传叙》)这里打了一个比方,只要能医好病,并非都要用人参、伏苓一类的补药,用乌喙这样的有毒植物亦可。以此类推,要达到"传道"的目的,并非只有"正训"一种方式,"权教"也可以。《庄子》中不也有《盗跖》篇吗?孔子整理过的《诗经》中不也有郑卫之风吗?这便是"权教",或者叫作以毒攻毒,说《水浒》诲盗者,正是没有看到这种以毒攻毒的效用。这种比喻虽然不太恰切,但江氏借"传道"来抬高小说的社会地位的用心却十分明显。陈继儒的说法比汪道昆要明确一些:"演义,以通俗为义也者。故今流俗节目不挂司马班陈一字,然皆能道赤帝、诧铜马、悲伏龙、凭曹瞒者,则演义之为耳。演义固喻俗书哉,义意远矣!"(《唐书演义序》)这也是认为小说可以与《史记》《汉书》《三国志》等历史著作一样"传道",也是在借"传道"来抬高小说的地位。在另一篇文章中,陈继儒甚至认为小说在"传道"方面的作用胜过正史:"有学士大夫不及详者,而稗官野史述之;有铜螭木简不及断者,而渔歌牧唱能案之。此不可执经而遗史,信史而略传也。"(《叙列国传》)相比之下,余象斗的言论则更激烈一些,他在《题列国序》中先说:"若十七史之作,班班可睹矣。然其序事也,或出幻渺;其意义也,或至幽晦。何也?世无信史,则疑信之传固其所哉"。接下去,他又说,像《列国志》这样的小说"旁搜列国之事实,载阅诸家之笔记,条之以理,演之以文,编之以序","是诚诸史之司南,吊古者之骏蚁也"。如果从"信史不信"的角度看问题,这种议论亦不无道理,然余氏之用心仍在于借"传道"而抬高小说的地位。在这方面谈得最为充分的还是冯梦龙,他在《古今小说序》中劈头就说:"史统散而小说兴。"接着,在列举了一些小说之优劣后,他又大力鼓吹了小说在"传道"中的巨大作用,并断言,与之相比,"虽小诵

《孝经》《论语》，其感人未必如是之捷且深也。嘻，不通俗而能之乎？"在《警世通言叙》中，冯梦龙又指出小说作品"不害于风化，不谬于圣贤，不戾于诗书经史，若此者其可废乎？"在《醒世恒言序》中，冯梦龙更加干脆地提出："六经国史而外，凡著述皆小说也。"并进一步指出《醒世恒言》这样的小说"虽与《康衢》《击壤》之歌并传不朽可矣"。最终，他还总结道："崇儒之代，不废二教，亦谓导愚适俗，或有藉焉。以二教为儒之辅可也。以《明言》《通言》《恒言》为六经国史之辅不亦可乎？"在这方面说得最为激烈的是署名袁宏道的《花阵绮言题词》，文中居然说将此类小说"暇日抽一卷，佐一觞，其胜三坟五典、秦碑汉篆，何啻万万！"由此可见当时的批评家们抬高小说社会地位的心理激切到何种地步！

然而，仅仅只是借"传道"来抬高小说的社会地位仍然是很不够的，真正有见地的批评家则更加注重在"传道"思想的掩盖下来体现自己对某些问题的新思考。因为，如果小说只是为了"传道"而写作的话，那么，它与六经国史在本质上有何区别？甚至于与代圣贤立言的八股文在内容上有何区别？要真正地认识到小说作为一种具有独立品格的文学样式，必须从新的角度来解释小说，来阐释小说家们为什么写小说。值得庆幸的是，晚明的批评家们在这方面已进行了一些可贵的试探。

首先值得一提的便是发愤而为小说的观点。在我国，发愤著书之说，古已有之，而发愤为小说的提法，至迟在明初便已萌发。洪武间，瞿佑在《剪灯新话序》中已提起"哀穷悼屈"的话头。此后，刘敬更明确地道出了写小说者"特以泄其暂尔之愤懑"的观点。（见《剪灯馀话序》）到了署名李贽的《忠义水浒传叙》中，作者则对这一问题展开了颇为深入的论述："太史公曰：'《说难》《孤愤》，贤圣发愤之所作也。'由此观之，古之贤圣不愤则不作矣。不愤而作，譬如不寒而颤，不病而呻吟也，虽作何观乎？《水浒传》者，发愤之所作也。盖自宋室不竞，冠屦倒施，大贤处下，不肖处上。驯致夷狄处上，中原处下，一时君相犹然处堂燕鹊，纳币称臣，甘心屈膝于犬羊已矣。施、罗二公身在元，心在宋，虽生元日，实愤宋事。是故愤二帝之北狩，则称大破辽以泄其愤；愤南渡之苟安，则称灭方腊以泄其愤。敢问泄愤者谁乎？则前日啸聚水浒之强人也，欲不谓之忠义不可也。是故施、罗二公传《水浒》而复以忠义名其传焉。"就这样，作者以"发愤"说为媒介，将"忠义"与"造反"联系起来而归于一。这是十分典型的借"传道"而发表新见解。随后，酉阳野史也鼓桴相应，在《新刻续编三国志引》中指出："今是书之编，无过欲泄愤一时，取快千载"，而且是"以泄万世苍生之大愤"。这种观念，视野更加开阔，境界更高一筹,在当时堪称最有意义的观点。与此相类似的观点,在晚明小说批评中绝非上述两例。如徐如翰就认为有人写小说乃是"肮脏之气无所发舒,而益奇于文"。(《云合奇踪序》)再如睡乡居士在《二刻拍案惊奇序》中也说:"即空观主人者,其人奇,其文奇,其遇亦奇,因取其抑塞磊落之才,出绪馀以为传奇,又降而为演义。此《拍案惊奇》之所以两刻也。"

另一值得重视的是冯梦龙的"情教"观。冯氏在《警世通言叙》中,就已从小说的艺术魅力能达到"说孝而孝,说忠而忠,说节义而节义"而向前推进一步:"触性性通,导情情出"。这实际上已在暗中偷换了论题,由小说之"传道"转移为"导情"。在署名詹詹外史的《情史叙》中,冯梦龙又进一步明确提出:"《六经》皆以情教也。《易》尊夫妇,《诗》首《关雎》,《书》序嫔虞之文,《礼》谨聘奔之别,《春秋》于姬姜之际详然言之,岂非以情始于男女?凡民之所必开者,圣人亦因而导之,俾勿作于凉,于是流注于君臣父子兄弟朋友之间,而汪然有馀乎!异端之学,欲人鳏旷,以求清净,其究不至无君父,不止情之功效亦可知已。"这实际上是打着"传道"的旗号,而以"情教"与"理学"相对抗。当然,冯梦龙之所谓"情",其实是既包括了男女之情,又不局限于男女之情。他在另一篇署名龙子犹的《情史序》中说:"余少负情痴,遇朋侪必倾赤相与,吉凶同患。"此处所谓"情",便不是指的男女之情。在这篇文章的最后,冯氏还作了一篇情偈:"天地若无情,不生一切物。一切物无情,不能环相生。生生而不灭,由情不灭故。四大皆幻设,惟情不虚假。有情疏者亲,无情亲者疏,无情与有情,相去不可量。我欲立情教,教诲诸众生,子有情于父,臣有情于君,推之种种相,俱作如是观。万物如散钱,一情为线索,散钱就索穿,天涯成眷属。若有贼害等,则自伤其情。如睹春花发,齐生欢喜意。盗贼必不作,奸宄必不起。佛亦何慈悲,圣亦何仁义。倒却情种子,天地亦混沌。无奈我情多,无奈人情少。愿得有情人,一齐来演法。"这样一篇"情偈",如此大张旗鼓地标举一个"情"字,简直就是要以"情教"来取代"传道"了。正如同中国的诗歌长期以来一直作为"言志"的工具一样,中国的小说长期以来一直作为"传道"的载体。然而,也正如同在"诗言志"之后有"诗缘情"的突破一样,在以小说"传道"之后必然会有以小说实现"情教"的提法。这里面似乎带有一点历史的必然性,但无论如何,这种观点却是由冯梦龙响亮而明确地提出来了。对于这种独具慧眼、振聋发聩的口号,我们为之品几声画角、擂一阵战鼓亦不为过。

晚明批评家们在"传道"掩盖下的新思索,绝不仅止于上述两点。这里,不过是就其荦荦大者而言之。

三、史实—虚构—生活真实

小说与历史的关系，在晚明以前的批评理论中，是一个长期纠缠不清的问题。从汉魏到宋元，甚至到明代前中期，仍有不少批评家认为小说是羽翼正史的产物，具有很强的史鉴功能。这种认识，在晚明小说批评中亦有所延续。如陈继儒在《唐书演义序》《叙列国传》等文章中，就未能将历史演义与历史著作从实质上进行区分，而只是在语言或某些具体事实上作一点区别。这已算很不错的进展了。至若可观道人则强调《新列国志》一书"本诸《左》《史》，旁及诸书，考核甚详，搜罗极富，虽敷演不无增添，形容不无润色，而大要不敢尽违其实"。(《新列国志叙》)乃是将历史演义小说看作史书的附庸或通俗化产品。夏履先在评价《禅真逸史》一书时也说："是书虽逸史，而大异小说稗编。事有据，言有伦，主持风教，范围人心。两朝隆替兴亡，昭如指掌，而一代舆图土宇，灿若列眉。乃史氏之董狐，允词家之班马。"(《禅真逸史凡例》)仍然是立足于史实来谈小说。

然而，时代毕竟在前进，人们的小说观念毕竟在发展。晚明更多的批评者比他们的前辈更注重于小说的虚构，许多言论都涉及"真""幻""虚""实"的问题。天都外臣在《水浒传叙》中就已谈到"此其虚实，不必深辩，要自可喜"。胡应麟也指出"唐人乃作意好奇"。(《少室山房笔丛·二酉缀遗》)王圻则强调"文至院本、说书，其变极矣"。(《稗史汇编》)谢肇淛也认为"凡为小说及杂剧戏文，须是虚实相半，方为游戏三昧之笔"。(《五杂俎》)酉阳野史说得更为明确："夫小说者，乃坊间通俗之说，固非国史正纲。""大抵观是书者，宜作小说而览，毋执正史而观"。(《新刻续编三国志引》)即便是历史演义小说的作者甄伟也表示："若谓字字句句与史尽合，则此书又不必作矣。"(《西汉通俗演义序》)另一位小说作者袁于令在《隋史遗文序》中也说："正史以纪事，纪事者何？传信也，遗史以搜逸，搜逸者何？传奇也。传信者贵真，……传奇者贵幻。"上述观点，从不同的角度阐明了小说不等于史书，虚构是小说的本质特征之一。在这方面，探讨尤为深入者是冯梦龙和张无咎。

冯梦龙在《警世通言叙》中说："野史尽真乎？曰：不必也。尽赝乎？曰：不必也。然则去其赝而存其真乎？曰：不必也。"小说就是小说，它不是历史，因此不必"尽真"。但小说又是根据一定的史实或现实而虚构的，因此亦不必"尽赝"。进而言之，如果将小说中的"赝"全部去掉而仅存其"真"，那又与历史记载或新闻报道有何区别？故而又不必也。冯氏这一连三个"不必"，恰好点明了小说的基本特性，它所需要的是艺术真实。

张无咎在《批评北宋三遂新平妖传叙》中提出："小说家以真为正，以幻为奇"，"兼真幻之长"。这就进一步指出了小说创作须同时注意"真"与"幻"两个方面，二者不可偏废。然而，何以谓"真"，何以谓"幻"，怎样才算做到了两者的有机结合？张无咎对这些问题举例加以说明，他说："然语有之：'画鬼易，画人难'。《西游》幻极矣，鬼而不人，第可资齿牙，不可动肝肺。《三国志》，人矣，描写亦工，所不足者幻耳。然势不得幻，非才不能幻，其季孟之间乎？"也就是说，《西游记》乃极幻之作，《三国演义》乃极真之作，然二者均只在一个方面达到极致，而未能达到另一面，故均只能算是上中水平之间的作品。那么，如果模仿《三国演义》或《西游记》的某一方面而达到极端，将会产生何种结果呢？张氏在下文中又说："《七国》《两汉》《两唐宋》如弋阳劣戏，一味锣鼓了事，效《三国志》而卑者也。《西洋记》如王巷金家神说谎乞布施，效《西游》而愚者也。至于《续三国志》《封神演义》等，如病人呓语，一味胡谈。《浪史》《野史》等，如老淫土娼，见之欲呕，又出诸杂刻之下。"这里，除了像《浪史奇观》《绣榻野史》那样的作品，专事淫秽描写最为低劣，可置之不论而外，张氏对其他作品的评价却是饶有意味的。《七国》《两汉》《两唐宋》等历史演义小说，或直抄史书，或大作无稽之谈，因此，又无法与《三国演义》相比。而《三宝太监西洋记》一书，仿效《西游记》又手段低劣，故而愚蠢至极。至若《续三国志》《封神演义》更是假造历史，一味胡说。这些作品，真亦非真，幻亦非幻，或者说，既不符合历史真实，又谈不上艺术虚构，尽管它们取法乎"上中"之作，而结果只能是"中下"之制。张氏的这种评价，是基本符合上述诸小说作品的实际情况的。接下去的问题便是，在张无咎看来，什么样的作品方能称之为"上上"之作呢？他自有答案："《玉娇梨》《金瓶梅》另辟幽蹊，曲终奏雅，然一方之言，一家之政，可谓奇书，无当巨览，其《水浒》之亚乎？"他是将《玉娇梨》（疑当作《玉娇李》）、《金瓶梅》和《水浒传》当作上乘之作来赞扬的。何以谓之？第一，因为这几部作品"另辟幽蹊"，即大胆地进行了艺术创新。第二，"曲终奏雅"，即这几部小说最终能劝人为善。第三，写"一方之言，一家之政"，即这几部小说能表现生活真实。三条之中，除第二条具有鼓吹小说的劝诫功能的意思外，第一条和第三条均值得我们重视。第一条所言，其实就是处理好"虚"与"实"的关系问题，因为所谓另辟幽蹊，正是相对《三国演义》之"实"与《西游记》之"虚"而言。而第三条，则更向人们指出了小说反映生活真实的重要性，这一点，正是晚明小说批评完成了一次飞跃的标志。

在晚明批评家中,认识到小说的艺术虚构与生活真实之间的关系的,并不止张无咎一人,只不过各人认识的程度不同罢了。如天都外臣就曾经论述了《水浒传》一书反映生活的广泛性:"载观此书,其地则秦、晋、燕、赵、齐、楚、吴、越,名都荒落,绝塞遐方,无所不通。其人则王侯将相,官师士农,工贾方技,吏胥厮养,驵侩舆台,粉黛缃黄,赭衣左衽,无所不有。其事则天地时令,山川草木,鸟兽虫鱼,刑名法律,韬略甲兵,支干风角,图书珍玩,市语方言,无所不解。其情则上下同异,欣戚合离,捭阖纵横,揣摩挥霍,寒喧嚬笑,谑浪排调,行役献酬,歌舞谲怪,以至大乘之偈,《真诰》之文,少年之场,宵人之态,无所不该。"(《水浒传叙》)再如署名怀林的《水浒传一百回文字优劣》中也说:"世上先有《水浒传》一部,然后施耐庵、罗贯中借笔墨拈出。若夫姓某名某,不过劈空捏造,以实其事耳。如世上先有淫妇人,然后以杨雄之妻、武松之嫂实之。世上先有马泊六,然后以王婆实之。世上先有家奴与主母通奸,然后以卢俊义之贾氏、李固实之。若管营、若差拨、若董超,若薛霸、若富安、若陆谦,情状逼真,笑语欲活,非世上先有是事,即令文人面壁九年,呕血十石,亦何能至此哉?此《水浒传》之所以与天地相终始也。"这些言论,都十分重视小说与现实的关系。而欣欣子在《金瓶梅词话序》中则说得更为简明:"吾友笑笑生为此,爰罄平日所蕴者,著斯传,凡一百回。"非常强调小说作者长时间的生活积累,正由于有了这种积累,才能逼真地反映生活。至于另一位批评家憨憨子,则在《绣榻野史序》中将正史与野史作了比较:"正史所载,或以避权贵当时,不敢刺讥",倒不如"草莽不识忌讳,得抒实录"。在憨憨子看来,家乘野史比正史更能反映生活的真实,更引人注目,故"尝于家乘野史尤注意焉"。徐如翰则从另一角度提出问题:"天地间有奇人始有奇事,有奇事乃有奇文。"(《云合奇踪序》)这就指出了奇文是建立在奇人奇事的基础之上的,没有现实中的"奇人奇事",哪来小说中的"奇文"?笑花主人同样重视生活真实,他赞美冯梦龙的作品说:"至所纂《喻世》《警世》《醒世》三言,极摹人情世态之歧,备写悲欢离合之致。可谓钦异拔新,洞心骇目。"(《今古奇观序》)夏履先盛赞《禅真逸史》一书,也是因为该小说能对"世运转移、人情翻覆"等情事"描写精工,形容婉切"。能于"吟咏讴歌,笑谭科诨"中"嘲尽人情,摹穷世态"。(《禅真逸史凡例》)而这一切,如无对生活深入的认识和体察,如何做得到?

必须指出,晚明的不少批评者,在评论小说创作中的史实、虚构、生活真实三者之间的关系时,往往出现自我矛盾的现象。笑花主人如此,夏履先更典型。夏氏一方面赞扬《禅真逸史》一书在反映生活真实方面的成绩，另一方面又肯定这部小说"事有据"，"大异小说稗编"。之所以产生这种矛盾，乃在于在某些批评家心目中，小说尚未能真正突破史传对其阴影的覆盖。或许，他们又容易将生活真实与历史真实混为一谈。但无论如何，既然当时已有不少批评家程度不同地意识到艺术虚构、反映生活真实乃是小说创作的根本之所在，那么，也就意味着在人们的心目中"小说"（尤其是通俗小说）这一新生儿业已从她"史传文学"的母体中分娩而出、呱呱坠地了。尽管有的鉴赏者仍不时地将她与她的母亲混为一谈，那只是因为她带有太明显的母体的遗传因子，尤其是以历史故事为题材的小说。

四、典型论初探与通俗化要求

我们说，中国古代的小说批评是到了明代后期才真正成熟，这是建立在几个大的方面有所突破的基点上的。除了上面所讲到的若干问题是在晚明以前的小说批评的基础上更向前拓展了一步而外，更重要的一点便是晚明批评家的小说观念更趋向于明了和纯粹。换言之，晚明的不少批评家已开始从纯文学的角度来观照小说，尤其是通俗小说。而这一问题又最集中地体现在两点，即关于人物典型问题的初步探讨和对小说语言的通俗化要求。

在上一节我们曾引用过署名怀林者在《水浒传一百回文字优劣》中的一段话。这段话的要点是人物形象从现实生活中来，现实中先有类似的人和事，而作者不过是凭空捏造某姓某名以实其事。这样，以现实生活为基础，再经过作者的艺术加工，才能创造出"情状逼真，笑语欲活"的人物。这实际上已接近于我们现在所认识到的人物典型塑造的基本原则。这种观点，在容与堂本《李卓吾先生批评忠义水浒传》的回评里面，由署名李载贽、李和尚、李卓吾、秃翁、李贽、卓老者的许多评语中说得更为深入。其中，以下几点尤其值得注意。

首先，小说塑造人物的真假之辨。如第一回评曰："《水浒传》事节都是假的，说来却似逼真，所以以为妙。"第十回评曰："《水浒传》文字原是假的，只为他描写得真情出。所以便可与天地相终始。即此回中李小二夫妻两人情事咄咄如画。"这里所谓"假"，其实就是艺术虚构。但在艺术虚构的同时又不脱离现实生活，故而"描写得真情出"，故而"说来却似逼真"，虚构而能逼真，亦即我们今天所说的源于生活而高于生活，亦即在人物塑造方面的概括和集中。

其次，人物之间性格差异的描写。如第三回评曰："《水浒传》文字妙绝千古,全在同而不同处有辨。如鲁智深、李逵、武松、阮小七、石秀、呼延灼、刘唐等众人,都是急性的,渠形容刻画来各有派头,各有光景,各有家数,各有身分,一毫不差,半些不混。读者自有分辨,不必见其姓名,一睹事实就知某人某人也,读者亦以为然乎?读者即不以为然,李卓老自以为然,不易也。"第九回评曰:"摩写鲁智深处,便是个烈丈夫模样;摩写洪教头处,便是忌嫉小人底身分;至差拨处,一怒一喜,倏忽转移,咄咄逼真,令人绝倒,异哉!"第十五回评曰:"刻画三阮处各各不同,请自着眼。"第二十四回评曰:"说淫妇便象个淫妇,说烈汉便象个烈汉,说呆子便象个呆子,说马泊六便象个马泊六,说小猴子便象个小猴子,但觉读一过,分明淫妇、烈汉、呆子、马泊六、小猴子光景在眼,淫妇、烈汉、呆子、马泊六、小猴子声音在耳,不知有所谓语言文字也何物"。《水浒传》中的人物塑造之所以能成为"出神入化"的"化工文字",关键在于写出了不同人物的不同性格,亦即我们今天所谓"性格化"问题。而且,在同类人物的共性与个性关系的处理方面,《水浒传》亦堪称妙绝。对此,评语中也有所涉及,即所谓"全在同而不同处有辨"。只可惜批评者并未就此问题向纵深处展开论述,因此,我们只能说这种批评只是开始接近黑格尔所说的"这一个"的理论,而并未完成这种理论,从而,将这方面的深入讨论留给了后人。不过,在当时能认识到这一步,已属难能可贵。

再次,强调描写人物要"画心""传神"。如第二十一回评曰:"摩写宋江、阎婆惜并阎婆处,不惟能画眼前,且画心上;不惟能画心上,且并画意外。"如第三回评曰:"描画鲁智深,千古若活,真是传神写照妙手。"如第二十三回评曰:"人以武松打虎,到底有些怯在,不如李逵勇猛也。此村学究见识,如何读得《水浒传》?不知此正施、罗二公传神处。李是为母报仇不顾性命者,武乃出于一时不得不如此耳。"这些话,概括起来,就是要深入人物的内心世界,按照生活自身发展的逻辑,通过白描的手法,为人物传神写照,尤其是要写出某一人物在某种特定状况下的言语行为,从而,使人物达到形神俱备的境界。

容与堂本《忠义水浒传》回评中的这些观点,尤其是最后一点,又被稍后的批评家所强调和发挥。如五湖老人《忠义水浒全传序》云:"故真莫真于孩提,乃不转瞬而真已变,惟终不失此孩提之性则真矣。""试稽施、罗两君所著,凡传中诸人,其须眉跟耳鼻,写照毕肖;不独当年之卢面蒙魄,李笑口丑,苏舌受惭,即以较今日之伪道学,假名士,虚节侠,妆丑抹净,不羞莫夜泣而甘东郭屦者,万万迥别,而谓此辈可易及乎!"再如谢肇淛谓《金瓶梅》一书"其中朝野之政务,官私之晋接,闺闼之媟语,市里之猥谈,与夫势交利合之态,心输背笑之局,桑中濮上之期,尊罍枕席之语,驵马会之机械意智,粉黛之自媚争妍，狎客之从臾逢迎，奴俾之稽唇淬语，穷极境象，駴意快心。譬之范工抟泥，妍媸老少，人鬼万殊，不徒肖其貌，且并其神传之，信稗官之上乘，炉锤之妙手也"。(《金瓶梅跋》)这些言论，与容本回评中的"画心""传神"之论有相通之处。有的地方，如强调写人物的孩提之真性情，则更道破了"写照毕肖"的奥妙。

明代中后期，由于章回小说与拟话本小说的创作达到了一个前所未有的高潮，故而晚明的批评家尤其重视白话小说的通俗化问题。陈继儒在《唐书演义序》中明确指出："演义，以通俗为义也者。"署名袁宏道的《东西汉通俗演义序》中则说："《两汉演义》之所以继《水浒》而刻也，文不能通而俗可通，则又通俗演义之所由名也。"甄伟则以小说作者的身份谓其作品"言虽俗而不失其正，义虽浅而不乖于理"。(《西汉通俗演义序》)冯梦龙是整理、创作话本小说的巨匠，他说得更为明确："大抵唐人选言，入于文心；宋人通俗，谐于里耳。天下之文心少而里耳多，则小说之资于选言者少而资于通俗者多。"(《古今小说序》)由此看来，无论是当时的作者还是批评者，无论是从事章回小说创作还是话本小说的收集、再创造，大家都把"通俗化"作为白话小说的一个基本要求。这种要求，具有双重意义。它既使小说读者由文人自身转换成广大民众，又使小说创作最终摆脱史书的笼罩而趋于独立。

综上所述，晚明的小说批评是值得我们重视的。当时的批评家们无论是在对小说功能的再认识方面，还是在史实、虚构、生活真实之间的关系方面，都发表了很好的见解，较之以前的小说批评，可谓开拓了新的天地，同时，此期的批评家们还在"传道"精神的掩盖下展开了积极的新思索，还在小说人物典型化方面进行了尝试性的初步探讨，还在小说通俗化方面提出了更明确的要求。除此而外，晚明小说批评家们还有不少新鲜的见解，限于篇幅，不能一一罗列。总之，晚明的小说批评，翻开了中国小说批评史新的一页，并对清代的小说批评产生了直接而巨大的影响。

(原载《明清小说研究》1997年第3期)

清代前中期小说批评刍议

从清初到道光二十年（1840），人们在习惯上称之为清代前中期，这是我国各种文学样式大总结的时代。古典小说的创作在这一阶段取得了尤为辉煌的成果，《聊斋志异》《儒林外史》《红楼梦》等名作巨著相继出现。这一阶段的小说批评，也掀起了一个新的高潮。批评家们不仅对问世不久的小说名著和其他小说作品发表心得，而且对以前的小说，尤其是明代的《三国演义》《水浒传》《西游记》《金瓶梅》等名著也进行了多方位多层次的评价。甚至形成了这样的局面，不仅小说作者能扬名于世，而且小说批评者亦可垂范后人，当然，有的小说作者本身又是批评者。

就其荦荦大者而言之，当时的小说批评主要反映了以下几方面的问题。

一、评点派的兴起与"读法"论的提出

小说评点虽在清代以前就已出现，但评点派的形成却在清代。金圣叹之评点《水浒传》、毛宗岗之评点《三国演义》、王士禛之评点《聊斋志异》、张竹坡之评点《金瓶梅》、蔡元放之评点《东周列国志》和《水浒后传》、脂砚斋之评点《红楼梦》、无名氏（疑即闲斋老人）之评点《儒林外史》、董孟汾之评点《雪月梅传》，如此等等，不一而足。这么多的批评家，分别对某一部小说作品进行逐回逐篇、乃至逐字逐句的评点，可见当时评点风气之盛，足以名之为"派"。评点，是具有中国特色的小说批评方式。它虽然在严密的系统性方面显得有些不足，但更能体现批评者对小说艺术领悟的随机性，而且相当自由灵活。批评者对小说作品中某一具体情节乃至细节描写所发表的见解，往往具有极强的针对性，甚至能最大限度地体现批评者艺术灵感的触发。这种方式，对于一般读者阅读原著常常能起到启发和引导作用。甚至可以说，评点家们的某些精彩言论直到今天仍被小说研究者们广泛使用。因此，我们不能因为它似乎处于

一种无序状态而轻视之。

　　评点派也有系统的理论，除了一些序跋和总批而外，还有所谓"读法"论。"读法"论的始作俑者是金圣叹，他的《读第五才子书法》可视为"读法"论之滥觞。所谓"读法"，就是在阅读某部小说作品时，先提出一些读者应注意的问题，而谈得最多的乃是人物性格问题和"文法"问题。对人物性格的分析，大多带有品评意味。而"文法"，其实就是小说写作技法，从人物塑造到布局谋篇，从细节描写到语言表达，大多是一些具体可行的方法。这虽然有点儿受八股选家的影响，但其间往往能体现批评者的艺术鉴赏力。如金圣叹就一口气提出了以下"文法"：倒插法、夹叙法、草蛇灰线法、大落墨法、绵针泥刺法、背面铺（敷）粉法、弄引法、獭尾法、正犯法、略犯法、极不省法、极省法、欲合故纵法、横云断山法、鸾胶续弦法。此后，毛宗岗在《读三国志法》中也提出："《三国》一书，有巧收幻结之妙，有以宾衬主之妙，有同树异枝、同枝异叶、同叶异花、同花异果之妙，有星移斗转、雨覆风翻之妙，有横云断岭、横桥锁溪之妙，有将雪见霰、将雨闻雷之妙，有浪后波纹、雨后霡霂之妙，有寒冰破热、凉风扫尘之妙，有笙箫夹鼓、琴瑟间钟之妙，有隔年下种、先时伏著之妙，有添丝补锦、移针匀绣之妙，有近山浓抹、远树轻描之妙，有奇峰对插、锦屏对峙之妙。"张竹坡在《批评第一奇书金瓶梅读法》中也提出："读《金瓶》当看其白描处，当看其脱卸处，当看其避难处，当看其手闲事忙处，当看其穿插处，当看其结穴发脉、关锁照应处。"蔡元放在《水浒后传读法》中也说："传中所有各种文法甚多，如相间成文法、跳身书外法、犯而不犯法。此外，还有：明点法、暗照法、忙里偷闲法、借树开花法、烘云托月法、加一倍写法、火里生莲法、水中吐焰法、欲擒故纵法、移花接木法。"另外，在《红楼梦》脂评中也屡屡涉及各种"文法"，此不赘举。

　　这些"文法"，其实具有两面性。对作者而言，它是创作经验和写作技巧的总结，是所谓"作法"；对读者而言，它是阅读文本和欣赏作品的提示，是所谓"读法"。虽然其间有些提法显得支离破碎、重复烦琐，但大体而言，对于小说的创作和欣赏是有一定帮助的。现代写作基础知识中的某些概念，如伏笔、照应、过渡、对比、烘托、反衬、倒叙、插叙、明写、暗写、详写、略写等等，大都由上述这些"文法"发展演变而成。

　　对于评点派诸大家如金圣叹、毛宗岗、张竹坡和脂评中的一些理论以及关于"文法"方面的某些问题，我们将另文介绍，此不赘言。

二、功能论的演进

明代小说批评者们经常提到的三大功能——史鉴功能、劝诫功能、娱乐功能，在清代仍有继续提倡者。毛宗岗在伪托金人瑞的《三国志演义序》中强调："作演义者，以文章之奇而传其事之奇，而且无所事于穿凿，第贯穿其事实，错综其始末，而已无之不奇。"他仍然认为小说创作要以"无所事于穿凿"的历史真实性为基础。蔡元放在《东周列国志序》中说得更为明确："顾人多不能读史，而无人不能读稗官，稗官固亦史之支流，特更演绎其词耳。善读稗官者，亦可进于读史，故古人不废。"这便是分明的小说为正史之分支的意识。而何昌森在《水石缘序》中则更进一步指出："是小说虽小道，其旨趣义蕴原可羽翼贤卷圣经，用笔行文要当合诸腐迁盲左，何以小说目之哉？"所有这些，都可视为小说史鉴功能论的延续。

对于小说的劝诫功能，清代前中期的批评者们也多有阐述。西周生《醒世姻缘传凡例》提出小说要"昭戒而隐恶"。陈忱《水浒后传论略》提出要"福善祸淫，尽寓劝惩意"。天花才子《快心编凡例》提出"寓劝世深衷"。烟水散人《珍珠舶序》提出"针世砭俗之意"。静恬主人《金石缘序》提出"以劝善也，以惩恶也"。洪棣元《镜花缘序》提出"正人心，端风化"。由此可见小说的劝诫功能在某些批评家心目中的分量。至于小说的娱乐功能，无论是娱人或自娱之说，在清代批评家那儿都是屡见不鲜，毋庸赘举。更有意味的是，有的批评家还对小说功能作了整体论述。如佩蘅子在他的作品《吴江雪》第九回中说："原来小说有三等。其一，贤人怀着匡君济世之才，其所作都是惊天动地，流传天下，传训千古。其次，英雄失志，狂歌当泣，嬉笑怒骂，不过借来抒写自己这一腔魄磊不平之气，这是中等的了。还有一等的，无非说牝说牡动人春兴的。这样小说世间极多，买者亦复不少。书贾借以觅利，观者借以破愁，这是坏人心术的。"

这里，他将小说创作的目的和功能分为三等。第一等其实是史鉴功能与劝诫功能的结合，第二等是在第一点基础上发展而成的发愤著书说，第三等则是娱人中之下下者。这种概括自有其合理的成分，但将这三方面分出上中下三等，却是站在维护封建纲常名教的基础之上的。其实，清人对小说功能的认识，除上述对明代批评理论的继承之外，在当时又有较大的发展演进，尤其突出的是在以下两个方面。

（一）补史意识的新变——写民风民情

历代许多批评家都称小说为"稗史""野史"，故而，小说乃正史之补充，似乎已成为人们的共识。这种观念，在烟水散人的《珍珠舶序》中得到了进一步的明确："正史者纪千古政治之得失，野史者述一时民风之盛衰。"这种理论，实际上是晚明以降大量市井家庭题材小说描写世态人情所产生的必然结果。小说创作由历史演义之军国大事的描写转而为布帛菽粟的日常生活的描写，是一个根本的转变。而小说批评认为"正史记千古政治之得失，野史述一时民风之盛衰"，也是一个根本的转变。小说创作中的这种转变发生于明代后期，小说批评中的这种转变则发生于清代前中期。这完全符合事物发展的规律，理论总结产生于创作实践之后。天花才子在《快心编凡例》中也反复强调了这一点："是编皆从世情上写来，件件逼真。编中点染世态人情，如澄水鉴形，丝毫无遁。"相类似的观点在董孟汾《孝义雪月梅传》第二回回评中亦可看到："能透彻世情才是真文人，亦惟真文人方能透彻世情。"

诸如此类的言论，可以看作是补史意识的新变。因为在历代民风世情中所蕴含着的，是比那些以记载军国大事为中心的正史更为丰富多采的人类历史。反映各不同时代的民风世情，实在是对"历史"的更广泛的意义上的一种补充。清代前中期的某些小说批评者，正是在有意无意之间提高了对什么是"历史"的认识。同时，也将小说的史鉴功能开掘到了一个更深的层次。

（二）对审美功能的极度重视

在晚明小说批评家那儿，小说的审美功能本已日益受到重视。这种状况到清代前中期，又有了进一步的发展。作家创作小说或批评家评论小说，都不再仅仅以史鉴、劝诫、娱乐为满足，而是大力张扬和提倡小说的艺术魅力、审美功能。

陈忱曾多次不无得意地从审美的角度评价自己的作品《水浒后传》，一曰："机局更翻，章句不袭。……绘云汉觉势，图峨嵋则寒。"（《水浒后传序》）二曰："头绪如乱丝，终于不紊，循环无端，五花八阵，纵横错见，真奇书也。"（《水浒后传论略》）刘廷玑则盛赞《金瓶梅》曰："文心细如牛毛茧丝，凡写一人始终口吻酷肖到底。掩卷读之，但道数语，便能默会为何人。结构铺张，针线缜密，一字不漏，又岂寻常笔墨可到者。"（《在园杂志》）戚蓼生对《红楼梦》的审美效果更是赞誉有加："吾闻绛树两歌，一声在喉，一声在鼻；黄华二牍，左腕能楷，右腕能草。神乎技矣，吾未之见也。今则两歌而不分乎喉鼻，二胰而无区乎左右，一声也而两歌，一手也而二胰，此万万所不能有之事，不可得之奇，而竟得之《石头记》一书，嘻，异矣！"(《红楼梦序》)诸联对《红楼梦》的审美效果评价亦高："书中无一正笔，无一呆笔，无一复笔，无一闲笔，皆在旁面、反面、前面、后面渲染出来。中有点缀，有剪裁，有安放，或后回之事先为提挈，或前回之事闲中补点，笔臻灵妙，使人莫测。总须领其笔外之神情，言时之景状。"(《红楼评梦》)

像这样一些对小说的审美功能的评价，在清代前中期的批评家言论中所见甚多。如前面所提到的小说"文法"问题，实际上有许多也是一种审美评判。这种从艺术的、审美的角度来评价小说的状况，说明批评家们对小说本质认识的进一步提高。在他们看来，小说已不仅仅是传道、补史、劝诫、娱乐的工具，而是一种艺术品，一种具有高度审美价值的艺术品。而这种认识的提高，又意味着在无形之中提高了小说的地位和档次，提高了小说在人们社会生活中的重要性。

三、对创作主体心灵文本的揭示

与以前相相比，清代前中期小说批评还有一个显著特点，那就是十分重视对创作主体心灵文本的揭示，亦即对小说作者的创作动机和创作过程的探讨。对此，我们可以从以下几方面加以认识。

（一）创作动机的向上一路——发愤而为小说

发愤而为小说的观点，在明代就有人提出，但仅仅略具端倪而已。真正将发愤而为小说作为小说家创作动机之向上一路而大力张扬者，却在清代前中期，而且，还有不少是作家兼批评家的夫子自道。

陈忱在化名古宋遗民而作小说《水浒后传》之后，又化名雁宕山樵写了一篇《水浒后传序》。他在文章中说："嗟乎！我知古宋遗民之心矣。穷愁潦倒，满眼牢骚，胸中块磊，无酒可浇，故借此残局而著成之也。"陈忱还生怕读者不明其深意，又在化名樵馀所写的《水浒后传论略》一文中一再提醒："《水浒》，愤书也。""《后传》为泄愤之书。"表示出自己写《水浒后传》是继承《水浒传》作者发愤而为小说的初衷。

蒲松龄在《聊斋自志》中也说："集腋为裘，妄续幽明之录；浮白载笔，仅成孤愤之书。寄托如此，亦足悲矣！"无名氏在《卧闲草堂本儒林外史》第四十回回评中也说:"此作者之所以发愤著书,一吐其不平之鸣也。"

从作者到批评者,大都能从发愤而为小说的角度来看待小说创作,这实在是对小说创作动机的认识的一大进步。尤其是小说作者将自己的作品看作是发愤之作,更是创作主体在认识上已处于自觉状态的重要标志。

(二)发愤说的变奏曲——才情与寄托

严格说来,"发愤"的概念仍是比较宽泛的,每一位作家所处的时代和环境不同,他所谓"愤"亦自有不同的含义。如上述几例,陈忱之所谓"愤",表面上是"穷愁潦倒",而实际上却是遗民的兴亡之恨。《水浒后传》中的民族意识是颇为浓烈的,而陈忱本人便曾经是一位抗清志士。蒲松龄之"愤",大半为下层文人怀才不遇的愤懑。我们从《聊斋志异》中写了大量的美丽女性偏偏爱上穷书生这一"情结",便可窥见其中奥秘之一二。而吴敬梓之"愤",乃是一种不平之鸣,尤其是对社会给有志改革者的不公平待遇的一种牢骚和反抗。无名氏的批评所针对者恰为书中人物萧云仙以礼乐兵农的思想改革社会弊端而不果之所发,其意显然。

清代前中期的小说作者和批评家,亦有将"发愤"的概念向更远处引申的,于是便有了才情与寄托之说的产生。天花藏主人的《天花藏合刻七才子书序》中说:"凡纸上之可喜可惊,皆胸中之欲歌欲哭。"似乎很有些愤懑在胸。而这类才子佳人小说作者们的愤懑,多半是才情不得发挥的痛苦。天花藏主人在同一篇序言中说得明白:"故人而无才,日于衣冠醉饱中矇生瞎死则已耳。若夫两眼浮六合之间,一心在千秋之上,落笔时惊风雨,开口秀夺山川,每当春花秋月之时,不禁淋漓感慨,此其才为何如?徒以贫而在下,无一人知己之怜,不幸憔悴以死,抱九原埋没之痛,岂不悲哉?"因此,这些作者"不得已而借乌有先生以发泄其黄粱事业",做着他们五彩缤纷的风流梦。此可谓之在"发愤"基础上演变而成的发泄"才情"说。

相近似的观点,在何昌森《水石缘序》中也可看到:"夫著书立说,所以发舒学问也;作赋吟诗,所以陶养性情也。今以陶情养性之诗词,托诸才子佳人之吟咏,凭空结撰,兴会淋漓,既足以赏雅,复可以动俗,其人奇,其事奇,其遇奇,其笔更奇,愿速付之梓人以公之同好,岂仅破幽窗之岑寂而消小年之长日也哉?"

在这些批评者看来,作家以自己的八斗之才去表现天地间的真情至性,乃是人生的一大享受,也是一种发愤而为小说的延伸。因此,这些批评家将各自所认识到的"情"提到了很高的地位,对才与情之间的相辅相成的关系极端重视。西湖钓叟在《续金瓶梅集序》中说:"田夫野老能与经史并传者,大抵皆情之所留也。情在则文附焉,不论其藻与俚也。"剩斋氏在《英云梦传弁言》中也说:"晋人云:文生情,情生文。盖惟能文者善言情,不惟多情者善为文。何则?太上忘情,愚者不及情。情之所钟,正在我辈。"种柳主人在《玉蟾记序》中说得更具体:"通元子撰《玉蟾记》,可谓善用其情者矣。于极浅处写出深情,于极淡处写出浓情。于君子则以恺恻之心写端庄之致,于小人则以诙谐之语写佻达之形,皆发于情之所不得已。"

综观这些言论,可以看出当时确有一些批评家认为善用情、善言情是小说创作的高级状态。而一位作家如果能以"情"为核心,兼之精造巧构,定能写出佳作。许多作品之所以能流传千古,均乃由于"情"在中间起中流砥柱的作用。一部好的作品,势必以情为将帅,以文才为兵卫,以情为内质而以文才表现之。这种"才""情"相结合而得以发泄的观点,正是一大批言情小说作家的创作动机和创作动力。

"发愤"说向另一方面发挥的结果便是所谓"寄托"说。仅以对《聊斋志异》的评价为例,便可大致说明这一问题。蒲松龄在《聊斋自志》中已明确提出了"寄托如此,亦足悲矣"的话头,此后的一些批评家便有不少沿着这一思路走下去。

何彤文在《注聊斋志异序》中将蒲松龄与施耐庵进行了比较,得出这样的结论:"夫耐庵生于宋,立于元,不求见用于世,故假《水浒》一传,以抒其抱负,宣其阅历。若著《聊斋》者,生逢盛世,以彼其才其学其识而不获一第,无怪其嘲试官谓并盲于鼻也。"

如果说,何彤文对蒲松龄之"寄托"的理解尚比较狭隘的话,那么,何的朋辈舒其锳对《聊斋》中之"寄托"的认识则似乎更为深刻全面一些。舒氏在何氏《注聊斋志异序》的跋文中说:"《聊斋志异》大半假狐鬼以讽谕世俗。嬉笑怒骂,尽成文章,读之可发人深醒。"

当然,在这方面说得更为深入细致的还是曾经帮助赵起杲整理刊行《聊斋志异》的余集。他说:"呜呼!先生之志荒,而先生之心苦矣!昔者三闾被放,彷徨山泽,经历陵庙,呵壁问天,神灵怪物,琦玮僪佹,以泄愤懑,抒写愁思。释氏悯众生之颠倒,借因果为筏喻,刀山剑树,牛鬼蛇神,罔非说法,开觉有情。然则是书之恍惚幻妄,光怪陆离,皆其微旨所存,殆以三闾侘傺之思,寓化人解脱之意欤?"(《聊斋志异序》)将蒲氏的小说创作比之为屈氏问天、释氏说法,是极端重视小说中"寄托"的提法,也是"发愤"而为小说之极致。

（三）对小说作者创作过程的揭示

清代前中期的批评者们不仅积极探求小说作者的创作心态，而且还深入讨论了作者的创作过程。李渔在《闲情偶记·词曲部》中曾涉及作家在塑造人物时的构思过程："言者，心之声也。欲代此一人立言，先宜代此一人立心。若非梦往神游，何谓设身处地？无论立心端正者，我当设身处地，代生端正之想；即遇立心邪辟者，我亦当舍经从权，暂为邪辟之思。务使心曲隐微，随口唾出，说一人肖一人，勿使雷同，弗使浮泛。若《水浒传》之叙事，吴道子之写生，斯称此道中之绝技。"

这里涉及的是人物塑造的深层次问题，即作家在塑造笔下人物形象时，要以己之心深入到人物的内心世界，要设身处地地体味到书中人物在特定的场合该说些什么，做些什么。只有这样，才能写好人物，才能"说一人肖一人"，使作品中的人物各有其声容笑貌、行为口吻。李百川在《绿野仙踪自序》中也表达了这种创作体会："余书中若男若妇，已无时无刻不目有所见，不耳有所闻于饮食魂梦间矣。"

一个作家，只有如此热爱自己笔下的人物，才能在梦绕魂牵的迷狂状态中塑造出生鲜活泼的艺术形象。除此而外，当时的批评家们还希望读者尽可能地了解和理解作者艰辛的创作过程。只有透视作者的"心灵文本"，才能更好地解读案头文本。董孟汾在《孝义雪月梅传》第二十九回回评中说："看书要知作者苦心，或添一事，或添一人，俱不得不然。"

作者的才、学、识的积累，在小说创作过程中是必备条件和重要基础，对此，当时的一些作家和批评家也有清晰的认识。李百川说："余意著书非周流典坟、博瞻词章者，未易轻下笔。勉强效颦，是无翼而学飞也。"（《绿野仙踪自序》）无名氏称许吴敬梓："作者学太史公，读书遍历天下名山大川，然后具此种胸襟，能写出此种境况也。"（《卧闲草堂本儒林外史》第三十三回回评）诸联则盛赞曹雪芹："作者无所不知，上自诗词文赋、琴理画趣，下至医卜星相、弹棋唱曲，叶戏陆博诸杂技，言来悉中肯綮。想八斗之才，又被曹家独得。"（《红楼评梦》）所有这些，均乃批评者与作者之间的知音言语。

社会大舞台，人心小宇宙。在阅读文学作品时，知人论世无疑是一把金钥匙。对创作主体心灵文本的透视，是清代前中期小说批评的一大特点。同时，这也正是清代小说批评较之从前的一大发展和进步。

四、真实、虚构与典型化

　　小说创作中的虚实关系问题，是小说批评中由来已久的一个老问题。早先的批评家们多半认为小说是历史的附庸，故须以写历史真实为己任。直到明代，有些批评家才较多地涉及真实与虚构之间的关系。这一点，在清代前中期的小说批评中得到了继承和发扬。金丰在《新镌精忠演义说本岳王全传序》中说："从来创说者不宜尽出于虚，而亦不必尽由于实。苟事事皆虚则过于诞妄，而无以服考古之心；事事皆实则失于平庸，而无以动一时之听。"

　　这是一种比较平衡而可行的观点，大量的历史演义、英雄传奇小说基本上是沿着这一基本思路而进行创作的。当然，也有向两极发展的不同意见。毛宗岗在伪托金人瑞的《三国志演义序》中说："近又取《三国志》读之，见其据实指陈，非属臆造，堪与经史相表里。"这便是基本尚实的理论。其实，毛氏的说法并不完全符合《三国演义》的实际情况。众所周知，《三国演义》中的虚构成分是占有相当比例的。对于《三国演义》中虚实结合的写法，章学诚大为不满。他认为写小说要么完全"实"，要么完全"虚"，切忌虚实参半。他说："凡演义之书，如《列国志》《东西汉》《说唐》及《南北宋》多纪实事，《西游记》《金瓶梅》之类全凭虚构，皆无伤也。唯《三国演义》则七分实事，三分虚构，以致观者往往为所惑乱，如桃园等事，士大夫作故事用者矣。故衍义之属，虽无当于著述之论，然流俗耳目渐染，实有益于劝惩，但须实则概从其实，虚则明著寓言。不可错杂如《三国》之淆人耳。"（《丙辰札记》）在这里，章氏的"虚则明著寓言"的观点是正确的，但他认为小说创作要"实则概从其实"则未免失之偏颇。这是一种对小说的本质缺乏认识的结论，也是小说羽翼正史的观念的遗存。

　　与上述尚"实"理论相反的是一些高度赞扬小说应大胆虚构的言论。黄越在《第九才子书平鬼传序》中说："且夫传奇之作也，骚人韵士以锦绣之心，风雷之笔，涵天地于掌中，舒造化于指下，无者造之而使有，有者化之而使无，不惟不必有其事，亦竟不必有其人，所谓空中之楼阁，海外之三山，倏有无，令阅者惊风云之变态而已耳，安所规规于或有或无而始措笔词耶？"剩斋氏亦在《英云梦弁言》中转述作者松云的言论曰："当时未必果有是人，亦未必竟无是人，子第观所设之境，所传之事，可使人移情悦目否？为有为无不任观者之自会？"这样一些重虚构的言论，是深得小说创作三昧的经验之谈，庶几接触到小说的本质问题。

值得注意的是，大凡涉及历史演义、英雄传奇这些与历史有关系的小说，人们往往在虚、实问题上争论不休。而对于才子佳人、神魔怪异乃至市井家庭题材的小说，则认为虚构合理的呼声较高。由此亦可见小说羽翼正史的观念在古人心目中是何等根深蒂固，而这一点，又恰恰是阻碍中国古代小说的创作与批评健康发展的不利因素。

然而，不塞不流。随着古代小说史的发展，小说创作水平不断提高，小说批评家们的认识也不断提高。《红楼梦》的出现，不仅造就了小说创作的巅峰状态，同时也促进了小说批评的高度发展。即以虚实问题而论，不少人在对《红楼梦》的评价中发表了一些卓有见地的言论。梦觉主人说："今夫《红楼梦》之书，立意以贾氏为主，甄姓为宾，明矣真少而假多也。假多即幻，幻即是梦。书之奚究其真假，惟取乎事之近理，词无妄诞；说梦岂无荒诞，乃幻中有情，情中有幻是也。……是则书之似真而又幻乎？此作者之辟旧套开生面之谓也。"（《红楼梦序》）

小说创作的高级状态正是在真与幻之间，虚与实之间。所真所实者，并非历史事实，而是生活真实，不是生活表象，而是生活本质。所虚所幻者，亦并非一味胡编乱造，为所欲为，而是按照生活的逻辑所创造的艺术世界。诸联说得好："凡稗官小说，于人之名字、居处、年岁、履历，无不凿凿记出，其究归于子虚乌有。是书半属含糊，以彼实者之皆虚，知此虚者之必实。若见而信以为有者，其人必拘；见而决其为无者，其人必无情。大约在可信可疑、若有若无间，斯为善读者。"（《红楼评梦》）王希廉也说得不错："《红楼梦》一书，全部最要关键是'真假'二字。读者须知，真即是假，假即是真；真中有假，假中有真；真不是真，假不是假。明此数意，则甄宝玉、贾宝玉是一是二，便心目了然，不为作者冷齿，亦知作者匠心。"（《红楼梦总评》）

按照他们的意思，如果读小说的人对小说创作必须虚构这一点都没有弄清楚，那么，就辜负了作者的一片苦心。

与小说创作的虚实关系紧密相关的一个问题就是典型化理论。关于这一问题的认识，在晚明的小说批评中已有涉及，到清代更有长足的进步。金圣叹、毛宗岗、张竹坡以及《红楼梦》脂评中对此各有议论，笔者将另撰文阐述。这里，只就其他批评家的言论作些评介。

闲斋老人在《儒林外史序》中说："篇中所载之人不可枚举，而其人之性情心术，一一活现纸上。读之者，无论是何人品，无不可取以自镜。"这里说的是典型人物的社会代表性。与之相类似的还有无名氏在《卧闲草堂本儒林外史》

回评中的一些话。如第三回回评云："余友云：慎毋读《儒林外史》，读竟乃觉日用酬酢之间，无往而非《儒林外史》。此如铸鼎象物，魑魅魍魉，毛发毕现。"再如第五回回评云："此篇是从功名富贵四个字中，偶然拈出一个富字，以描写鄙夫小人之情状，看财奴之吝啬，荤秀才之巧点，一一画出，毛发皆动。即令龙门执笔为之，恐亦不能远过乎此。"第六回回评曰："古人所谓'画鬼怪易，画人物难'，世间惟最平实而为万目所共见者，为最难得其神似也。"第七回回评曰："写山人便活画出山人的口声气息。"第十七回回评曰："如写女子小人、舆台皂隶，莫不尽态极妍，至于斗方名士、七律诗翁，尤为题中之正面，岂可不细细为之写照？"第三十一回回评曰："慎卿、少卿俱是豪华公子，然两人自是不同。慎卿纯是一团慷爽气，少卿却是一个呆皮囊，一付笔墨，却能分毫不犯如此。"第三十三回回评曰："衡山之迂，少卿之狂，皆如玉之有瑕。美玉以无瑕为贵，而有瑕正见其为真玉。"

这些言论，涉及典型人物的个性化问题、真实性问题乃至于缺陷美问题，但无论如何，有一点是共同的，那就是典型人物必须是依照生活的本来面目而通过艺术虚构之后塑造成功的。正如陶家鹤在《绿野仙踪序》中所言："皆因其事其人，斟酌身份下笔。"此可谓一语中的。

五、其他方面的评论

清代前中期的小说理论涉及的面很广，有些问题，批评家们有比较系统的认识，有些问题的认识则刚刚开头，但也给后人以一定程度的启发。以下略举数端。

（一）求新求变

一位杰出的小说家，往往是不愿重复前人、拾人牙慧的，而总是希望自己的作品能以新的面貌出现在读者面前，能对前人的写法有所改造翻新。这种求新求变的思想，正是推动小说史向前发展的一股巨大动力。李渔曾十分自负地说："若稗官野史则实有微长，不效美妇一颦，不拾名流一唾，当世耳目，为我一新。"(《与陈学山书》)

董孟汾在《孝义雪月梅传》第十三回回评中也表述了近似的观点："戛戛乎陈言之务去，文公所以起八代之衰，可见作文最忌陈腐。篇中成语，写来极其新颖，如未经人道者。"诸联对《红楼梦》的评价则更为简明准确："全部一百二十回书，吾以三字概之：曰真，曰新，曰文。"（《红楼评梦》）许乔林在《镜花缘序》中也说："是书无一字拾他人牙慧，无一处落前人窠臼。"

对于某部具体作品而言，这些评价或许存在准确与否的问题，但作为一种要求，提出小说创作要"新"要"变"，却代表了一种正确的方向。

（二）通俗化

小说，尤其是白话小说，"通俗"是基本要求之一。对于小说创作的通俗化要求，晚明小说批评者已有论及，在清代前中期，这方面的呼声亦自不弱。西周生在《醒世姻缘传凡例》中说："本传敲律填词，意专肤浅，不欲使田夫闺媛懵矣面墙，读者无争笑其打油之语。"天花才子在《快心编凡例》中也说："字义庸浅，期于雅俗同喻，不敢以深文自饰，得罪大雅诸君子也。"罗浮居士在《蜃楼志序》中说得更为干脆明确："最浅易、最明白者，乃小说正宗也。"

这些观点，无疑是正确的。小说，尤其是白话小说，读者面极广，如果语言方面不能做到通俗晓畅，就会失去读者群，失去市场，如果这样，实际上也就失去了小说创作的生命线。

（三）关于续书

续书，是中国古代学者著书立说的一个普遍现象，在小说创作领域，续书者亦多，尤其是续一些小说名著者更多。然而，大多数续书者，尤其是续名著者往往吃力不讨好。对其中原因，清代前中期的批评家们也进行了分析。陈忱的《水浒后传》是续《水浒传》之作，在古代小说领域的续书当中，算是比较成功的，但他亦深感续书之难："《后传》有难于《前传》处。《前传》镂空画影，增减自如；《后传》按谱填辞，高下不得；《前传》写第一流人，分外出色；《后传》为中材以下，苦心表微。"（《水浒后传论略》）这真是领略了个中甘苦的经验之谈。

刘廷玑则在列举了大量的续书之后，对续书之不易做出了评判："总之，作书命意，创始者倍极精神，后此纵佳，自有崖岸，不独不能加于其上，即求媲美并观，亦不可得；何况续以狗尾，自出下下耶？"（《在园杂志》）

李渔对续书则更持否定意见，他在《闲情偶记》中说："向有一人欲改《北西厢》，又有一人欲续《水浒传》，同商于余。余曰'《西厢》非不可改，《水浒》非不可续。然无奈二书已传，万口交赞，其高踞词坛之坐位，业如泰山之稳，磐石之固，欲遽叱之使起而让席于余，此万不可得之数也。无论所改之《西厢》、所续之《水浒》未必可继后尘，即使高出前人数倍，吾知举世之人，不约而同，皆以续貂蛇足四字为新作之定评矣.'二人唯唯而去。"

续书之难、之不讨好，前人已有认识，惜后人认识往往不及前人，至今仍有改作或续作古典名著者，大多失去原汁原味，弄得不古不今、不伦不类，若李笠翁九泉有灵，定当窃笑之。

综上所述，清代前中期的小说批评在中国小说批评史上是一个颇为重要而又特殊的阶段，它具有如下特点：其一，评点派十分活跃。其二，涉及的问题比较多。其三，对小说名著的批评尤为突出。其四，代表了传统批评模式的最高成就。总之，这是一个传统的小说批评的大总结的阶段。本文所言，只是其中的某些方面，难免挂一漏万。晚清以后，小说批评的思路、模式等方面都发生了深刻而巨大的变化，故当另作评述。

(原载《明清小说研究》2001 年第 4 期)

脂批《红楼梦》叙事研究

《红楼梦》是一部博大精深的小说作品，仅就其叙事艺术而言，也是一个值得深入探讨的话题。据高淮生、李春强《十年来〈红楼梦〉叙事学研究评述》统计，截至2004年为止，这方面的讨论文章就有九十多篇。其实，此前此后，还有不少学者通过论文或论著的方式深入探讨了这一问题。且看其中一些观点：

《红楼梦》的结构模式也是评论界极关注却众说纷纭的论题。有的主张"波纹回互式"（李辰冬），有的主张"结网式"（丁淦），有的主张"庭园结构式"（张世君），"两大中心干线"说（王启忠），"一明一暗"主副交织说（张松泉），"两条平行结构线索"说（杜景华），有的主张"多线平行式"（段启明），有的主张"三个叙述层次"论（陈维昭），有的主张"主领""主干""主线"结构说（洪克夷），以及"三维空间立体结构式"（韩乐虞），"以兴衰为经，以情为纬"的"情纬"论（王蒙）等。……李广柏的"诗化小说结构"与周汝昌的"大对称法"与众不同，抓住了《红楼梦》作者的思维特征和美学情趣，值得关注。（黄霖《中国小说研究史》）

《红楼梦》有四个叙述层面：作者自云的超超叙述层，石头自叙经历的超叙述层，荣宁两府的主叙述层以及林四娘和石呆子故事的次叙述层。（鲁德才《古代白话小说形态发展史论》）

《红楼梦》的叙述视角包括作者视角、命运视角、局外视角和局内视角四个层面。（姚玉光《〈红楼梦〉：叙述四重奏》）

《红楼梦》的叙述层面是多重复合、层层深入而又流动贯通的，大致可分为五个叙述层面，即：超叙述之"创作"层面→元叙述之"文本"层面→主叙述之"故事"层面→次叙述之"人物"层面→微观叙述之"心理"层面。（张洪波《试析〈红楼梦〉叙述层面的多重复合特点》）

《红楼梦》中一段话语的潜在含义，需要经由共时态语境、历时态语境

以及社会文化语境等多重语境分析，才能获得。(宋常立《〈红楼梦〉的语境分析——对〈红楼梦〉叙事方法的解读》)

根据《红楼梦》的叙事内容与思想境界，吸取余英时先生两个世界划分的合理内涵，我们认为将《红楼梦》划分为三个世界即神话世界、大观园世界与大观园之外的现实世界比较符合小说文本的实际，也基本涵盖了《红楼梦》文本的内容。(魏崇新《〈红楼梦〉的三个世界》)

这些言论，各有道理，但追根溯源，对《红楼梦》的叙事艺术最早展开评论的则是"脂批"。当然，脂批不可能像上述学者那样进行叙事学理论阐述，它对《红楼梦》叙事艺术的评价也显得有些零碎甚或幼稚。但老成来自幼稚，系统源于零碎，这是谁都知道的道理。更何况脂批对叙事艺术的评价和把握也并非一味的幼稚零碎，它还有许多带有自身独特性的东西。因此，笔者认为应该对脂批《红楼》关于叙事方面的言论进行系统、深入的研究。

在开始脂批《红楼》的叙事研究之前，我们必须首先明确以下两点。

第一，所谓"脂批"，或曰"脂评"，各人使用这一概念时的涵盖面并不完全一样。涵盖面最小的是单指署名"脂砚斋"的评语，涵盖面中等的是在《红楼梦》"脂本"系统中某些版本上有署名的部分评语，涵盖面最大的则是指在《红楼梦》"脂本"系统中所有版本上的所有评语。本文所采取的是最后一种用法。

第二，本文所引用"脂批"文字，均据中华书局1960年2月版俞平伯辑《脂砚斋红楼梦辑评》。本文所引用《红楼梦》前八十回原文，则根据人民文学出版社1982年2月出版的以庚辰本为底本的《红楼梦》排印本。在以下行文过程中，因为《红楼梦》原文和脂批文字引用太多，只能随文注明所在的版本和回数，无法一一注出。

一

《红楼梦》叙事结构之完整缜密而又灵活机动，在中国古代小说中无疑是首屈一指的。形成这种结构的原因至少有两点：其一，整体观照；其二，多种笔法。

作为一部数十万甚至上百万字的文学巨著，其作者在未下笔之前必须对自己即将展开的故事作叙事方面的整体观照，亦即我们平常所说的谋篇布局。同时，还务必在情节安排方面做到既符合生活逻辑，又波澜横生；既眉目清晰，又不刻板单调。质言之，写小说，尤其是写长篇小说，必须注目于各情节单元之间的关系。

《红楼梦》曾多次写人物的生日，而书中几百号人每人都有一个生日，若一个个依次写下去，则一年到头几乎会成为"生日流水账"。对此，作者采取了何种方法呢？庚辰本第四十三回有批语云："一部书中若一个一个只管写过生日，复成何文哉？故起用宝钗，盛用阿凤，终用贾母，各有妙文，各有妙景。余者诸人或一笔不写，或偶因一语带过，或丰或简，其情当理合，不表可知，岂必谆谆死笔，按数而写众人之生日哉？"

可见，对于长篇小说的作者而言，全书的情节布局是必须讲究"章法"的。进而言之，某一情节单元内部诸多情节元素之间，同样存在一个合理安排的问题。

《红楼梦》六十回前后，写的是关于"茉莉粉""蔷薇硝""玫瑰露""茯苓霜"所引起的贾府诸人的一些矛盾纠葛。复杂的过程造成了曲折的情节，简直有些千头万绪而难以下笔的意味。然而，作者却成竹在胸，合理安排，将这段故事写得层次井然，引人入胜。有正本第六十回的两则批语便指出了这种情节布局方面的"大手笔"。一则云："前回叙蔷薇硝戛然便住，至此回方结过蔷薇案，接笔转出玫瑰露引起茯苓霜，又戛然便住，着笔如苍鹰搏兔，青狮戏球，不肯下一死爪，绝世妙文。"又一则云："以硝出粉是正笔，以霜陪露是衬笔。前必用茉莉粉才能构起争端，后不用茯苓霜亦必败露马脚。须知有此一衬，文势方不径直，方不寂寞，宝光四映，奇彩缤纷。"甚至一直到了第六十一回，有正本的批者仍然意犹未尽，又提笔写道："数回用蝉脱体络绎写来，读者几不辨何自起，何自结，浩浩无涯。须看他争端起自环哥，却起自彩云；争端结自宝玉，却亦结自彩云。首尾收束精严，六花长蛇阵也，识者着眼。"

再如《红楼梦》第五十三回，主要写了宁荣二府的两件大事：一是"除夕祭宗祠"，一是"元宵开夜宴"。一方面"极博大"，一方面"极富丽"，而作者偏能有条不紊，"就宝琴眼中款款叙来"，从而形成"一篇绝大典制文字"。有正本的这些批语，也能帮助我们深入解读文本中的玄妙之处。

诸如此类的例子，在有正本第七十回、七十二回、七十三回的开始或回末总批中均可见到。我们且看批评者对书中两个片段的对照分析："文与雪天联诗篇一样机轴，两样笔墨。前文以联句起，以灯谜结，以作画为中间横风吹断；此文以填词起，以风筝结，以写字为中间横风吹断，是一样机轴。前文叙联句详，此文叙填词略，是两样笔墨。前文之叙作画略，此文叙写字详，是两样笔墨。前文叙灯谜，叙猜灯谜，此文叙风筝，叙放风筝，是一样机轴。前文叙七律在联句后,此文叙古歌在填词前,是两样笔墨。前文叙黛玉替宝钗写词,此文叙宝玉替探春续词,是一样机轴。前文赋诗后有一首诗,此文填词前有一首词,是两样笔墨。噫,参伍其变,错综其数,此固难为粗心者道也。"

由此可见,山里套山,戏中有戏,是《红楼梦》众多情节单元的共同特点。如果我们读书不细心,不能很好地领会作者的良苦用心的话,就会被这些批评家嗤之以鼻,被看成"粗心者"。

除了情节单元的设置外,在人物描写方面同样存在整体观照的问题。且看甲戌本第五回的一段眉批:"欲出宝钗便不肯从宝钗身上写来,却先款款叙出二玉,陡然转出宝钗,三人方可鼎立,行文之法又亦(一)变体。"再如庚辰本第二十一回的一段批语:"钗与玉远中近,颦与玉近中远,是要紧两大股,不可粗心看过。"

在追求情节曲折的同时,评点者们还要求小说作家在谋篇布局的过程中要做到叙事有条不紊,骨肉停匀,详略得当,张弛有致。

请看二例。当《红楼梦》第十七、十八回中写到贾政等人游览大观园,对有些地方仔细鉴赏,有的地方则"不及进去"时,庚辰本有批语云:"伏下栊翠庵、芦雪广(庵)、凸碧山庄、凹晶溪馆、暖香坞等诸处,于后文一断一断补之,方得云龙作雨之势。"有正本第七十二回的开始总批也涉及相近的问题:"此回似着意,似不着意,似接续,似不接续,在画师为浓淡相间,在墨客为骨肉停匀,在乐工为笙歌间作,在文坛为养局为别调,前后文气至此一歇。"

此外,批评者们还要求小说作者在叙事过程中要善于掀起波澜,使故事情节跌宕起伏。这方面的言论在脂批《红楼》中也屡屡可见,如:"先写红玉数行引接正文,是不作开门见山文字。"(甲戌本第二十五回回末总批)"一回离合悲欢夹写之文,真如山阴道上令人应接不暇,尚有许多忙中闲、闲中忙,小波澜,一丝不漏,一笔不苟。"(庚辰本第十七、十八回回末眉批)

以上,我们虽然强调的是叙事时的整体观照,但实际上已涉及多种笔法的问题,因为二者之间其实是密不可分的。下面,我们再从《红楼梦》叙事笔法的多样性方面看看脂批对作者和作品的评价。

在叙事过程中,小说作者运用了许多具体的方法,"一支笔作千百支用"(甲戌本第七回脂批),这就使得全书的叙事结构和情节推移呈现出不同寻常而又耐人寻味的复杂态势。对此,脂批多有评价,而且很有见地。

事则实事,然亦叙得有间架,有曲折,有顺逆,有映带,有隐有见,有正有闰,以至草蛇灰线,空谷传声,一击两鸣,明修栈道、暗渡陈仓,

云龙雾雨，两山对峙，烘云托月，背面傅粉，千皴万染诸奇，书中之秘法亦复不少。（甲戌本第一回）

千头万绪合筍贯连，无一毫痕迹，如此等，是书多多，不能枚举。（庚辰本第十六回）

叙桂花炉用实笔，叙孙家恶用虚笔，叙宝玉卧病是省笔，叙宝玉烧香是停笔。（《红楼梦》有正本第八十回开始总批）

二

脂批对叙事视角的研究尚处于不甚全面、不甚深入的阶段，还没有明确的"叙事视角"或与之相对应、相近似的概念。其评论主要集中在对作者借助其他人物来"写人""写物""写事"的研究，而且，这种研究只能说是初步的和表层的。但无论如何，对于我们现在所讲的叙事学的问题之一，他们毕竟有所涉及，而且还有一些刚刚由感性上升到理性的初步认识，故而，我们不能完全对此视而不见。

在涉及叙事视角问题的评点文字中，脂批谈得最多的是从他人"眼中""鼻中""心中""意中"写人、写物或写事。

例如："从黛玉眼中写三人。""从众人目中写黛玉。"（均见甲戌本第三回眉批）"又从宝玉目中细写一黛玉。"（甲戌本第三回眉批）

脂批甚至认为，通过书中人物的眼睛还可以写大事件、大场面："'除夕祭宗祠'一题极博大，'元宵开夜宴'一题极富丽，拟此二题于一回中，早令人惊心动魄，不知措手处。乃作者偏就宝琴眼中款款叙来。"（有正本第五十三回回前总批）

至于书中第六回中写到刘姥姥刚进荣国府时，"只闻一阵香扑了脸来"，甲戌本夹批云："是刘姥姥鼻中。"则是通过某人之嗅觉写环境。

当然，更深入一步的则是通过某人的"心中""意中"写人写事，近似于今之所谓"内视角"。且看：

不写黛玉眼中之宝玉，却先写黛玉心中已毕（早）有一宝玉矣，幻妙之至。（甲戌本第三回眉批）

从刘姥姥心中意中幻拟出奇怪文字。（甲戌本第六回夹批）

从阿呆兄意中，又写贾珍等一笔，妙。（甲戌本第二十五回夹批）

此外，脂批还通过对书中人物的某些部位对他人、他事、他物的感受的评点,来揭示作者在叙事时所采用的特殊视角。如甲戌本第六回连连有夹批来评价作者对刘姥姥感受的描写:"是刘姥姥身子。""是刘姥姥头目。"

更妙的是多重视点的综合运用。

根据需要,《红楼梦》的作者往往通过某人的感官、心意对某一人物、事件的感受来表达自己对这一人物或事件的看法和评价,进而达到成功塑造人物形象的目的。例如:"从旁人眼中口中出,妙极。"(庚辰本第二十六回夹批)这是"眼中""口中"的综合。而更多的则是"眼中""心中"的综合:

> 不写衣裙妆饰,正是宝玉眼中不屑之物,故不曾看见。黛玉之居(举)止容貌亦是宝玉眼中看心中评,若不是宝玉,断不能知黛玉终是何等品貌。(甲戌本第三回眉批)
>
> 从刘姥姥心中目中略一写,非平儿正传。(甲戌本第六回夹批)
>
> 从刘姥姥心中目中设譬拟想,真是镜花水月。(甲戌本第六回夹批)
>
> 是太监眼中看,心中评。(庚辰本第七十二回批语)

由上可见,脂批对那些转换视角的描写方法早已注目,甚至可以说已经有所研究。

三

相较于叙事视角方面的理论而言,脂批对于小说创作过程中埋伏照应的理论总结要成熟得多。

先看专谈伏笔者:"未出李纨,先伏下李纹李绮。""又伏下,千里伏线。"(均见甲戌本第四回夹批)"又伏下一人。"(甲戌本第五回夹批)"略有些瓜葛,是数十回后之正脉也。真千里伏线。"(甲戌本第六回夹批)"这是为后协理宁国伏线。"(甲戌本第七回眉批)"伏线千里外之笔也。"(庚辰本第二十一回眉批)"千里伏线。"(庚辰本第二十四回夹批)"凤姐用小红,可知晴雯等理(埋)没其人久矣,无怪有私心私情,且红玉后有宝玉大得力处,此于千里外伏线也。"(甲戌本第二十七回回末总评)"茜香罗暗系于袭人腰中,系伏线之文。"(甲戌本第二十八回开始总批)"先伏一线,皆行文之妙诀也。"(己卯本第三十七回批语)

再看专谈照应者:"细,又是照应前文。"(有正本第五回批语)"点雨村,照应前文。"(庚辰本第十七、十八回批语)"照应茜雪枫露茶前案。"(庚辰本

第十九回批语）

最后，看看脂批对伏笔照应的综合考察："找前伏后。"（甲戌本第二回夹批）"一段平儿见识作用，不枉阿凤平日刮目。又伏下多少后文，补尽前文未到。"（庚辰本第十六回批语）"补前文之未到，伏后文之线脉。"（庚辰本第十九回批语）"此文于前回叙过事字字应，于后回未叙事语语伏，是上下关节。"（有正本第五十九回开始总批）

由上可知，埋伏照应这一现在写作课中经常讲到的问题，在脂批中已屡屡出现。而且，评点者在讨论这一问题时眼光之敏锐、阅读之细心、分析之深入乃至所上升到的理论高度，也几乎不亚于今天的写作课教师。从评点者对这一问题重视的程度看来，埋伏照应问题堪称小说创作中的重要问题之一。对此，我们完全有深入研究的必要，而不应该以"八股文法"轻率地否定之。

古代小说批评者对"伏笔照应"还有一个俏皮的说法——草蛇灰线，脂批也运用了这一概念。

所谓草蛇，乃草中之蛇，因其有长有短、隐隐约约，故而用以比喻埋伏照应方法之忽隐忽显的特点。诚如毛宗岗在《三国演义》第十五回回前总评中所言："如草中之蛇，于彼见头，于此见尾。"所谓"灰线"，愚以为就是各种灰质的东西画成的线，因其有粗有细、断断续续，故而用以比喻埋伏照应方法之忽断忽续的特点。"草蛇"与"灰线"加在一起，就比较全面地表达了埋伏照应方法的两大特征。其一，当断则断，当续则续；当显则显，当隐则隐。其二，断中有续，显中有隐；断续结合，显隐交错。

脂批多次涉及"草蛇灰线"这一专用名词："前回中总用草蛇灰线写法，至此方细细写出，正是大关节处。"（甲戌本第八回夹批）"此处透出探春，正是草蛇灰线，后文方不突然。"（庚辰本第二十二回批语）"闲言中叙出代（黛）玉之弱，草蛇灰线。"（甲戌本第二十六回夹批）"后数十回若兰在射圃所佩之麒麟，正此麒麟也。提纲伏于此回中，所谓草蛇灰线于千里之外。"（庚辰本第三十一回回末总批）"用清明烧纸徐徐引入园内烧纸，较之前文用燕窝隔回照应，别有草蛇灰线之趣，令人不觉。"（有正本第五十八回开始总批）"草蛇灰线，后文方不见突然。"（庚辰本第八十回批语）

就小说创作而言，"草蛇灰线"就是将某一故事情节似乎漫不经意地略露端倪，却并不展开来写，反而去叙述别的故事。然而，先前所述的故事又在暗中发展。到了一定的时候，作者方才将它突然抖搂出来，展现在读者的面前。而读者呢，在感到突如其来的同时，如果回头一看，就会明白这本是作者早已安排好的，从而对这时的展现觉得并不突然。这种方法的运用，就像打仗埋伏奇兵、下棋预设妙着一样，令人拍案叫绝。

"草蛇灰线"法的运用，具有两大特点：一是"骤看之，有如无物，"强调一个"藏"字，"用伏笔，须在人不着意处。"（林纾《春觉斋论文》）否则，就写得线条明朗，情味索然。二是"及至细寻，其中便有一条线索，拽之通体俱动。"这是强调一个"拽"字，也就是说，草蛇灰线最终还是要被抖弄起来的，"到发明时即可收为根据。"（林纾《春觉斋论文》）否则，"藏"得再好也是没有用的。质言之，"草蛇灰线"法就是处理好对故事情节的"藏"与"拽"之间的辩证关系的一种写作方法，它是高级状态的埋伏照应。

四

一篇小说作品，哪怕是数十上百万字的长篇小说，其叙事也不能拉拉杂杂而应力求简练。这就给作者们提出了一个严峻的问题：如何在构思小说故事情节的时候做到避繁就简，亦即古代小说批评家们所谓"省笔"艺术。《红楼梦》中多用"省笔"，而脂批对这种避繁就简的做法也进行了细腻深刻的分析研究。

先看相关言论："若从头逐个写去，成何文字？《石头记》得力处在此。"（甲戌本第一回夹批）"出自封肃口内，便省却多少闲文。"（甲戌本第二回夹批）"繁中减笔。"（甲戌本第三回夹批）"英、冯二人一段小悲欢幻景，从葫芦僧口中补出，省却闲文之法也。"（甲戌本第四回眉批）"就减去繁。"（庚辰本第十三回夹批）"秦、智幽情，忽写宝、秦事云不知算何账目，未见真切不曾记得，此系疑案纂创，是不落套中，且省却多少累赘笔墨。"（甲戌本第十五回开首总批）"大奇至妙之文，却用宝玉一人连用为（五）如何，隐过多少繁华势利等文。试思若不如此，必至种种写到，其死板拮据琐屑杂乱，何可胜哉？故只借宝玉一人如此一写，省却多少闲文，却有无限烟波。"（庚辰本第十六回批语）"从茗烟口中写出，省却多少闲文。"（甲戌本第十六回夹批）"却因芸之一字工夫已将诸艳请来，省却多少闲文。不然，必云如何请如何来，则必至有犯宝玉，终成重复之文矣。"（己卯本第三十七回批语）"阿呆求婚一段文字，却从香菱口中补明，省却许多闲文累笔。"（庚辰本第七十九回批语）

"省笔"的主要作用是：避免行文的啰唆、故事的重复、情节的拖沓，从而给读者一种简便轻捷的审美效果。它最常见的方法有两种：一是在叙述语言中对那些没有必要展开细致描写的情节或人物一笔带过；二是借用书中人物之口简述其他人物的故事。

"脂批"还将"省笔"称为"避难法",意谓"省笔"的最大价值在于躲避繁难的故事内容,从而,化"难"为"易",变繁复为简明。

如甲戌本第十六回开始总批云:"细思大观园一事,若从如何奉旨起造,又如何分派众人,从头细细直写,将来几千样细事如何能顺笔一气写清?又将落于死板拮据之乡。故只用琏、凤夫妻二人一问一答,上用赵妪讨情作引,下文蓉、蔷来说事作收,余者随笔顺笔,略一点染则耀然洞彻矣,此是避难法。"评点者还深恐读者不明白其中奥妙,在同一回的夹批中再次申述:"大观园一篇大文,千头万绪,从何处写起?今故用贾琏夫妻问答之间闲闲叙出,观者已省大半。后再用蓉、蔷二人重一渲染,便省却多少赘瘤笔墨。此是避难法。"

再如庚辰本第二十四回有批语云:"至此便完种树工程。一者见得趱赶工程原非正文,不过虚描盛时光景,借此以出情文。二者又为避难法。若不如此了,必曰其树其价,怎么买定几株,岂不烦絮矣。"

还有,小说第二十六回写林黛玉去找贾宝玉,"一步步行来,见宝钗进宝玉的院内去了,自己也便随后走了来。刚到沁芳桥,只见各色水禽都在池中浴水,也认不出名色来,但见一个个文彩炫耀,好看异常,因而站住看了一会"。于此处,庚辰本有夹批云:"避难法"。

有时,脂批又称"省笔"为"避繁文法"。如书中第二十七回写紫鹃、雪雁看见林黛玉"无事闷坐,不是愁眉,便是长叹,且好端端的不知为了什么,常常便自泪道不干的"。庚辰本夹批云:"补写,却是避繁文法。"这里所说的补写,所补内容是上一回林黛玉到怡红院去找贾宝玉,被气头上的晴雯误会后而使性子叱责了一番,故而才有此怄气的神态。作者从紫鹃、雪雁的眼中来写黛玉的这种心理,就是"避繁就简"方法的成功运用。

更有甚者,"脂批"有时还干脆称"省笔"为"躲烦碎文字法"。如小说第二十五回写赵姨娘勾结马道婆用魇魔法使凤姐和宝玉疯疯癫癫时,惊动了贾府众多亲戚好友,大家纷纷来问病探视。"别人慌张自不必讲,独有薛蟠更比诸人忙到十分去。"庚辰本在这里有夹批云:"写呆兄忙是躲烦碎文字法。好想头,好笔力,《石头记》最得力处在此。"为什么这样说呢?因为在这里作者写了薛蟠忙得令人好笑的一段心理和行为:

"又恐薛姨妈被人挤倒,又恐薛宝钗被人瞧见,又恐香菱被人臊皮,——知道贾珍等是在女人身上做功夫的,因此忙的不堪。忽一眼瞥见了林黛玉的风流婉转,已酥倒在那里。"

这样,一方面用非常经济的笔墨写出了当时乱糟糟的场面,另一方面,只写一呆兄足矣,省去了将在场之人个个写到的麻烦。

五

如何转换情节,是每一位小说作者面临的重要问题。高明者不落痕迹,笨拙者斧凿累累。一个作者艺术功力的高低优劣,往往可以通过情节转换这一问题得到体现。《红楼梦》的作者当然是高明者,而脂批对这一问题的评价分析也非常高明。

在讨论情节转换问题时,脂批还运用了一些专门的名词术语,如"横云断山""金针暗度""双歧岔路"等等。

《红楼梦》多次运用"横云断山"法。如第四回贾雨村正看护官符时,"犹未看完,忽闻传点,人报王老爷来拜。"甲戌本眉批云:"妙极。若只是此四家,则死板不活;若再有两家,又觉累赘。故如此断法。"随即又有夹批云:"横云断岭法,是板定大章法。"再如第六回写刘姥姥一进荣国府,正与凤姐说话时,忽然门下小厮回说贾蓉来了,凤姐忙止住刘姥姥:"不必说了",一面便问:"你蓉大爷在哪里呢?"甲戌本又有夹批云:"惯用此等横云断山法。"相近的例子还有第十七回,当贾政等人游新建的大观园,才游了十之五六时,"又值人来回,有贾雨村处遣人回话。"庚辰本批云:"横云断岭法。"

此法有时亦称"横云截岭"。如第二十七回,贾宝玉和林黛玉发生了一点矛盾冲突,黛玉不理宝玉,一直去找别的姐妹,正碰上宝钗和探春,于是"三个一同站着说话儿"。这时宝玉追了上来,探春看见,便笑道:"宝哥哥,身上好?我整整三天没见你了。"甲戌本于此有夹批云:"横云裁(截)岭,好极妙极,二玉文原不易写,《石头记》得力处在兹。"

所谓"横云断山",就是在小说中正叙述某一件事情时,忽然插入另一件事,就好比云彩把山峰拦腰隔断了一般。为什么要用这种方法呢?金圣叹说:"只因文字太长了,便恐累坠,故从半腰间暂时闪出,以间隔之。"(《读第五才子书法》)

这话其实只说对了一半。在有些地方,作者写突然的事件或人物来截断正文,确是为防累赘。如《红楼梦》中写"护官符",其中绝不仅止于贾、史、王、薛四家,自然还有其他若干家。但作者又要写得灵活又要写得干净,故而不再写下去,而以"王老爷来拜"断之,便产生了不板不赘的效果。至于这位来访的王老爷究系何人?来此作甚?书中再也没有提到过。可见,这里的以王老爷断正文,确实是防止笔法累赘。

然而,在更多的时候,作者用来断正文之事,往往与正文有着密不可分的联系，有的甚至与正文同等重要，这就不仅仅是一个避免累赘的问题了。如《红楼梦》中写刘姥姥是次，写凤姐是主。但刘姥姥与凤姐谈话时，忽然插入一个贾蓉，便将凤姐与贾蓉那种暧昧关系揭示出来了。

"横云断山"法用得好，一方面可以使故事情节多一些曲折，避免冗长累赘之病；另一方面，又可以使故事情节包含更丰富的内容，具有更重要的意义。当然，该不该断，什么时候断，完全应视情节发展的需要而定。否则，随心所欲地乱断一气，那只会把作品断得支离破碎，杂乱无章，其效果也就与作者的动机背道而驰了。

有时候，脂批中并没有出现"横云断山"之类的名词术语，而是用"截""收什"等类字眼，其意义与"横云断山"大致上也是差不多的。如小说第二十七回写王熙凤、李纨与丫鬟红玉正在没完没了地对话，作者忽然写道："刚说着，只见王夫人的丫头来请。"庚辰本于此处夹批云："截得真好。"再如第二十六回宝玉正在潇湘馆开玩笑，惹得林黛玉不高兴的时候，书中写道："正说着，只见袭人走来说道：'快回去穿衣服，老爷叫你呢。'"这里，庚辰本有眉批云："若无如此文字收什二玉，写颦无非至再哭恸笑（哭），玉只以陪尽小心软求漫恳，二人一笑而止；且书内若此亦多多矣，未免有犯雷同之病，故用险句结住，使二玉心中不得不将现事抛却，各怀一惊心意，再作下文。壬午孟夏雨窗，畸笏。"

"金针暗度"法在《红楼梦》中也颇为多见，如小说第五十回，从表面上看，主要写的是众姐妹"芦雪庵争联即景诗"，作者着笔于这回书的前半部分，重点描写了史湘云和薛宝琴诗才之敏捷；而着眼点却在这回书的后半部分，即贾母与薛姨妈、凤姐议论宝玉、宝琴婚姻问题的一段情事。对此，有正本的开始总批说得很清楚："此回着重在宝琴，却出色写湘云。写湘云联句极敏捷聪慧，而宝琴之联句不少于湘云，可知出色写湘云，正所以出色写宝琴。出色写宝琴者，全为与宝玉提亲作引也，金针暗度不可不知。"

相同的例子还有不少，如庚辰本第三十六回开始总批："绛云轩梦兆是金针暗度法，夹写月钱是为袭人渐入金屋地步。"如甲戌本第八回夹批："止此便十成了，不必繁文再表，故妙。偷度金针法。"眉批："偷度金针法最巧。"如第二十八回庚辰本眉批："写药案是暗度颦卿病势渐加之笔，非泛泛闲文也"。如第八回甲戌本夹批："金针度矣。"

金针暗度法，关键在一个"暗"字。它强调的是自然、合理、不露痕迹，随着故事情节运行的正常轨道悄悄地过渡。读者眼睁睁地看见书中在明修栈道，而作者却已十分狡猾地暗度陈仓了。需要说明的是，金针暗度两端的故事，必有一定的内在联系。二者之间或互为表里，或互为因果，或此故事为彼故事之先声，或彼故事乃此故事之余绪。否则，二者之间生肉不搭熟骨头，金针再妙，也是度不过去的。

在更多的时候，脂批用诸如"山断云连""过下无痕"等概念来代替"金针暗度"，其基本含义亦差不多。

如第一回写甄士隐做梦后"大叫一声，定睛一看，只见烈日炎炎，芭蕉冉冉"时，甲戌本夹批："醒得无痕，不落俗套。"再如第五回写贾宝玉神游太虚幻境时，失声喊叫"可卿救我"而从梦中醒来，袭人等上前扶起宝玉说："别怕，我们在这里。"甲辰本有批语云："接得无痕。"有正本亦有批语曰："接得无痕迹。历来小说中之梦未见此一醒。"再如第十四回写王熙凤斥责宁国府仆人"明儿他也睡迷了，后儿我也睡迷了，将来都没有人了"时，甲戌本夹批："接上文一点痕迹俱无。"庚辰本夹批云："接得紧，且无痕迹，是山断云连法也。"还有第十九回写到李嬷嬷要吃盖碗里的酥酪，怡红院中的一个丫头说："快别动！那是说了给袭人留着的。"庚辰本批云："过下无痕。"再如第二十四回写贾芸拍凤姐的马屁，凤姐非常高兴，嘴上却说："怎么好好的你娘儿们在背地里嚼起我来？"庚辰本夹批："过下无痕，天然而来文字。"当然，对这一问题说得最为详尽的是有正本第五十回回末总批："诗词之俏丽，灯谜之隐秀不待言，须看他极齐整，极参差，愈忙迫，愈安闲，一波一折，路转峰回，一落一起，山断云连，各人局度各人情性都现。至李纨主坛而起句却在凤姐，李纨主坛而结句却在最少之李绮，另是一样弄奇。"

"金针暗度"是一种能使情节在不知不觉中悄然转换的方式。这种方法的运用，能使作品尽量少地具有斧凿的痕迹，显得自然而然。对于读者而言，一部小说作品对他的影响应该是在不动声色中完成的。斧凿刀劈的痕迹太过明显的作品一般读者不会欢迎，因为他会感到作者的低能。而当一个读者感到作者低能的时候，其作品要想再被阅读下去，将是一件非常困难的事。

"双歧岔路"之笔在《红楼梦》中运用得虽然不是很多，但却得到脂批的激赏。聊举一例：第七回写周瑞家的为刘姥姥一事去禀告王夫人，因王夫人与薛姨妈在长篇大套地说家务事，只好到里间来，却看见薛宝钗在里间。此处，甲戌本有夹批："总用双歧岔路之笔，令人估料不到之文。"面对突如其来的情节转换，作者写来是那样从容不迫、手挥目送，这真是一种叙事的高级境界，无怪乎"脂砚斋们"要如此刮目相看了。

六

上述而外，脂批在评价《红楼梦》的叙事方面还有很多独特的见解，篇幅所限，仅撮其要者而言之。

小说第三十八回主要写的是"菊花诗"和"螃蟹咏"，本是林黛玉、薛宝钗等大观园姐妹"诗翁"的重头戏，却又要从贾母、王夫人、凤姐、鸳鸯、平儿等人写起，其间如何兼顾、如何转折、如何入题，作者自有高招。且看庚辰本此回的开始总批是怎么说的：

> 题曰"菊花诗""螃蟹咏"，偏自太君前阿凤若许诙谐中不失体，鸳鸯平儿宠婢中多少放肆之迎合取乐写来，似难入题。却轻轻用弄水戏鱼看花等游玩事，及王夫人云这里风大一句收住入题，并无纤毫牵强。此重作轻抹法也，妙极，好看煞。

小说第五十六回，写李纨、探春、宝钗三驾马车的领导班子代凤姐临时理家。"三人只是取笑之谈，说了笑了一回，便仍谈正事。"于此处，庚辰本批云："作者又用金蝉脱壳之法。"小说创作过程中，在兴起一个大的故事之前，先写一些其他的事，然后，通过一定的手法将读者的兴趣转移到重点故事上来。这种方法，就是脂批所谓"金蝉脱壳"。运用这种方法，可以减少不必要的文字，避免行文的啰唆，从而增强情节推进的节奏。

如此等等，还有很多细微末节的问题，本文就不一一赘述了。

以上，我们从叙事结构、叙事视角、埋伏照应、避繁就简、情节转换等几个方面对脂批《红楼》的叙事艺术进行了初步的探讨。在文章即将结束的时候，有几个问题必须作进一步的说明。

第一，本文所研究的对象是双重的。一是曹雪芹在创作《红楼梦》时的叙事技法，二是"脂砚斋"对曹雪芹叙事技法的评价和研究。两重研究对象之间的关系是：后者依附于前者而存在，前者是后者的研究对象。但这仅仅是就双重研究对象之间的关系而言。对于本文而言，我们的研究重点是后者而不是前者。本文对后者的研究是直接的，对前者的研究是间接的。只有在不得已的时候，我们才涉及一些与前者相关的资料的引用和分析。质言之，本文主要是对"脂砚斋"研究《红楼梦》的再研究。

第二，本文的研究对象是古代小说批评。而在金圣叹、毛宗冈、张竹坡、

"脂砚斋"等古代小说批评大家那儿，现代人、外国人提出的一些叙事学中的概念是基本上找不到的。但是，他们的批评原则，他们批评文字的内在精神，他们所运用的批评方法等等，却与现代的小说批评有不少暗合之处。每当碰到这样的问题的时候，我们还是应该以古人所运用的一些概念来行文论述。只是在与现代小说批评的概念能够对应的时候，才指出二者之间的对应关系而已。

第三，现代小说叙事研究中经常涉及的问题，诸如叙事主体、叙事层面、叙事时间、叙事角度、叙事结构、叙事逻辑、角色模式、叙事修辞、叙事技法等问题，并没有引起"脂砚斋们"全面的注意。他们只注意其中的某些问题，或者说，只注意其中某些问题的某些方面。因此，相对于我们今天的小说叙事研究而言，古代小说批评家们的研究肯定是片面的、非系统化的。因此，我们不能按照今天叙事学的模式去"规定"古代小说评点家们对于小说叙事的批评。而应该实事求是，将他们的言论放在当时的文化背景、学术背景中予以评价。

第四，几乎所有的古代小说批评家在涉及小说叙事批评的时候，最感兴趣的往往是叙事结构、叙事时间、叙事技法等问题。因此，对这几个方面的评论文字一般说来比较多一些，讨论得也相对深入一些。叙事角度问题，虽然他们有所涉及，但还只是停留在最肤浅的层面上。至于其他方面，有的基本没有涉及，有的虽有所涉及，但从根本上并没有说清楚。甚至有些问题，小说作者已经在创作过程中有所体现了，批评家们或视而不见，或言而无当，甚至有时还在一定程度上对小说作者的苦心有所误解和歪曲。"脂砚斋"评点《红楼梦》，当然也不例外。

第五，以"脂批《红楼梦》的叙事研究"为例，明明作者曹雪芹在叙事主体和叙述层面的问题上大做文章，弄得"烟雨模糊"，但脂批却未能指出其中的奥妙。再如"角色模式"问题，曹雪芹也煞费苦心，并有一些创新之处，但脂批对这方面的评论往往语焉不详或词不达意。还有叙事逻辑、叙事修辞等问题，脂批的讨论就更不够了，即便偶有涉及，那种肤浅浮泛，是根本对不起曹雪芹的苦心孤诣的。对于这方面的一些问题，本文没有展开，将另撰文讨论。

（原载《中国文论的直与曲——古代文学理论研究（第三十辑）》，华东师范大学出版社2010年版）

02

二、小说史与小说文本臆探

《世说新语》二则简析

管宁、华歆共园中锄菜

管宁、华歆共园中锄菜，见地有片金，管挥锄与瓦石不异，华捉而掷去之。又尝同席读书，有乘轩服冕过门者，宁读如故，歆废书出看。宁割席分坐，曰："子非吾友也！"（德行第一）

华歆、王朗俱乘船避难

华歆、王朗俱乘船避难，有一人欲依附，歆辄难之。朗曰："幸尚宽，何为不可？"后贼追至，王欲舍所携人。歆曰："本所以疑，正为此耳。既已纳其自托，宁可以急相弃邪？"遂携拯如初。世以此定华、王之优劣。（德行第一）

以上是《世说新语》中的两则故事。

刘义庆（403—444），彭城（今江苏省徐州市）人。宋武帝刘裕侄子，袭封临川王，后任荆州刺史，官至尚书左仆射、中书令。刘义庆雅好文学，文学之士纷纷聚集其门下。《世说新语》当为其与门下文人共同编撰完成的。

《世说新语》是一部志人小说集，志人小说又称轶事小说，是一种以记载著名人物的言行为主要内容的文言小说形式。《世说新语》记述描写了从东汉末年到东晋年间的名人轶事和清谈言论，全书按内容分为德行、言语、政事、文学等36类。它不仅具备了小说的雏形，而且对笔记文、小品文的发展起到了先导作用。全书语言简约含蓄、隽永传神，有些片段写得尤有韵致，既可启发读者的思维心智，也可满足读者的审美要求。

这两则故事，第一则讲的是华歆人品不如管宁，其关键处就在于管宁淡泊以明志，宁静而致远，不贪钱财，不慕荣华。华歆的修养较之管宁就差了许多，对钱财不如管宁那么淡然，对荣华富贵还有一定程度的艳羡心理。因此，管宁割席，表示了对华歆的极大蔑视。在第二则故事中，华歆成了一个"正面形象"，因为世间居然还有比华歆更差劲的人——王朗。遇到求救者，华歆开始不愿意，因为怕惹火上身，而王朗则轻率地答应了别人。等到危险即将发生的时候，王朗却反悔动摇了，竟然要抛弃所救之人。而这时的华歆却显出了他的大气——既然做了，就得负责到底。两相比较，孰优孰劣便跃然纸上了。

　　两则故事的意义，一般读者都能体会得出，那就是做人要讲德行，要具备美好的道德情操。两篇作品的写作方法也基本相同，都运用了对比的方法。通过对比描写，作者给我们留下了一个又一个生动活泼的人物形象。而这，恰恰也就是《世说新语》一个最为显著的写作特点。

　　（原载罗漫主编：《大学语文新读本》，湖北教育出版社2006年版）

话本小说研究的新收获

——评《话本小说史》

话本小说是中国古代通俗小说的重要一支，与长篇章回小说一样，深受读者欢迎，流传广泛深远。但是，长期以来对话本小说的研究，尤其是专题系统的研究，却相对薄弱。20世纪80年代初，胡士莹先生的遗著《话本小说概论》出版，这部既具总结性又具开创性的专著引起了学术界的高度重视，作序的赵景深先生赞之为"研究话本的百科全书"，《人民日报》《文学遗产》等报刊发表书评，评价很高。十多年来，这第一部综合系统研究话本小说的专著几乎仍是唯一权威著作，一直被当作研究话本的最重要的参考书。不过，该书虽体系博大、撰构宏富，但大体上仍未跳出历来研究话本小说重资料、重考据的圈子，诚如程毅中先生在书评中指出的，"本书的最大特色是资料丰富"。（《文学遗产》1981年第二期）该书书名虽标"概论"，"论"却着墨不多，著者的主要精力放在资料的收集整理和研究上，而且也确实提供了许多罕见的新资料。欧阳代发《话本小说史》（武汉出版社1994年5月出版）继往开来，在吸收前人研究成果的基础上，重视作品文本的研究论述，特别着力于对话本小说阶段性探讨，阐明其演变历程，以洋洋三十余万言，写成一部全面系统的话本小说发展史。这是话本小说研究的重要新收获，与《话本小说概论》一样，都是既具开拓性又带总结性的学术专著。

作为话本小说史，该书的一个突出特点是注重史论。著者把千年话本小说的发展划分为唐代萌生期、宋元兴盛期、明末清初繁荣期、清中叶后衰落期四个时期，又将兴盛和繁荣两个时期各分为三个阶段进行探讨，这就使话本小说发展的历程线索清晰、脉络分明。在具体论述时，著者既力求全面评价各时期的作家作品，又突出重点。如第四章"话本小说的兴盛——宋代话本"、第八章"杰出的通俗文学家冯梦龙和'三言'"、第九章"凌濛初和'二拍'"、第十一章"清初拟话本代表作家李渔"等，均属著者论述重点之所在。而且论述时也不是面面俱到，一般概括，而是突出重点，论其思想艺术新进展，论其独特艺术个性，力求显其特色，写出新意。与此同时，著者还特别着力于把握各个时期话本小说的总特点，据此展开论述，如对宋人话本的特色、明人话本的承前启后意义、明末拟话本的发展趋向、清初拟话本的新变化等问题，著者都提出了自己独到的见解。例如，著者在"清初拟话本小说的新变化"一节中，首先将明末与清初的拟话本作了一个整体的比较，得出"与明末拟话本一般比较滞重难读不同，清初拟话本给人的突出感觉是轻巧易读"的结论。随后，又从"清初拟话本取材求新""清初拟话本描写求趣""清初拟话本喜欢写平凡的芸芸众生""清初拟话本精心安排情节结构""清初拟话本小说的语言一般都轻快风趣""在话本小说体制形式上清初拟话本也更为灵活随意"等方面展开详尽的论述，给读者明晰而又深刻的印象。另外，著者还能将这些论述置于较广阔的社会文化背景中，结合市民阶层兴起的发展历程、各历史时期不同文人的创作心态、中国文学从面向上层到面向下层的转移走向等来展开，通过综合研究，上升到发展规律的探讨，形成"史"的发展观念。纵观全书，可以说做到了有"点"有"面"、有"史"有"论"，这就向读者提供了一个血肉丰满、具体翔实的话本小说的发展过程。

该书的另一个突出特点是言之有据、不尚空谈。搞文学史的研究，不充分占有文学史料是无法进行的，著者深谙此中道理，在对话本小说史料的搜集、爬梳、鉴别方面下了很大的功夫。著者在开卷第一章第一节中曾经谈到："造成话本小说研究薄弱的原因固然不少，其中主要的还在资料缺乏，作品难见。……近年来，这方面的情况大为改观，许多孤本秘笈，包括散于海外者，都影印出版了，这就给话本小说的研究提供了最基本的条件。也正是有前人搜集、整理及研究的基础，《话本小说史》的编写才有了可能。"这一番实事求是的自白，其实正是搞学术研究最基本的道理，但要真正做到充分占有资料却并不那么容易。与某些仅仅只看了几部作品便匆匆开始"宏观研究"的人相比，《话本小说史》的著者是绝不投机取巧的老实人，他全面地扎扎实实地研究了自己的论述对象和有关参考资料，这一点，从该书许多章节里面对作家、作品的基本情况的介绍中自可得到证明。但同时必须指出，著者在利用史料时，并非一味照抄照搬，而是经过了自己的排比、甄别的。尤其是对某些尚有疑点的问题，著者更是在充分利用前人研究成果的基础上提出了自己的看法。如该书第六章第二节中对《京本通俗小说》的成书时间的分析就是一例。在这里，著者首先排列出学术界对《京本通俗小说》真伪问题的三种意见，并对每一种意见的代表作的出处均一一注明。然后，再谈出自己对这一问题的看法，他说：

总之，意见分歧甚大，争论至今仍未结束，但倾向于伪作的人较多。确实，《京本通俗小说》的疑点是颇多的。该书既是孤本，又是关于话本小说的重大发现，来源却交代不明，又无影印真件。该书现存篇目，全见于冯梦龙"三言"，字句出入甚微，而有些重要不同，如"故宋"，《拗相公》作"我宋"，《错斩崔宁》作"我朝"之类，反露出作伪痕迹。在今存话本小说中，一般只称宋朝为"大宋""皇宋"，除《京本通俗小说》中这两篇外，再也没有发现第三篇如此称呼的。而且，《警世通言》中《范鳅儿双镜重圆》中的女主角是吕顺哥，故事来源于宋·王明清《摭青杂说》，主人公姓吕，完全相合。而《京本通俗小说》据《也是园书目》"宋人词话"类著录有《冯玉梅团圆》，于是把该篇女主角改名冯玉梅，篇名改为《冯玉梅团圆》收入。但篇名人名改后，却与原所据故事发生了矛盾，反现马脚。

这一段分析，虽只有三百余字，但要看很多材料（包括话本小说原著和有关评论文章）方能写出。不然，著者凭什么得出"《京本通俗小说》疑点颇多，不宜作为早期话本小说集看待"的结论呢？

十分注重比较研究，是该书的又一个显著特色。写"史"关键是要阐明发展变化，进行比较实属正确途径。此一阶段与彼一阶段有何区别？这一作家作品与另一作家作品有什么区别？后者较之前者有什么新的东西？只有进行比较研究，才能充分显现出来。从阶段特点来说，宋人话本的市民文学特色是在同唐传奇的比较中显现的，清初拟话本的新变化是在与明末拟话本的比较中阐明的。由于著者能从创作主体、描写对象、写作目的、语言特色等多方面对宋话本与唐传奇进行对比分析，这中国"小说史上的一大变迁"（鲁迅语）——宋话本的市民文学特色，才得到具体清晰的显现。而且即使同是表现市民意识，也要比较指出，由于受晚明人文思潮影响，晚明拟话本也与宋元话本有所不同，思想境界更高，市民意识更鲜明。而对明末拟话本在继承"三言""二拍"中所表现出的倒退趋势，即减少了"活跃的进步的新兴市民意识，而传统的封建意识反有所加强"的揭示，则涉及当前文化史、思想史、文学史研究中一个颇值得重视却还重视不够的问题。著者虽仅就明末拟话本实际展开论述，但无疑提供了有价值的新看法、新思想材料。就作家作品而言，"三言"的评价既在与宋元话本的比较中论其创新，"二拍"也主要在与"三言"的比较中评判其价值，而李渔的独特创作个性更在与其他作家作品的比较中凸现出来。冯梦龙的"三言"是话本小说中最受研究界重视的，著者在论述时便不去全面展开，而主要在与以前文学作品，特别是宋元话本的比较中论其创新。如论到"三言"中出现了社会新主角商人形象时,便先勾画历来文学作品对商人的态度,在对比中阐明"只有到了'三言'中,中国文学才第一次让大量商人的正面形象进入文学殿堂,把他们当正面主角加以描写",并且指出"三言"在肯定地描写商人致富道路时,突出他们是靠好心、勤苦、智力致富,具有"把'义'与'利'联系在一起加以表现,以既求'利'又守'义'为赞美对象"的特点。而在凌濛初"二拍"中,对商人的描写则又有了新内容、新进展:"摆脱道义对商人逐利的束缚,从单纯追求利润、发财致富的角度描写商人,正面表现他们海外冒险、囤积居奇、大胆取进的思想精神和致富手段,这就从商人经商活动更本质的方面,鲜明表现出资本主义萌芽的茁壮发展,这是'二拍'比'三言'中这类作品尤其富于时代气息的地方。"如此论述,既鲜明揭示演进轨迹,也突出作品特点,富有新意。又如对历来文学作品中大量写到的封建官吏,著者对大家论得多的揭露官场黑暗方面一笔带过,而着力于新形象、新特点,于是论述了"三言"中出现的并不清的"清官"新形象,不仅打破了历来对"清官"的迷信,而且在中国小说史上具有开创意义,比"历来小说,皆揭赃官之恶,有揭清官之恶者,自《老残游记》始"(鲁迅《中国小说史略》引作者自评),实际早了近三百年;还从"三言"中出现的或昏聩或贪婪的考官形象,论到"三言"中有不少作品把批判矛头指向了八股科举,在中国小说史上形成了对封建科举弊端的第一次集中批判,而并非如一般所论,这种批判是从蒲松龄《聊斋志异》开始的(参见中国社会科学院文学所编《中国文学史(三)》第1214页)。特别是著者还总结性指出,"三言"中实际出现了一批市民化的官吏新形象,这富于创见的提法,揭示了"三言"作为市民文学代表作的本质特点。在论到具体作品时,即使同属明末喜欢说教的作品,也要进行比较,如说:

> 比较而言,《石点头》说教气更重,而《西湖二集》悲愤情更烈,《石点头》重在客观描写,所以结构严谨,情节曲折,形象鲜明,而《西湖二集》常多主观的情调,文笔潇洒灵活,时有夸张讽刺,但却有时失之油滑粗俗,结构也较为松散,情节繁复支蔓,形象不够鲜明。

这样,著者的论述虽不是面面俱到,但确有心得,抓住特点,切中肯綮,开掘颇深。

作为一部全面系统的话本小说史,必然要吸收前人的研究成果。著者学术风格朴实,论述稳妥精当,以准确见长,而不求以新奇取胜,绝不玩弄时髦术语,当然更会注重对已有学术成果的吸收。但是,著者也力求写出新意,不仅目录上多标"新"字,论述中也新见迭出。如关于冯梦龙的拟话本创作问题,这是一个学术界经多年研究几乎难以进展的老难题，也是造成话本小说研究中出现混乱的关键性问题。著者从研究方法入手，详加分析，为解决这个学术界长期难以解决的问题提供了一种新的思路、新的解决方法。他说："既然已考证清楚了'三言'是冯梦龙的作品，那就是应以承认其总体著作权为前提，再去考证其中哪些篇目并非他的作品。但现在是反过来，先否定冯梦龙的著作权，再去考证'三言'中哪一篇是他所作。这实在是搞颠倒了！于是出现了这样的情况：凡是考证'三言'中某些作品是冯梦龙所作的人，因找不到象《老门生三世报恩》那样的铁证，所以材料虽摆了不少，下词却是'可能''疑出'之类，很是小心谨慎。而否定则很简单，下词也颇决断，因为否定者只要说一句'缺乏确凿的证明'，就可把你花气力摆了不少材料的考证推倒。但是，如果反过来，既已肯定'三言'是冯梦龙的作品，那要说其中某篇不是他所作，则应拿出'确凿的证明'，否定者又拿得出多少呢？"这种观点和角度，一反传统之见，又有理有据，颇能令人信服。又如，对话本小说衰落的原因，历来的研究只是从社会政治、时代思潮的一般性角度寻找，该书却注意到一个被忽略了的问题，一个"不可回避的事实"，即在清中叶相同社会政治背景下，短篇话本小说衰落了，长篇章回小说却被推向了高峰，该书认为"在同一历史时期，一支登上顶峰，一支坠入低谷，无论如何主要应是自身内部因素决定的。"于是，该书著者避开一般性的社会政治原因，另辟蹊径，致力于探索话本小说衰落的内因。外因是变化的条件，内因是变化的根据，抓住内因才抓住了根本，如此研究当然能出新意。而且，这两例都带有研究方法、思维方法的创新意义，能给人以深刻启发。

当然，该书亦有需进一步完善之处。如对拟话本衰落之内因的探讨，该书虽以整整一节的篇幅进行论述，并能发人之所未发，寻绎出拟话本小说衰落的若干重要的内在因素，但仍令人感到有不太充分的遗憾。如能从美学的角度进一步展开阐述，效果或许更佳。

对于中国古代小说发展史的研究，前辈学者们已做出了很大的努力，也取得了极大的成功。如何在老一辈专家学者们研究成果的基础上，进一步提高中国古代小说史研究的水平，从而使这一领域的研究工作再开新花，这已成为当今古典小说研究者，尤其是中青年研究者的一个重要任务。欧著《话本小说史》无疑是这一研究进程中的一个重大收获。笔者相信，这样一本有分量的学术专著是经得起历史检验的。

（原载《湖北大学学报（哲学社会科学版）》1995年第5期）

《三国演义》导读

《三国演义》作者罗贯中的生平资料目前我们所知甚少。无名氏（或曰贾仲明）《录鬼簿续编》称："罗贯中，太原人，号湖海散人。与人寡合。乐府、隐语，极为清新。与余为忘年交。遭时多故，天各一方。至正甲辰（1364）复会，竟不知所终。"其籍贯除山西太原说外，尚有东原（山东东平）、钱塘（浙江杭州）、庐陵（江西吉安）诸说。明王圻《稗文汇编》称罗贯中为"有志图王者"，大约生活于元末明初。罗贯中平生致力于小说戏曲创作，现存杂剧《宋太祖龙虎风云会》。章回小说除《三国演义》外，还有《隋唐两朝志传》《残唐五代史演义》《三遂平妖传》均署名罗贯中原著，有人认为他还是《水浒传》的撰写者之一。《三国演义》原名《三国志通俗演义》，目前所见最早刊本在明嘉靖壬午年（1522），题"晋平阳侯陈寿史传，后学罗贯中编次"。清代康熙年间，毛纶、毛宗岗父子对这部小说名著进行了增删改写，并作了二十多万言的评语，遂成为《三国演义》一百二十回，是最通行的本子。

《三国演义》记事起于汉灵帝建宁二年（169），终于晋武帝太康元年（280），主要描写魏、蜀、吴三个统治集团之间的政治斗争和军事斗争。小说有较明显的"拥刘反曹"倾向，而"拥刘反曹"所反映的则是拥护仁政，反对暴政的主题。不仅如此，在《三国演义》所塑造的人物形象，尤其是主要人物形象身上，同样体现了民众愿望、历史规律和作者思想的有机结合。《三国演义》中的诸葛亮是一个悲剧典型形象。作者在诸葛亮身上寄托了太多的政治理想，而其中又混杂着传统的儒家思想、正统观念以及老百姓对清明政治的呼唤。这样，诸葛亮就被塑造成千古第一贤相的典型。诸葛亮的悲剧性主要体现在三个方面：身处乱世而秉持儒家思想以救之，此其一也；虽达乎天时却又勉力尽人事，明知其不可为而为之，此其二也；智慧让位于忠贞，智性人格臣服于德性人格，因而有不明智之举，此其三也。这三方面交织在一起，便使孔明的悲剧具有了十分深厚的历史积淀的思想底蕴。与此同时，在诸葛亮身上也体现了作者对崇高人格理想的追求，使之成为一种极具人格魅力的思想结晶。关羽形象是一个威勇其表、忠义其质的崇高性与环境、性格所造成的悲剧性的融合体。忠君大义、桃园情义、个人恩义，构成了关云长完整意义上的"义"。而这三个方面又分别被社会各阶层的人们所推重和吸取。封建统治者所看中的当然是关羽的忠义，因为这有利于他们的统治；广大民众所看中的则多半是关羽的恩义，因为这符合人民的道德准则；而那些游民、游侠、游荡江湖的英雄好汉，他们所看中的就主要是关云长的桃园之义了。由此可见，《三国演义》中的关羽这一人物形象绝不是哪一个作者创造的，甚至他也不是哪一个社会阶层所创造的。他是中华民族传统文化长期积淀的产物，是中华传统文化中"义"的思想的生动说明。关羽与诸葛亮这两大悲剧人物的悲剧特质，有着共同的一面，即作者在他们身上都涂饰了十分浓烈的理想主义色彩，但这种理想化的东西却与现实极不相容。这两大悲剧人物的悲剧特质，也有着不相同的一面。作者在关羽身上所体现的主要是一种人格理想，而在诸葛亮身上所体现的则是政治理想与人格理想的兼而有之。在作者笔下，关羽具有极大的人格力量，而诸葛亮则具有更大的超人格力量。相比较而言，关羽的悲剧主要体现了作者的人格理想与现实生活的不相容，而诸葛亮的悲剧则体现了作者的政治理想、人格理想与历史进程的不合拍。曹操形象是一个既凶残奸诈又有雄才大略的政治野心家和军事家的艺术典型。小说在揭露和批判他的恶德的同时，又充分表现了他作为一个奸雄的才智与胆略。作为"古今来奸雄中第一奇人"，曹操把历代统治者所积累的权术中精妙入微处继承下来，并用以左右朝政，扩展势力，把封建社会的秩序、法则和道德一概置于自己的驾驭之中，以实现自己图王霸业的政治野心。曹操这一形象的生动塑造，体现了小说作者关心现实、吸取现实、提炼现实、反映现实的伟大胜利。曹孟德是真正充分现实化的。他是时代风云的产物又叱咤风云，他以暴力左右着那混乱而又充满活力的社会，他"奸"得令人望而生畏，"雄"得令人望而兴叹。在他的身上集中体现了一个在混乱的时代真正有所作为的政治家所应该具备的基本素质和处世态度，因而，他所代表的正是时代的前进、前进的时代。

　　《三国演义》的战争描写，在中国小说史上是空前绝后的。全书共描写了大大小小四十余战，由于作者并非呆板地、千篇一律地表现作战双方的两军对垒或一刀一枪的厮杀，而是善于根据每场战争的实际情况来作不同的艺术处理和生动的描写，因此，书中的战争场面丰富多彩、变幻无穷，并且还带有十分深厚的文化意味。这些战争描写的片段，大多既符合古代军事斗争的客观规律，又含有朴素辩证法的因素，而且还那么细致生动、丰富多彩。更有意味的是，书中的战争描写绝大多数都是高格调的，作者始终体现着一种高昂的笔调，而绝不给人以凄凄惨惨的悲哀情调和令人产生恶刺激的恐怖感。

（原载赵丰主编：《党员干部必读的文学经典71篇》，湖北教育出版社2012年版）

《三国演义》悲剧人物论

亚里士多德认为悲剧性的特殊效果在于引起人们的"怜悯和恐惧之情",惟有"一个人遭遇不应遭遇的厄运",才能达到这种效果;黑格尔认为悲剧的特性根源于两种对立理想和势力的冲突;鲁迅说,"将人生的有价值的东西毁灭给人看"是悲剧性的;恩格斯指出,"历史的必然要求和这个要求的实际上不可能实现"是悲剧性的冲突;有时悲剧性也产生于由自身的缺陷和过失而引起的毁灭。

中国章回小说的开山之作《三国演义》,无疑也是杰出的悲剧作品。上述诸家对于悲剧内质的认定,在《三国演义》中几乎都可得以印证。但归纳起来,造成《三国演义》中众多悲剧人物之悲剧的根本原因,最突出的有三点:一是时势,二是命运,三是性格。

有的人物,其悲剧性的原因很明显,也很单一。如曹操手下那位冠绝群英的谋臣郭嘉,便是遭遇到无法避免的厄运——"亡年三十八岁"。这种不幸命运,不仅使为之"心肠崩裂"的主公曹操无可奈何,使为之叹息"可惜身先丧"的作者无可奈何,就是郭嘉本人,同样无可奈何。

然而,像郭嘉这样的悲剧人物,在《三国演义》中毕竟是极少数。《三国演义》中绝大多数的悲剧人物,推究其悲剧之根源,往往是多方面的,甚至是极其复杂的。

那也曾不可一世的温侯吕布,最终殒命于白门楼,落得个"空余赤兔马千里,漫有方天戟一枝"的悲剧下场,既是其本身性格所致,又是其所处时势使然。他有那么一段不光彩的历史,又有那么一些招人怨的脾性,还处于那么一种外有曹操以势相逼,内有部将挟嫌以叛,兼之刘关张大力掣肘的情势。如此内外交困,吕奉先安得不亡?

那位英勇善战的马超,曾几何时,也将曹操杀得割须弃袍,狼狈逃窜。但由于他本身有勇无谋、疑心太重的性格,给曹操留下了施反间计的空隙;又由于曹操反间计的实施,使韩遂与之离心离德,造成一种对马超极为不利的形势,这种反常的情势又倍增马超的疑心。这么一来,马超的性格与当时的情势互为因果、恶性循环，使之一败涂地，父仇未报、称霸不成，最终"止剩三十余骑"，急急如漏网之鱼，"望陇西、临洮而去"。

至于刘禅之子北地王刘谌，他的悲剧则是其家国的命运、严峻的局势、本身的性格三者相互作用、相互反激的结果。刘谌身为凤子龙孙，"自幼聪明，英敏过人"，在刘禅七子中乃佼佼者，然而，刘后主尚健在，军国大事容不得他作主，不仅不能作主，就连叩头哭谏都遭到昏庸君父的叱责。这一种悲剧性的命运使他无可奈何。大敌当前，昏君佞臣争相议降，祖宗基业毁于一旦，面对这种悲剧性的局势，他无力回天。而刘谌那"羞见基业弃于他人"的刚烈个性，又决定了他不可能随同君父"面缚舆榇"、降于敌国。这种性格、情势、命运三者之间的激烈冲突，使他选择了"见先帝于地下，不屈膝于他人"的唯一道路，最终只能在祖庙中"大哭一场，眼中流血，自刎而死"，演完了蜀汉灭亡时最为悲壮的一幕。

如果说，刘谌的悲剧结局乃是由于命运、时势、性格三者相互撞击而造成的话，那么，刘琦的悲剧结局则是时势、命运、性格三者混一的结果。这位荆州牧刘景升的长子，本为荆州的法定继承人，然内有继母乱政，外有政敌擅权，使他于老父病危之日，欲见一面而不能，哪里谈得上继承父业，收拾金瓯？他可算一位遭厄运的公子。荆襄九郡，虽为富庶之地，但又是逐鹿之所，北有曹操挥兵相逼，东有孙权虎视眈眈，异母弟刘琮乘势自立，同姓叔刘备借机染指，形势对刘琦百无一利。再看刘琦本人，正如其父刘表所言："为人虽贤，而柔懦不足立事。"面临内外交困的局面，刘琦束手无策，反过头来依附前来依附荆州的刘备。如此命运，如此局势，如此性格，刘琦何以承父业而保荆州？他的悲剧结局是不可避免的。

诚然，环境、命运足以播弄人，然而，在《三国演义》中，众多人物所处的环境基本相同，命运也大体相似，尤其是某些英雄人物，历史都曾经给他们以出头露面的机会，为什么一个个都成为悲剧人物？这就使我们不得不将着眼点转向对他们悲剧性格的认识和分析。

在《三国演义》中的许多人物身上，都存在着某种固有的性格缺陷以及由此而导致的行为错失。试看堪与卧龙并称的凤雏先生庞士元，其所以丧命于落凤坡，正是他恃才傲物、争功轻敌的性格使然。试看足以与孔明斗智的东吴都督周公瑾，其所以仰天长叹，连叫数声而亡，正与他才高心狭，以算计人为能事的性格有关。还有那威震江东的小霸王孙策，何以亡身于江东未定之时？难道不是他性急少谋的结果？还有那戎马一生的昭烈帝刘备，何以驾崩于基业初定之际？难道不因其轻敌冒进之所致？袁本初之败，败在不识大体，不纳忠言。

袁公路之亡，亡在利欲熏心，寡恩刻薄。祢衡之被杀，在于他傲世独立，且爱逞口舌之辩。杨修之见诛，在于他露才扬己，又好弄小巧聪明。……这各色各样的人物，无论作者是赞扬他，或是抨击他，不管读者是喜爱他，或是厌恶他，有一点却是共同的，他们都是悲剧人物，而造成他们悲剧性结局的主要原因，又都是由他们各自的性格所决定的。他们的悲剧，都可以算作是性格的悲剧。

如果说，以上诸人物之悲剧，乃在于各自性格缺陷之所致的话，那么，《三国演义》的作者尽全力塑造的两大悲剧人物——孔明与关羽的悲剧，则是植根于他们各自的个体生命的价值观或人生理想与他们所处环境的极不相容。

《三国演义》中的关羽，一辈子秉持"忠义"二字。然而，十分可怜的是：这位忠义英雄所遇到的一些境况，却强有力地限制他实施大忠大义。因此。他不得不作出很大的让步，甚至是立场原则上的让步，以求得一个廉价的忠义虚名。

当曹孟德大兵压境，刘关张兄弟失散之时，关羽中计被迫屯兵土山。为保护刘备家眷，关羽不得已暂时归降曹操。此事也算是权宜之计，即使刘备知之，亦不会深责，因为刘备本人于穷途末路之时也曾干过同样的勾当。降曹就降曹嘛，无须遮遮掩掩！然而，关羽却偏偏置事实不顾而追求"忠"的虚名，创造性地制造了"降汉不降曹"的美妙谎言。殊不知若汉、曹一体，则关羽降汉亦为降曹；若汉、曹各一，则身为汉将的关羽何所谓"降汉"之说？难道他的主公刘皇叔是叛汉的逆贼么？自以为得计的关羽企图以"降汉"之名来掩盖他"降曹"之实，却不料闹出了"汉臣降汉"的大笑话。在应付突如其来、极端不利的局面时，关羽失败了，这倒不在于他"降曹"这一实际行为的失败，而在于他鼓吹"降汉不降曹"这一自欺欺人的口号的失败。他本想维护自己忠于汉室的尊严，而实际上却讽刺了这一尊严。这真是一次由其悲剧性格所导致的失败。

忠义关云长，既能在土山之上以虚名之忠掩饰实质之不忠，当然也能在华容道中以个人恩义取代天下之大义。当时的人都知道，曹操是刘备的大敌，曹、刘两家不共戴天，诸葛亮甚至认为擒住曹操乃是"盖世之功，与普天下除大害"。这些，关羽不会不明白。然而，华容道上，刘备手下的头号亲信却将刘备心中的头号敌人放了过去。在这一场极富戏剧性的冲突中，关羽所要得到的是什么呢？无非是一个"义"的虚名。为了一己之私，出卖了自己赖以立身的集团的利益。他对曹操之义，实乃对刘备之大不义。忠义关云长，在用自己的一套去应付复杂的形势时，又一次以失败而告终。

关羽顾及了面子上的忠义，也顾及了自己忠义的面子。不仅如此，对待一切事情，处于各种情势，他都是一个面子至上的英雄。并且，由极爱面子转而为极端自负，由极端自负又转而为自高自大，藐视一切，目中无人，刚愎自用。读过《三国演义》的人都会记得，当孔明将荆州大任交给关羽并问他守荆州的大略方针时，关羽作出了不可一世的回答：曹操北来，"以力拒之"，孙权东来，"分兵拒之"。结果被孔明断为"若如此，荆州危矣"。再如，当刘备收服马超之后，关羽"知马超武艺过人"，竟欲抛下荆州大事不顾，"要入川来与之比试高低"。幸亏素知关羽性格的孔明写了一封高帽子连篇的信，才将他稳住。还有，当孙权欲与关羽联姻共破曹操时，关羽竟勃然大怒曰："吾虎女安肯嫁犬子乎？"真可谓狂妄至极。刘备进位汉中王，封关、张、赵、马、黄为五虎大将，关羽闻之，又大发脾气："黄忠何等人，敢与吾同列？大丈夫终不与老卒为伍！"像这样目空一切的言行，在关羽身上反复出现。庞德领兵来战，关羽怒曰："天下英雄，闻吾之名，无不畏服；庞德竖子？何敢藐视吾耶？"孙权以陆逊为将，关羽指斥："仲谋见识短浅，用此孺子为将。"徐晃阻遏关羽，关羽大言："徐晃与吾有旧，深知其能；若彼不退，吾先斩之，以警魏将。"直到最后，关羽荆州地盘俱失，困守麦城弹丸之地，欲往西川逃跑，部下劝他："小路有埋伏，可走大路。"关羽竟然还说："虽有埋伏，吾何惧哉！"结果，就在这何所惧哉的小路上，威震华夏的关云长终于成为孙权的阶下囚。关羽，以其目中无人、刚愎自用的性格，以其自身的缺陷与过失，拉下了他作为一个悲剧英雄的终场帷幕。

在金戈铁马的战场上，关羽厮杀了一生。他几乎让所有强硬的对手尝过他青龙偃月刀的硬度。这一方面，使他终究算得上一个英雄。然而，关羽自身性格的缺陷，却比他的青龙偃月刀更富有硬度，在对待自身的问题上，关羽并无什么自知之明。他秉持忠义，却又廉价出售了忠义；他英雄一世，却又狂妄不可一世。这些，正从另一个方面证明他是一个性格上的弱者。关羽所喝下的，正是自家酿造的苦酒；杀死关云长的不是别人，正是关云长自己。关羽的性格，是悲剧的性格；关羽的悲剧，是性格的悲剧。

如果说，关羽的悲剧性格在《三国演义》中表现得十分明显、突出，且带有其特殊性的话，那么，孔明的悲剧性格在同一部书中却表现得比较隐晦、复杂，更带有历史的普遍性。

毛宗岗在《读三国志法》中对孔明有如下评价："历稽载籍，贤相林立，而名高万古者莫如孔明。其处而弹琴抱膝，居然隐士风流；出而羽扇纶巾，不改雅人深致。在草庐之中，而识三分天下，则达乎天时；承顾命之重，而至六出祁山，则尽乎人事。七擒八阵、木牛流马，既已疑鬼疑神之不测；鞠躬尽瘁，志决身歼，仍是为臣为子之用心。比管、乐则过之，比伊、吕则兼之，是古今来贤相中第一奇人。"这一段话，比较符合《三国演义》中诸葛亮的实际情况。然而，也正是从这段话中，我们又可以看出诸葛亮性格中所蕴藏着的悲剧因素。

孔明既达乎天时，识天下之三分，何以又要尽乎人事，强祁山之六出？既能抱膝弹琴，有隐士之风流，何以又要志决身歼，尽为臣之用心？这里所透露的，正是诸葛亮自身深刻的思想矛盾和深层的悲剧性格。

《三国演义》中所谓天时，实际上指的是当时的客观政治形势。对此，诸葛亮早已成竹在胸。著名的隆中对策，可谓对当时政治形势最清醒、最有全局观念的认识和分析。如果形势向着孔明所希望、所预计的方向发展，那么，孔明的一整套政治决策便是既符天时，又尽人事了。然而，孔明毕竟只能认清当时的形势，而不能预定将来的形势。刘备集团的几个主要人物的所作所为，完全粉碎了孔明的希望。关羽失荆州，身败名裂，首先破坏了孔明"命一上将将荆州之兵以向宛洛"的决策。刘备战彝陵，元气大伤，随即毁灭了孔明"将军身率益州之众以出秦川"的计划。至白帝城托孤之时，孔明早在隆中就已定下的两路夹击，夺取整个北方的宏伟规划实际上已成泡影。这时，确乎"天下有变"，但丝毫没有向着蜀汉集团有利的方向转变，恰恰相反，形势对蜀汉集团极为不利。此时，作为蜀汉丞相的诸葛亮，正面临着极大的政治危机。在外：北方曹魏，虽不能骤下江南，仍然实力雄厚，虎视吴蜀；东边孙吴，已成仇雠之国，势不能同心协力，只能相互牵制、相互利用。在内：上有昏庸信谗之阿斗为君主，下有蝇营狗苟之佞臣为同僚。处于如此极端不利的"天时"，诸葛亮却要竭尽全力尽乎"人事"，实在是"知其不可为而为之"。"出师未捷身先死，长使英雄泪满襟"，六出祁山，所鸣奏的绝不是蜀汉丞相的得胜号角，而只能是南阳卧龙的失时悲歌。

早在刘备三顾茅庐之前，司马徽就说过："卧龙虽得其主，不得其时，惜哉！"孔明之不得于时，已如上述，实际上，他又何尝得其主？不错，圣明的刘先主在平常战事中对军师孔明是言听计从，如鱼得水。但是，在关键时刻，刘备却对孔明言不听计不从，鱼儿要跳向陆地，干枯而死。第一次为留守荆州的人选问题，刘备早已内定由关羽担当此任，孔明不过是执行命令而已。第二次为报关羽之仇而兴兵伐吴一事，刘备面对孔明等人的"苦谏数次，只是不听"，甚至将孔明表章掷之于地，说："朕意已决，无得再谏！"刘先主尚且如此，那昏庸得可以的刘后主更不待言。因此，从根本上讲，孔明并不能算真正"得其主"。既不得其时，又不得其主，诸葛亮为什么要北伐中原，图谋统一？无非是要尽人事。那么，诸葛亮要尽什么样的人事呢？且看他自己在《出师表》中做出的回答："先帝不以臣卑鄙，猥自枉屈，三顾臣于草庐之中，谘臣以当世之事。由是感激，遂许先帝以驱驰。……奖帅三军，北定中原，庶竭驽钝，攘除奸凶，光复汉室，还于旧都，此臣所以报先帝而忠陛下之职分也。"为知遇之恩而尽义，因臣子之责而尽忠，这就是诸葛亮六出祁山、北伐中原的根本动机，也正是他所要尽的"人事"。人们常说，诸葛亮是"忠贞的代表"，也是"智慧的化身"，这两点，的确抓住了《三国演义》中诸葛亮这一人物形象的要害。但是，若将这二者平列对待，则又仅知其然而未知其所以然。实际上，"忠贞"是诸葛亮思想的内核，而"智慧"只不过是一种外在表现形式而已。诸葛亮在《三国演义》中的绝大部分言行足以证明，他的智慧是为其忠贞服务的。若二者能够统一时，诸葛亮便胸有成竹，无往而不胜。若二者不能统一时，诸葛亮则取"忠贞"而弃"明智"，明知其不可为而为之。六出祁山，正是诸葛亮的"智慧"向"忠贞"让步的明证。其结果，只能落得个谋事在人、成事在天，"辜负胸中十万兵"的悲剧结局。诸葛亮的悲剧，说到底仍然是性格的悲剧。

关羽、孔明二人都秉持忠义，然而，忠义在关羽那儿却常常贬值，甚或变成负数；而忠义对于孔明而言，却是金子般的货真价实，宝石般的纯洁晶莹。孔明的悲剧性格与关羽的悲剧性格并不是在同一层面上的。关羽的刚愎自用、狂妄自大的性格所造成的悲剧，是极为外在化的，极为明显的，同时，也带有他个人的特殊性。而孔明，除了误用马谡之外，在《三国演义》中并没有什么具体的错失，他严于律己、平易近人、谦虚谨慎、赏罚分明、呕心沥血、事必躬亲，优秀的品行几乎无懈可击。然而，诸葛亮实际上却是《三国演义》中最具悲剧性的悲剧人物。他的悲剧性格，较之关云长，不知要深沉、复杂多少倍。

这里，有一个问题不得不提出：作为艺术典型的诸葛孔明究竟继承了哪一家的衣钵，作者究竟是以哪一家的思想为核心来塑造这位蜀汉丞相的？法家、道家、兵家、纵横家，还是儒家？表面看来，孔明似乎是一个融各家思想为一体的大杂家。请看这样一些描写：卧龙岗诸葛草庐的中门上大书一联曰："淡泊以明志，宁静而致远。"而草庐主人一睡就是几个时辰，醒过来便吟诗曰："大梦谁先觉？平生我自知。"并自称为"南阳野人"，"久乐耕锄，懒于应世"。这位"野人"受刘使君之聘出山时，尚嘱咐乃弟："勿得荒芜田亩，待我功成之日，即当归隐。"看了这一切，似乎孔明正是一位深受道家思想影响而隐居山野的"卧龙"。无怪乎毛宗岗大笔一挥写道："其处而弹琴抱膝，居然隐士风流。"然而，我们看孔明在柴桑郡舌战群儒、侃侃而谈，吴候手下众谋士均"料到此人必来游说"。其结果，直将江东英俊一个个驳得体无完肤、作声不得。此后，又说孙权激周瑜，直至客居东吴，充当编外军师。如此孔明，又俨然纵横家风度。至于诸葛亮之用兵如神、指挥若定，运筹帷幄之中，决胜千里之外，更为人所共知，又带有明显的兵家色彩。乃至夺得益州之后，孔明当即提出"吾今威之以法，法行则知恩；限之以爵，爵加则知荣"，并"定拟治国条例，刑法颇重"。后来，在《出师表》中又宣称："宫中府中，俱为一体；陟罚臧否，不宜异同。若有作奸犯科及为忠善者，宜付有司，论其刑赏，以昭陛下平明之治；不宜偏私，使内外异法也。"这些地方，又分明看出孔明的法家精神。但是，不能因为上述种种，我们就可以简单地认为诸葛亮是道家、法家、兵家或纵横家的继承人。只要深入一步看问题，我们就可得知，《三国演义》中孔明这一形象，从根本上说，乃是以儒家思想为其主体和内核的。

试看这样一些事实。在隆中高卧之时，诸葛亮一直在关心时事政治。正因如此，当刘使君光顾草庐之时，孔明便能十分迅速地拿出自己经过深思熟虑的宏伟规划，为刘备定下了"先取荆州为家，后即取西川建基业，以成鼎足之势，然后可图中原"的战略蓝图。并且，这位"卧龙"先生本人也在大书"淡泊以明志，宁静而致远"的草堂中接受了盖世枭雄刘玄德的征聘，"愿效犬马之劳"，奋身投入军阀割据的混战之中。"卧龙出山"，本身足以表明诸葛亮到底不是长"处"于山野的隐士，而终将成为"达则兼善天下"的贤臣。再看他舌战群儒之时，所用的思想武器实乃儒家思想的核心内质——"仁义""忠孝"，所用的辩论手段实乃以儒攻儒，以君子儒攻小人儒。他一再申辩："我主刘豫州躬行仁义"，"此真大仁大义也"，"此亦大仁大义也"。他斥责薛琮："安得出此无父无君之言乎？夫人生天地间，以忠孝为立身之本。"又接过话头，批判曹操"欺凌君父，是不惟无君，亦且蔑祖，不惟汉室之乱臣，亦曹氏之贼子也"。他嘲笑严畯："寻章摘句，世之腐儒也，何能兴邦立事？"最能表现孔明处世准则的，还是他舌战群儒的闭幕词："儒有君子小人之别，君子之儒，忠君爱国，守正恶邪，务使泽及当时，名留后世。——若夫小人之儒，惟务雕虫，专工翰墨，青春作赋，皓首穷经，笔下虽有千言，胸中实无一策。"孔明就是要做一个他自己所赞扬的经天纬地、忠君爱国、泽及当时、名留后世的君子儒。他赞扬的是明君仁人，仇恨的是乱臣贼子，效法的是匡扶人国的政治家，鄙薄的是皓首穷经的书呆子。道家式的隐居，不过是他蛟龙未出海的暂时小憩；法家式的政令，不过是他凤凰倚梧桐的威严亮相；纵横家的舌辩，恰体现了这位"君子儒"的外交才能；兵家式的运筹，正发挥了这位"大豪杰"的军事才干。孔明是伟大的，伟大之处正在于他不拘一家之言，融汇众家之长而自成一体，且泽及当时；孔明又是可悲的，可悲之处乃在于他虽集众家之精粹于一身，却仍以儒家学说中最禁锢人的"忠义"思想为其根本，并遗传后世。孔明不愿意也不可能明白，在那战火纷飞的乱世之中，时代呼唤着的并不是仁人君子，而是乱世奸雄；孔明无心也无法理解,能够使乱世变成治世的,并非刘玄德式的"仁慈",而是曹孟德式的"强暴"。孔明逆天时而行,错择主而栖,纵有经天纬地之才,终无天回地转之术。历史所回报他的,不是一个痛彻千古的大悲剧,又能是什么?

《三国演义》中诸葛亮的思想,并非纯然是历史人物诸葛亮的思想。应该说,在孔明身上很大程度地体现了作者的思想,很大程度上总结、概括了中国历史上许多"忠臣义士"的思想。尽为臣为子之用心,报知遇之恩于骨髓,正是长期以来封建社会中以"君子儒"自命的士大夫们一致的做人标准。在君子儒们看来,这是个原则问题。谁违反了这一准则,则千夫共指,遗臭万年;谁符合这一准则,即便是于世无补,明知不可为而为之,亦流芳百世。然而,正由于君子儒们对这一原则的恪守,酿成了许许多多历史的悲剧,造成了一段一段悲剧的历史。就这些悲剧人物本身而言,他们是可歌可泣的;但是,从社会的、历史的角度看问题,这些人物不过充当了封建统治阶级思想的可悲的载体而已。他们只能聚集在忠臣义士的大旗下,延缓着历史车轮的向前滚动。

综上所述,《三国演义》中描写了不少悲剧人物,然而,作者对各种悲剧人物的悲剧根源的揭示,却各各不同。对此,我们自应作具体分析。但有两点是明确的:其一,作者通过这些悲剧人物的悲剧故事,在客观上再现了当时的悲剧现实,这是可喜的;其二,作者在塑造这些悲剧人物时,又在主观上体现了他自己的思想悲剧,这却是可悲的了。

(原载《湖北师范学院学报》1993年"语言文学专辑")

《水浒传》导读

　　《水浒传》的作者或者说最终写定者是谁？明代有人做出了回答。高儒《百川书志》、郎瑛《七修类稿》均谓《水浒传》乃"钱塘施耐庵的本，罗贯中编次"。罗贯中生平事迹在前面已有简介，而施耐庵的生平资料，较之罗贯中而言疑问更多。有关文献，或语焉不详，或彼此矛盾，至今未有定论。《水浒传》的版本很多，大致上可分为繁本和简本两大系统。简本系统有二十五卷本、一百一十回本、一百一十五回本等。繁本系统的有一百回本、一百二十回本以及金圣叹删改评点的七十一回本。

　　关于《水浒传》的主题，历来说法众多。有农民起义说，谓该书描写了农民革命从发生、发展到失败的全过程，全书乃农民起义的辉煌史诗。有叛徒颂歌说，谓该书描写了宋公明全伙接受招安后的征方腊，歌颂了宋江的投降主义路线。有市民写心说，谓该书描写了市井中强者与弱者纷繁复杂的生活，反映了市民阶层的生活愿望和审美趣味。有忠奸斗争说，谓该书描写了忠臣与奸臣针锋相对的斗争，斗争双方的代表人物是宋江与高俅。这些说法都不无道理，但都失之于片面。因为根据其中任何一方面去概括《水浒》的主题，势必与其他方面发生矛盾，从而导致不合实际的结论。其实，将上述各方面内容黏合、调节为一个有机整体，自有一种内在的精神，它既是《水浒传》思想结构的深刻内涵，又是《水浒传》艺术能量的强烈辐射，这种精神，便是普通百姓所广泛具有的崇拜英雄的情结。梁山一百八将，是一个由众多的各具独立性的英雄个体通过多种方式组合在一起的而又具有共同特征的英雄整体。就其整体而言，梁山好汉至少具有以下三点特征：其一，与邪恶者相比，他们大都具有正义肝肠，路见不平，拔刀相助；其二，与懦弱者相比，他们大都具有硬汉作风，敢作敢为，无所畏惧；其三，与虚伪者相比，他们大都具有坦荡襟怀，光明磊落，一诺千金。这是《水浒传》的作者塑造梁山好汉的三条标准，也是《水浒》读者喜爱梁山好汉的三大原因，同时，又是水浒英雄之间相互信赖、相互尊重的三根精神纽带。质言之，《水浒传》的英雄主义精神也正由这三个方面有机合成。

《水浒传》给我们塑造了形形色色的人物形象。全书的灵魂人物宋江，具有极端复杂的思想性格。他在政治斗争的风雨中经历了一生，也在思想斗争的旋涡中经历了一生。宋江是一个身为小吏而深受封建正统思想教育熏陶的知识分子，但同时又是一个同情人民、痛恨权奸、仗义疏财的江湖好汉。这样的出身、地位、经历，决定了他思想性格的两重性。他本想把忠义结合起来，做一个忠臣兼义士，然而，黑暗的社会现实根本不容许他这样做。宋江的结局毫无疑问是悲剧性的，他以"愚忠"毁灭了"义"，毁灭了梁山，也毁灭了自己。更为重要的是，在宋江身上最大限度地融入了《水浒传》作者——一个生活在那样的时代而有良心的下层文人对历史、现实、社会、人生的深刻感受和深入思考。宋江而外，《水浒传》中至少还有二三十个不朽的艺术典型。如真善与真恶同构的"真人"李逵，如酷爱自由、抱打不平的鲁智深，如人中之神、神中之人的市井英雄武松，还有坚毅骁勇的林冲、神机妙算的吴用、胆大心细的石秀、伶俐机敏的燕青……都是血肉丰满的英雄形象。而西门庆之骄横歹毒，蒋门神之凶悍粗暴，毛太公之横蛮霸道，何九叔之谨慎小心，……也都给读者留下了深刻的印象。

《水浒传》的艺术成就是多方面的。作者非常强调故事性，书中引人入胜的情节随处可见，拳打镇关西、风雪山神庙、智取生辰纲、怒杀阎婆惜、醉打蒋门神、血溅鸳鸯楼、三打祝家庄、智取大名府等，均生动曲折，紧张激烈，给人以惊心动魄、妙趣横生的感受。再如扣环式的结构艺术，通俗流畅、生动鲜明、极富表现力的语言等等，都使《水浒传》成为明代最优秀的小说作品。然而，最能体现《水浒传》作者艺术功力的，还是那绝妙的写人艺术。《水浒传》的人物塑造，比较注意在人物个性的独特性和多样性上下功夫，还初步克服了人物性格静态化、凝固化、定型化的缺陷，比较注重从复杂多变的现实出发，按照生活逻辑写出人物性格的发展变化，总之是能使各种各样的人物"情动于中而形于外"。

（原载赵丰主编：《党员干部必读的文学经典71篇》，湖北教育出版社2012年版）

署名罗贯中的三部小说及其源流刍议

——兼及它们与《三国》《水浒》之关系

现存与罗贯中相关的小说有五部：《三国志通俗演义》《水浒传》《三遂平妖传》《残唐五代史演义传》《隋唐两朝志传》。关于这五部小说作品目前所知最早署名的具体情况如下：《三国志通俗演义》有明嘉靖壬午（1522）刊大字本，二百十四则，题"晋平阳侯陈寿史传""后学罗本贯中编次"。《水浒传》有嘉靖间刊行《忠义水浒传》（残本），题"施耐庵集撰""罗贯中纂修"。《三遂平妖传》二十回，万历间刊本，题"东原罗贯中编次""钱塘王慎修校梓"。《残唐五代史演义传》六十回，明刊本，题"贯中罗本编辑""李卓吾批点"。《隋唐两朝志传》，一百二十二回，万历己未（1619）刊本，题"东原贯中罗本编辑""西蜀升庵杨慎批评。"其中，《三国》《水浒》前人所论甚多，此不置喙，仅就其他三部署名罗贯中的小说及其源流略述鄙见如下。

一

《残唐五代史演义传》源自宋元话本《五代史平话》，因此，要想真正认识《残唐五代史演义传》，必须首先对《五代史平话》有所了解。

《五代史平话》可视为一部书，亦可视为五部书。合拢来，它是《五代史平话》，分开来，它又成为《梁史平话》《唐史平话》《晋史平话》《汉史平话》《周史平话》五本。现存的《新编五代史平话》其实是个残本，《梁史》《汉史》均只有上卷，而《梁史》《晋史》上卷的目录也缺佚。但无论如何，《五代史平话》正宗讲史话本的地位是毫无疑问的。这部书的基本特点是各史平话均前佳而后恶，每一代讲史的前小半，一般都写得颇为充分。如《梁史平话》叙黄巢出身，《汉史平话》叙刘知远出身，《周史平话》叙郭威出身，均具有传奇意味。然每每叙到后来，便成流水账，甚或近于抄袭史书。而且，每一代讲史中均有奏章、敕令，甚或有篇幅较长者，不知当时艺人如何讲演。当然，《五代史平话》中也偶然有些精彩片段，如《梁史平话》中刘文跃买刀不成而杀人一段，《唐史平话》中王彦章战李从珂一段、敬新磨优语二段，《晋史平话》叙契丹太后一段，《汉史平话》写刘知远大度性格一段，《周史平话》写太祖遗言薄葬一段、世宗任贤不循资格一段，等等，均为好章节。该书又有如同《史记》之互见法者，如《唐史平话》之朱温降唐一段与《梁史平话》基本相同，《汉史平话》亦有一段与《晋史平话》重叠，《周史平话》又有与《汉史平话》重叠者。大要而言，从写作的角度看，全书以《周史平话》最佳，《晋史平话》最劣，其他三史次之。

尤为引人注目的是《五代史平话》又有从前书学来又于后书有影响者，如《梁史平话》写刘文跃买刀杀人，与《宣和遗事》相近，又影响到《水浒传》中之"杨志卖刀"；《周史平话》写郭威杀卖剑人，又可与"杨志卖刀"反读。《梁史平话》中写黄巢出生时乃是一个肉球，对《封神演义》之哪吒出身不无影响。《唐史平话》之王彦章自叹一段，又从《史记·项羽本纪》中学来。《周史平话》中郭威斗酒豚蹄，亦学"鸿门宴"；而郭威行苦肉计，却对《三国志通俗演义》有直接影响。如此等等，不一而足。当然，《五代史平话》影响之最大者，无过于《残唐五代史演义传》，因为后者就是根据前者直接改写的。

今所见之《残唐五代史演义传》第一回并无故事情节，只是"孙待诏史记世系"，第二回也极其简单，只是交代了"唐天子开科取士"的背景，从而引出造成五代纷争的关键人物黄巢。故事正文从第三回"赤墙村黄巢出身"写起，梁、唐、晋、汉、周依次写来，直至第六十回"周少主禅位宋祖"结束，几分史实，几分传说，更主要的是继承《五代史平话》一书。论其成书年代，笔者认为当在《水浒传》之后，因为书中不仅模仿《三国志通俗演义》多多，而且模仿《水浒传》之处亦自不少。

聊举数例。第八回，李克用妃刘氏，是一有见识之正统女性，如此者《三国》中屡见不鲜。第十一回，李存孝温酒擒二将，稍逊关公温酒斩华雄。第十三回，二十八镇诸侯均有八字判语则从讨董卓之十八镇诸侯中学来。第十五回，李存孝擒孟绝海之神通恰如同小霸王孙策。第二十三回，周德威激李存孝可与诸葛亮激关羽对看。第二十九回，李存孝率十八骑闯敌营又是甘宁的效仿者。第三十回，周德威冠以"神机军师"，樊达冠以"跳涧虎"又分明来自《水浒传》。第十回，李存孝打虎过分夸张却较武松打虎的"艺术真实性"相距不止千里。如此等等，不一而足。这或许可以说明三部书乃同一作者罗贯中所为，但也有后人以《五代史平话》为基础，托名罗贯中而生吞活剥《三国》《水浒》

写成这部《残唐五代史演义传》的可能性。

　　当然,《残唐五代史演义传》也并非全然抄袭《三国》《水浒》二书,有的地方亦有自身特点。如第六回解释"全忠"为"人王中心",第三十四回描画一奸臣却生得一副"正面人物"的长相:"只见班部中闪出一臣,面如红枣,突眼虬髯,威风凛凛,胆量过人,……此人是谁?乃丞相李英也。"这一个竭力保奏朱温的奸臣,却长得如同《三国》中的关羽加张飞一般,真是出人意料。但说到底,这其实是一种打破常规的写法,是小说发展史上的一种进步。至于书中描写精彩的片段虽不太多,但亦有令人触目惊心者,例如:

> 嗣源披挂上马,往直北进发。但见途中三三两两互相啼哭,携儿抱女,夫东妇西,各人顾命逃散。杀得那百姓家家门首吊着一个木牌,一边写个晋字,一边写个梁字。那军一壁里杀,一壁里抢。抢到庄上,那百姓打听得是晋兵,把那晋字调过来。那军说是晋王的民,不要抢,就过去了。后兵又来抢,打听得是梁兵,把那梁字调过来。那军说是梁王的民,不要抢,也过去了。后来抢得滑了,不论梁、晋都抢了。因此人民朝属梁而暮属晋。嗣源见了百姓如此之苦,喟然叹曰:"只因这梁、晋交兵,杀得那军士受涂炭之苦,百姓有倒悬之急,天下荒荒,人民死其大半。"(第三十八回)

　　《残唐五代史演义传》对后世小说创作的影响十分明显,如书中第十四回写李克用手下十三太保,这样的名头对后世武侠小说影响甚巨,而第十七回写李存孝"身不满七尺,骨瘦如柴,脸似病夫"而又武艺高强,更是直射《三侠五义》之翻江鼠蒋平。尤其是第二十三回写奎英给李克用通风报信而李克用反而泄漏于朱温,使奎英自缢身亡,写得残酷而真实,并影响了"三言"中之《白玉娘忍苦成夫》的相关描写。

　　总之,《残唐五代史演义传》一书模拟痕迹太甚,艺术价值有限,然承前启后,颇有功劳,未可完全磨灭。

二

　　《三遂平妖传》据宋代王则造反事敷衍而成,其中所写情节,尤其是神异、技艺描写的片段,在宋元间一些笔记小说如周密的《癸辛杂识》《齐东野语》《武林旧事》、张师正的《倦游杂录》、孟元老的《东京梦华录》、沈俶的《谐史》、佚名的《西湖老人繁盛录》中多有记载。其基本史实,则可参看《宋史》

相关部分。

《三遂平妖传》多神异因素,平话而杂以妖异之作也。同时,也是史传、神异、英雄杂交之作。

整体而言,该书杂俗不堪,且多宋元人口吻。然书中某些人物的塑造相当不错,尤其是女主人公胡永儿,若去其妖异因素,则俨然一生动活泼的市井小女子形象。书中某些片段的叙写,也颇为传神。尤其是人物心理描写、对话描写、情态描写更有出色处。

我们不妨先看胡永儿的父亲胡员外看见女儿作法排阵,极度惊慌之中将她杀死以后的一段心理描写:

> 胡员外提起刀,看着永儿只一刀,头随刀落,横尸在地。员外看了,心中好闷,把刀丢在一边,拖那尸首僻静处盖了,出那柴房门把锁来鐷了,没精没彩走出彩帛铺里来坐地。心中思忖道:"罪过!我女儿措办许多家缘家计,适来一时之间,我见他做作不好,把他来坏了。也怪不得我,若顾了他时,我须有分吃官司。宁可把他来坏了,我夫妻两口儿倒得安迹。他的娘若知时,如何不气?终不成一日不见,到晚如何不问着甚么道理杀了他?"胡员外坐立不安,走出走入有百十遭。到晚收了铺,主管都去了,分付养娘:"安排酒来,我与妈妈对饮三杯。"员外与妈妈都不提起女儿,两个吃了五七杯酒,只见员外叹了一口气,簌簌地两行泪下。(第四回)

这一段心理描写,非常真实而贴切地反映了胡员外在杀害了女儿之后既后悔内疚又自我安慰的复杂心理。至于人物对话,同一回中两位媒人替胡永儿说亲一段,亦颇生动活泼:

> 只见张三嫂来见李四嫂道:"你有甚好亲事么?"李四嫂道:"我思量一夜,没有好的。昨日说的张员外,门当户对兀自不肯!"张二嫂道:"我有一头好亲在这里,是金沙唐员外有个儿子,年方二十岁,几番要说媳妇,只是不中他意。若说胡员外宅里女儿必成。"李四嫂道:"好!好!我同你去走一遭。"两个走到唐员外宅上来,只见唐员外在门前闲坐,见两个媒人一迳地走来,员外道:"请里面坐。"张三嫂道:"告员外,有一头好亲事,特地来与宅里小官人说。"唐员外道:"是那一家?"张二嫂道:"是开彩帛铺的胡员外的女儿,见年一十八岁。"唐员外听得说,笑着道:"我知胡员外的女儿,且是生得好,又聪明伶俐。几次央人去说,胡员外摇得头落,不肯,你却如何来说?"张三嫂道:"昨日胡员外叫将我两个去,一家与了三两银子,又与了三杯酒吃,要说门当户对的亲,故此媳妇们特来宅上

说。"唐员外见说，十分欢喜，即时叫安排酒来，交两个吃了，把四两银子送与两个道："若亲事成时，另有重谢。二位用心着力则个。"两个谢了唐员外出来，一路上说道："这脚去钱是我们两个撰了，这亲事必然成。"来到胡员外宅里……

此外，该书人物情态描写亦有引人入胜处，如第五回憨哥对知府一段、第六回永儿戏后生一段，均憨态可掬，令人忍俊不禁。此书最大的不足是极不善写战争，每遇争斗，辄以斗法敷衍，这一方面，与《三国志通俗演义》天悬地隔，万不可同日而语。

说到此书之价值，其最为显著者乃在从中可窥小说发展之脉络也。聊举数端。第二回引周郎夏口三江之典，涉及《三国志通俗演义》。第三回"农夫背上添心号，渔父船中插认旗"等语，又涉及《水浒传》。第七回卜吉下井一段，为后世许多小说之所本。第八回之董超、薛霸又与《水浒》等诸多小说相同，二差人之谋害卜吉亦与野猪林中相似。第九回左师戏任千一段，与鲁达戏郑屠相近。第十一回和尚吃酒食一段，又为《西游记》猪八戒所本。第十五回王则招供一段，又与《水浒》之白胜招供同。第十九回李遂苦肉计，亦与《三国》黄盖之苦肉计殊近。如此等等，不一而足。据此，可知此书当非罗贯中原著，然为明初仿效《三国》《水浒》而又对《西游》《封神》产生影响之作，则大致可定。

就其思想内涵而论，该书作者在造反争天下与造反当诛的问题上颇有矛盾，第十五回回前诗可证，第十六回、第二十二回回前诗亦可证。总之，此书本身艺术价值并不大，但作为小说发展之线索，其作用则颇大矣！

又有《平妖传》四十回，或谓冯梦龙据《三遂平妖传》拓展而成，或谓四十回本是罗贯中原著而书商妄改为二十回，愚意当以前说为妥。然因为涉及"平妖"故事之源流演变，故稍作介绍如下。

四十回之《平妖传》较二十回之《三遂平妖传》篇幅扩大一倍，内容更为丰富多彩，也更为远离北宋王则起义的历史事实，已是标准的神异小说。然在神异之基础上，又有不少日常生活的描写，许多片段颇具人情味。举例如下。第一回，灯花婆婆原来是猕猴精，颇具幽默意味；白猿乃处女徒弟，是从《越绝书》中化来；而处女是九天玄女，则是作者丰富想象；白猿有天书，其变化一百零八样，天罡三十六，地煞七十二，是老猪和老孙变化之和。第二回，袁公形象耿直可爱，然受"自在炉"香火管束，犹如"紧箍儿咒"之于孙行者；雾幕遮洞口，作者奇想；此回对"文字狱"有所讽刺。第三回，对圣姑姑一家的描写颇具人情味,其子胡黝为猎户射伤左腿,其女胡媚儿美艳异常,说"胡""狐"姓氏,有趣。第四回,圣姑姑为子求医而其子女盼其回家一段,特具生活气息。第五回,由于左黝更名左瘸,全家干脆改"胡"姓为"左"姓;圣姑姑时时管束儿子,舍弃妖气,则是良好母亲形象;贾道士款待圣姑姑全家亦具生活情趣。第六回,贾道士单相思一段,从《西厢记》张生处学来,㐃道人穿插其间,更妙!贾道士与㐃道人互为"后庭",均乃胡媚儿机关布置,此等描写直启《红楼梦》凤姐戏贾瑞;圣姑姑于武则天墓前失胡媚儿,梦中得知则天投胎王则,媚儿为其配,真乃奇想!第七回,圣姑姑乃道教中人,却言是普贤徒弟,是典型中国民间的"三教合一";蛋子和尚出世一段,近乎《封神演义》之哪吒。第八回,以《西江月》词描写蛋子和尚,直射《红楼梦》描写贾宝玉。第九回,在两次盗天书之间插入"厌人术"一段恐怖描写,作者好章法,乃"横云断山"也。第十回,蛋子和尚除凶僧一段,大好武侠片段。第二十六回,张鸾林中救卜吉,从《水浒传》野猪林来;张鸾"剪纸为月"又启《聊斋志异·崂山道士》等篇。如此等等,不一而足。

《平妖传》一书语言颇具特色,叙述语言有极为生动者,如:"只见绞得水出的一天乌云。"(第三回)"怕什么袁公袁婆,等什么端午端六?"(第九回)"便跳入人的咽喉里,也刺不杀人。"(第三十三回)人物对话亦有极佳者,如:武则天对老狐言曰:"卿勿以非人自嫌,卿乃狐中之人,朕乃人中之狐。"(第六回)蛋子和尚云:"这第二件聚财,不做官,不做盗,这千金从何而来?多管又是个画饼充饥,望梅止渴了!"(第十二回)薛霸语:"你道没有盘缠,便是李天王,也要留下甲仗,生姜也捏出汁来。在我们手里的行货,不轻轻地放了。"(第二十六回)

然而,该书写至第三十四回,便不好看了,写战争,必在《三国》之下。即便前面颇为精彩的地方,亦间有大不合理或曰破绽之处,如第八回,蛋子和尚明明是活物,长老却将其活埋。再如具有历史真实的主人公王则,却直到第三十一回才出场,全书已过四分之三,真正是喧宾夺主!然书中描写生动之片段,实不在《西游记》之下。而且,凡生动处,均在二十回《三遂平妖传》之未及处。由此亦可见得,冯梦龙不愧写生高手!

三

《隋唐两朝志传》这种颇为纯粹的历史演义小说,从根本上讲当然是来源于

《隋书》《旧唐书》《新唐书》。但从通俗文学自身发展的角度来看，在宋元讲史话本中却有一部《薛仁贵征辽事略》与之大有干系，此外，主要就是元代杂剧作家的某些剧作了。

《薛仁贵征辽事略》是一本不错的讲史话本，薛仁贵故事以及唐太宗征辽事，可查《唐书·东夷传》《唐语林》等书。薛仁贵之对立面即盖苏文，篇中作葛苏文。这位"番邦"首领所据者乃古之高丽今之朝鲜也，都城平壤。盖苏文杀其君而攘其国，故而，太宗征讨之，以张士贵、薛仁贵为将帅，建大功。本篇即以此段史实撰写而成，其结果处于"史传""英雄"两类小说之间。该篇较之《五代史平话》等纯粹讲史话本叙事略为详细，尤善写战阵、斗将。薛仁贵、尉迟恭、张士贵、刘君昂等人物形象均颇生动。有些人物，如秦怀玉、尉迟宝林等出场次数虽不多，亦写得光彩照人。该篇叙事亦颇知曲折之法，如薛仁贵多次被人冒功又不能见天子申辩，是故作顿挫以吊读者胃口。另有几处尤可注目：尉迟恭举石狮子，启发《水浒传》之写武松，莫离支用"青铜偃月刀"又与元杂剧三国戏中的关羽相近，秦怀玉挂孝退敌可作《三国演义》关兴、张苞挂孝出征的榜样，张士贵焚薛仁贵退路又启发杨家将故事中的潘仁美罪恶行径。书中尤为精彩之处，乃在薛仁贵两次于军中弹剑而歌，虽来自冯驩，然亦可谓情景交融之妙笔。

《薛仁贵征辽事略》对后世小说的影响不仅止于一部《隋唐两朝志传》，但《隋唐两朝志传》中的某些精彩片段又确乎受到《薛仁贵征辽事略》的影响。

《隋唐两朝志传》又名《隋唐志传通俗演义》，从隋炀帝叙起，至王仙芝被杀止，史传为主，间涉"英雄"写法。书中学《三国》处多多，如游太和杀妻以飨李密学的猎户杀妻以供刘备，五英雄相遇酒店学刘、关、张相遇之始，李靖豹头环眼学张飞，秦叔宝投唐多用三国典故如桃园结义，敬德追李世民学马超追曹操，秦王激秦琼学孔明激关羽，美良川秦王跳涧学刘备马跃檀溪，张巡草人借箭学诸葛亮草船借箭。是书写英雄处往往颇具传奇色彩，如徐、秦、魏三人放秦王，如秦王十计羞李密，如秦叔宝污尉迟恭画像，如秦王、敬德、叔宝三跳涧，如叔宝、敬德三鞭换两锏，如尉迟恭单鞭夺槊，如薛仁贵征东，如张巡、许远守睢阳，均委婉曲折、引人入胜，成为盛传不衰之精彩段落。且以"美良川秦王跳涧"为例：

> 却说敬德看见秦王在高坡上观战，欲往擒之，恐叔宝乘势赶来相拒，乃诈言谓琼曰："吾与你战二百余合，吾之气力英亢，只是此马不济，各于坡下，略将战马暂歇，再与你较胜负。我不乘势来赶你。"叔宝听言从之，

各退回坡下而歇。未及半晌，只听得高坡之上，喧闹之声不绝，再无人语。琼暗想："莫非敬德赚我在此，捉我主公去也？"慌持锏上马，直奔山坡上来，果见秦王前走，敬德后追，望西北一路而去。叔宝大惊，厉声叫曰："勿伤吾主，秦琼在此！"时秦王已去得远，只见敬德在后急追，大叫曰："唐童李世民休走！"展过山坡，又赶一程，直至美良川地界之南，前有大涧拦截去路。此涧名曰虹霓涧，约阔三丈余，水通黄河，其波甚急。秦王走到虹霓涧边，无船可渡，心中大惧。见前有大涧拦截去路，后有敬德铁骑急追，秦王曰："吾休矣！"遂口告："皇天后土，世民后若有天子之福，此马一跃而过此涧；若无其福，今日连人带马，落涧而亡。"祷毕，将马加打三鞭，大呼曰："玉鬃，玉鬃！我命付你，可努力！"言未了，那马一跳三丈，飞上东岸。（第五十三回）

这样的片段，在历史演义中并不多见，通过一段过程和一个场面的描写，成功地塑造了三个人物，秦叔宝的聪明一世，糊涂一时；尉迟恭的外表粗莽，内在狡黠，李世民常人心态、情急生智，全都展现出来。其实，《隋唐两朝志传》还有些很不错的细节描写，如写张巡爱妾陆姑姑与许远宠奴进乔之牺牲精神，如写程咬金居然提醒秦叔宝谨慎行事，均写得真实生动。且看陆姑姑与进乔捐躯以飨士卒一段：

巡与士卒同食茶纸，茶纸既尽，遂食骡马。马尽，罗雀掘鼠。雀鼠又尽，无计可施。巡乃谋于爱妾陆姑姑曰："某来协守此城，连日军士缺食，军马饥死大半。牛羊茶纸煮食已尽，罗雀掘鼠，济得甚事？惟恐军心有变，如何是好？吾有一言，要与汝说，只是说不出口。"姑姑曰："夫妻之情，有何妨碍。"巡曰："其实不好说得。"姑姑曰："大丈夫当言不言，谓之讷。有甚言语，何如此之踌躇乎？"巡曰："恐汝是贪生怕死之人，故难以启齿。"姑姑曰："我晓得了，今城中老弱，尽都烹饷军士了。莫非欲烹贱妾，以饷军士否？"巡曰："果实如此，被汝猜着了。我亦只为国家大事，没奈何了。"姑姑曰："夫君受朝廷大恩，任朝廷大事，妾之一身便死，犹恐报答不尽。既受制于夫，惟夫所命。不当死于他人之手，愿请腰间宝剑，与妾自尽。"巡曰："烈妇真吾妻也！"遂拔剑授之，陆氏持剑入内，良久从人慌来报曰："小夫人已自刎而死矣。"众皆大惊，泪流满座。巡放声哭曰："夫妇恩情，怎肯割舍。为着朝廷大事，出乎不得已也。"随令一老姬至厨下，烹来饷军。……当日，巡杀爱妾，耸动一人，乃许远家奴进乔也。……进乔曰："一个妇人尚知尊君从夫之义，吾为男子汉到不如他。小人亦愿就烹。"远曰："诸军馁甚，添得一二口食也好。只汝跟随我来，苦处常多，乐处常少，我安忍汝死乎？"进乔曰："吾主上为君下为民，兵围日久，城空食尽，诸军饿死大半，剩下三四百人。仆之一身虽小，不能遍济诸军之口，尽充得数十人之饥，延挨得一日半日，倘外援一至，却不成了大事！张大人爱妾，尚且不惜，吾主何惜一仆乎？"远曰："吾每见人仆千般百计，哄诱主人。汝今尽力专心，未尝半毫欺诈。今若杀死，到是我辜负你了。"远言罢泪下如雨。进乔曰："吾主拭泪勿忧，且自保重。小人微躯何足惜也，虽死九泉之下，魂灵只跟吾主左右。早请下手。"远尚踌躇不忍，进乔遂自拔刀向颈一刎，倒于阶下。许远抱头哭曰："吾儿忠义之心，凛然可爱。一时之间，废股肱矣。"遂命烹之。（第一百九回）

或许有人认为，这样的描写就是表彰"愚忠"的封建伦理道德。然而，在那样一个环境之中，能够这样捐躯为国者，难道不值得表彰吗？何况，这在中国古代绝大多数的民众心目中，已经是一种"集体无意识"的道德认同，在韩愈的《张中丞传后叙》和相关历史典籍中，都记载并认可了这样的表现，广大民众也觉得是可歌可泣的，作为文学作品，作为一部应该反映民族精神的历史演义通俗小说，对这样的感人至深的事迹，作一些渲染、阐发，难道不应该吗？不管怎么说，这样的描写，理应被认作是《隋唐两朝志传》的精华而不应该是糟粕。当然，该书亦有谬误糟糕处，如开篇说杨广"号为炀帝"是不懂谥法，又如一百一十五回有特长露布亦让人无以卒读。书之最终二回，入王仙芝、黄巢事，已至晚唐，所写内容，与《残唐五代史演义传》前三回在时间上重叠，是作书者之有意蝉联也。

《隋唐两朝志传》而外，稍后又有熊钟谷编集《唐书志传通俗演义》八卷九十节，存嘉靖二十三年（1553）刊本。全书叙事起自"隋炀帝大业十三年"，从李世民生平说起，终于"唐太宗贞观十九年"，征东还朝止。目录之首有《唐臣纪》，简介自刘文静至颜师古八十六人；又有《诸夷番将纪》，自史大奈至薛仁贵七人；还有《皇族纪》，列道宗、孝基二人；最后是《别传》，自李密至刘季真二十人。此后，明季又有《隋唐演义》一百十四节，全称《徐文长先生批评增补绣像隋唐演义》，开首八节及九十九节以后，基本采自《隋唐两朝志传》，自第九节至九十八节，又基本采自《唐书志传通俗演义》。顺便提及此二书，以明了"隋唐故事"在明代发展流变之一斑。

四

以上，我们对署名罗贯中的三部小说《三遂平妖传》《残唐五代史演义传》《隋唐两朝志传》及其源流做了一点初步的探讨，在此基础上，再结合另外两部署名罗贯中的小说《三国志通俗演义》和《水浒传》，笔者发现还有更深层次的问题值得探究。其实，在几年以前，笔者就已经注意到这个问题，现将笔者在2006年撰写的一篇文章中的一段话摘录如下，以作为本文的小结。

虽说五部作品的作者都署有罗贯中字样，但如果作进一步探究，便可发现上述作品的作者署名状况并不相同，大致可分为两类。第一类，《三国志通俗演义》和《水浒传》。其中，《三国志通俗演义》所谓"陈寿"云云，完全是虚晃一枪，因为没有任何人相信西晋的陈寿会写起章回小说来。这只不过借以强调此小说所根据的乃是陈寿的《三国志》，从而表示其历史真实性而已。因此，《三国志通俗演义》的著作者实际上只署有罗贯中一人的名字。《水浒传》所谓"施耐庵"云云，在没有过硬材料出现的前提下，我们无法确认施耐庵的著作权问题，只好存疑。即便是施耐庵确有其人，并且对《水浒传》的成书作过贡献，也是施在前、罗在后，最终写定者当为罗氏。要之，《三国》与《水浒》这两部小说与罗贯中的关系更为亲密一些。第二类，《三遂平妖传》《残唐五代史演义传》《隋唐两朝志传》。这三部小说署名均为罗贯中在前，后有"王慎修校梓""李卓吾批点""杨慎批评"云云。不管王、李、杨三人的署名是真是假，总之是这三部作品在作者署名问题上已暴露出它们是经过罗贯中以后的人动了一番手脚的，应该说这三部小说与罗贯中的关系要疏远一些。当然，所谓"远"与"近"，只是相对而言。即便再近，也不可能只字不改；即便再远，也不可能脱胎换骨。参照后来毛宗岗父子修订《三国演义》、金圣叹删改《水浒传》的情况，可以推断，明代中后期的文人或书商对罗氏原作的修改只能是局部的，而不可能推倒重来。因此，可以说，这五部小说的基本精神和大体框架仍然是由罗贯中所奠定的。有趣的是，罗贯中所赋予的上述五部小说大体一致的基本精神，又与罗氏所处的元末明初的社会状况有着颇为紧密的联系。对于元末明初的政治形势，我们可作如下简明概括：元末政治腐败，引发农民起义，进而群雄割据、逐鹿中原，经过一段时间的大混战之后，天下归于一统，诞生了新的政权——大明王朝。这种社会状况，恰恰全都反映在上述五部小说之中，不过各有侧重点而已。《三国志通俗演义》重在写群雄角逐、军阀割据，但前面又以黄巾大起义作引子,最终又写三国归晋。《水浒传》重在以农民大起义为载体,反映了广大民众在动荡不安的社会中所萌发的以暴抗暴的反抗精神。《三遂平妖传》以王则起事为契机,表现的是与《水浒传》相近似的思想,只不过比较多地渗入了神异描写。《残唐五代史演义传》乃是一幅天下大乱、群雄并立、相互攻伐的历史画卷。《隋唐两朝志传》所反映的时间跨度虽然比较大,从杨坚受禅直写到王仙芝被剿杀,计二百九十五年事迹,但对乱世的描写却仍然占了大半篇幅。总之,这五部小说均着重表现了处于"乱世"中的各类英雄人物的心理和行为。而这一点,恰恰符合处于元末那种"天下大乱"的形势下有政治眼光和希望有所作为的罗贯中的心理状态。除小说外,罗贯中还写有杂剧。保存至今的《宋太祖龙虎风云会》一剧,所表现的作者心态正与上述五种小说大体相同:身处乱世而思有所作为。尽管在现实中壮志难酬,也不妨"纸上谈兵",将自己的政治理想和人格理想通过小说、戏曲这些最通俗的艺术形式表现出来。

目前,笔者对这一问题的论述暂时止于此。或许,以后还有新的感受认识,那只有待之来日了。

(原载《罗学(第二辑)》,社会科学文献出版社 2013 年版)

《残唐五代史演义传》的承上启下

《残唐五代史演义传》六十回,明刊本,题"贯中罗本编辑""李卓吾批点"。这部章回小说,在关于残唐五代历史故事的中国古代通俗文学系列中具有承上启下的作用。

一

目前所知,北宋时期,五代故事就已经被说话艺人讲演。孟元老《东京梦华录》载:"正月十五元宵,大内前自岁前冬至后,开封府绞缚山棚,立木正对宣德楼,游人已集御街两廊下。奇术异能,歌舞百戏,鳞鳞相切,乐声嘈杂十余里,击丸蹴鞠,踏索上竿。……尹常卖,《五代史》。"王述《残唐五代史演义传校点说明》中也说:"南宋时,五代已成为讲话艺术的专门科目之一。专讲五代史的艺人刘敏已颇负盛名。"

现存的《五代史平话》长达十几万字,含《梁史平话》卷上、《唐史平话》卷上下、《晋史平话》卷上下、《汉史平话》卷上、《周史平话》卷上下,是宋元时代篇幅最长的讲史话本。

讲史,顾名思义,所讲内容往往是一朝一代兴亡的大故事,内容丰富复杂,因此,大都篇幅蔓长。讲史话本又称"平话"或"评话",是只说不唱的话本。它以散文为主,虽中间也穿插一些诗词,但只念诵而不歌唱。所谓"平话",也就是不加弹唱、不被管弦的意思,这与其他讲唱文学如诸宫调等不同,甚至与被称为"银字儿"的小说话本也不相同。至于又被称之为"评话",则似乎含有夹叙夹评的意思。其实,"平话"与"评话"是一个意思,写法不同而已。

《五代史平话》的基本情况。笔者在《署名罗贯中的三部小说及其源流刍议》中有所评介,此不赘言。需要补充的有两点:第一,该书蕴含着一种与占统治地位的统治者的思想相悖逆的东西。《五代史平话》展现了一连串的短命王朝的更迭，而每一次更迭基本上都是前面一个朝代的节度使、大将军之类的人物推翻旧王朝而建立新王朝。从封建正统观念出发，这种行为就是篡逆，也就是一种叛逆思想的体现。而所谓叛逆思想，无论其后来如何变化，总是一种以下对上的行为，其发源点则在广大民众之中。因为这些历史王朝的更迭，多半是由民众的反抗所引起的；而民众之所以反抗，多半是由封建统治者的残暴所引起的；而民众之所以反抗强暴，是希望统治者施行仁政。宋元话本描述了这许多拥护仁政、反对暴政的故事，所表现的恰恰是广大人民群众的一种历史要求，它是属于民众化的意识形态范畴的东西。第二，该书在反映源自民众的反叛心理而造成的改朝换代的历史故事的同时，还通过黄巢、刘知远、郭威等人出身寒微而终至发迹变泰的大段故事的叙述，曲折表现了平民百姓对功名富贵的一种庸俗的艳羡心理。梁、唐、晋、汉、周每一朝历史故事的开头部分，几乎都是一篇市井小说，几乎都是以现实化、世俗化的方式来介绍某些历史英雄人物发达前的苦难和贫困。而这些人，后来都飞黄腾达了，有的甚至当了皇帝。这种发迹变泰的故事，从来都是被广大民众所津津乐道的。《五代史平话》的这些核心内容和主要思想，基本上都被《残唐五代史演义传》所继承和发展。

此外，还有两方面的问题须引起我们的注意：一方面，我们不可忽视元杂剧、宋元南戏乃至民间讲唱文学中相关题材的作品对《残唐五代史演义传》的影响。另一方面，早于《残唐五代史演义传》的《三国志通俗演义》和《水浒传》等章回小说，也从某些局部对这部署名罗贯中的章回小说产生了影响。

现存元杂剧剧本演出残唐五代的主要有关汉卿的《邓夫人苦痛哭存孝》《刘夫人庆赏五侯宴》、马致远的《西华山陈抟高卧》、陈以仁的《雁门关存孝打虎》、佚名的《赵匡义智娶符金定》等作品。南戏则有著名的《刘知远白兔记》，民间讲唱则有《刘知远诸宫调》等。这些作品，从不同的角度影响了《残唐五代史演义传》。

我们不妨先来看看上述作品对《残唐五代史演义传》的整体性影响。

《残唐五代史演义传》中那些主要人物和故事，除了在《五代史平话》中出现之外，在元杂剧、宋元南戏、民间讲唱中再次被表现。聊举数例：

（李克用同刘夫人领番卒子上）（李克用云）番、番、番，地恶人犇，骑宝马，生雕鞍。飞鹰走犬，野水荒山。渴饮羊酥酒，饥餐鹿脯干。凤翎箭手中施展，宝雕弓臂上斜弯。林间酒阑胡旋舞，呵着丹青写入画图间。某乃李克用是也。某袭封幽州节度使，因带酒打了段文楚，贬某在沙陀地面，已经十年。因黄巢作乱，奉圣人的命，加某为忻、代、石、岚都招讨使,破黄巢天下兵马大元帅。自离了沙陀,不数日之间,到此压关楼前,聚齐二十四处节度使,取胜长安。被吾儿存孝擒拿了邓天王,活挟了孟截海,挞打了张归霸;十八骑误入长安,大破黄巢,复夺了长安。(《哭存孝》第一折)

(外扮葛从周领卒子上,云)黄巢播乱裂山河,聚集群盗起干戈。某全凭智谋驱军校,何用双锋石上磨?某姓葛名从周是也,乃濮州鄄城人氏。幼而颇习先王典教,后看韬略遁甲之书,学成文武兼济,智谋过人。某初佐黄巢麾下为帅,自起兵之后,所过城池,望风而降。不期李克用家大破黄巢,自黄巢兵败,某今佐于梁元帅麾下为将。某今奉元帅将令,为与李克用家相持。他倚存孝之威,数年侵扰俺邻境。如今无了存孝,更待干罢。俺这里新收一员大将,乃是王彦章,此人使一条浑铁枪,有万夫不当之勇。(《五侯宴》第三折)

【正宫应天长缠令】自从罹乱士马举,都不似梁晋交兵多战赌。豪家变得贫贱,穷汉却翻作荣富。……话中只说应州路,一兄一弟,艰难将着老母。哥哥唤做刘知远,兄弟知崇,同共相逐。……【尾】两朝天子子争时不遇,知崇是隐迹河东圣明主,知远是未发迹潜龙汉高祖。(《刘知远诸宫调·知远走慕家庄沙佗村入舍第一》)

(末上)【满庭芳】五代残唐,汉刘知远,生时紫雾红光。李家庄上,招赘做东床。二舅不容完聚,生巧计拆散鸳行。三娘受苦,产下咬脐郎。知远投军,卒发迹到边疆,得遇绣英岳氏,愿配与鸾凤。一十六岁,咬脐生长,因出猎识认亲娘。知远加官进职,九州安抚,衣锦还乡。(《白兔记》第一出《开宗》)

(冲末扮赵大舍引净扮郑恩上,诗云)志量恢弘纳百川,邀游四海结英贤。夜来剑气冲牛斗,犹是男儿未遇年。自家赵玄朗是也。祖居洛阳夹马营人氏。父乃洪殷,为殿前点检指挥使。某生时异香三月不绝,人皆呼为香孩儿。某生来颇有奇志,幼年间略读诗书,兼持枪棒,逢场作戏,遇博争雄。每纵酒,路见不平,拔刀相助,颇生事端。因避难远游关之东西、河之南北,也结识了许多未遇的英雄。……(正末道扮陈抟上,诗云)术有神功道已仙,闲来卖卦竹桥边。吾徒不是贪财客,欲与人间结福缘。贫道姓陈名抟字图南的便是,能识阴阳妙理,兼通遁甲神书。因见五代间世路干戈,生民涂炭,朝梁暮晋,天下纷纷,隐居太华山中,以观时变。这几日于山顶上观见中原地分,旺气非常,当有真命治世。(《陈抟高卧》第一折)

（冲末赵匡义领卒子上，云）自小学成文武全，纷纷五代乱征烟。花根本艳公卿子，纠纠成名胆力坚。某姓赵双名匡义，祖居河南人也。父乃赵弘殷，见为殿前都指挥使之职。生俺弟兄二人，兄乃匡胤，学成文武全才。俺弟兄二人，结下十个弟兄，京师号为十虎。有俺哥哥领众弟兄每去关西五路操练去了，未曾回还。即今柴梁王之世，天下已宁，时遇春间天气，此处汴梁人烟辏集，士户极多，广有名园花圃，有圣人命。闻知汴梁太守符彦卿家，有一所花园，名唤聚锦园，园中多有花木，是京师第一处堪赏之处。如今着倾城士户，都去他家园中游赏。一来以应良辰，第二来壮观京师一郡。众弟兄都不在？止有郑恩兄弟在家。我早间着人请他去了，若来时，与他商议，俺同去走一遭，赏玩花木，有何不可。他这早晚敢待来也。（《符金定》楔子）

以上这些片段中所提到的人物和故事，虽非原原本本在《残唐五代史演义传》中重现，但或有某个人物却不一定有这个故事，或有这个故事却不一定是某人物所为，或人物与故事基本对得上号，总之是不同角度、不同程度地对这部署名罗贯中的章回小说产生影响。而《残唐五代史演义传》在受到前代的通俗文学作品的影响而成书之后，又对它之后的同题材的通俗文学作品产生了一定程度的影响。当然，要想说明《残唐五代史演义传》"承上启下"之作用，我们最好还是通过一些典型事例予以证明和分析。

二

如果要问《残唐五代史演义传》中最具悲剧意味的主要英雄人物是谁？答案应该是李存孝。这位李克用的义子，身经百战，屡建功勋，最后却死于非命。李存孝生平事迹，在《旧唐书》《新唐书》《旧五代史》《新五代史》中都有记载，惟《旧五代史》有传，介绍其生平甚为详细。摘其要如下：

李存孝，本姓安，名敬思。（《新唐书》：存孝，飞狐人。）少于俘囚中得隶纪纲，给事帐中。及壮，便骑射，骁勇冠绝，常将骑为先锋，未尝挫败；从武皇救陈、许，逐黄寇，及遇难上源，每战无不克捷。……存孝每临大敌，被重铠橐弓坐槊，仆人以二骑从，阵中易骑，轻捷如飞，独舞铁楇，挺身陷阵，万人辟易，盖古张辽、甘宁之比也。（《旧五代史》卷五十三《李存孝传》）

历史上的李存孝在冲锋陷阵的将领中已经够出类拔萃了，而通俗文学中的李存孝则更具勇武气概。元杂剧中有陈以仁《雁门关存孝打虎》，写的就是这方面的故事。

（周德威云）兀那放羊的后生，俺元帅说来，你敢打那大虫，俺与你筛锣擂鼓，呐喊摇旗，助着威风，你打那大虫。（正末云）你与我助着威风，看我打这大虫。（唱）【牧羊关】血鼻凹扑碌碌连打十余下，死尸骸骨鲁鲁滚到四五番，恨不的莽拳头打挫牙关。八面威气象全无，十石力身躯软瘫。泥污了数尺金橡尾，血模糊几道剪刀斑。舒不出钢钩似十八爪，闪不开金铃也一对眼。（正末打死虎科）（李克用云）周德威，你看那牧羊的后生，将那大虫三拳两脚，打死了也。这虎乃兽中之王，有十石之力，百步之威。人见虎骨肉皆瘫，此人真乃壮士也。你对壮士说，这毒虫原是我围场中赶出去的，教他还我来。（周德威云）兀那打虎的壮士，俺元帅说来，那虎原是俺这围场中赶出去的，你还俺来。（正末云）你靠后，我丢与你。（正末丢虎科）（李克用做惊科云）隔着许来大山涧，丢将过来，着他寻一条蚰蜒小路过来，我与他说话。（周德威云）兀那壮士，俺元帅教你寻条蚰蜒小路过来，与你说话。（正末云）我那里寻那蚰蜒小路着的呵。（做跳涧科）（第二折）

笔者看来，这段描写有两个"第一"。第一个"第一"，它是笔者看过的关于李存孝打虎的最早记载。第二个"第一"，在此后的通俗文学作品所写李存孝的故事里面，它是李存孝的出场秀。且看《残唐五代史演义传》中安敬思（李存孝）的打虎。

忽有一羊窜过，惊醒其人，跳将起来，把眼一揉，见虎正在食羊，其人遂跳下漫汉石，脱了羊皮袄，伸手舒拳，要来打虎。那虎见人欲来打它，便弃了羊，对面扑来。其人躲过，只扑一个空，便倒在地，似一锦袋之状。其人赶上，用手挝住虎项，左胁下便打，右胁下便踢，那消数拳，其虎已死地下。……其人低头看之，虎尾摇动，尚然不死，遂挽起虎尾，向石上摔了下来。对岸军人，尽皆看得痴呆。……众军士佯言曰："吾大王家养的虎随来游猎，汝何打死？"其人曰："既是你家养虎，安许来食我羊？全身在此，只少这一口气，你还我羊，吾还你虎矣！"随即提起虎来，望对涧只一撩，撩过涧来。众皆惊骇。晋王令军士提之，无一动者。（第十回）

我们知道，中国小说史上描写打虎最成功的片段应该是《水浒传》中的武松打虎，那是多么真实、多么艺术的描写啊！而这里的李存孝打虎相对于武松打虎而言，虽然都是没有凭借兵器的徒手打虎，但显得过于简单，过于痛快。然而，如果仔细阅读上下文，便可知道《残唐五代史演义传》中所写的李存孝打虎的过程其实还算真实，因为他打死的其实是一只中箭虎。此前，晋王射了此虎一箭，"正中夹膀，其虎负痛，遂掩尾低头而走。……已到涧边，其虎踊身跳过"。这样，就造成了李存孝打虎的轻松痛快。如此看来，李存孝打虎相对而言还是比较真实可信的。但是，这段描写的后半，写李存孝"运虎"的过程可就太离谱了。完全不符合生活的真实，夸张过度。更令人感到遗憾的是，在此后的通俗小说中，凡写到徒手打虎场面，居然学"武松打虎"者极少，学"李存孝打虎"者多多，甚至还有学习李存孝"打虎"而"运虎"者。聊看数例。

　　王茂便将虎头尽力一掀，不觉顺手翻转，便四脚朝天，已经打死，全不动了。……王茂遂将这只死虎一手提着，取了斧子插入腰间，取路回家，丢在门口。(《梁武帝演义》第三回)

　　(岳云)便望着冈子上高声叫道："吙！小孩子，这个虎是我们养熟了顽的，休要伤了他，快些送来还我！"那小孩子听了，心中暗想："怪道今日擒这个虎恁般容易，原来是他养熟的。"便道："既是你们的，就还了你。"遂一手抓着虎颈，一手扑着虎腿，望冈子下摜将下来。不道使得力猛，扑的一声丢下冈来，那虎早已跌死了。公子想道："真个好力气！"就下马来道："我的虎被你摜死了，快赔我一只活的来。"就把那死虎提起来，望着冈子上摜将上去。(《说岳全传》第四十回)

　　阔海把外袍去了，双手上前擎住，那虎动也不敢动，将右脚连踢几脚，将虎往山下一丢，那虎撞下山冈，跌得半死。又把那虎一连数拳打死了。再往下边一观，那虎又醒将转来要走，阔海赶下山来擎住，又几拳打死了。这名为双拳伏二虎。"(《说唐全传》第十四回)

　　仁贵一看，后面白额虎飞也赶来，……即时上前，将虎一把领毛扯住，用力捺住，虎便挣扎不起，便提起拳头，将虎左右眼珠打出，说："孽畜，你在此不知伤了多少人性命，今撞我手内，眼珠打出，放你去罢。"那虎负痛而去。(《说唐后传》第二十二回)

　　那人(赵武)遂跳下石来打那虎。那虎一见人来打他，他弃了羊，对人扑来，那人一闪，虎却扑了个空。那人回身抓住虎颈，那虎因箭着伤，被那人向左胁下着实几脚，又复几拳，那虎就死了。那人正在回身，忽听山嘴上大吼一声，又是一只猛虎，向那人对面扑来。那人抖擞精神，抡拳又打，打了几拳，挽起虎尾，向石上摔将下来。对岸军士唬得呆了。(《反

唐演义全传》第八十五回)

　　矩儿上青城山，未及半，月东出矣。忽二虎剪尾咆哮，径扑左右，风声入云，腥气满谷。矩儿腾身于右，出了拳飞击左虎，抉其目，又腾身于左，出一足横踢右虎，碎其阴，俱跳掷自毙。(《蟫史》卷之五)

　　那只猛虎因被大汉(鹊桥)追得急了，只得啸了一声，忽地回身一跳，向大汉一看，直扑上来，那大汉却并不慌忙，将身向旁边一闪，趁声将晚头一把抓住，提起升箩般的灯拳头来，没上没下地打了数十下，又把脚向虎眼上乱踢，那只虎被他按住颈项，前身不能动弹，口中只是乱吼。那条虎尾竟直竖起来，又把后身用力旋转，似欲将虎尾去捎这大汉，不意反被那个大汉将手伸直，运足功劲向那虎尾上削去。但听得响了一声，那条虎尾已是被全削断，倒拖下来，威势全无。那只虎的性命已是五分了帐。四脚犹在地下乱挣。(《蜃楼外史》第十六回)

　　一日虎窝内走了猛虎，京城落乱纷纷，各武员侍卫等分头追赶，恰好严正芳过，见虎向他当面扑来，他便将身一蹲，虎从头上窜过，他便趁势一把将虎尾扯住，随手掼将转来，把这虎掼成塌扁。(《七剑十三侠》第九回)

　　话说沙雪梅骑在老虎背上，举起纷团花的拳头望他颈上乱打。大虫亦作一个溜地十八滚的势，狠命扑斗。旁边那个艾叶母豹，走近身来，反帮着大虫来咬雪梅。雪梅此时心中愈觉愤怒，双脚在老虎肚皮上狠命一夹，一拳在老虎头上狠命一击，那老虎大叫一声，四足腾起，从山顶上跳到平地。说时迟那时快，雪梅见老虎望空跳去，即将双脚一松，作了一个惊蛇入草的势，斜刺里钻去，攀着一支树枝落下。息了一息，从半山中赶将下来，不见大虫，四面找寻，一些形迹也没有。恨恨的好一会，只得望前走去。(《女狱花》第六回)

这么多"打虎""运虎"的描写，其根源都是《残唐五代史演义传》，那些英雄徒手与老虎搏斗，有的打死老虎，有的打跑老虎，甚至有的打死老虎后还要将老虎像猫儿一样丢来丢去。严格而言，这些描写都有不符合生活真实的一面。但是，小说是有一定程度的虚构的。如果没有这种虚构，小说就失去了趣味。尤其是英雄传奇小说，如果没有对英雄人物"神勇神力"的夸张，那还有什么意思？从这个角度出发，这些描写应该说是成功的，它塑造的是理想化的英雄人物，既然是理想化，当然就会有超现实的描写。当然，这些描写相对于《水浒传》中的武松打虎的描写而言，那却又是差一个档次的。

仅以"李存孝打虎"这一个情节而论，我们就可以看出，《残唐五代史演义传》是在吸收元人杂剧的基础上又对后代俗文学创作起到示范作用的，这就是所谓承上启下。

三

能体现《残唐五代史演义传》在通俗文学发展史上承上启下的重要作用的绝非仅止于"李存孝打虎"一个例子。即以李存孝这位在书中最具风采的英雄人物而言，他极具悲剧性的死，也具有承上启下的意味。

李存孝被李克用处以极刑——车裂而死，这在史书中是有详细记载的：

> 李存信与存孝不协，因构于武皇，言存孝望风退衄，无心击贼，恐有私盟也。存孝知之，自恃战功，郁郁不平，因致书通王镕，又归款于汴。明年，武皇自出井陉，将逼真定，存孝面见王镕陈军机。武皇暴怒，诛先获汴将安康八方旋师。七月，复出师讨存孝，……由是存孝至败，城中食尽。乾宁元年三月，存孝登城首罪，泣诉于武皇曰："儿蒙王深恩，位至将帅，苟非谗慝离间，曷欲舍父子之深恩，附仇雠之党！儿虽褊狭设计，实存信构陷至此，若得生见王面，一言而死，诚所甘心。"武皇愍之，遣刘太妃入城慰劳。太妃引来谒见，存孝泥首请罪曰："儿立微劳，本无显过，但被人中伤，申明无路，迷昧至此！"武皇叱之曰："尔与王镕书状，罪我万端，亦存信教耶！"縶归太原，车裂于市。（《旧五代史》卷五十三）

由上可见，历史上的李存孝之死，所反映的主要是大小军阀之间的错综复杂的矛盾斗争。李存孝是一个个性极强的人物，在被人构陷并被义父误解的前提下，他愤而另立门户，甚至站到"父王"的对立面。这种行为，当然不能被李克用所原谅。但是，当李存孝被李克用逼得走投无路的时候，他又一次投降了，回到李克用身边并反复解释，悔过谢罪。而李克用呢？在受降之前先是假惺惺地"愍之"，并"遣刘太妃入城慰劳"。及至李存孝解除武装以后，又露出狰狞面目，将李存孝"縶归太原，车裂于市"。在这一过程中，李存孝过错在先，而李克用过错在后。李存孝的过错是政治问题，而李克用的过错则是人格问题。有趣的是，作为中国通俗文学作品最广泛的阅读群——广大市民和部分农民而言，他们对军阀中争来争去谁是谁非的政治问题是不太关心的，他们更看重"人格"，尤其是作为最高统治者的人格。故而，李克用与李存孝之间这种政治关系与亲情关系纠结在一起的矛盾冲突,越发展到后来,人们就越来越淡化了李存孝的政治选择而强化了李克用的人格表现。因此,对李存孝的同情也越来越多,对李克用的批判也就愈演愈烈。更有意味的是,这中间还夹着一个刘夫人。从某种意义上讲,刘夫人不知不觉间充当了李克用诱降李存孝的工具,李克用也正是利用亲情去讨得了政治上的便宜。史书中没有明确描写刘夫人对这件事的态度,但是,小说作家、戏剧作家,一切民间通俗文学的创造者们却绝不放过这样的好素材。这样,就造成了宋元间关于李克用、李存孝父子恩怨情仇的种种描写,而有些作品,甚至将刘夫人推到矛盾的风口浪尖之上。

对于李存孝之叛变和李克用对此事之处理,《五代史平话》中的描写比较简略。

> 初,邢、洺、磁三州留后李存孝,与李存信俱是李克用假子。克用偏爱存信;那存孝欲立大功,取重于克用,存信又谮谮于其间。存孝惧及祸,密地与王镕、朱全忠交结。朱全忠上表,称李存孝以邢州、洺州、磁州自归,乞赐旌节。及会诸道军马进讨李克用。朝廷诏授李存孝为三州节度使,不许会兵攻伐。李克用围邢州,凿堑筑城以守之。邢州城中食尽,李存孝出见李克用,泥首谢罪。克用将槛车囚系以归,用车裂于牙门。(《唐史平话》卷上)

《五代史平话》中的这段描写基本抄自《旧五代史》,甚至还没有历史著作细腻生动。然而,当这段故事到了元杂剧大家关汉卿笔下时,立场、观点便发生了极大的变化。在《邓夫人苦痛哭存孝》一剧中,作者通过"当事人"李克用的妻子刘夫人的视角,表达了十分充沛的爱憎感情。对李存孝的同情、歌颂,对李存信、康君立的鄙视和仇恨,乃至对李克用的指责、愤怨,全都通过刘夫人的语言表达出来。先看她得知李存孝被车裂后的悲伤哀痛:

> (刘夫人云)李克用,你信着这两个贼子的言语,将俺存孝孩儿屈死了。李克用,你好哏也!五辆车五下齐拽,铁石人嚎咷痛哭。将身躯骨肉分开,血染赤黄沙地土。再不能子母团圆,越思量越添凄楚。刘夫人苦痛哀哉,李存孝身归地府。(第三折)

而当刘夫人面对李克用时,那种愤怒悲痛之情更是喷薄而出:

> (刘夫人上,云)李克用,你做的好勾当!信着两个丑生,每日饮酒,怎生将存孝孩儿五裂了?我亲到的邢州,并不曾改了名姓。都是康君立、李存信这两个贼丑生的见识,着他改做安敬思。昨日我领着存孝孩儿来见

你，你怎生教那两个贼子五车争了存孝？媳妇儿将着骨殖，背将邓家庄去了。孩儿也，兀的不痛杀我也！（李克用云）夫人，你不说我怎生知道！都是这两个送了我那孩儿也！我说道：五裂蔑迭。我醉了也。他怎生将孩儿五裂了！把这两个无徒拿到邓家庄上杀坏了，剖腹剜心，与俺孩儿报了冤仇也！便安排灵位祭物，便差人赶回媳妇儿来者。（第四折）

关汉卿真是点铁成金的高手，历史上李克用、李存孝义父子之间的纠葛，只能反映大大小小军阀相互侵吞的野心和极端自我的本性。但在《哭存孝》一剧中，却被贯穿了一个大大的"冤"字。李存孝是被冤杀的，而且死得那么惨。作者运用了巧合法、误会法这些戏台上的常用手法，让李存孝在李克用酒醉之时被活活冤死，让李存信、康君立这些小人借用同音字残酷杀害李存信，让刘夫人这个事件的当事人揭穿被掩盖的真相，让李存孝妻子邓夫人苦痛悲哀的哭声在舞台上下、书本内外响彻云霄，经久不息。这样，就把一个军阀家庭内部斗争的故事写成了一个令人扼腕叹息的历史大悲剧。进而言之，关汉卿一贯善于写"冤"写"悲"，并能取得极佳的舞台效果。《窦娥冤》《单刀会》《西蜀梦》《蝴蝶梦》《鲁斋郎》等著名作品都是这种写法，而这部《哭存孝》更是以"冤"写"悲"的经典之作。

可贵的是，《残唐五代史演义传》所继承的正是关汉卿这种写法，抹掉历史上李存孝背叛李克用的事实，重点写李存孝的"冤"情，进而将李存孝之死写成一个感天动地的大悲剧。

刘妃曰："你既不反，如何城上打着安敬思的旗号？"存孝听言，遂将康君立前事细说一番。刘妃骇然曰："你中了逆贼之计，可急到父王面前分诉明白。"……是日天色已晚，晋王深有酒了。人报存孝自沁州来见，晋王曰："吾已醉矣，醉后不言公事。吾儿远路劳神，且向后宫里去，来早再说。"君立知晋王之意，暗谓存信曰："乘老父迷睡不起，先将存孝杀了，以绝后患。"存信曰："此计甚妙，便可行之。"于是君立即假传父令，言存孝反叛，擒出辕门，五车挣之。此时存孝欲进宫诉说，四下皆康君立心腹之人，不能得入。存信曰："老父怒汝，立等回报，安敢再入？"急使军人将存孝捆缚，用五辆车来，各系一牛，分五队，号令一声，五下鞭开牛去。只一挣，被存孝把身一纵，都纵到身底下来。原来五车上有五五二千五百石重，五牛之力不计多少，存孝一生力大，是以皆被纵到身底下来。以此较之，存孝一臂有二万五千斤之力，两臂有四象不过之勇。存孝大叫："我得何罪，将五牛挣我？"言未绝，只见半空中现一金甲神人，叫存孝不得挣挫,"吾奉千佛牒文玉皇敕旨,你原是上界铁石之精降临凡世,今日功行完满,取汝归天,若是迟缓,神人夺了你的座位。"存孝听后忖思:"既上天叫我,安敢不从?"遂叫军人,"这等如何挣得我死?除非是将剑割断我手足之筋,吾即死矣!"当下君立传令大喝,五下里挣响一声,存孝躯分为五块。(第三十二回)

这里写李存孝之死,是何等冤屈,又是何等悲壮。在中国老百姓的心目中,越是被冤死的人越是悲壮。正是从这一点出发,《残唐五代史演义传》采取了关汉卿的写法,并在此基础上加上李存孝力大无穷、无法处死的夸张描写,加上金甲神人招李存孝归天的神化描写,就使得李存孝的死犹如古代之楚霸王,外国之斯巴达克思,感天动地,惊天动地,震撼天地!

更发人深思的是,经过作者"改造史实"后所描写的李存孝之死,又成为此后通俗小说戏曲作品中许许多多忠臣烈士不得好死和被冤致死的榜样,并被后代更多的通俗文学作品无数次重复。薛家将、杨家将、呼家将、岳家将……千千万万个被陷害的忠良,络绎不绝地被冤杀的英魂,千百次的不绝如缕的壮烈悲歌,大都是李存孝冤死之哀音的跨时代回响。

这,当然也是《残唐五代史演义传》的承上启下。

四

《残唐五代史演义传》在中国通俗文学史上的承上启下是全方位的,思想内涵、人物塑造、情节结构、叙事技法、社会响应、审美效果等等,各个方面都有这种继承、发展并影响于后的痕迹,绝不仅止于李存孝形象的塑造而已。下面,我们由重点举例到散点透视,再从"面"上更为广泛地谈谈这一问题。先看两个例证。

【说】这文武两班,一一从头仔细奏上潞王天子:"如今见[现]有石敬瑭驸马,将管带五万人兵,把守截三关,怕甚外邦来侵?"【唱】君王见奏心欢喜,并无烦恼挂其心。文武此时重又奏,伏惟陛下愿知闻。三关有此石驸马,怕甚他邦外国人。他管军兵三五万,三关把得不通风。(《新编说唱全相石郎驸马传》)

兵雄马壮,石驸马正坐中军。左边列四十二员出征勇将,右边列二十六员参赞官僚。帐前戈戟森森,阶下三军整整。本官头顶束发紫金冠,身

穿大红绣鸾袍,腰系金箔白玉带,脚踹粉底皂朝靴。正是威风凛凛,果然相貌堂堂。(《残唐五代史演义传》第四十六回)

以上两段,都是对五代史上后晋开国君王石敬瑭的描写。虽然一个较为虚空,一个较为具体,但大体意思差不多,都是为这位眼下的驸马爷、将来的开国君歌功颂德的。然而,《新编说唱全相石郎驸马传》乃明代初年的讲唱文学作品,它与《残唐五代史演义传》的写作孰前孰后我们今天很难说清楚,这大概可以视为介乎"承上"和"启下"之间的例子吧。我们且视为一种不同文体之间的横向影响。下面,我们就针对《残唐五代史演义传》与中国通俗文学史之间的关系分为"承上""启下"两个方面来举例说明。

先说《残唐五代史演义传》对以前通俗文学的继承。例如第八回,写李克用妃刘氏,是一位很有见识的女子,而且能文能武:

言罢,只见晋王背后一女子,高声大言曰:"看汝枉为丈夫。僖宗正在危急之际,专望救援,恨不得一日兵到。何故迟滞耶?妾虽女流,敢领兵前去灭贼,以慰中原之望。"敬思视之,那女子:貂裘翠帽,一似出塞昭君;杏眼桃腮,不亚前朝贾氏。朱唇款动,开一颗樱桃,皓齿轻掀,露两行碎玉。湘裙紧系,恰象吴宫西子;金莲缓步,浑如蓬岛仙姑。这女子是谁?乃晋王正宫刘妃也。能使两口雁翎刀,军中敢战无敌。(第八回)

这样敢作敢为、才智卓绝的女性,除了在《三国志通俗演义》《水浒传》中屡见不鲜之外,还直接源自元杂剧中对刘夫人的描写:"(刘夫人上,云)描鸾刺绣不曾习,劣马弯弓敢战敌。围场队里能射虎,临军对阵兵机识。老身刘夫人是也。"(《哭存孝》第三折)

再如,上引《旧五代史》中尝言李存孝"盖古张辽、甘宁之比也。"那么,三国时代的张辽、甘宁最大的特点是什么呢?答曰:勇!大无畏的勇猛直前。《三国志通俗演义》中"甘宁百骑劫曹营"的描写就是明证:

甘宁将酒肉与百人共饮。食已尽,约有二更时候,取白鹅翎一百根插于盔上为号,都披甲上马,到于曹操寨边,拔开鹿角,马上敲锣击鼓,杀入寨中来,径奔中军来杀曹操。原来中军人马,以车仗伏路,穿连不断,围得铁桶相似,不能得进。甘宁只将百骑在马上遥呼,往来敲锣击鼓,在于中军冲突。营中人马惊慌,自家相杀,各寨扰乱。那甘宁百骑在营内纵横驰骤,逢者便杀。各营鼓噪,举火如星,喊声大震。甘宁从南门杀出,无人敢当。孙权令周泰引一枝兵来接应。甘宁将百骑回到濡须。操兵恐有埋伏,不敢追袭。后有诗曰:"鼙鼓声喧震地来,雄师到处鬼神哀。百翎直

贯曹瞒寨，尽说甘宁虎将才。"（卷之十四）

甘宁以区区百骑冲入曹操军营之中，如入无人之境，这种胆气，亘古难觅其俦。而《残唐五代史演义传》中的李存孝，却被作者写成了甘兴霸的千古知音、百代匹敌。既然李存孝乃"甘宁之比"，那么，甘宁能以百骑劫曹营，李存孝为什么不能呢？作者还真这样写了，而且是"有过之而无不及"地写了。甘宁百骑劫曹营是吧，那好，李存孝必须青出于蓝而胜于蓝，于是，就用十八骑劫敌营好了：

> 夜将三鼓，众将披挂上马，来至敌寨，直杀入王重荣寨中，奔中军而来。原来王重荣寨中，以车仗穿连不断，周围绕定，不能前进。只凭十八骑左冲右突，往来驰骤，如入无人之境，逢者便杀。各寨尽皆鼓哨，烽火烛天，喊声大振。存孝望南杀出，敌军莫敢抵对。晋王使人引军接应，存孝十八骑人马早已回至林墩口。五路兵见是存孝，莫敢追袭。后人有诗赞云："击鼓声喧振地来，将军到处鬼神哀。轻骑冲入五侯寨，方显英雄虎将才。"逸狂有诗赞曰："甘宁百骑劫曹营，威振东吴至此称。曾似勇南兵十八，五侯破胆尽皆惊。"（第二十九回）

作者在描写李存孝惊天大胆、勇往直前的气概的同时，也没有忘记交代这种描写的来源："甘宁百骑劫曹营"。像这样的继承甚至模拟前代通俗文学作品的写法，在《残唐五代史演义传》中可谓俯拾皆是，不胜枚举。下面，我们再来看看这部小说对后世小说创作的影响。

书中第十四回写李克用十三太保对后世小说颇有影响，如《说唐前传》第二十三回写杨林手下也有十三太保。而第十七回写李存孝体如病夫更是直射《三侠五义》之翻江鼠蒋平。最好笑的是《姑妄言》第三回写魏如虎的妻子长得瘦小却又对丈夫经常施展家庭暴力，他的弟弟魏如豹对人说："因他叫魏如虎，外边人知道这事，说当年李存孝会打虎，是个肌瘦小病鬼的样子。恰巧家嫂也姓李，人都叫他母存孝。"这真是令人啼笑皆非的描写，李存孝还有"母"的！其实，这不过是《姑妄言》的作者"姑妄言之"的调侃笔墨。但下面这个例子可就不是一般的调侃或幽默了。

《残唐五代史演义传》第二十三回写玉銮英给李克用通风报信而李克用反而泄漏于朱温，使玉銮英自缢身亡，这一段残酷而真实的描写，令人读后扼腕叹息。如此写法，又影响了"三言"中之《白玉娘忍苦成夫》和《照世杯·七松园弄假成真》的相关描写。结果，就出现了中国小说史上接二连三的女子好心提醒男人，男人不领情而告密，使得女子最终罹祸的故事。

只见玉鏊英急到厅前,满眼流泪叫道:"皇兄,谁着你进此城来?"晋王曰:"是朱温请我来。"鏊英曰:"他非是请你,他实有杀你之心。前后宅内都埋伏强壮兵士,饮酒中间,击金杯为号,舞剑就要杀你,你可提防。"言毕,鏊英进去,却躲在屏风后面。不移时,朱温上厅问曰:"大王才与贱荆说甚么话?"此时晋王酒已醉了,把鏊英讲的话都说与朱温。温答曰:"怎敢杀君?"晋王曰:"既无此心,再斟酒来。"鏊英在屏风后听到,"这老汉把我讲的话都讲与这老贼,他若不得杀你,定来杀我。"回到房内,自缢而死。(第二十三回)

张万户听了,心中大怒,即唤出玉娘,骂道:"你这贱婢!当初你父抗拒天兵,兀良元帅要把你阖门尽斩,我可怜你年纪幼小,饶你性命。又恐为乱军所杀,带回来恩养长大,配个丈夫。你不思报效,反教丈夫背我,要你何用!"教左右:"快取家法来,吊起贱婢,打一百皮鞭!"那玉娘满眼垂泪,哑口无言。众人连忙去取索子家法,将玉娘一索捆翻。正是:分明指与平川路,反把忠言当恶言。程万里在旁边,见张万户发怒,要吊打妻子,心中懊悔道:"原来他是真心,到是我害他了!"又不好过来讨饶。(《醒世恒言·白玉娘忍苦成夫》)

阮江兰也不敢认这个犯头,接书在手,反拿去出首,当面羞辱应公子一场。应公子疑心道:"我只假过一次书,难道这封书又是我假的?"折开一看,书上写道:"足下月夜虚惊,皆奸谋预布之故,虽小受折挫,妾已心感深情。倘能出我水火,生死以之,即白头无怨也。"应公子不曾看完,勃然大发雷霆,赶进房内,痛挞畹娘。立刻唤了老鸨来,叫他领去。阮江兰目击这番光景,心如刀割,尾在畹娘轿后,只等轿子住了,才纳闷而归。(《照世杯·七松园弄假成真》)

最后,我们再来看看《残唐五代史演义传》在中国古代小说史上既承上又启下的例子。或者,我们反过来讲,在中国古代的通俗小说中有不少程式化的语言和描写,是从《三国志通俗演义》开端而一直影响到清末小说的,而《残唐五代史演义传》厕身其间,成为这"程式化"家族之一员。如最能体现仁政思想的一句话:"天下者,非一人之天下,乃天下人之天下也,惟有德者居之。"《三国志通俗演义》中出现六次,《开辟衍绎通俗志传》中出现六次,《东西晋演义》中出现四次,《大唐秦王词话》《说岳全传》《说唐全传》《彭公案》中均出现两次,此外,《封神演义》中之姜子牙、《杨家府通俗演义》中之侬王、《隋炀帝艳史》中之隋炀帝、《东游记》中之粘不聿、《有夏志传》中之羿、《梁武帝演义》中之柳庆远、《说唐三传》中之李仙师、《济公全传》中之王连、《永庆升平前传》中之萧可龙、《跻春台·栖凤山》中之亚兰也说过，而《残唐五代史演义传》中之张文蔚也说过这句话，可见其一脉相承。再如，《三国志通俗演义》中某些人物，被后世小说作家所定型化、类型化，作为各自笔下的楷模，并由此产生了某一类人物的系列形象。如诸葛亮之后，又有吴用（《水浒传》）、徐茂公（《说唐全传》）、刘伯温（《英烈传》）、钱江（《洪秀全演义》）等一系列"军师"形象，而《残唐五代史演义传》中的周德威毫无疑问也是其中一个重要角色。

综上所述，《残唐五代史演义传》在中国古代关于五代史系列的通俗文学作品中承上启下的作用是十分明显的，作为一部产生时代较早的章回小说，作为一部署名罗贯中的小说作品，研究它的这种承上启下的状况，对中国古代小说史的建设卓有意义。

（原载《罗学（第三辑）》，社会科学文献出版社 2014 年版）

《西游记》导读

《西游记》的作者是谁？说法有多种，流传最广的是"吴承恩说"。吴承恩（1500？—1582？），字汝忠，号射阳山人，淮安山阳人。屡困场屋，中年补岁贡，任浙江长兴县丞等职，有《射阳先生存稿》。然而，《西游记》的明代诸版本，如"世德堂刊本""杨闽斋刊本""李卓吾评本"等，均未有确凿的著作者姓名，而只是留下诸如"华阳洞天主人校""李卓吾先生批评"等似是而非的标识。换言之，明代刊印的《西游记》乃是"佚名"的作品。但是，"杨闽斋刊本"的刊行时间却是在万历年间，也就是说，章回小说《西游记》的产生不会晚于这一时间。

《西游记》是一部积累型的小说名著，它之所谓"积累"，还不同于《三国演义》《水浒传》那种从历史真实到民间流传再到话本戏剧的演出直至文人加工整理再创造的故事题材或人物塑造的积累，而是一种多层文化的积累，儒家的、道教的、佛教的乃至于许多不登大雅之堂的民间宗教、迷信、崇拜的文化积累。这样，就产生了对书中的主人公孙悟空的多层文化解读。试举数端：就五行学说而言，孙悟空属"金"；就生命科学而言，孙悟空即"心"；从童话学的角度看问题，孙悟空毫无疑问是一只猴子；从原型学说的角度看问题，孙悟空身上所体现的则是"夸父"的文化因子；从宗教学说的角度看问题，孙悟空所代表的乃是从佛教的小乘境界（自我完善）到大乘境界（普度众生）的转换。以上诸种看法，都是很有道理的，或者说，站在各自的角度都得到了孙悟空的一个方面。然而，从更深的层次来看，孙悟空却是一种象征、一种积淀，一种带有深刻哲学意味的文化积淀。上文我们提到孙悟空属"心"，又是一只"猿"，如果将这两点结合在一起，孙悟空就是一只"心猿"。其实，这"心猿"既不属于生命科学的范畴，也不属于童话学的范畴，而属于哲学的范畴。具体而言，孙悟空这只"心猿"是在宋明心学的影响之下，又结合许许多多传统文化积淀而形成的一种具有哲学意味的象征物。读懂了孙悟空就读懂了《西游记》，由上所述，我们大体上可以触摸到作者创作《西游记》时的思想宗旨和思维线索：

作者以"大闹天宫"的故事体现了心猿的放纵，又以"西天取经"的故事描写了心猿的收束，而心猿的真实含义却是人心人意，书中所要表达的中心意思乃是人类心灵中的欲念放纵与节制收束。孙悟空形象的塑造，深刻表达了作者所认为的正常"人心"的运行轨迹图：赤子之心——机巧之心——放纵之心——收束之心——空灵之心。这是一个由"无心"到"有心"，又由"有心"到"无心"的全过程。

　　《西游记》最大的艺术贡献是神魔人物的塑造，作品中的孙悟空、猪八戒是两个美学价值极高的艺术典型。孙悟空是一个带有崇高美，甚或悲剧美意味的英雄人物。这种崇高美至少可以包括两个层面：其一，在他身上凝聚了中华民族的广大民众数千年来所积淀的许许多多的优秀品质、传统美德、崇高精神；其二，他能将广大读者带到一个广袤无垠的理想世界，或者说，他在一定程度上代表和体现了人类对未来世界的理想化追求。猪八戒则是一位世俗意味特别浓厚的喜剧美典型，同时又是孙悟空形象的正面陪衬和逆向补充。就西天取经路上所起的重要作用而言，猪八戒仅次于孙悟空，就人物塑造的成功程度而言，这猪精较之猴王毫不逊色。孙悟空是崇高的，猪八戒是平凡的；孙悟空是悲剧的，猪八戒是喜剧的；孙悟空催人奋进，猪八戒使人乐观；孙悟空是充分理想化的，猪八戒是极端现实化的；猴王猪精相反相成而又相映成趣。通过孙悟空、猪八戒等神话人物形象，《西游记》的作者告诉我们，创作神魔怪异小说最忌讳将"神"写得没有"人"气，也最忌讳将"人"写得没有"神"气，同时，还要照顾到某位"神"或"魔"的本来面目，即他是由何种动物或植物修炼而成的。这样，一种趣味横生而又行之有效的写人方法就必然产生了。这种方法就是《西游记》的作者始为滥觞而又垂范后世的神来之笔——人、神、物的三重唱。《西游记》中那些成功的神魔形象，有许多正是这种"人""神""物"三结合的产物。其中，"人"的一面表现其社会存在，"神"的一面表现其传奇色彩，"物"的一面表现其自然属性。三者之中，以"人"性为核心，"神"性和"物"性向着"人"性凝聚。除绝妙的人物塑造之外，《西游记》文笔之幽默诙谐，故事之引人入胜，以及其中蕴含的对现实的批判和对人性弱点的嘲讽，都是有目共睹的，此不赘言。

　　（原载赵丰主编：《党员干部必读的文学经典71篇》，湖北教育出版社2012年版）

心猿意马的放纵与收束

——《西游记》主题新探

众所周知,《西游记》中的故事由"大闹天宫"和"西天取经"两大板块组成,二者之间以"唐僧出世"过渡。问题在于,我们应当怎样看待这两大块故事之间的关系。这牵涉到对《西游记》的主题思想和主要人物的认识、评价。

如果用简单比附的方法,当然可以取得一点浅层的效果。譬如,把天庭比作人间社会,玉帝比作人间帝王,太白金星等当然指文臣,托塔天王辈自然是武将。孙悟空呢?是一个反抗英雄;西天路上的妖魔嘛,自然是地主豪强的土围子!这么一说,似乎也很有道理,但仔细一琢磨,问题就来了。孙悟空在大闹天宫时是一个叛逆者、造反英雄,怎么压了五百年就变成了一个护法弟子?七十二变中恐怕没有这一"变"吧。再者,孙悟空在花果山占山为王时,除了"吃人"这个问题外,与西天路上的妖魔有什么本质区别?不要忘记,孙猴子与牛魔王还是拜把子兄弟哩!如果牛魔王们是"土围子",开始时的孙悟空也是"土围子";反过来,如果孙悟空是"叛逆者",牛魔王们也都是"叛逆者"。那么,西天路上孙大圣的降妖除魔又怎样解释?是"土围子"打"土围子"呢,还是"叛逆者"打"叛逆者"?或者说,竟是孙悟空先叛逆天庭,后又叛逆了原来的叛逆思想,并以一个"受招安者"的身份去打其他叛逆者罢了。弄来弄去,越弄越糊涂。于是,有人便采取快刀斩乱麻的方式,干脆认定"大闹天宫"与"西天取经"两大块故事内容的意义是矛盾对立的,孙悟空的形象是前后分裂的。甚至可以进一步推论,《西游记》原本就不是一部书,而是由两部以上的书拼凑而成的,那些思想内容的矛盾与人物形象的分裂,则是拼凑不严密而留下的痕迹。这样的看法,似乎可以解释一些漏洞和矛盾之处,但仍不足以服人,因为它仍未脱出以简单的比附来研究一部神魔怪异小说的樊篱。

如果换一种方式,情况将要好得多。那就是抛开这种简单的具体比附的方法,比较抽象地看问题。或者说,在孙悟空身上体现了一种坚韧不拔的民族精神;或者说,孙悟空是一个具有"崇高美"意味的神话英雄人物;或者说,《西游记》反映了光明与黑暗、正义与邪恶、善良与凶残之间的矛盾冲突；或者说，孙悟空的大闹天宫是为了解放自我，而西天取经则是为了普度众生，其中具有从佛教中的"小乘"到"大乘"转化的意味。总之是不再在那神猴与某种现实中人、天庭与社会现实之间划一个全等于符号，而是力图站在美学的、哲学的角度来评价一部神魔怪异小说。无论上述观点正确与否，但至少这种思路和方法是可取的，是对《西游记》之类的神魔怪异小说的一种高层次的研究。

《西游记》是一部源于现实而又超于现实的神魔怪异小说，它不像《三国演义》《水浒传》《金瓶梅》等作品那样直接反映现实生活。它的作者采取的是另一种创作方式，是将现实生活中的种种状况经过概括以后而形成一种理念，然后再将这某种理念形象化，从而创造出一个超现实的奇异世界，最终曲折地反映现实。它的创作过程不像那些现实主义的小说一样，只需通过现实——反映——效果这么一个直线反映的发展过程，而要经过现实——理念——超现实——影射——效果这样一种曲线思维过程。我们研究《西游记》这样的作品，切不可将那影射现实的超现实部分与原始的现实部分直接挂钩，对号入座，而忽视那至关紧要的理念化阶段，因为作者的创作宗旨，甚至作品的主题思想正存在于这"理念"之中。如果再扩大一步，甚至可以说，凡是优秀的神魔怪异小说，它的主题一定是具有哲理性的；不包含哲理意味的神魔怪异小说，只能是小说创作中的次品、废品或者是宗教迷信的宣传品。《西游记》，绝不是小说中的次品、废品，也不是宗教迷信的宣传品，因为它的主题思想和主要人物都蕴含着哲理性。

那么，《西游记》作者的理念化思维过程的结晶是什么？这中间蕴含着什么样的哲理？或者说，《西游记》一书的思想主题是什么？孙悟空这一形象究竟具有何种意义？笔者认为，这就是本文的标题——心猿意马的放纵与收束。

在《西游记》中，"心猿""意马"这两个概念屡屡出现，不仅出现在正文中，而且出现在回目上。除了心猿、意马之外，还有"正法""禅主""金公""木母""黄婆""金""木""土"等概念。将这种种概念运用于回目之中，使之带有一重玄妙的意味，也正是《西游记》在回目标题方面有别于其他章回小说的一大特色。一般说来，上述概念分别指的是小说中的某一具体人物。其中，"心猿""金公""金"均指孙悟空，"木母""木"均指猪八戒，"黄婆"和"土"则指沙僧，"意马"即指白龙马，而所谓"正法""禅主"所指即唐僧。这些指代的概念，其来源非佛即道，此不赘言。我们且看书中的描写：如第三十回"邪魔侵正法，意马忆心猿"，写的就是二十宿之一的奎木狼下界作乱，趁唐僧赶走孙悟空之机，擒拿沙僧，威慑八戒，又将唐僧变成老虎而欺骗宝象国王。在这种情况下，白龙马与奎木狼交战不利，心中明白只有请大师兄来方脱得此厄。因此，求八戒去请行者。在这里，作者写道："那时节，意马心猿都失散，金公木母尽雕零，黄婆伤损通分别，道义消疏怎得成？"指代十分明确。再如第五十三回："禅主吞餐怀鬼孕，黄婆运水解邪胎"，写的是唐僧误饮子母河之水，结成胎气。沙僧趁悟空与如意真君缠斗之机，取得落胎泉水以救唐僧之厄。禅主、黄婆，所指亦甚明。还有第八十九回："黄狮精虚设钉钯宴，金木土计闹豹头山"，写的是在各自兵器被黄狮精盗去之后，悟空、八戒、沙僧三人一齐到豹头山索缴兵器的故事。金、木、土的指代，一看可知。因此，在一般情况下，遇到上述概念，径可分别作唐僧师徒五人视之，断然无误。

在这里，我们要特别注意"心猿""意马"这两个概念。它们除了分指孙悟空和白龙马之外，还共同代表了另一含义——"人"的欲念和臆想。在佛、道两家的用语中，心猿意马常用以比喻人的思绪飘荡散乱，不可把捉。万历刻本《西游记》陈元之序云："旧有序……其序以为孙，狲也，以为心之神；马，马也，以为意之驰。"在一般人看来，心猿意马指的也就是与见性成佛相背离的世俗杂念。例如，与吴承恩同时的散曲家冯惟敏在他的《海浮山堂词稿》中就曾多次运用这一概念。一忽儿，他用"锁不住心猿意马，便做道见性成佛待子么"来描写思凡的僧尼。(《仙侣点绛唇·僧尼共犯第一折》)；一忽儿，他又用"罢罢罢将意马牢拴，准准准把心猿紧锁"来描写剪发的女性（《黄钟醉花阴·剪发嘲罗山甫》）；一忽儿，他又用"珠络索牢栓住心猿意马，锦缠头打叠起路柳墙花"来描写青楼誓词（《仙吕步蟾宫·四誓·剪发》）。总之，在佛道用语的影响下，心猿意马的特殊含义已为一般人所习惯和接受。人心如猿，人意似马，既可无边无际地漫游，当然也可加以一定的管束。那么，由谁来管束人的心猿意马呢？回答是："正法""禅主"，亦即人心所固有的佛性。作为"禅主"化身的唐三藏在《西游记》第十三回与众僧讨论佛门宗旨时就曾说："心生，种种魔生；心灭，种种魔灭。"何以谓"魔"？佛教认为一切不利于修行的心理活动都叫魔。"魔非他，即我也，我化为佛，未佛皆魔。"（幔亭过客《西游记题词》）在这一"我化为佛"的过程中，佛不在外，而在我心中。"是心作佛，是心是佛。"（《观无量寿经》）质言之，心的放纵便是魔，心的收束便是佛。一部《西游记》，写的就是"心猿意马"未加管束时的放纵以及受到管束后对"法"与"禅"的皈依。准乎此，我们就会将书中"大闹天宫"与"西天取经"这两大板块的故事看作一个有机整体，前者写的是心猿意马的放纵状态，后者写的则是心猿意马的收束过程。至于两者之间的"唐僧出世"一段，也并非单单是情节结构上的过渡，而是标志着将那种"心"的放纵转化为收束的主导力量——正法、禅主的登台。

《西游记》中的孙悟空,总与"心"有着某种联系,作者不仅在书中反复以"心""心猿""心神"指代孙悟空,而且还通过大量的描写来体现孙悟空与"心"的联系。在猴王出世时,他那"受天真地秀、日精月华,遂有灵通之意"的出身,正是"人心"的混沌纯洁状态。之后,猴王访师,所到之地乃"灵台方寸山""斜月三星洞",皆是一个"心"字。尔后,须菩提祖师给猴王取名孙悟空,这个名字中的"孙"字,乃是由猢狲之"狲"去了兽旁,"子者,儿男也;系者,婴细也。正合婴儿之本论。"实乃赤子之心的意思。而法名"悟空"则与其师"须菩提"一脉相承,因为"菩提"就是"觉悟"的意思,所谓"悟彻菩提",当然是"心"之悟。后来,须菩提祖师问悟空想学"道"字门中三百六十傍门的哪一门,悟空因为"术""流""静""动"诸门均非长生之术,一概不学;最后,终于在师父的暗示之下,学得"都来总是精气神"的"内丹"之术。而这种内丹之术恰恰是比须菩提祖师"与众说法,谈的是公案比语,说的是外像包皮"要深奥得多的内心之学,无怪乎师父要嘱咐悟空"谨固牢藏休漏泄"了。由此可见,从孙悟空的出身、拜师、学法直到悟彻,正是一个由"心性修持大道生"到"断魔归本合元神"的过程。

如果孙悟空谨记其师父的教诲,将"精气神""休漏泄,体中藏","屏除邪欲得清凉",那么,他很快就会"功完随作佛和仙"了。但他并非一般的修行之人,而是一只猿,一只心猿。心猿、猿心,心是内质,猿是表象。他的"心"的一切躁动都要通过"猿"的表象体现出来,而"猿"的好动行为又很准确地表示了他"心"的躁动。这样的如猿之心,不让他放纵便不能收束,不让他经受磨难便不能返本归元。你看,那心猿刚刚学得一些本领,便按捺不住,要在师兄们面前"抖擞精神,卖弄手段",变成了一棵松树。他那大彻大悟的师父早已敏锐地看到了这一点,因而,趁机赶他离去,并预言他此去"定生不良",只提出一个十分宽容的条件:"凭你怎么惹祸行凶,却不许说是我的徒弟。"这样,其实是放纵"心猿"脱离了灵台方寸山、斜月三星洞这"心"的固定场所的束缚,而让他到更广阔的世界里去遨游。

果不其然,心猿下山后,便体现了对"绝对自由"的追求。他闹龙宫,强取"如意金箍棒";他闹地府,勾去"猴类生死簿"。从此,他"超生三界之外,跳出五行之中"。不料,他的自由追求惊动了玉皇大帝。玉帝以弼马温拘束他,他"官封弼马心何足";玉帝以齐天大圣牢笼他,他"名注齐天意未宁"。在天宫"今日东游,明日西荡,云来云去,行踪不定"。后来,又无事生非,偷蟠桃,盗御酒,窃仙丹,直到扯起大旗,公然与天庭对抗。后来,虽在天庭联合势力的围剿下身败被擒，但刀砍斧剁，雷劈火烧，均不能伤损其一毫，终被置于太上老君的八卦炉中锻炼。谁知七七四十九天之后，心猿"将身一纵，跳出丹炉"，"却又大乱天宫，打得那九曜星闭门闭户，四天王无影无形"，直打到"通明殿里，灵霄殿外"，并公然对前来救驾的佛祖说："常言道：'皇帝轮流做，明年到我家。'只教他搬出去，将天宫让与我，便罢了；若还不让，定要搅攘，永不清平。"

"大闹天宫"是《西游记》中最热闹的文字，极其恣肆，极其潇洒。但读过之后，我们平心静气地想一想，这段文字的内在含蕴究竟是什么？恐怕各人的回答难以一致。表面看来，这里的确是体现了美猴王孙悟空的叛逆精神，但实质上体现的却是"人心"的极度放纵。谓予不信，有诗为证："猿猴道体配人心，心即猿猴意思深。大圣齐天非假论，官封弼马是知音。马猿合作心和意，紧缚牢栓莫外寻。万相归真从一理，如来同契住双林。"（第七回）作者说得再清楚不过了，闹天宫的猴王只是色相，放纵的"人心"才是真灵。人类生活在凡尘世界中，有无穷无尽的灾难、束缚、痛苦、折磨，但人类的心灵却永远期待着冲决这一切而进入自由的天地。人类渴望着无拘无束、自由自在的生活，但这种生活在现实世界中是永远不能实现的。于是，孙悟空这么一位战天斗地，敢于挣脱一切束缚的美猴王，便成为人心放纵的载体，去上下求索，搅攘乾坤，去争取那理想的生活、自由的空间。孙悟空所干的，正是人们想干而无法实现的事；心猿的所作所为，正是人类心灵无以遏制的大放纵的流程。

然而，正如同人类追求自由的放纵之心到底挣脱不出尘世的罗网和传统文化的圈束一样，那"心猿"尽管跳出了"八卦炉"中，却终于被压在了"五行山"下。从此，"放心"告终，"收心"开始。整个"西天取经"的一系列故事，就是"心猿"收束所经历的重重磨难的全过程。

《西游记》第十四回，是"收心"的起点，回目便是"心猿归正，六贼无踪"。何谓"六贼"？即佛教所认为的眼、耳、鼻、舌、身、意，亦即人类宣泄众多欲望的几大渠道。六贼随心，心既已归正，六贼自然无踪。作者唯恐读者不明此理，还在这一回的回首诗中写道："佛即心兮心即佛，心佛从来皆要物，若知无物又无心，便是真如法身佛。"为了遏制心猿归正后的反复无常，观音菩萨还特地在孙悟空的头上生生套上一个"紧箍儿"，以便禅主唐三藏随时管束那泼猴。至此，作者仍恐读者不明此意，特地又补充说明式地写下了"鹰愁涧意马收缰"一节，作为"心猿归正"的陪衬。

然而，尽管心猿被套上了金子打就的紧箍，意马被笼上了紫丝扭成的绳索，但要想把心猿意马真正拴住，还有一个艰苦的过程。一方面，世俗的欲望不断地侵扰着这一收束过程；另一方面，心猿本身还有着经常性的冲动，甚至会分裂成"二心"。作为世俗的代表，取经集团中又收容了一个西天路上的凡夫俗子——猪八戒，一个完完全全的"人欲"至上的典型。这一形象，如同一面镜子，自始至终映照着心猿意马的收束过程。而此后不久又收容的一个人物沙和尚，则以其皈依后的赤忱、笃厚，扮演着与猪八戒决然相反的角色，成为心猿收束过程中的另一面镜子。这么一来，西天路上这一师四徒的小集团，便成为一个相互映照着的矛盾统一体。他们中间的每一个人物，都具有各自的象征意义。心猿意马象征着已被圈束却仍然活蹦乱跳的"人心"，禅主唐僧象征着收束人心的动力和工具，猪八戒象征着人心未能被收束的状态，沙和尚则象征着正在接受收束、效果较好的人心。而将他们综合在一起，所象征的恰恰是"人心"收束过程中的复杂状态。

在西天取经途中，除了那些重复多次的对"心猿意马"的收束过程进行阻碍和考验的情节之外，有几个关键之处尤为重要。

一处是在第十九回，当唐僧刚刚收得凡夫俗子的猪八戒这一孽障之后，作者随即让唐三藏从乌巢禅师那儿领受了《多心经》。乌巢禅师叮嘱道："若遇魔瘴之处，但念此经，自无伤害。"这部《多心经》，其实就是"无心经""空心经"，也就是西天路上师徒五众的座右铭，是作者给唐僧增加的收束心猿意马的又一思想武器。

第二处是在第五十八回，作者凭空幻造出一个六耳猕猴，让他与孙悟空一假一真、一邪一正，"二心搅乱大乾坤"，斗得天翻地覆。其实，哪里来的什么六耳猕猴？它不过是心猿的另一面而已。是与真心相对的假心，与正心相对的邪心，与被圈束之心相对的未圈束之心。天地大乾坤容不得二心，有二心便天翻地覆；人身小宇宙也容不得二心，有二心便神智颠倒。这样的理解，绝非笔者强加给读者和作者，作者在书中有诗为证："人有二心生祸灾，天涯海角致疑猜。"书中的佛祖也对菩萨金刚们讲得分明："汝等俱是一心，且看二心竞斗而来也。"直到假心猿被佛祖消灭之后，真心猿也道出了自己的"二心"之处："上告如来得知，那师父定是不要我，我此去，若不收留，却不又劳一番神思？望如来方便，把松箍儿咒念一念，褪下这个金箍，交还如来，放我还俗去罢。"若论起"心猿"的神通，一个跟斗便可到西天取得经文。但是，"猿"到"心"不到，终究不成。不仅"心"要到，而且要"一心"到达。此时的孙行者，有此"二心"，如何到得极乐世界？如何"我化为佛"？因此，必须摒除"二心"，静养"一心"。

第三处是在全书的最后一回，当唐僧等五人一一被封为佛与罗汉之类以后，孙悟空尚有一念之差，他要求唐僧"趁早儿念个松箍儿咒"，要将金箍儿"脱下来，打得粉碎"。而师父到底高一层境界，回答说："当时只为你难管，故以此法制之，今已成佛，自然去矣，岂有还在你头上之理？你试摸摸看。"悟空举手一摸，果然无之。真所谓酒不醉人人自醉，花不迷人人自迷。人世间的一切圈束，都是人类心灵的自我禁锢。认识到这一点，才是真正的解脱，真正地进入了自由世界。这便是《西游记》在演出了心猿意马的"放心"到"收心"之后所要达到的"空心"境地。

由上所述，我们大体上可以摸索到作者创作《西游记》时的思想宗旨和思维线索。他以"大闹天宫"的故事体现了心猿意马的放纵，又以"西天取经"的故事描写了心猿意马的收束。而"心猿意马"的真实含义却是人心人意，书中所要表达的中心思想乃是人类心灵中的欲念臆想的放纵与收束。作者通过一只天产石猴最终成佛的过程的描写，形象地描绘了他所认为的正常"人心"的运行轨迹图，即：赤子之心——机巧之心——放纵之心——收束之心——空灵之心。由"无心"到"有心"，又由"有心"到"无心"。而这一认识，正是作者将现实生活理念化之后又形象地还原出一个超现实的艺术世界这一创作过程中的"理念"阶段的结果。

有趣的是，吴承恩尽管比较好地处理了他自己笔下的心猿的放纵与收束的关系，却没有能控制住他自己灵台的心猿在放纵（神思）与收束（理念）之间的关系。他神游八极，情系九天，丰富的想象将那干瘪的理念挤压得踪迹杳然。因此，读《西游记》的人们，便大多只注目于那大闹天宫的孙大圣、那西天取经的猴行者，至于"心猿"何物，并不在意，至多在大脑中一闪而过："心猿就是孙悟空吧。"读者们从《西游记》中感受得最深切的乃是孙悟空的崇高美、猪八戒的喜剧美以及那五彩缤纷的传奇故事和神奇瑰丽的艺术世界。殊不知这正是读者与作者、书中人物一起发生的心灵大放纵。然而，我们感到庆幸的也正是《西游记》作者的这种放纵神思的失控，因为这才是艺术家的本色，因为这样，我们才能享受到一份回味无穷的艺术美。反之，如果作者将那"心猿意马的放纵与收束"问题写得太严密、太理性，那留给我们的将不是如此绚烂多彩的《西游记》，而只能是一部枯索无味的"西游证道书"。所以，恕笔者斗胆直言，有的时候，人心的放纵比收束好，尤其是在艺术世界之中。

（原载《湖北师范学院学报（哲学社会科学版）》1995年第2期）

"三言"导读

"三言"是《喻世明言》(《古今小说》)、《警世通言》《醒世恒言》的总称,共一百二十篇短篇白话小说,编撰者冯梦龙。冯梦龙(1574—1646),字犹龙,又字子龙,别号龙子犹、墨憨斋主人、姑苏词奴、顾曲散人等,长洲(今江苏省苏州市)人。少负才名,却屡困场屋,五十七岁方选岁贡,后任福建寿宁知县,史称循吏。清兵入关时已退职归里,撰著《甲申纪事》《中兴伟略》诸书,从事抗清活动,后忧愤而死。冯梦龙是中国文学史上无与伦比的通俗文学大师。戏曲方面,他曾经取古今传奇剧十五种删改之,题曰《墨憨斋定本》。小说方面,除"三言"而外,他还对章回小说《三遂平妖传》《列国志传》进行了脱胎换骨的改造,并因此而形成了《平妖传》《新列国志》(即《东周列国志》)两部作品;此外,他还编纂了《古今谭概》《笑府》《广笑府》《智囊补》《情史》《山歌》《挂枝儿》等一大批通俗读物或半通俗读物。冯梦龙在中国通俗文学史、通俗文化史上堪称前无古人,后无来者。然而,他最引人注目的成果还是"三言"。

"三言"虽然并非冯梦龙一人单独创作,但每一篇作品都经过冯梦龙不同程度的改造,都凝聚着冯梦龙的心血。而且,"三言"一百多篇作品虽然产生于不同的时代,出自不同作家之手,反映了不同的题材,体现了不同的主题,但却有一个基调在其间鸣奏——市民趣味。"三言"的市民趣味主要体现在以下几个方面:一是市民意识形态的张扬,二是市井百态的广角镜头拍摄,三是符合市民趣味的表现形式。在"三言"中,对于那些真正懂得什么是爱情、婚姻、家庭的多情男子、痴心妇人,作者竭尽歌颂褒扬之能事。冯梦龙无疑将自己与市民的爱情观、婚姻观、妇女观融为一体,因为他也曾作为一介寒儒有过与青楼女子的沥血滴髓的真诚爱恋,因为他也曾编过《情史》,写过《情偈》。他懂得什么是"爱情",也能够尊重那些为了爱情而不顾一切的痴男怨女。传统的婚姻观在这里动摇,传统的贞节观也在这里崩溃。这类以爱情、婚姻、家庭为题材的作品,最能反映冯梦龙笔下人物思想和性格。更有甚者,"三言"不仅体现了这些市井人物的思想性格、道德观念，而且还通过他们的故事，展示了风俗画一般的市井生活，令人目不暇接、眼花缭乱。诸如婚丧嫁娶、衣食住行、市卖行情、口角纠纷，这一切，无不留下时代烙印，无不带有民族气息。与此同时，"三言"在人物塑造、叙事方式、语言风格等方面都体现了地地道道的市民趣味。就人物塑造而言，"三言"除了对人物肖像、服饰、语言、动作、心理各方面的生动描写之外，尤其擅长将人物的内在思想感情与人物所处的环境融为一体来进行简洁、明快而又生动的表现。

在上述作品中，《杜十娘怒沉百宝箱》与《卖油郎独占花魁》应该被视为"三言"中写男女爱情的名篇，尤其是当我们将这两篇作品放在一起加以比较研究时，必然会引起更多、更深的思考。杜十娘与莘瑶琴均为色艺俱佳的名妓，均想跳出妓院过正常的夫妻生活，均为从良作了长期的思想准备和物质准备，但在选择"从良"的对象时，却出现了二人命运之分野。杜十娘选择了布政使的公子李甲，莘瑶琴则在几经曲折后选定了卖油郎秦重，一个是贵介公子，一个是市井小民，结果如何呢？请看这强烈的对比："十娘抱持宝匣，向江心一跳。众人急呼捞救。但见云暗江心，波涛滚滚，杳无踪影。""秦重和莘氏，夫妻偕老，生下两个孩儿，俱读书成名。"杜十娘所遇非人，怒沉江底，月缺花飞，红颜薄命；莘瑶琴喜得佳偶，自食其力，花好月圆，白首同心。透过杜十娘的悲剧结局和莘瑶琴的美满姻缘，我们仿佛可以听到市井底层的人物对着绝代佳人发出了源自心底的呐喊：真情在民间，真情在市井小民之间！进而言之，我们从中还可以感觉到通俗小说最广泛的读者——市民阶层那种希望在文学苑囿中展现自身风采的强烈要求和高度自信。另一方面，"三言"对反面人物的批判也不遗余力。象《杜十娘怒沉百宝箱》中李甲这样的薄情郎、孙富这样的好色者，广大市民是深恶痛绝的，而追随市民趣味而为小说的冯梦龙也必然会对之口诛笔伐，欲灭之而后快！

（原载赵丰主编：《党员干部必读的文学经典71篇》，湖北教育出版社2012年版）

从弘扬女才到女权至上

——略论从明末到清末的章回小说对妇女问题的逐步重视

一

传统中国，是一个女子无才便是德的漫长的黑暗时代。在这么一个长达数千年的无垠时空之中，歌颂女性的文学作品虽有星星点点，但都不过是长长黑夜的流星一闪，不足以震撼人们的心扉。然而，在明末清初开始出现的数十部才子佳人题材的章回小说中，那些多半没有留下姓名的作者，却给我们展现了一阵赞美女性的"流星雨"，对女性的才华进行了全面而热烈的展示。

这些女性的才华，首先当然是表现在写作传统文学方式的诗词歌赋方面。《情梦柝》中的沈若素小姐，一首《春闺》诗，让才子楚卿看了，大赞道："好一个有才情的女子，果然蕙心兰质，浓艳凄清。"（第五回）《春柳莺》中的男主人公石池斋读了梅姓"凌春女子题"的诗作后，"魂灵飘荡，神思恍惚。暗自想道：'世间有如此女子，岂不令男子羞死。'"（第一回）《飞花咏》中的端容姑的义父，一个正直的幕府文人，碰到了一件难堪的事，本身不愿意歌颂权阉，但又从主公那儿接受了给大太监曹吉祥写寿词的任务。正在左右危难之际，那十几岁的小姐捉刀代写一幅寿词，却能够"句句称扬，却又句句不贴在曹吉祥身上"。（第九回）《麟儿报》中的幸昭华小姐十三岁时，"同着哥哥与廉清读了这几年书，出口便成章句"。（第四回）《两交婚》中的辛古钗，更是才貌双全："生得风流香艳，妖娆妩媚，是不必说的。只他这一枝笔，要诗就诗，要词就词，要文就文，要赋就赋。做出来生香流艳，戛玉敲金，又遍扬州城里城外，无一人及得他来。就是兄弟聪明出众，又有明师益友朝夕切磋，而诗文妙处大半还是荆娘指点之功。故辛发虽是兄弟，而敬重姐姐更过于师友。"（第三回）《画图缘》中的柳烟，女扮男装帮助弟弟作诗与未婚夫花天荷对垒，并讽言文武双全的花公子"游艺有妨举业",促使花天荷建功立业。后来,洞房花烛夜的花总戎得知真情后又惊又喜道:"原来那日联吟者,即是夫人改妆游戏。我就疑青云,苦苦推辞不能诗词。及至对做,又令我花天荷应接不暇,原来是夫人游戏。我花天荷真被贤姐弟骗杀也。这等说起来,则好戴乌纱皆夫人之命也。"(第十五回)《蝴蝶缘》中的华柔玉小姐,读了书生蒋青岩的诗作之后,一口气和了四首,还对着诗稿低声唤道:"蒋郎、蒋郎,天若使我是个男子,与你并驱中原,也不知鹿死谁手?"《引凤箫》中的金凤娘"天生颖悟,十岁上就会吟诗,长成得天姿国色。"(第五回)《巧联珠》中胡茜云小姐的诗,其表兄闻生看了,连声称赞道:"不唯字字生研,香奁佳句,亦且清新俊逸,直追右丞。一向不知妹妹有如此大才,直令男子愧死。"(第六回)如此等等,不一而足。

规模最大的还是《赛红丝》中的一场诗歌比赛,两对青年男女同做一个题目,现场比较高低。结果,裴芝、宋萝这两位才女,各自所做的《咏红丝》诗,不仅分别压倒了对方的兄弟、自己的未婚夫,而且得到了"家长辈"的两位资深文人和"情人级"的两位青年才俊的倾心钦佩:

> 贺知府看见二女之诗,别自幽情,愈出愈奇,喜得只是拍案。……宋古玉因接了,细细各看了一遍,因叹说道:"怎么裴小姐一个小小闺娃,又无师无友,竟吐词秀美如此,真是天生。小女强作解事,亦殊有可观。由此看来,古之咏雪,又不足数矣。"说罢,又连饮了二觥。裴松与宋采,听了贺知府与宋古玉极赞二女诗美,便急急要看,因同走到贺知府席前来请看。贺知府因笑道:"此二诗关系非轻,二贤侄要看,再无白看之理,该饮三觥才好。恐量不及,只一巨觥吧。"二人不敢辞,忙饮干了。贺知府方将二女之诗,递与他二人交换而看。二人看完,只喜得眉目皆有笑色,因齐说道:"细看二诗,香温玉软,体贴入微,真是天孙机杼。再回视小侄之作,只觉粗枝大叶,不堪分香奁之座。"(第十一回)

这场"赛红丝"诗写作比赛的结果,当然是红丝牵定两对佳偶。这种直接通过诗词歌赋的撰写、比赛、续作、赓和、考试等多种方式使得才子佳人美满结合的写法,是此类小说最常见的模式。当然,也有在此基础之上拓展一步的,那就是写冰雪聪明的女子不仅具有诗赋之才、应对之才,而且还有丹青之才、琴瑟之才,亦即多重文化素养的综合。这样一些诗词歌赋、琴棋书画、吹拉弹唱、射覆藏钩无不精通的女性,在当时的才子佳人小说中可谓不胜枚举,而且一个比一个厉害。《吴江雪》中那"如花似玉、最聪明的小姐"吴媛"到了十三四岁,诗词歌赋件件精通,宇儿又学就了卫夫人的笔法;春笺红叶题咏来都是不经人道的"。(第四回)《定情人》中的双星,择偶眼界极高,但读了江蕊珠小姐的诗以后,却像中魔一般:"双星拿便拿了,还只认作是笼中娇鸟,仿佛人言而已,不期展开一看,尚未及细阅诗中之句,早看见蝇头小楷,写得如美女簪花,十分秀美,先吃了一惊。……及看了起句,早已欣欣动色,再看到中联,再看到结句,直惊得吐出舌来。因放下诗稿,复朝着蕊珠小姐,深深一揖。"(第三回)《锦香亭》中的葛明霞,是"琴棋书画,吟诗作赋般般都会"。(《第二回》)《孤山再梦》中的万宵娘,也是"赋性聪明,女工之外,吟诗作对,书画琴棋,无不通晓,且无一不妙。"(第二回)《鸳鸯配》中的龙图阁学士崔信家,更是才女批发站,他的两个女儿"长的叫做玉英,次的叫做玉瑞。日月如梭,光阴似箭,二小姐倏忽长成一十七岁了。性资敏慧,态貌娉婷。不独描鸾刺凤件件皆能,兼又诗画琴棋无不通晓,真可比乔公二女,不数那赵家姊妹"。(第一回)

在这一批才子佳人小说中,不仅大家闺秀均如此优秀,就连青楼校书也满腹诗书。《女开科传》写道:"却说阊门外柳潭深处有个女娘,年方一十七岁,名叫倚妆,原是扬州人。说他风致如何?就是沉鱼落雁,闭月羞花八个字儿还只形容得他三分五分,况且会得做几句诗词歌赋,又会得临几笔米蔡苏黄。可怜倚妆他原是好人家儿女,只因连遭兵火,地方残破了,父母各不相顾,逃窜东西,不知下落,却被贼兵拐来,卖把贩梢的客人,做了一个行首。"(第二回)《梦中缘》中的妓女烛堆琼更高一筹,她一人与四大才子联句,均是四人作开句,堆琼续接,等众人诗句联完后,头号才子吴瑞生禁不住离坐携妓女之手道:"美人具此仙才,即以金屋贮之,亦不为过。而乃堕落青楼,飘泊如此,亦天心之大不平也。前见卿为卿生爱,今见卿又不由不为卿生怜矣。"(第二回)《合浦珠》中的名妓不仅才艺惊人,而且品格更高:"这赵友梅年方二八,巧慧绝伦,言不尽嫋娜娉婷,真乃是天姿国色。既娴琴画,又善诗词,时人往往以薛涛相比。然在平康中较论,则友梅固是涛之流亚,若友梅心厌绮罗,性甘淡泊,譬如莲花虽出于淤泥而纤埃不染,则又非薛涛之所能及也。"(第三回)

上述而外,明末清初才子佳人小说中的才华卓异的女子堪称繁花似锦、星光灿烂。如《平山冷燕》中的山黛、冷绛雪,《玉娇梨》中的白红玉、卢梦梨,《玉楼春》中的黄玉娘、霍春晖、翠楼,《宛如约》中的赵如子、赵宛子,《赛花铃》中的方素云,《春柳莺》中的毕临莺,《合浦珠》中的范梦珠、白瑶枝,《醒风流》中的冯闺英,《生花梦》中的贡小姐、冯玉如,《玉支矶》中的管彤秀,《人间乐》中的居掌珠、来小姐,《两交婚》中的甘梦,《好逑传》中的水冰心,《凤凰池》中的文若霞、章湘兰,《蝴蝶缘》中的华掌珠、华步莲、袁秋蟾、柳碧烟、韩香,《驻春园》中的曾云娥、吴绿筠,《巧联珠》中的方芳芸,《飞花艳想》中的雪瑞云、梅如玉,《梦中缘》中的金翠娟、木舜华、水兰英、坦素烟,《桃花扇》中的李香君,《情梦柝》中的秦蕙卿,……实在是不胜枚举,让人如行山阴道中目不暇接。有趣的是,这些女性较之同书中的"才子"而言,其才皆有过之而无不及,都能使那些"才子"相形逊色,甚至汗流浃背。诚如《平山冷燕》中才女自豪地宣称的那样:"一时才调一时怜,千古文章千古传。漫道文章男子事,而今已属女青莲。"(第十六回)

更有意味的是,这些小说中的"女才"绝非仅仅表现在诗赋之才、应对之才、丹青之才、琴瑟之才这些"淑女"层面,而是将"才"的内涵扩大到治家之才、治国之才,将这些才女写成了女中豪杰。这样的具有社会能量的"才",就不仅仅是"才华",而是"才能"了。

《玉娇梨》中白红玉的父亲"自从夫人死后,身边并无姬妾,内中大小事俱是红玉小姐主持,就是白公外面有甚事,也要与小姐商量"。(第一回)《宛如约》中十五岁的赵宛子父母双亡之后,这个大学士旧家"家中事体唯小姐一人支持。幸得小姐才能出之天性,府中之事治得井井有条。又且恩威并济,府中内外大小,无一人不感其德而畏其威"。(第七回)《好逑传》中兵部侍郎水居一的女儿水冰心,"及至临事作为,却又有才有胆,赛过须眉男子。这水居一爱之如宝,因自在京中做官,就将冰心当做儿子一般,一应家事,都付她料理"。(第三回)

更有甚者,有的女子不仅有治理家庭的能力,甚至还有应付社会风险的能力、分清政治是非的能力,甚至可以说是具有治国能力、具有政治家风度的廊庙之才。《飞花艳想》中的梅如玉小姐,当父亲梅兵宪遭奸臣陷害,受命远赴闽广等地时,她预见到此行的凶险,劝说父亲道:"爹爹暮年,且是文士,当此贼寇猖獗之际,爹爹深入虎口,恐祸生叵测。据孩儿看来,爹爹何不急上疏,告病还乡,或者圣明怜念,另遣人去也未可知。"(第四回)《桃花扇》中的李香君,见如意郎君侯方域因为得了阉党阮大铖的资助而欲为之在复社文人面前打圆场时,竟有如下表现:"不料香君在旁闻侯生之言,拂然大怒曰:'郎君是何意思?阮大铖趋赴权奸,廉耻丧尽,妇人女子无不唾骂,他人攻之,官人救之,吾不知官人自处于何等?官人之意,不过因他助俺妆奁,便要狗私废公,这几件钗钏、衣裙,却放不到我香君眼里!'说完,遂将头上珠翠拔下,衣衫脱去,尽情丢在地下,向卧房而去。"(第三回)如此举动,惹得杨龙友称其"刚烈",侯方域赞为"畏友"。这一段描写虽然基本抄自孔尚任《桃花扇·却奁》一出,但能将这样的女性汇入明末清初才子佳人小说杰出女性形象的滚滚洪流之中,小说作者仍然功不可没。

李香君以一青楼女子的身份，能够在众多才女形象画廊中卓然独立，已经让读者大开眼界了，而《醒风流》中的冯闺英则更为奇特。按该书所写，当时朝廷"为着敌人分道南侵，大张榜文，诏集天下贤士献平敌、御敌、和敌三策，孰可孰否，何去何从"，皇帝"急待有个奇策，平定海内"，而"诸生议论，各执一见，并无个万全的奇策"，在此关键时刻，冯闺英女扮男装，上了一策。"天子看罢，龙颜大喜"，及问知是一女子所为，不禁"惊疑半晌"，继而由衷感叹："若以男子中论，可当黼黻皇猷之任，岂非愧杀天下须眉。"（第十六回）

是呀，这样的女子，岂非愧杀天下须眉！《红楼梦》作者亦曾有言："金紫万千谁治国，裙钗一二可齐家。"（第十三回）确是知心之论！

还有更绝的！在不少才子佳人小说中，女主人公们不仅有吟诗作赋、治家治国之才，甚至还能够将自己的聪明才干运用于命运抗争的过程之中。为了自己的爱情、婚姻，为了自己的心上人，她们愿意奉献一切，也敢于展现所有。她们坚信，自己的婚姻自己做主，而且还要自己争取，她们绝不像崔莺莺、杜丽娘那样，将自己一生的幸福都寄托在如意郎君身上，寄托于男人"大登科连小登科"这样一个封建时代的惯常模式之上，而是在争取爱情自由、婚姻自主的艰难过程中，去磨炼意志，勇敢追求，她们不靠父亲、夫君，不靠神仙、皇帝，总之是不靠那些男人，而靠女人自己！

《平山冷燕》中的冷绛雪对父亲说得清清楚楚，自己的择偶标准是："人家总不论，城里乡间也不拘，只要他有才学，与孩儿或诗或文对做，若做得过我，我便嫁他。假饶做不过孩儿，便是举人进士、国戚皇亲，却也休想！"（第六回）

《玉娇梨》中的卢梦梨竟敢女扮男装与意中人相会，还向对方一针见血地指出："不知绝色佳人，或制于父母，或误于媒妁，不能一当风流才婿，而饮恨深闺者不少。故文君既见相如，不辞越礼，良有以也！"并明确表示："今一晤仁兄，不知情从何生。"（第十四回）

还有一些女性，面对强权，也敢于拼死一搏。

《驻春园》中的曾云娥，为了替痴情书生申冤，竟然在公堂之上大笔一挥，书写供状："正遇太守升堂，云娥奋不顾身，高声叫屈。太守堂上听见呼冤，急命衙班带见。不多时，带到堂上。太守把云娥一看，原来乃一位红粉女娘，姿容倾世。太守问道：'这位女子何事呼冤？'云娥乃乞取纸笔，自写亲供。太守遂命衙班取笔砚纸墨与云娥。云娥伏在地下，直笔写完递上。……太守看毕，不觉拍案惊奇，叹道：'好个奇才女子也，真乃不负一个痴肠书生。'"（第十八回）

《好逑传》中的水冰心为了维护自身的尊严，更是在按院大人的公堂之上据理力争，拿出上奏副本，令存心包庇恶霸公子的朝廷官员大吃一惊："冯按院才看得头一句'谄师媚权'，早惊出一身冷汗，再细细看去，忽不觉满身都燥起来，急看完，又不觉勃然大怒。欲待发作，又见水小姐手持利刃，悻悻之声，只要刺死。倘刺死了，一发没解。再四踌躇，只得将一腔怒气，按纳下去，转将好言劝谕。"（第十回）

干得最大快人心的还是《玉支玑》中的管彤秀，面对威逼她成亲的恶少卜成仁，她如何表现呢？且看："管小姐看见外面掀倒卜成仁，方手提宝剑从帘里走出帘外来，指着卜成仁大骂道：'贼畜生，你想成亲么？且快去阎王那里另换一个人身来！'遂提起宝剑照着当头劈来，吓的那跟来的四个侍女魂都不在身上。……此时卜成仁已吓倒在椅子上，连话也说不出，……竟往外跑。管小姐看见卜成仁下阶走了，急得只是顿足，要赶来，又被侍女拦住。只得将宝剑隔着侍女，照定卜成仁虚掷将来。终是女子身弱，掷去不远，早喤的一声落在阶下。卜成仁听见，又吃一惊，早飞一般跑了出去。"（第十二回）

这些女性的行为，印证了《宛如约》中赵如子大胆宣称的誓言："女子要炼成男子的气骨，那里怕得风霜！"（第七回）这样一些女性，自信、坚韧、大胆、泼辣是其特征。她们以自己果敢的行为，争得了人格尊严，赢得了幸福美好。其实，她们不再是那种传统淑女、才女形象，而是具有了在闺阁小姐的名分掩抑下的市井妇女的性格特征。这是一批真正"社会化"的才能女子，是站在时代前列的新女性！

二

当然，才子佳人小说中这些女性的理想化色彩是过于浓烈了一些。这样一批才、美、情、智、侠五方面都达到极高境界的女子在现实生活中是颇为罕见的。较之稍后出现的《红楼梦》中的金陵十二钗而言，才子佳人小说中的女主人公肯定显得"虚空"了一些，没有那么真切无疑的生活真实性。但有一点，《红楼梦》却是继承和发展了才子佳人小说的，那就是在大力弘扬女才之后的一种对传统文化的逆向思维——女尊男卑。

其实，在以上所列举的才子佳人小说的例证中，已经萌发了女子胜过男儿的思想，出现了不少女尊男卑的言论。如："敬重姐姐更过于师友。"（《两交婚》）"天若使我是个男子，与你并驱中原，也不知鹿死谁手？"（《蝴蝶缘》）

"直令男子愧死。"(《巧联珠》)"岂不令男子羞死。"(《春柳莺》)"赛过须眉男子。"(《好逑传》)"岂非愧杀天下须眉。"(《醒风流》)如此等等，不一而足。当然，要想进一步提高女性的地位，还得根据中国人的习惯，来一点带有"先验"意味的鼓吹，于是，一些感天动地的说法就出现了。《平山冷燕》中的男主人公燕白颔在读了一首女性的诗作之后，连声叹息道："天地既以山川秀气尽付美人，却又生我辈男子何用？"（第十六回）《玉娇梨》中的女主人公白红玉也被作者写成"果然是山川秀气所钟，天地阴阳不爽，有百分姿色，自有百分聪明"。（第一回）《宛如约》写佳人赵如子"生来将秀气夺尽"，"最奇是生如子这一年，合村的桃李，并无一枝开花，盖因秀气都为如子夺了"。（第一回）《人间乐》中也写居老爷家的"这掌珠小姐果乃秀气所钟"。（第一回）几乎所有才子佳人小说中的女主人公，都是这种"夺山川草木之秀气"的才女。这种言论，却是被曹雪芹老老实实继承并发展的。

　　《红楼梦》中的贾宝玉有两段石破天惊的名言，鼓吹"精秀所钟""女清男浊"论："女儿是水作的骨肉，男人是泥作的骨肉。我见了女儿，我便清爽；见了男子，便觉浊臭逼人。"（第二回）"凡山川日月之精秀，只钟于女儿，须眉男子不过是些渣滓浊沫而已。"（第二十回）正是在这种思想的支配下，贾宝玉有许多同情、赞扬女性或者为女子鸣不平的言论，其中最典型的乃是《芙蓉诔》中高度赞美女性的排比句："忆女儿曩生之昔，其为质则金玉不足喻其贵，其为性则冰雪不足喻其洁，其为神则星日不足喻其精，其为貌则花月不足喻其色。"（《红楼梦》第七十八回）这段话，明诔晴雯，暗赞黛玉，廓而言之，甚至可以说赞美了一切清洁女儿。读了这样的词句、这样的文章、这样的小说，读者往往会情不自禁地受到作者的影响，从而得到一次灵魂的净化，进而引发内心隐藏得很深的原始的女性崇拜情结，并将之演变为一种情绪，甚至是一种喷薄欲出的情感。这种喷薄欲出的情感一旦爆发出来，就会成为一声号角、一阵鼙鼓，引导许许多多的女性和同情女性的男性沿着从"女尊男卑"到"争取女权"的道路上奋勇向前。

　　然而，号角毕竟只是号召，鼙鼓也只能打造声势，它们本身都不具备杀伤力，更不具备从根本上解决问题的能量。在中国封建时代，仅仅只是敬仰、热爱、赞扬、歌颂那些纯洁女儿是远远不够的，因为这远不能改变千百万女性的悲惨命运，也无法扭转男尊女卑的根深蒂固的传统观念。于是，更多的小说作家开始尝试着提出一些具体的措施，或勾画一幅可操作蓝图，从而提高女性的社会地位和人身权利。

　　对《红楼梦》女尊男卑思想最早鼓桴相应并勇敢前驱的是《镜花缘》。作者李汝珍在这部至今人们难以给它准确定性的奇书中,表述了对中国封建时代后期三大社会痼疾的担忧:一之曰科举问题,二之曰妇女问题,三之曰世风问题。对这三大问题,作者都进行了十分生动而深刻的描写和探索。其中,关于妇女问题,作者除了在很多地方发表自己的见解而外,又重笔写下了两个大的故事:海外的女儿国和大唐考试得中的一百名才女。通过这两个故事,作者开始对女性的社会地位和人身权利问题进行了"艺术性"的探讨。我们且看多九公对女儿国的介绍:

> 行了几日,到了女儿国,船只泊岸。多九公来约唐敖上去游玩。唐敖因闻得太宗命唐三藏西天取经,路过女儿国,几乎被国王留住,不得出来,所以不敢登岸。多九公笑道:"唐兄虑的固是。但这女儿国非那女儿国可比。若是唐三藏所过女儿国,不独唐兄不应上去,就是林兄明知货物得利,也不敢冒昧上去。此地女儿国却另有不同:历来本有男子,也是男女配合,与我们一样。其所异于人的,男子反穿衣裙,作为妇人,以治内事;女子反穿靴帽,作为男人,以治外事。男女虽亦配偶,内外之分,却与别处不同。"(《镜花缘》第三十二回)

这个海外女儿国的一切都很正常,唯独在男女之关系方面阴阳倒置,或者说,这个带有幻想意味的国度与大唐,实际上是与封建中国的现实恰恰相反,男人下滑成脂粉裙钗,女人升级为国家栋梁,这样一种阴阳倒置、男女换位的描写,实际上是对古老中国几千年来根深蒂固的男尊女卑的一种矫枉过正的反拨。这种反拨在当时虽然带有理想化,甚至于调侃的意味,但它却是前景无量的,是代表着社会发展的未来走向的。而且,这样一种初步设想,也给后来提倡女权的若干小说创作提供了一幅蓝图、一个基础。诚如宋玉所言:"夫风,生于地,起于青蘋之末,侵淫溪谷,盛怒于土囊之口。"(《风赋》)《镜花缘》中对于女权的初步主张,就是起于青蘋之末的小风,到了晚清小说中,它就变成盛怒于土囊之口的女权至上的狂飙了。

三

晚清章回小说中鼓吹女权的主要有《女狱花》《黄绣球》《女子权》《侠义佳人》《女娲石》等作品。

《女狱花》是一部狂热鼓吹女权的小说,书中多次声言要"杀尽男贼"。书中所谓"女狱",指的是两千多年的封建中国,而所谓"女狱花",则是像主人公沙雪梅这样的"女豪杰"。作者借沙雪梅之口说:"我们女子虽皆醉生梦死,住在女狱里二千余年,然其中岂无惊天动地的女豪杰么?你想文章有班婕妤、谢道韫,孝行有缇萦、曹娥,韬略有木兰、梁红玉、唐赛儿,剑侠有红线、聂隐娘、公孙大娘,此外有名豪杰,我也不能尽说。可见我们女子,并非尽染陋习,一无振兴气象。一声革命,恐有如铜山西崩,洛钟东应,罗裙儿为旗,红粉儿为城。顷刻之间,尽是漫天盖地的娘子军了。"(第八回)而这位沙雪梅革命的出手动作就是针对丈夫秦赐贵狠命踢来的一脚,"心灵手快,闪在一边,随手将黑虎偷心的拳头打去,则听'啊呀'一声,'秦赐贵'正变了'寻死鬼'了"。(第四回)而此后,以沙雪梅为首的书中众女子口口声声咒骂的"男贼"云云,当然就是"夫权"的象征了。作者对夫权是深恶痛绝的,沙雪梅有一次与友人喝酒时的谈话,正表达了当时某些女权主义者的意见:

> 两人谈了好一会,丫鬟送上酒菜来,两人且饮且谈,雪梅忽说道:"近来世界上普通男人,大抵当女人为灶婢,料理琐屑事务,看书会友是男人最恨的,不知姊姊修了几世,得嫁文明夫婿,有如此自在得很。"洞仁笑道:"世界上的男人那里有一个文明的?就有几个号为文明的人,亦是外面装着文明样子,里面愈觉得野蛮不堪。我是从小立誓不嫁男人,才有这个地步。但我幼时亦受小脚的毒,近来虽已竭力放开,终觉不大自然。且我们国中旧风俗,做女子的专讲袅娜婷婷,娇姿弱质。所谓体育之事,一些儿也不讲究。我前时亦染了这些陋习,以致今日身子很不强壮,不能为同胞上办一点儿事业。然尝闻古人说,有能行之豪杰,有能言之豪杰,有能文之豪杰,三个名虽不同,其实是一样的。妹妹今日自己想来,只得学那能文的豪杰,稍尽些女国民的责任罢了。"(第六回)

该书第八回又出现了另一个女杰许平权,命名的含义也就是"允许男女平等权利"的意思。但这位许女士属于"平和革命"派,与暴力革命派的沙雪梅基本观点相同但具体措施有异。且看二人的一次辩论:

> 雪梅道:"我闻天的生人,生命与自由同赋,故泰西人常说,自由与面包不可一日缺少。若缺了面包,人要饿死。缺了自由,人亦要困死的。据你说来,此刻不要革命,则重重束缚与牛马无异,还成一个人吗?"平权道:"天的生物,原是各给他自由,但有自由的资格,方能享受自由。没有自由的资格,决不能享受自由。譬如牛马,天亦何尝不与以自由,人何以要束缚他,只因他没有自由的资格,主人豢养他,非但不肯为主人尽力,

有时且反噬主人呢。今日普通女子，一无学问，愚蠢不亚于马牛。若即把他自由，恐要闹出大学程氏一大的笑话来了。"雪梅听到这里，即跳起身来，说道："照你这样讲，今日我们二万万女子，应该做二万万男贼孝顺奴隶么？"平权见他言词激烈，知他宗旨已定，欲强劝他也无益。且革命之事，无不先从猛烈，后归平和，今日时势，正宜赖他一棒一喝的手段，唤醒女子痴梦，将来平和革命，亦很得其利益。即随口说道："姊姊，时候已不早，明日再谈罢。"雪梅也不回答，匆匆出房而去。（第八回）

沙、许二人虽殊途同归，但毕竟意见不合，只得分道扬镳，各行其是。最后，激烈女权派六个女将沙雪梅、张柳娟、仇兰芷、吕中杰、施如罂、岳月君终于血战捐躯，以自己悲壮的失败，做了女子革命的铺路石。而许平权则在沙雪梅振聋发聩的呐喊和浴血奋战的牺牲所开创的惨烈局面的基础上进一步开女学，继续教育女性为了文明、平等而斗争，最后，终于赢得了"讲平等震旦文明"的大好局面。

《黄绣球》也是一部提倡女权，鼓吹女性解放的佳作，主人公黄绣秋自改其名为黄绣球是什么意思呢？该书第二回、第二十三回、第三十回再三致意，就是要用文明去锦绣地球。故而，这个自小父母双亡，给人做童养媳，连自己姓什么都不知道的弱女子，在丈夫黄通理的支持下，勇敢地走出厨房，走出绣房，走出家门，投身社会。黄绣球，这位黄种人的女子要通过自己的努力去锦绣地球！涉及女权问题，这位勇敢的女性是这样表达的：

没有女人，怎么生出男人？男人营中的英雄豪杰，任他是做皇帝，也是女人生下来的，所以女人应该比男人格外看重，怎反受男人的压制？如今讲男女平权平等的话，其中虽也要有些斟酌，不能偏信，却古来已说二气氤氲，那氤氲是个团结的意思，既然团结在一起，就没有什么轻重厚薄，高低大小，贵贱好坏的话，其中就有个平权平等的道理。不过要尽其道，合着理，才算是平。譬如男人可读书，女人也可读书，男人读了书可以有用处，女人读了书也可以想出用处来，这就算同男人有一样的权，谓之平权。既然平权，自然就同他平等。若是自己不曾立了这个权，就女人还不能同女人平等，何况男人？男人若是不立他的权，也就比不上女人，女人还不屑同他平等呢！自从世界上认定了女不如男，凡做女人的也自己甘心情愿事事退让了男人，讲到中馈，觉得女人应该煮饭给男人吃，讲到操作，觉得女人应该做男人的奴仆，一言一动，都觉得女人应该受男人的拘束。最可笑的说儿子要归老子管教，女儿才归娘的事呢！无非看得男人个个贵重,女人只要学习梳头裹脚、拈针动线、预备着给男人开心,充男人使役。大大小小的人家,都只说要个女人照管家事,有几个或是独当一面的,执管家政,或是店家做个女老板,说起来就以为希罕,不是夸赞能干,便是称说利害,总觉得女人能够做点事的,是出乎意外。这种意见,也不知从几千几百年前头传了下来,弄成了一个天生成的光景。(第二十二回)

由此看来,黄绣球对女子的现状和遭遇是极为不满的。因此,她就要反抗、斗争,就要联合更多的姐妹通过自己的行动来博取社会的尊重。后来,这位奇女子又结识了另一位奇女子女医生毕强字去柔者。"毕强"也者,必须强大之意;"去柔"也者,当然就是去掉柔弱。黄绣球与毕去柔惺惺相惜,开展了一系列有利于妇女解放的社会活动,放小脚,办女学,破除迷信,开织造局,并将争取女权的道理编成弹词宣传演唱,有力地推动了当时妇女解放运动的健康发展。

《女子权》也是鼓吹女权的小说,该书开卷第一回就以万分激烈的口吻表达了作者的主张:

> 中国人民屈伏于专制政体之下,已经历数千年,没有一毫自由权。妇女尤为可怜。——原来男子虽然为政体所拘束,还有许多野蛮自由;惟有妇女,一向制于三从之说,家庭里面重重压制。自从襁褓以至白首,都是一切听命于男子,不能一刻自由。其间婚姻一事,必须父母之命,媒妁之言,尤为妇女终身说不出的苦楚。大凡男子在外面交朋结友,还得性情相洽,声气相投,才没有凶终隙末的笑话;何况夫妇一伦,要他百年偕老,式好无尤,那有彼此未交一言,未会一面,便可由父母媒妁强行作主,将两人拉在一处,硬要他成为夫妇的理?试思这男女两人,彼此既未交一言,未会一面,为父母媒妁的,那能晓得他性情是否相洽,声气是否相投?及至三星在户,六礼告成,那时已似生米煮成了熟饭,纵然伉俪之间有什么十二分不相得的地方,也只好委诸命运。更有一说:男子与妻房不合,或是纳妾,或是宿娼,还可以借作消遣地步;倘然妻房真个不好,还可休还岳家,还可转鬻他姓。虽然说是婚姻不自由,实则可以自由的地方很多。惟有女子,却是嫁鸡逐鸡,嫁狗逐狗,一经与这男子成了夫妇,便永生永世受这男子管束。自己有几分姿色,得能蒙男子宠爱,犹可将就度日;否则如居犴狴,如坐针毡,如堕入九幽十八地狱,挤着呕气一生,冷淡一世,再休想有出头的日子,岂不可怜?岂不可痛?

该书分前后两部分,后半写贞娘与女同学创办《女子国民报》,又到圣彼得堡演讲，是书中精彩的片段。但前半却将这一思想寄托在一个才子佳人般的青年男女恋爱的故事之中，写袁贞娘与邓述禹从一见钟情到生死相恋，基本是老套写法，无甚意义。而且，全书最后的结局也有点令人丧气。转了一圈，贞娘所争得的一点点真正的女权则是与心爱的人完婚，自己又成为皇后身边的女官，并赏三品衔。这些，又体现了作者等女权主张者在当时男权极其强大的社会环境中无所归依的矛盾心态，表现了一种"无可奈何花落去"的惆怅与悲哀。

《侠义佳人》主要写一些妇女的社会活动，时而借书中人物讲述当时以女界为中心的怪现状，时而借书中人物之口发表议论。如第十二回云"中国女界黑暗"，第二十九回云"女子生在黑暗时代"。尤其是书中写一贵妇人得知儿媳妇打了儿子喜欢的丫鬟又和儿子对打以后，居然说出了这样的话：

卢夫人道："你也用不着叫你家小姐来磕头陪礼。要说是彩儿不好，有钱大户人家，哪个不是三妻四妾？就是姑爷看中了彩儿，也不算什么奇事，你们小姐要是贤惠的，就该给姑爷收个房。"（《第十二回》）

看到这样的话语，使我们不禁想起《红楼梦》中当得知贾琏偷仆妇被凤姐发现而大吵大闹后，贾母奉劝凤姐的"混账话"："什么要紧的事！小孩子们年轻，馋嘴猫儿似的，那里保得住不这么着。从小儿世人都打这么过的。"（第四十四回）想不到《红楼梦》中的老祖宗在一百多年后居然找到了这么一个旷世知音，卢夫人的话毫无疑问是从史太君那儿"化"过来的，但在封建时代，这可是男权至上的核心表现之一：男子可以三妻四妾乃至寻花问柳，而女子则只能从一而终并目不斜视。这样两部相隔百多年的小说，都写到了这样一种被男权社会"同化"的女性长辈心理，其实是暗寓若干批判意味于其中的。除此而外，《侠义佳人》对于新的女性及其家庭、事业，则大力表彰。如孟迪民、高剑臣这样的优秀女性，热心公益，敢作敢为。再如剑臣、飞白这样的新型夫妻，超凡脱俗，领导潮流。总之，该书对旧派的柔弱女子洒了一掬同情的眼泪，而对立志变革社会、改变自我的新女性，则充满了赞美之情。

《女娲石》是以英雄传奇乃至侠义小说的笔调来描写妇女生活、反映妇女问题的一部小说，在女权鼓吹方面也相当狂热。该书通过金瑶瑟、凤葵主仆二人的奇遇，在张扬女权的同时，还表达了对开明政治的向往和对科学时代的企盼。书中幻化了一个花血党，其实就是一个女性世界的激进党。该党的宗旨是要除内外上下"四贼"：内贼乃儿女之情，外贼是崇洋媚外，上贼指专制暴虐，下贼为浊秽雄物。她们还强调要坚持"三守"：一守女子天然权力，二守女子天然主人资格，三守女子天然先觉资格。除了具有英雄侠义的传奇色彩之外，该书新名词迭出,新概念屡现,新事物更是层出不穷,令人目不暇接。如天香院中的电器设备,如风驰电掣的电马,如近似于导弹的神枪,如给人"洗脑"的高超技术。现代人读过之后,定将佩服作者观念的超前,当时人读之,恐怕多半会瞠目结舌而惊叹不已。

巡阅了若干描写女性的章回小说以后,让我们再回到本文的开头。歌颂女性的作品,自古有之。从"风诗"到"楚骚",再到"唐歌""宋调""元曲",但从来没有任何一种文学样式像明清小说那样将妇女问题真正当一回事来写,而且是滴血沥髓地写,是呐喊呼号地写。从弘扬女才,到女尊男卑,直到女权至上,众多的作者以他们辛勤的劳动,完成了中国古代文学中女性人物画廊中最为辉煌夺目而又沁人心脾的一段,而且启示着后代的作者永远呕心沥血地写下去!

文学是水,它们承载了女人。

女人是水,她们灌溉了文学。

(原载《荆楚理工学院学报》2014年第1期)

《聊斋志异》及其《青凤》导读

蒲松龄（1640—1715），字留仙，一字剑臣，别号柳泉居士，世称聊斋先生，山东淄川县（今淄博市）人。十九岁应童子试，即以县、府、道三试第一补博士弟子员。后屡试不第，四十三岁时补廪膳生，七十二岁高龄方补岁贡生。其间，蒲氏于三十一岁时曾随同乡孙蕙在宝应县帮办文牍，次年即辞幕归家，从此在家乡的一些缙绅人家设馆授徒，前后达四十年之久。蒲松龄科场失意，一生贫困，对现实生活有深刻的认识，这些，都反映在其积数十年时间完成的《聊斋志异》近五百篇作品之中。此外，他还著有《聊斋文集》《聊斋俚曲集》《日用俗字》《农桑经》《婚嫁全书》《家政内外篇》等。

《聊斋志异》的故事来源是多渠道的，其内容也必然是异常复杂的。但无论如何，这些故事都是经过蒲松龄精心改造或重构的，因此，也必然会留下蒲氏心路的足迹。透过《聊斋志异》那些五彩缤纷的外表，我们还是可以触摸到作者心灵的悸动。这种悸动可以用两个字来概括——孤愤。作者有言："独是子夜荧荧，灯昏欲蕊；萧斋瑟瑟，案冷疑冰。集腋为裘，妄续幽冥之录；浮白载笔，仅成孤愤之书：寄托如此，亦足悲矣！"（《聊斋自志》）具体而言，《聊斋志异》的孤愤主要包含以下几个方面。其一，暴露社会黑暗，尤其是表达对贪官污吏、地方豪强的仇恨。其二，揭露科场弊端，主要是由试官不明而造成的真才被遗弃的悲剧。其三，歌颂男女爱情，主要表现在反映男女爱情的故事时所体现的一些新的意识观念，例如为真爱无私奉献，感情至上而容貌次之、不成夫妻而可为腻友、对经过爱情洗礼后的新生活的向往和追求等。《聊斋志异》被称为短篇小说之王，其艺术成就达到了文言小说的巅峰境界。它取材极为广阔，借鉴极为广泛，并在此基础上形成了自身独特的艺术风格，我们可以从以下几方面来认识这一问题：其一，幻事、幻情、幻笔与实事、真情、正笔的有机结合；其二，两峰并峙，双水分流，相互映衬，堪可对读的写人方式；其三，精神与环境的融合无间的创造美的秘诀；其四，千姿百态、袒露天然的人物内心世界的描写；其五，情节的精彩曲折、引人入胜；其六，古雅简练、清新活泼，极富表现力，具有穿透性的文学语言。

名篇《青凤》充分体现了《聊斋志异》的艺术特色。该篇写人狐相恋，耿生与青凤都是追求爱情者，但性格迥然不同。作者用"人狐错位法"写活了其中人物。篇中四人，个个出色。青凤乃一狐女，偏偏具有大家闺秀风范；耿生大家子，却狂放得有如狐妖。"得妇如此，南面王不易也！"这样的"非礼"言辞，竟是当着女孩及其家长的面高声喊出。而狂放的耿去病面对恶鬼的表现则更是令狐鬼都自叹不如："生笑，染指研墨自涂，灼灼然相与对视。"最终，竟至吓走了老狐变成的"鬼"。再看青凤，当这位狐女与书生推推搡搡的偷情被叔父撞破时居然"羞惧无以自容，俛首倚床，拈带不语。"这还像一个狐狸精吗？应该说比崔莺莺、杜丽娘都要"闺范"得多。尤其有趣的是狂生冲撞群狐一段："生突入，笑呼曰：'有不速之客一人来！'群惊奔匿。独叟出叱问：'谁何入人闺闼？'生曰：'此我家闺闼，君占之。旨酒自饮，不一邀主人，毋乃太吝？'叟审睇曰：'非主人也。'生曰：'我狂生耿去病，主人之从子耳。'叟致敬曰；'久仰山斗！'乃挽生入，便呼家人易馔。"狂生之狂放，老狐之老辣，于此均跃然纸上，这当然也是一种"人狐错位"的描写。狐父及孝儿形象亦佳，父严而近情，子风流倜傥。篇以"青凤"为题，然青凤仅稍稍露之，若神龙首尾，反以耿生为线索，以耿生之角度为视点，此作者聪明处。置青凤于别室，是为孝儿求情留地步。全篇针线细密，对话精彩，神态描写尤佳。

（原载赵丰主编：《党员干部必读的文学经典71篇》，湖北教育出版社2012年版）

《儒林外史》阅读提示

《儒林外史》的作者吴敬梓（1701—1754），字敏轩，号粒民，又号秦淮寓客、文木老人，安徽全椒人。他出生于一个"科第家声从来美"的科举世家。其曾祖吴国对是八股文大家，顺治十五年（1658）的探花。吴敬梓的伯叔祖辈有中进士的，有的甚至是榜眼。但到了他父亲那一代逐步衰落，其父吴霖起拔贡出身，只做过赣榆县学教谕这样清贫的小官。吴敬梓13岁丧母，14岁随父亲到赣榆，23岁随父还乡，次年其父去世，也就在这一年，吴敬梓中了秀才。父丧之后，家难又兴，家族内部展开了一场权力与财产再分配的斗争。族人欺负吴敬梓两代单传，纷纷侵占他的财产。面对这种"兄弟参商"的局面，吴敬梓以其放荡不羁的生活态度来进行对抗，平居豪举，乐于助人。其结果，"田庐卖尽，乡里传为子弟戒"。其间，吴敬梓29岁时曾到滁州参加乡试，成绩优良，而主考官却说他"文章大好人大怪"，虽暂时名列第一，但乡试时竟未被录取。在这种情况下，吴敬梓满怀愤懑，移家南京，这一年他33岁。在南京，他的生活陷入困顿："囊无一钱守，腹作干雷鸣。""近闻典衣尽，灶突无烟青。"但同时他却结交了一些真正的博学之士、有识之士以及社会下层人物。这样，既扩大了他的生活视野，又提高了他的认识水平。1735年，吴敬梓被举荐参加了博学鸿辞科的院试，但次年他却因病辞谢了该科的赴京廷试，并从此脱离诸生籍，与科举制彻底决裂。吴敬梓晚年生活更为贫苦，"窘则以书易米"，甚至与同志五六人于冬日绕城行数十里，"谓之暖足"。最后，于1754年病逝于扬州。吴敬梓生活在我国封建社会由盛转衰的转折时期——康、雍、乾三朝。他33岁定居南京后，又先后去过当涂、宣城、芜湖、池州、安庆、滁州、扬州、仪征、苏州、杭州等地，而这些地方又都是新思想的萌发地。历史潮流把他这个封建社会的逆子从污泥浊水中浮了上来，使他从新思潮中吸取了反封建的思想。这就使他的著作《儒林外史》不仅对旧制度有着深刻的批判，而且还带有一些可贵的民主主义色彩的思想。

《儒林外史》现存最早的版本是嘉庆八年（1803）的卧闲草堂本，共56回，但最后一回有人怀疑不是吴敬梓原著。现在通行的本子大都是删去最后一回的55回本。除《儒林外史》外，吴敬梓还有《文木山房集》四卷等诗文作品。

《儒林外史》是我国杰出的讽刺小说，它像一面镜子，照出了封建制度走向崩溃时黑暗社会的种种丑态，并予以强烈的讽刺，其思想内容是非常丰富的。对此，可从以下几方面加以理解。

其一，封建末世的真实写照。《儒林外史》批判的笔锋指向了整个封建末世。首先是抨击了贪官污吏。南昌太守王惠集残暴、狡诈、贪婪于一身，念念不忘"三年清知府，十万雪花银"。上任伊始，就问地方出产，词讼通融。他的衙门内只听见"戥子声、算盘声、板子声"。然而，就是这么一个大贪官，"各上司访问，都道是江西第一能员"，"朝廷就把他推升了南赣道"。高要县的汤知县，每年也要搜刮银子八千两。从这些贪官污吏身上，可以看到封建末世的政治、吏治是如何漆黑一团。与贪官污吏相勾结的是那些土豪劣绅，如严贡生、张静斋、方老六等。严贡生一贯鱼肉乡里，他欠厨子的钱、屠户的钱，克扣吹鼓手的工钱，还强占邻居家的肥猪，讹诈船家的船钱，是一个十足的恶霸兼无赖。这些人正是贪官污吏的社会基础。在揭露贪官污吏、土豪劣绅的同时，作者还将批判的锋芒指向封建礼教。范进母丧期间做客时装模作样地不用银镶筷或象牙筷，却用竹筷"在燕窝碗里拣了一个大虾元子送在嘴里"，这是对举人老爷封建孝道的虚伪性的讽刺。王玉辉竭力支持女儿殉夫，说什么"这是青史上留名的事"，女儿死后，他仰天大笑："死的好，死的好！"这是对封建节烈观毒害民众的深刻揭露。

其二，儒林群丑的讽刺画卷。《儒林外史》在全面批判封建末世的前提下，"机锋所向，尤在士林"。书中描写了许许多多的士人被科举制熏染得人性灭绝、思想僵化、灵魂空虚、智能低下。周进因不能参加乡试而悲不自胜、头撞号板、昏厥于地；范进因考中举人而大喜过望、痰迷心窍、发疯发狂。这一个号啕痛哭，那一个疯狂大笑，生动地表现了八股世界两个悲剧主人公的变态心理。而鲁小姐在对丈夫失望之后，将科举成名的希望寄托在四岁的儿子身上，每晚"课儿子到三四更鼓"，则更为深刻地揭示了科举制对内帏妇幼的毒害。在揭露科举制度对知识分子毒害的同时，作者还揭示了科举制本身的虚伪性与腐朽性。大批举人、进士不学无术，科场舞弊屡见不鲜、花样翻新。而科举制的副产品便是形形色色的"名士"，如景兰江、支剑峰等无聊文人，娄三、娄四等豪华公子，杜慎卿等风流才士，卫体善等八股选家，还有匡超人那样的堕落青年，马二先生那样的自欺欺人者。他们全都是科举制的受害者，其中有些人又成为科举制的帮凶。

其三，文人之厄的沉痛见证。一部《儒林外史》，从表面上看，写的是儒林丑史，从实质上看，写的却是儒林痛史。全书开始时，作者就借王冕之口说："贯索犯文昌，一代文人有厄。""这个法（指八股）却定的不好。将来读书人既有此一条荣身之路，把那文行出处都看得轻了。"作品通过一系列典型形象，触目惊心地展示了巨大的厄运笼罩着一代文人，他们的思想被禁锢了，智能被破坏了，道德被腐蚀了，而罪魁祸首正是科举制、八股制。小说中绝大多数的读书人都是八股取士制度的受害者、牺牲品。作者批判的锋芒正是通过这些可怜虫而指向了罪恶的科举制度。

其四，黑暗王国的一线光明。吴敬梓在《儒林外史》中不仅批判了腐朽社会的苦痛现实，而且还翘首黑暗王国的一线光明。这可以从书中所描写的一些理想人物身上找到根据。这里有蔑视功名富贵，否定八股科举，自甘隐逸的高士王冕，还有真儒、淳儒、君子儒虞育德、迟衡山、庄绍光、武正字等。这里有身体力行，实践着"礼乐兵农"的萧云仙，还有傲然独立于儒林群丑之外，敢于离经叛道的封建逆子杜少卿。这里有冲出封建牢笼，自食其力的奇女子沈琼枝，还有持身洁白，追求自由的市井奇人季遐年、王太、盖宽、荆元……在这些人物身上，我们可以领会到蕴藏在作者心头的一种超越旧时代的希望、勇气和力量。

《儒林外史》最突出的艺术成就是"讽刺"，它"戚而能谐，婉而多讽"。其讽刺方法主要有如下几点：其一，合理夸张。即对社会中的种种丑恶现象进行夸张描写，但同时又符合生活的本来面目。如对鲁编修一喜一忧的描写，对周进撞号板、范进中举的描写，对严监生两根灯芯的描写，对胡三公子买鸭子以耳挖子戳肥瘦的描写等均是如此。其二，以矛攻盾。即采取"以子之矛，攻子之盾"的方法，把矛盾着的双方同时集中在某一人物身上。让被讽刺对象处于自我暴露、自我嘲弄的地步。如写严贡生在别人面前自吹"为人率真"，而小厮却来报"早上关的那口猪，那人来讨了，在家里吵哩"。再如写匡超人自吹被人供着"先儒匡子之神位"，而不知先儒乃去世之儒，被人耻笑。还有写夏总甲之吹牛、杜慎卿之虚伪，均用此法。其三，前后对照。《儒林外史》中，作者还通过某些人物对同一事物前后截然相反的态度来揭露其势利小人的丑恶嘴脸。这方面最突出的例子当然是那个胡屠户了。同样的表现、我们在王德、王仁、梅玖等人身上也能找到。其四，自然流露。《儒林外史》对儒林群丑的讽刺，在更多的时候都是通过人物自己的言行"从场面和情节中自然而然地流露出来"。作品中对马二先生游西湖的描写就是突出的例证。类似的描写，如严贡生赖船钱、范进居丧饮宴、景兰江卖头巾等均乃如此。

除了杰出的讽刺艺术而外,《儒林外史》的结构亦颇具特色,"虽云长篇,颇同短制",但却有一根贯串始终的思想线索,那就是批判以科举制为核心的种种社会弊端。《儒林外史》的语言也很有特点,生动、精确、自然、简练、质朴,并能做到形象化、个性化、口语化。

《儒林外史》对后世文学创作具有广泛的影响。《官场现形记》《二十年目睹之怪现状》等反映社会现状的小说,无论是批判现实精神还是讽刺手法乃至结构形式,都极其明显地受到《儒林外史》的影响。1904年和1929年还有人先后仿照《儒林外史》而写过《新儒林外史》。鲁迅先生也十分推崇《儒林外史》,其杂文和小说的创作亦与《儒林外史》有着密切关系。

(原载石麟主编:《中国古代文学作品选(第四册)》,武汉出版社2001年版)

《红楼梦》导读

曹雪芹（约1715—约1763），名霑，字芹圃，号梦阮，又号雪芹、芹溪。其先世原是汉人，居辽阳，明后期入满洲籍，乃满洲正白旗内务府包衣。清兵入关，曹家随主子征战，由"包衣下贱"一跃而成"从龙旧勋"。康熙年间，曹雪芹曾祖曹玺及其子孙曹寅、曹颙、曹頫三代四人先后担任江宁织造约六十年之久。雍正时，曹家失势。雍正五年曹頫被革职，次年被抄家，随后迁往北京。青年曹雪芹，曾在京城过着流浪播迁的生活，晚年移居西郊，生活十分贫困，"举家食粥酒常赊"。在这种情况下，曹雪芹却孜孜不倦地创作《红楼梦》，直到贫病交加去世而尚未完稿。一般认为，百二十回本《红楼梦》的后四十回，乃高鹗续作。高鹗（1738—1815），字兰墅，汉军镶黄旗人，世居辽宁铁岭，乾隆五十三年（1788）顺天乡试举人，乾隆六十年（1795）进士，历官内阁侍读，嘉庆六年（1801）任顺天乡试考官，此后还任过江南道御史、刑科给事中等职，著有《兰墅文存》《兰墅诗丛》《砚香词》等。《红楼梦》的版本可分为两大系统。第一，抄本系统，或称脂本系统。一般说来，书名《石头记》，不超过八十回。这些抄本中大都有署名脂砚斋、畸笏叟等人的评语，后人习惯上将这类本子称为"脂本"或"脂评本"。目前，属于这个系统的本子已发现十多种，比较著名的有甲戌本、己卯本、庚辰本、有正本、甲辰本、俄藏本等。第二，印本系统，主要指程伟元、高鹗出版的一百二十回本《红楼梦》。比较流行的有程甲本、程乙本等。

《红楼梦》的主线是一个"情"字，亦即以"宝黛钗的爱情婚姻悲剧"为中心的诸多情感纠葛；而《红楼梦》的主题则是一个"悲"字，亦即对真善美惨遭蹂躏并终将毁灭的极度悲哀和感伤绝望。《红楼梦》是一个"人"的世界，尤其是一个女人的世界。相比较而言，作品中的女性形象比男性形象塑造得更成功，更绚丽多姿。小说给我们留下了一系列栩栩如生的人物形象：贾宝玉、林黛玉、薛宝钗、王熙凤、史湘云、贾探春、妙玉、尤三姐、晴雯、袭人、迎春、惜春、秦可卿、李纨、尤二姐、香菱、鸳鸯、平儿、紫鹃、司棋、金钏儿、芳官、龄官、柳湘莲、薛蟠、贾琏、贾蓉、贾瑞、贾母、王夫人、赵姨娘、刘姥姥……贾宝玉是作品中的男主人公,也是一部《红楼梦》的灵魂人物。在他身上,很大程度上凝聚了曹雪芹的生活经历和思想意识。贾宝玉是属于自己时代的新人,但却是当时现实生活中刚刚孕育出来而未及确立其固定形态的新人。贾宝玉是一个封建逆子,但又是一个感伤绝望的封建叛逆者。贾宝玉的叛逆思想,主要体现在对平等和自由的追求两大方面。平等思想是贾宝玉进步思想体系的核心,"不平则鸣"是他叛逆性格的基调。贾宝玉的平等思想包括不同程度的男女平等、主奴平等、嫡庶平等、友朋平等、贫富平等等内容。贾宝玉虽然不是一个宣传天赋自由的哲学家,但他却在日常生活中以曲折隐晦的方式来表达他个性自由的思想。除了追求恋爱婚姻自由以外,他还反对仕途经济,抵制封建礼教,追求自由的生活方式。总之,贾宝玉思想中的一些新的因素,其发展方向是资产阶级的民主自由。但在他身上,这种因素尚处于极其朦胧、模糊的状态之中。而且,在具有新的思想因素的同时,传统封建思想在贾宝玉头脑中仍占有重要地位。因此,他对许多旧的东西不满,却又找不到新的出路,再加上宗教思想的影响,他悲观、失望,最后只好遁入空门,给读者留下无限的遗憾、无限的思索。林黛玉是《红楼梦》中另一个反封建的叛逆形象,同时,她又是一个绝代的悲剧典型。父母早逝,寄人篱下,这种特殊的遭遇和环境,使她形成了独具个性的叛逆性格。她以高度的敏感来观察、分析周围的黑暗世界,以无比的骄傲来蔑视、鄙薄形形色色的封建统治人物,以刻薄的嘲讽来反击、对抗对她步步紧逼的邪恶势力。她的敏感、她的骄傲、她的刻薄的嘲讽,全都是被封建社会的黑暗现实逼出来的,全都是"风刀霜剑严相逼"的结果。与此同时,林黛玉还具有追求理想、追求自由、追求人性解放的一面。她蔑视功名利禄,高度尊重自我,反抗传统礼教,渴望自由生活。在封建礼教的高压下,她敢于表现自己的爱情,她是勇敢的;在功名利禄熏染的世界中,她洁身自爱、一尘不染,她是纯洁的;她以一个弱女子的身份与强大的封建思想抗衡,这又决定了她失败的结局,注定了她的悲剧性。她以自己悲剧的、有价值的生命,向封建主义发出了有力的控诉和抗议,她是一个具有悲剧美的反抗典型。薛宝钗是一个有才能、有政治家风度的封建淑女,同时也是一个悲剧女性。"冷",是薛宝钗性格的特色。对周围的一切,她冷然处之;对自己青春的火焰,她冷水浇之;对别人的痛苦,她冷漠无情。这一切,都体现了封建礼教对她的熏陶教育。但同时,她又很有才华,甚至具有治家之才,如帮助贾探春理家一段。她很会做人,在贾府那么复杂的环境之中,她能上下讨好、左右逢源。尽管如此,薛宝钗仍然是一个悲剧人物。与林黛玉相比,薛宝钗的悲剧更耐人寻味。林黛玉在被封建礼教吃掉的时候，进行了挣扎反抗，而薛宝钗却毫无挣扎地静静地死在本阶级的怀抱之中；吃掉林黛玉的是她竭力反对的东西——封建道德，而吃掉薛宝钗的封建道德却被她终身信奉；林黛玉知道自己是个悲剧人物，而薛宝钗明明也是个悲剧人物却不自知。由此可见，薛宝钗在某种意义上比林黛玉更具悲剧性。王熙凤是《红楼梦》中又一个成功的女性形象，极端利己主义是她的信仰。她好揽事，充满了权势欲；她唯利是图，充满了金钱欲。为此，她"机关算尽"，做出了各种各样的表演：痛哭流涕、耍赖放泼、甜言蜜语、假作多情、含威不露、谈笑风生，甚至到了不顾一切的地步。在王熙凤身上，集中体现了封建统治阶级的特性，而且是一个能干的统治者的特性。然而，王熙凤也是一个悲剧人物，她也受到"夫权"的统治，她也因为没有儿子而时时惧怕自己地位的动摇，她最终也只能落得个"哭向金陵事更哀"的结局。

宝黛爱情描写是《红楼梦》故事情节的重中之重，而且是全书最成功、最感人的部分。其实，说到"宝黛爱情悲剧"就必然包括"玉钗婚姻悲剧"，因为二者之间是相辅相成甚至相反相成的。在贾宝玉、林黛玉、薛宝钗之间，的的确确存在一个三角关系，不过不是那种庸俗的三角恋爱关系而已。就宝黛而言，什么叫作爱情悲剧？就是有爱情而没有婚姻，因此潇湘妃子只能抱憾夭亡，魂归离恨天。就玉钗而言，什么叫作婚姻悲剧？就是有婚姻而没有爱情，因此冰雪美人只能独守空房、遗恨东流水。再就钗黛而言，她们二人的悲剧是互为因果的。正因为贾宝玉"空对着山中高士晶莹雪"，才使他"终不忘"的仙姝林寂寞于世外。又因为贾宝玉"只念木石前盟"，才使得"齐眉举案"的"金玉良缘"造就了"到底意难平"的终身遗憾。质言之，宝黛爱情悲剧是玉钗婚姻的结果，而玉钗婚姻悲剧同样也是宝黛爱情的结果。《红楼梦》中的宝黛爱情描写在中国文学史上是空前的，它吸收了此前许许多多的爱情题材作品的精华并在整体上超过了任何一部爱情题材的文学作品，从而在中国文学史，尤其是在中国小说史上具有了无法取代的历史地位。具体而言，这种无法替代的爱情描写主要体现在以下五个方面：专一性、牢固性、纯洁性、辐射性、悲剧性。

《红楼梦》在艺术表现的各个方面均达到了中国古代小说的巅峰。其人物塑造极具特色，比如，在平凡的日常生活中塑造出动人的形象，在环境大体相近的人群中写出性格迥异的人物，深刻地揭示人物的内心世界，以及以物件写人，以色彩写人，以诗词写人，以景物写人，等等。其艺术结构具有严密而又完美的特点，如：以尖锐复杂的社会矛盾为背景，逐步引出情节主线；主线之所在，以重笔突出写来；按事物发展的逻辑，层次分明、步步深入地展开主线；九派横流，一线贯穿，以主带副，同时推进。其语言已达到炉火纯青的地步，就语言体式而言,它有纯粹的口语体、略含文言的白话体、平浅通俗的文言体、诗词歌赋的韵文体四种。其描写语言在物象描写、人物神情描写、人物动态描写、活动场面描写等方面都取得了成功的经验。其人物语言更具特色,主要人物都有各自独特的语言体系,次要人物的语言则力求性格化。尤妙在对话描写,堪称各种人物各种语言的精妙配合。(本文有删节)

(原载赵丰主编:《党员干部必读的文学经典71篇》,湖北教育出版社2012年版)

《红楼梦·听曲文宝玉悟禅机》阅读导引

《红楼梦》第二十二回"听曲文宝玉悟禅机"一段，是全书最精彩的片段之一。说它精彩，是基于以下理由。

第一，《红楼梦》头号主人公贾宝玉以及他的四个表姐妹，同时也是书中最重要的四大女性形象全都在这一片段中有精彩的表现。

王熙凤是一位"机关算尽太聪明"的女性，而她这种甚或带有几分可爱的自私之精明在这里崭露无遗。本段故事一开始，作者就写了王熙凤与其丈夫贾琏商议为薛宝钗办生日的一段对话。在这段对话中，贾琏完全是作为凤姐儿的陪衬而出现的。王熙凤处处占据主动，处处想得周到，而贾琏则有点儿漫不经心、敷衍塞责的意思。而且，在漫不经心的言语后面，细心的读者定可体察到这位琏二爷对自己家里的"胭脂虎"的佩服和惧怕。随后，作者又通过凤姐对贾母的"调笑"，体现了琏二奶奶的能说会道。以至于贾母都不得不说："你们听听这嘴！我也算会说的，怎么说不过这猴儿。"经过这样的描写，王熙凤的形象就更加光彩照人了。

然而，更能见王熙凤"心机"的还是她的一句话。当贾母赏赐两个小戏子时，王熙凤发现其中唱小旦的长得很像林黛玉，但她却不明说，只是带"启发性"地说："这个孩子扮上活像一个人，你们再看不出来。"在场的几个主要人物，围绕王熙凤的启发，都有最带各自性格特征的表现："宝钗心里也知道，便只一笑不肯说。宝玉也猜着了，亦不敢说。"只有憨直的史湘云接着笑道："倒像林妹妹的模样儿。"这真是石破天惊的一句话，后面所有的故事，都从这"王问史答"生发出来。

宝玉听了，忙把湘云瞅了一眼，使个眼色。想不到就因为这个眼色，史湘云恼了。贾宝玉去安抚史湘云，不仅没有达到预期效果，又让林黛玉知道了，林黛玉也恼了。而当贾宝玉在史、林面前"老鼠钻风箱——两头受气"的时候，他猛然想起了庄子，想起了刚刚薛宝钗教导他听的一支《寄生草》的曲子，于是贾宝玉的"文化积淀"与"现场感触"相结合，自然而然写出了"自以为是"的觉悟之作——偈子和曲子。不料,贾宝玉的"菩提"果实竟然遭到了林黛玉的"当头棒喝"和薛宝钗的"谆谆教诲",使得贾宝玉在林、薛、史面前就像他的堂兄在堂嫂面前一样,自叹不如,自惭形秽。

在这样一场矛盾冲突中,贾宝玉对清洁女儿的"爱博而心劳",史湘云的憨直而任性,林黛玉的聪慧而善妒,薛宝钗的博学而知机,全都表现得栩栩如生,跃然纸上。

第二,作者费尽心机,调动一切手段来写好故事中的人物。

作者为了写好王熙凤,不惜以贾琏为陪衬,甚至以贾母为陪衬。为了写好薛宝钗,又在一些细微之处下功夫,就连点菜、点戏这些微不足道的小事也绝不放过。至于贾宝玉,作者更是将他写得一忽儿聪明,一忽儿笨拙,一忽儿觉悟,一忽儿迷茫,一忽儿缠绵,一忽儿决绝,一忽儿炽热,一忽儿冰凉……此外,如史湘云和林黛玉对贾宝玉都有怨恨的指责,但指责之中却又都饱含着无比的爱恋。但是,两人这种既指责又爱恋的心理的外在表现却又迥然有别。君不见,当贾宝玉面对史湘云的怨怼而赌咒发誓时,史湘云到底憋不住真相毕露了:"大正月里,少信嘴胡讲!这些没要紧的恶誓、散话、歪话,说给那些小性儿、行动爱恼的人、会辖治你的人听去,别叫我啐你!"读者不妨掩卷细思,史家表妹对"爱(二)哥哥"的这些话,究竟是爱还是恨?而林姑娘呢?面对宝哥哥的反反复复的解释,她居然说出了大大违反逻辑的话:"你还要比?你还要笑?你不比不笑,比人比了笑了的还利害呢!"这样的"刁蛮"而"尖刻"的话语,是否暗示着"宝黛"之间与众不同的特殊关系?读者自可回味咀嚼。

第三,《红楼梦》叙述语言的雅俗共赏和人物对话的高度个性化特色,在这里都得到了充分展现。

《红楼梦》叙述语言的最大特色就是雅俗共赏,第二十二回在这方面堪称典范。你看,从通俗戏曲的悲凉曲辞到参禅悟道的玄机偈语,从娘儿姐妹的笑貌声容到怡红公子的泪眼悲咽,作者可谓从人物的三魂六魄中勾画出来。旁的不说,就拿篇中所写的"笑",有多少情状,读者不妨试作搜寻归纳。至于文中的人物语言,更是写谁像谁,堪称量体裁衣。王熙凤之俏皮,史太君之风趣,林黛玉之尖刻,薛宝钗之博雅,史湘云之明快,贾宝玉之真诚,都称得上是入骨三分,都是从人物胸臆中自然而然地流淌而来的"心里话"。还有那些极具个性化的人物语言的有机组合与搭配,则更是妙不可言了。有人说,曹雪芹是进入文学语言自由王国的巨匠,此语信不诬也!

(原载景遐东主编:《大学语文新教程》,高等教育出版社2012年版)

40 年前手绘《红楼梦》人物关系图[①]

——湖北师范大学教授石麟墨迹露面引来点赞

《红楼梦》自问世以来,便被蒙上一层神秘色彩,近代大量学者竞相研究红学,但往往越研究学问越深。

湖师教授石麟鼓励普通市民多读经典,尤其是《红楼梦》。为帮助普通读者阅读,他在 40 年前就手绘了《红楼梦》人物关系图谱,传为佳话。

近日,该图在湖师《红楼梦》研究课堂上再次露面,引来一片惊叹。

11 日(指 2014 年 3 月 11 日),石麟接受本报记者专访,讲解了该图谱的奥秘所在,以及书中所蕴含的人生哲理。

一张图,帮你厘清书中人物关系

石麟是土生土长的黄石人,中学便开始迷上中国古代文学,尤爱《红楼梦》。

初看《红楼梦》,石麟一口气看了五遍,看得有滋有味,"开始当故事读,后来当历史看,最终读出悲剧美"。

那是 1974 年的事,石麟刚上大学。同龄的学生捧起此书,大多一头雾水,直呼看不懂,遂向他求援:"里面的人物太多了,关系复杂,你能不能帮我们理一下?"石麟应了下来。

半个学期的时间,石麟一心扑在《红楼梦》里,将书中人物名字、职务、身份等一一进行梳理,甚至哪个人物首次出现在第几回都进行了标注。暑假期间,他回到家中,深居简出,在一张四开白纸上,一笔一画将《红楼梦》480 多个主要人物的名字和各自的关系绘制成图,包括与贾府有来往的公侯世家,

---

[①] 首席记者石教灯,实习生赵雪莲文。

朝廷官员，荣宁两府的管家、仆人、勤杂人员等，历时整整一个月。

秋季开学时，这张图便在同学间引发轰动。"一位同学又用毛笔誊写了一遍，贴在寝室的墙上。"石麟回忆。

大学毕业后，石麟绘制的《红楼梦》人物关系图被锁进书柜。后来他从武汉回校任教，一晃40年。前不久，湖北师范大学为硕士研究生开辟了《红楼梦》研究课，石麟是主讲。课堂上，当他拿出这张尘封了40年的图纸时，台下当即响起一片惊叹声。

从偏旁看懂贾家辈分，一姓一名皆具精意

3月11日下午，在湖师文学院一间会议室里，刚走出课堂的石麟教授，从文件袋里抽出一张发黄的图纸。记者看到，上面密密麻麻写满《红楼梦》里形形色色的名字，并用实、虚线标注他们之间的关系。

石麟介绍，《红楼梦》一书里，处处莺莺燕燕，仅贾府上下，便有女子数百，可谓红香绿玉，燕瘦环肥，争奇斗艳，各有千秋。其他神佛仙道、王侯将相、寻常百姓、仆从小厮更是不可胜数。如——收纳标注，数量上千，十分复杂。为了便于初读者阅读，他仅收录了书中主要人物名字及关系。

厘清这些名字和关系，对读者有何作用？

石麟给出的答案是充分的。比如，以贾府为例，要弄清贾家人物辈分大小，可从名字偏旁中寻找到规律：贾家第一代人的名字偏旁是"氵"，如贾演、贾源；第二代是"亻"旁，如贾代化、贾代善；第三代人则是"攵"旁，如贾赦、贾政、贾敏；到贾宝玉这一代，名字的偏旁都与"玉"有关；第五代，则是"艹"头；这与当今的许多宗族辈分基本一致。

此外，《红楼梦》"一姓一名皆具精意"。通过石麟教授提供的人物关系图，逐一追寻、解读这些人名的含义，对理解《红楼梦》这部经典小说有重要的意义。

比如，《红楼梦》开篇就引出《题石头记》诗来："满纸荒唐言，一把辛酸泪。都云作者痴，谁解其中味"。这首诗其实是有言在先告诉读者，这部书表面上是写男女之间的爱情故事，是"荒唐言"，其实书的真正意义，并不在这里，男女之间的爱情只不过是"荒唐言"而已，而"其中味"并没有明示，这是要读者自己去理解的。这是作者曹雪芹在提示人们阅读《红楼梦》的方法。

贾雨村和甄士隐是《红楼梦》中最早出现的两个人物。"贾雨村"谐音"假语存"，"甄士隐"谐音"真事隐"，这两个名又一次提示：存在这本书表面

上的是假语，真的思想是隐藏着的。曹雪芹是用这两个人的名字提醒读者阅读时要注意书的真实内涵。

被拐卖的甄士隐的女儿名"英莲"，"英莲"谐音就是"应怜"，这个人的命运，真是应该可怜。被薛蟠打死的小乡宦之子名为"冯渊"，"冯渊"谐音"逢冤"，逢上了薛蟠这个薛家的呆霸王，可真是逢上了冤家。作者使用"英莲""冯渊"两个名，是利用谐音寄寓对两个不幸有情人的深切同情。

再如，宝玉、黛玉、宝钗，这三个是最为关键的人物。"宝玉"二字寄托着贾府这个贵族世家的期望，可是这个期望却是"假"的。"贾宝玉"这个名中暗示着叛逆的性格。"黛玉"中有"宝玉"的玉，意在取其清纯、洁净；"宝钗"中有"宝玉"的宝，意在取其高贵、富足。三个人的名字你中有我，我中有你，相互牵连，这已经说明了三个人之间纠葛不断、不可分割的关系。

妙解《红楼梦》现实意义

石麟是中国古代小说和古代通俗文化研究专家，曾发表大量《红楼梦》研究文章。他表示，如果说有些书可以读一辈子，《红楼梦》就是其中一部。

在石麟看来，《红楼梦》是写给不同人的，不同的人看了有不同体味。这一点从书名上也看得出来。小说开篇写道，"石头"所记的一篇故事，空空道人改它为《情僧录》，孔梅溪题曰《风月宝鉴》，曹雪芹则另立旗帜，题为《金陵十二钗》。

"书中传递的一些哲理，对不同层次的社会人群，都具有不同的教育和启发意义。"石麟说，"对年轻人而言，你要知道，《红楼梦》里面这种灯红酒绿、纸醉金迷的生活，必然会导致一个家族的衰落。再有权势的家族，父母再有钱，不能老是依靠父母，如果你自己不奋发，那是不行的。这是年轻人可以有的一种体悟。特别对于时下的'富二代'现象，《红楼梦》就解释了这么一个道理：坐吃山空，树倒猢狲散。"

此外，石麟还从家长的角度对《红楼梦》进行解读：对于家长来说，你怎样培养你的孩子？把你的孩子培养成什么样的人？在培养孩子的问题上用什么方法？贾政那个方法行不行？不行。贾母那个方法行不行？也不行。贾政是粗暴的方法，贾母是溺爱的方法，而王夫人是一种自私的想法，她不是真正因为爱自己的儿子，她是因为爱自己的前途，爱自己以后的生活。这种不同的心态对子女的培养必然产生不同的结果……

(原载《东楚晚报》2014年3月19日)

03

三、唐人豪侠传奇作品讲解

《朝野佥载·柴绍弟》

唐柴绍之弟某，有材力。轻，迅捷，踊身而上，挺然若飞，十馀步乃止。太宗令取赵公长孙无忌鞍辔，仍先报无忌，令其守备。其夜，见一物如鸟，飞入宅内，割双鞍而去，追之不及。又遣取丹阳公主镂金函枕，飞入内房，以手捻土公主面上，举头，即以他枕易之而去，至晓乃觉。尝著吉莫靴走上砖城，且至女墙，手无攀引。又以足蹈佛殿柱，至檐头，捻橡覆，上越百尺楼阁，了无障碍。太宗奇之，曰："此人不可处京邑。"出为外官。时人号为"壁龙"。

太宗尝赐长孙无忌七宝带，直千金。时有大盗段师子，从屋上椽孔间而下露，拔刀谓曰："公动即死！"遂于枕函中取带去，以刀拄地，踊身椽孔间出。

【讲解】

《朝野佥载》为张鷟所撰。张鷟（658？—740？），字文成，号浮休子，深州陆泽（今河北深县北）人。唐高宗上元二年（675）进士及第，仪凤二年（677）举下笔成章科，特授宁州襄乐县尉。仕途屡有升降，历官监察御史、柳州司户、德州平昌令、鸿胪丞、吏部侍郎、龚州长史、司门员外郎等职。其著作有《游仙窟》《朝野佥载》《龙筋凤髓判》等，事迹见《旧唐书》和《新唐书》中的《张荐传》及莫休符《桂林风土记》等。张鷟为人倜傥不羁，不持士行，为文下笔敏捷，言语诙谐，名重天下，人谓"鷟文辞犹青铜钱，万选万中"，故称"青钱学士"。张鷟作品有传至海外者，甚至"新罗、日本使至，必出金宝购其文"。（《旧唐书》卷一四九）《朝野佥载》一书，《新唐书·艺文志》杂传类著录二十卷，原书久佚，《太平广记》录有三百九十条，今本六卷乃明代陈继儒从《太平广记》中辑出。此后又有多种版本，大同小异，其中又以中华书局1979年出版之赵守俨点校本最为完备。

《朝野佥载》一书所载多隋至唐开元年间的朝野见闻，尤以武则天朝故事居多。书中对于朝政腐败、官员贪污、酷吏横行、权贵鄙俗等方面的问题多有揭露，亦有神鬼怪异、风俗民情等记载。书中多调侃讽刺之笔，且辞采绚丽，然亦有琐屑猥杂之病。本帙之《柴绍弟》篇即选自该书。

本篇据《太平广记》卷一九一。

从严格的意义上讲，本篇算不上合格的传奇小说。篇幅太小，情节过于简单，人物性格也不鲜明，只能说是几个小说片段的相加。但是，本篇却有几点令人注目之处。

其一，对侠客轻功的描写。在后世的武侠小说中，写侠客们的本领有很多方面，轻功即为其间最重要的内容之一。就目前所知，较大面积地正面描写侠客轻功的作品，本篇是比较早的。上面，我们提到《朝野佥载》一书的作者张鷟是初、盛唐时代的人，而这时尚属唐人传奇小说的起步阶段，唐人传奇小说中那些精彩的武侠作品，是要到中晚唐之际才大量出现并成果辉煌的。从这个意义上讲，本篇的轻功描写，对唐人传奇小说乃至此后的许多武侠小说有"导夫先路"的作用。

其二，侠客进入达官贵人甚至皇亲国戚的府第中窃取宝物，是后世武侠小说一种常见的写法。此篇三次写到这种情节，具有开创意义。

其三，本篇人物以柴绍弟为主，但当他的故事叙述完毕以后，作者又简述了另一侠客段师子盗取宝带的故事。这既是一种补充，也是一种映衬，以见得当时擅长轻功者绝非柴绍弟一人而已。另外，柴绍弟并非完整意义上的侠客，他只是一个大官的有非凡本领的弟弟，而且，他本人最后也当了官。尽管皇帝对他有防范心理，不让他在京城当官，但他毕竟从来就没有悖逆过皇帝或官府，并且他所做的一切都是皇帝命令他做的，不过君臣间开开玩笑而已。而另一个人物段师子则不同了，这是一个地地道道的"大盗"。他居然敢动真格的，跑到达官贵人家去盗取皇帝的御赐物，堪称胆大妄为。这样，在这篇作品中，就给我们提供了两种"盗侠"——假盗侠和真盗侠，站在官方的和不站在官方的盗侠。而这两种人物，又是后世武侠小说中最为重要的两大人物类型。尽管后世武侠小说对这两种人物境遇、经历、性格、思想的描写要复杂得多，但万里长江源自涓涓细流，《柴绍弟》篇，在这方面亦堪称滥觞之作也。

(原载《中华活页文选》2002年第24期)

《纪闻》（三篇）

　　《纪闻》为牛肃所撰，崔造所注。牛肃，约生于武后时，卒于代宗时。原籍京兆府泾阳县，徙居怀州河内县（今属河南沁阳），官至岳州刺史。崔造，《旧唐书》《新唐书》均有传，卒于贞元三年（787），可知《纪闻》成书不晚于这一时间。《新唐书·艺文志》著录《纪闻》十卷，《宋史·艺文志》谓有崔造注。原书早佚，《太平广记》录存一百二十条，后人有选本数种，多从《太平广记》中辑出。

　　《纪闻》是一部志怪传奇小说集，亦乃唐人传奇最早之专集。是书多记武后、玄宗朝事，内容广泛，有神怪仙道之作，有能吏破案之作，有鼓吹忠义之作，有因果报应之作，大多能反映现实。其中豪侠之作亦颇为出色，本帙所选之《窦不疑》《淮南猎者》《郑宏之》即为代表。今所见《纪闻》中的传奇作品虽然只有20篇左右，但大多情节曲折，颇具文采，且篇幅渐次宏大，可视为由志怪向传奇过渡之小说集的典型。

窦不疑

　　武德功臣孙窦不疑，为中郎将。告老归家，家在太原，宅于北郭阳曲县。不疑为人勇有胆力，少而任侠。常结伴十数人，斗鸡走狗，樗蒲一掷数万，皆以意气相期。而太原城东北数里，常有道鬼，身长二丈，每阴雨昏黑后多出，人见之，或怖而死。诸少年言曰："能往射道鬼者，与钱五千。"馀人无言，唯不疑请行，迨昏而往。众曰："此人出城便潜藏，而夜绐我以射，其可信乎？盍密随之。"不疑既至魅所，鬼正出行。不疑逐而射之，鬼被箭走。不疑追之，凡中三矢，鬼自投于岸下。不疑乃还。诸人笑而迎之，谓不疑曰："吾恐子潜而绐我，故密随子，乃知子胆力若此。"因授之财，不疑尽以饮焉。明日往寻所射岸下，得一方相，身则编荆也。其傍仍得三矢。自是道鬼遂亡，不疑因此以雄勇闻。

　　及归老，七十馀矣，而意气不衰。天宝二年冬十月，不疑往阳曲从人饮。饮酣，欲返，主苦留之。不疑尽令从者先，独留所乘马，昏后归太原。阳曲去州三舍，不疑驰还，其间则沙场也。狐狸鬼火丛聚，更无居人。其夜，忽见道左右皆为店肆，连延不绝。时月满云薄，不疑怪之。俄而店肆转众，有诸男女，或歌或舞，饮酒作乐，或结伴踏蹄。有童子百余人，围不疑马，踏蹄且歌，马不得行。道有树，不疑折其柯长且大以击。歌者走，而不疑得前。又至逆旅，复见二百余人，身长且大，衣服甚盛，来绕不疑，踏蹄歌焉。不疑大怒，又以树柯击之，长人皆失。不疑恐以所见非常，乃下道驰，将投村野。忽得一处，百余家屋宇甚盛。不疑叩门求宿，皆寂无人应。虽甚叫击，人犹不出。村中有庙，不疑入之。系马于柱，据阶而坐。时朗月，夜未半。有妇人素服靓妆，突门而入，直向不疑再拜。问之，妇人曰："吾见夫婿独居，故此相偶。"不疑曰："孰为夫婿？"妇人曰："公即其人也。"不疑知是魅，击之，妇人乃去。厅房内有床，不疑息焉。忽梁间有物堕于其腹，大如盆盎。不疑殴之，则为犬音，自投床下，化为大人，长二尺余，光明照耀，入于壁中，因尔不见。不疑又出户，乘马而去，遂得入林中憩止，天晓不能去。会其家求而得之，已愚且丧魂矣。舁之还，犹说其所见。乃病，月余卒。

【讲解】

本篇据《太平广记》卷三七一。

窦不疑是本篇的主人公，他的故事可分为前后两段。第一段写窦不疑年轻时的豪侠风采，第二段写窦不疑年老时的英雄悲剧。他的故事，颇有些像"东海黄公"。或许作者在本篇中多多少少有一点训诫那些豪气咄咄逼人者应该有所藏锋敛锷的意思，或者有一点强调鬼神不好惹的意味，但无论如何，故事本身却是非常曲折动人的。尤其是该篇的结局，出人意料，与一般的豪侠小说作品大不相同。

更有意思的是，本篇两段故事在写法上截然不同。前段写窦不疑杀方相干净利落，给人以审美快感；后段写窦不疑的悲剧结局却一波三叠，委婉动人。

当然，前半之所以能写得干净利落，又主要得力于作者善于"造势"。而所谓"造势"，又是从三方面来进行的。其一，突现窦不疑豪侠性格的基调："不疑为人勇有胆力，少而任侠。常结伴十数人，斗鸡走狗，樗蒲一掷数万，皆以意气相期。"其二，写出众人对道鬼的恐惧："太原城东北数里，常有道鬼，身长二丈，每阴雨昏黑后多出，人见之，或怖而死。"其三，借助众少年的激将法和怀疑心理：一则曰："能往射道鬼者，与钱五千。"二则曰："此人出城便潜藏，而夜给我以射，其可信乎？盍密随之。"这样，矛盾的双方乃至旁观者都得到了充分的展现，而斗争场面的大笔勾勒就成为水到渠成、瓜熟蒂落的事了。请看，作者用笔何等简洁而潇洒："不疑既至魅所，鬼正出行。不疑逐而射之，鬼被箭走。不疑追之，凡中三矢，鬼自投于岸下。不疑乃还。"

相较第一段而言，第二段写年迈窦不疑的悲剧结局，作者用笔则要迟缓、凝重得多，而事件的演进过程也要曲折得多。先写主观状况——主人公饮酒酣然且童仆尽遣之，次写客观状况——路程九十里且是狐狸鬼火丛聚更无居人之荒凉沙场。接下去，接二连三的怪异之事发生了。荒凉的路上居然店肆连延不绝，居然有载歌载舞饮酒作乐的男女，居然有围在马前踏歌的百余童子。如果这种景象发生在白天热闹的市镇或乡村，那该是多么令人惬意的美妙画图啊！可怕的是，它发生在夜晚，发生在荒郊野外，发生在一轮明月照耀下的狐狸鬼火丛聚之地。这些人都不是"人"，而是鬼魅！想到这一层，读者或许已没有丝毫的惬意，而只有无尽的恐惧了。但窦不疑毕竟是窦不疑，他与众不同，不仅身临其境而不惊慌，反而折断树枝向着众鬼魅狠狠地打去，终于为自己扫清了前进的障碍。谁知一波未平一波又起，再往前走，又碰上了两百多身长且大的巨人环绕踏歌，又碰上了叩门求宿无人应、死一般沉寂的大村落。更有甚者，在村子里的庙宇中，居然还有一个破门而入的白衣女人，自荐为窦不疑的配偶。此时此地，此情此景，虽然没有惨烈的身体格斗，却有更令人恐惧的心灵厮杀。心理素质稍差之人恐怕早就倒在了白罗裙下，而我们的主人公却仍然保持了当年的雄风，居然能将这些鬼魅一一击之使去。最后，窦不疑实在累了，他需要休息，倒在了厅房内的床上。然而，鬼魅们仍然不放过这位打鬼英雄，它们进行最后的挑衅，忽而堕入其怀中，忽而作犬叫声，忽而变成光闪闪的大人，忽而钻到墙壁里去。直到把我们的英雄主人公"戏"到树林之中，再也无法动弹为止。窦不疑终于倒下了，一个正常人的心理承受能力已达到极限，他不得不倒下。读到这里，有人或许要问，窦不疑当年杀鬼的豪气到哪里去了，为什么不怕彼鬼却怕此鬼？殊不知当年是年轻气盛的窦不疑，如今是年老力衰的窦不疑；当年是受人之激的窦不疑，如今是酒醉醺醺的窦不疑；当年是有心理准备的窦不疑，如今是猝不及防的窦不疑；当年是一人斗一鬼的窦不疑，如今是一人斗群魅的窦不疑……更为重要的是，当年是堂堂正正的人鬼拼争，如今却是恍恍惚惚的鬼蜮行径。窦不疑焉能不败？每一位读者都可以扪心自问，处于这样的环境，你能胜利吗？如果谁胜利了，谁就是"超人"，谁就是"圣斗士"。但窦不疑不是超人，不是圣斗士，他只是一个心理正常而又平常的英雄人物而已。由此可见，窦不疑的失败是真实的，窦不疑的悲剧是必然的。

通过以上分析，尤其是对第二段故事的分析，不难看出，用"真实"的笔法写不真实的事件，是《窦不疑》篇的最大特色。这一点，对《聊斋志异》诸书影响甚巨。

淮南猎者

张景伯之为和州，淮南多象。州有猎者，常逐兽山中。忽有群象来围猎者，令不得去。有大象至猎夫前，鼻绞猎夫，置之于背。猎夫刀仗坠者，象皆为取送还之。于是驮猎夫径入深山，群象送于山口而返。入山五十里，经大盘石，石际无他物，尽象之皮革馀血肉存焉。猎夫念曰："得无于此啖我乎。"象负之，且过去石五十步，有大松树。象以背依树，猎夫因得登木焉。弓坠于地，象又鼻取仰送之。猎夫深怪其故。象既送猎夫讫，因驰去。俄而，有一青兽自松树南细草中出，毳毛口髯，爪牙可畏，其大如屋，电目雷音，来止磐石，若有所待。有顷，一次象自北而来，遥见猛兽，俯伏膝行。既至磐石，恐惧战栗。兽见之喜，以手取之，投于空中，投已接取，犹未食啖。猎夫望之，叹曰："畜兽之愚，犹请救于人。向来将予于山，欲予毙此兽也。予善其意，曷可不救？"于是引满，纵毒箭射之，洞其左腋。兽既中箭来趋，猎夫又迎射贯心。兽踣焉，宛转而死。小象乃驰还。俄而，诸象二百馀头，来至树下，皆长跪展转。猎夫下，前所负象又以背承之，负之出山。诸象围绕喧号，将猎夫至一处，诸象以鼻破阜，而出所藏之牙焉。凡三百余茎，以示猎夫。又负之至所遇处，象又皆跪谢恩而去。猎夫乃取其牙，货得钱数万。

【讲解】

本篇据《太平广记》卷四四一。

这是一篇貌似童话故事或冒险故事而其实以豪侠之情为底蕴的传奇小说。何以谓"豪"？性格豪爽、一诺千金是其本色。何以谓"侠"？抱打不平、以暴抗暴是其核心。当然，豪侠还需有胆有识，甚至有勇有谋。如此等等，不一而足。那么，本篇的主人公——那位没有留下姓名的淮南猎者是否具有豪侠精神呢？尽管他除了打猎之外并没有什么惊人的武艺、过人的见识，但他却具备了豪侠的基本精神、核心性格。而这种基本精神和核心性格就体现在他的一念之间：当他看到那怪兽正在玩弄小象时，猛然明白了群象将他请到深山里来的真正意义，于是，喟然而叹："畜兽之愚，犹请救于人。向来将予于山，欲予毙此兽也。予善其意，曷可不救？"既然明白了弱者急切的求救，那么，面对恃强凌弱的怪兽,作为一个具有正义感和同情心的热血男儿,怎么能无动于衷?"予善其意,曷可不救"这八个字,就是性格豪爽、一诺千金、抱打不平、以暴抗暴的性格内蕴的一种体现。因此说,这位淮南猎者虽不是一位标准的侠客,但却具有豪侠精神。而作者对这位猎人的这段传奇经历的描写,在客观上也就表彰了豪侠精神。

　　本篇在写作方法上也颇为独特,作者一开始采用了设置悬念的方法。一群大象把一位猎人驮到深山中一块大石头边上的松树上面,究竟要干什么?淮南猎者不明白,读者也不明白。直到怪兽、小象相继出现之后,淮南猎者和读者才忽然明白过来。但明白过来之后,紧张的心情却丝毫没有得到缓解,因为那怪兽实在是太可怕了:"毳毛口髯,爪牙可畏,其大如屋,电目雷音。"而我们的主人公却是孤身悬在松树上。这种情景,的确令人望而生畏,更可怕的还在后头。怪兽所食的对象竟然是任何野兽见了都害怕的大象,并且,它还能将一只象一会儿抛向空中,一会儿又接在手里反复地玩弄,就像猫戏老鼠一般。一个普通的猎人,孤身面对闻所未闻、见所未见的令人狰狞恐怖的庞然大物,并且还要与之战斗,这是一次多么艰难的斗争呵!更有甚者,猎人一箭射去,虽中怪兽之左腋,但强壮的怪兽并没有被射中要害,更没有因此而倒下,反而"中箭来趋"——向着猎人藏身的松树拼命冲过来。读者试想,一个可以将大象随意抛接的巨兽,弄断棵把松树那还不是小菜一碟?到此,我们不禁为猎人深深地担忧,两手都捏出汗来。幸亏猎人眼明手快,又一箭射去,终于中其要害,使怪兽宛转而死。到这里,故事中的猎人才松了一口气,故事外的读者也才松了一口气。然而,正当你舒舒坦坦地放松以后,你是否得到了一种审美快感的满足呢?传奇作品,尤其是豪侠传奇作品的首要任务,就是要满足读者的审美快感。而《淮南猎者》的作者,是深谙其中之三昧的。先写得迷离恍惚,然后突然写得惊心动魄,正是本篇在写作技法上的成功诀窍。

　　在唐代传奇小说中,故事内容与本篇相同或相近的还有《广异记·安南猎者》《传奇·蒋武》诸篇,可见此类故事在当时颇有市场。但这几篇相同或相类的作品,又以本篇为最早,故特特录出并解说之。

<h3 style="text-align:center">郑宏之</h3>

　　唐定州刺史郑宏之,解褐为尉。尉之廨宅,久无人居。屋宇颓毁,草蔓荒凉。宏之至官,裒草修屋,就居之。吏人固争,请宏之无入。宏之曰:"行正直,何惧妖鬼?吾性强御,终不可移。"居二日,夜中,宏之独卧前

堂。堂下明火，有贵人从百馀骑，来至庭下。怒曰："何人唐突，敢居于此？"命牵下。宏之不答。牵者至堂，不敢近。宏之乃起。贵人命一长人，令取宏之。长人升阶，循墙而走，吹灭诸灯。灯皆尽，唯宏之前一灯存焉。长人前欲灭之，宏之仗剑击长人，流血洒地，长人乃走。贵人渐来逼，宏之具衣冠，请与同坐，言谈通宵，情甚款洽。宏之知其无备，拔剑击之。贵人伤，左右扶之。遽言："王今见损，如何？"乃引去。

既而，宏之命役徒百人寻其血，至北垣下，有小穴方寸，血入其中。宏之命掘之，入地一丈，得狐大小数十头。宏之尽执之。穴下又掘丈馀，得大窟，有老狐裸而无毛，据土床坐，诸狐侍之者十馀头。宏之尽拘之。老狐言曰："无害予，予佑汝。"宏之命积薪堂下，火作，投诸狐，尽焚之。次及老狐，狐乃搏颡请曰："吾已千岁，能与天通。杀予不祥，舍我何害？"宏之乃不杀，锁之庭槐。初夜中，有诸神鬼，自称"山林川泽丛祠之神来谒之"。再拜言曰："不知大王罹祸乃尔！虽欲脱王，而苦无计。"老狐领之。明夜，又诸社鬼朝之，亦如山神之言。后夜，有神自称"黄㩋"，多将翼从，至狐所，言曰："大兄何忽如此？"因以手缆锁，锁为之绝。狐亦化为人，相与去。宏之走追之，不及矣。

宏之以为"黄㩋"之名，乃狗号也。此中谁有狗名黄㩋者乎？既曙，乃召胥吏问之。吏曰："县仓有狗，老矣，不知所至。以其无尾，故号为黄㩋。岂此犬为妖乎？"宏之命取之。既至，锁系将就烹。犬人言曰："吾实黄㩋神也。君勿害我，我常随君。君有善恶，皆预告君，岂不美欤？"宏之屏人与语，乃释之。犬化为人，与宏之言，夜久方去。

宏之掌寇盗，忽有劫贼数十人入界，止逆旅。黄㩋神来告宏之曰："某处有盗，将行劫，擒之可迁官。"宏之掩之，果得，遂迁秩焉。后宏之累仕将迁，神必预告。至如秩咎，常令回避，罔有不中。宏之大获其报。宏之自宁州刺史改定州，神与宏之诀去。以是人谓宏之禄尽矣。宏之至州两岁，风疾去官。

【讲解】

本篇据《太平广记》卷四四九。这是一篇非常奇特的作品。

奇特处之一，狐犬相交甚厚。在民间传说故事中，犬是狐狸的天敌。无论道行多高的狐狸，一见了犬，就好比老鼠见了猫一样。唐人传奇《任氏传》和《聊斋志异》中的《青凤》篇，对此都有充分的描写。然而，本篇中的千年通天老狐却与大概也是千年通天的老狗黄㩋情深意长，如人间的结义兄弟一般。一声"大兄何忽如此"的轻呼，是何等亲切动人；一阵"以手缆锁，锁为之绝"的动作，是何等义无反顾；随即，"狐亦化为人，相与去"的场景，简直就是人间悌道的绝妙写照。这样一种描写在古代小说中颇为罕见，也正因为其罕见，才显得它的奇特，又正因为它的奇特，才能产生一种非同一般的审美趣味。

奇特处之二，兽类极具侠情。黄撅是必须为自己的行为负责任的，因为他胆大包天，触犯了人间官府的尊严。它终于被抓获，且差点儿被烹杀。但它并没有因为如此而出卖朋友，改变初衷。这是什么？这就是一种豪侠之气。更有意味的是，黄撅这一狗中的神圣，不仅对朋友讲侠情，就是对自己原先的敌人——郑宏之也颇讲信用和义气。当郑宏之以将来预言祸福为前提和条件而释放了黄撅并且待以宾客之礼以后，这位黄撅神言必信，行必果，果真与他担负起预报祸福的重任。要知道，天机不可泄露，黄撅这样做也是触犯天条的。然而，它毕竟这样做了，而且做得很彻底，很自觉。从这一角度看问题，这位没有尾巴的"狗"倒很像极有道德的"人"。大丈夫一言九鼎，有恩不报非君子，士为知己者死，……这些人类君子的道德信条，竟被它一一遵守实行。而这种将某种动物真正"人格化"的写法，无疑从另一角度增添了这篇作品的审美蕴涵。

奇特处之三，官员千古豪气。作为一个从事政治活动的封建官员，他必备的素质可能会包括许多方面，如公正、无私、清廉、机智、勇敢等等，但最重要的一条却是控制局面的能力。然而，要想很好地控制局面，必须善于调弄人。进而言之，要做到各种各样的人都为我所用，又必须有容人的雅量，也就是所谓心胸开阔，也就是一种豪侠之气。本篇之主人公郑宏之也有勇敢的一面，你看他杀"长人"斗"贵人"一段，是多么沉着而勇敢；郑宏之也有机智的一面，你看他分析黄撅的本来面目一段，又是多么有见识，有主意。然而，他所具备的更为重要的基本素质，恰恰就是那一种胸臆浩然的豪侠之气。你看他，一不杀老狐，二不杀黄撅，固然是为了自己的利益，但亦未尝不是一种雅量。作为一个官员，居然能与一只黄狗尊重相处，岂非咄咄怪事？但说怪也不怪，因为郑宏之的逻辑是，只要是于我有用之人，都可以，也应当善待之。这其实是一种并不符合封建伦理道德的逻辑，但它却是符合特定人物的特殊逻辑。郑宏之就是一个颇为特殊的封建官员，我们不能用常规去要求他，也不能用通常的思维方式去分析他。只有从"豪侠"的角度探讨其性格，才能觉得有一种特殊的审美意味油然而生。

奇特处之四，杀戮不觉恐怖。本篇虽然不算很长，但流血杀戮的场面却不少。如郑宏之杀"长人"而"流血洒地",郑宏之杀"贵人"亦满地血迹,至若郑宏之焚烧群狐,则更可以称之为血腥大屠杀了。但不知为什么,我们读了这篇作品之后,却并没有产生一种恐怖感。其实,答案就在前面三点。因为那些方面写得太成功了,充分吸引了读者的注意力,故而对那些血腥味大家便不"闻"不问了。

(原载《中华活页文选》2002年第24期)

《广异记》（三篇）

　　《广异记》乃戴孚所撰。戴孚，谯郡（今安徽亳县）人，唐肃宗至德二年（757）进士及第，曾官校书郎，终饶州录事参军，卒年57岁。《广异记》原书二十卷，约十余万字，早佚。《太平广记》录存佚文三百零二条，后人多有辑本，以中华书局1992年出版之方诗铭辑校本最为完善。

　　《广异记》在唐人小说集中出现较早，也较为突出。是书所存篇章，所记自唐高宗朝至唐德宗朝，其中，有极少数故事叙至贞元以降，乃传抄之误或他人补写，非戴孚之所为。该书现存篇章中之传奇作品有四十多篇，大多故事完整，情节曲折，所反映的社会生活面颇为广泛。从本帙所选之《勤自励》《崔敏悫》《李霸》诸作，即可窥见一斑。较之《纪闻》而言，《广异记》在由志怪小说向着传奇小说转化的进程中，所迈的步伐更大。

勤自励

　　漳浦人勤自励者，以天宝末充健儿，随军安南。及击吐蕃，十年不还。自励妻林氏为父母夺志，将改嫁同县陈氏。其婚夕，而自励还。父母具言其妇重嫁始末，自励闻之，不胜忿怒。妇宅去家十余里。当破吐蕃，得利剑。是晚，因仗剑而行，以诣林氏。

　　行八九里，属暴雨，天晦，进退不可。忽逢电明，见道左大树有旁孔，自励权避雨孔中。先有三虎子，自励并杀之。久之，大虎将一物纳孔中，须臾复去。自励闻有人呻吟，径前扪之，即妇人也。自励问其为谁，妇人云："己是林氏女，先嫁勤自励为妻。自励从军未还，父母无状，见逼改嫁，以今夕成亲。我心念旧，不能再见，愤恨莫已。遂持巾于宅后桑林自缢，为虎所取。幸而遇君，今犹未损。倘能相救，当有后报。"自励谓曰："我即自励也。晓还至舍，父母言君适人，故仗剑而来相访。何期于此相遇！"乃相持而泣。

　　顷之，虎至。初大吼叫，然后倒身入孔。自励以剑挥之，虎腰中断。

恐又有虎，故未敢出。寻而，月明，后果一虎至。见其偶毙，吼叫愈甚。自尔复倒入，又为自励所杀。乃负妻还家，今尚无恙。

【讲解】

本篇据《太平广记》卷四二八。

这是一篇情节并不复杂而人物却颇为感人作品。勤自励当然是一个豪侠形象，是一个杀虎英雄，但同时，他又是一个感情非常丰富的男子汉。你看他杀虎时的果决劲儿，是没有多少人可以相比的："先有三虎子，自励并杀之。""自励以剑挥之，虎腰中断。""后果一虎至。见其偶毙，吼叫愈甚。自尔复倒入，又为自励所杀。"同样，你看他对妻子的爱又是何等诚挚深沉。当他听说妻子被迫改嫁的消息后，"不胜忿怒"；而当他与妻子邂逅相逢于虎穴之后，又"相持而泣"。具有如此丰富的情感的豪侠之士才是真正的英雄，"无情未必真豪杰"嘛！勤自励的妻子也是一个很重感情的女性。丈夫从军，一去十年，音信渺茫，生死未卜，而自己的父母又强制她改嫁。这样的境遇，对一个旧时必须依仗男性才能生存的弱女子而言，是非常不堪的。在如此痛苦的景况下，她心里时时思念远方的丈夫，"我心念旧，不能再见，愤恨莫已"。万般无奈之际，只有以死抗争，"遂持巾于宅后桑林自缢"。不料，又"为虎所取"。这样一个女人，当她与朝思暮想的丈夫巧相逢之际，又怎能不"相持而泣"呢？在这篇故事中，英雄是重情之英雄，女子是钟情之女子，夫也有情，妻也有情，在唐人豪侠传奇作品中，恐怕是最能以"情"动人的一篇了。

本篇还有一个值得我们注目的地方，那就是作者告诉我们：老虎回家总是屁股先进洞。也不知这是源于生活呢？抑或是丰富的想象？总之作者就这样写了，也不由你不信，因为是极少有人敢钻进老虎洞去考察这一问题的。更有意味的是，《广异记》中这样写了不打紧，却影响到《水浒传》也这样写了，李逵沂岭杀四虎时的老虎也是这样屁股先进洞的。这样一来，就非同小可了，几乎人人皆知。当然，有的人可能印象不太深了。为了勾起大家的审美记忆，在这里不妨将《水浒传》里的那段文字略引一二，想来读者自会与本篇进行比较的。"那母大虫到洞口，先把尾去窝里一剪，便把后半截身躯坐将入去。李逵在窝内看得仔细，把刀朝母大虫尾底下，尽平生气力，舍命一戳，正中那母大虫粪门，李逵使得力重，和那把刀靶也直送入肚里去了。那母大虫吼了一声，就洞口带着刀，跳过涧边去了。"（第四十三回）

崔敏悫

博陵崔敏悫，性耿直，不惧神鬼。年十岁时常暴死，死十八年而后活，自说被枉追。敏悫苦自申理，岁馀获放。王谓敏悫曰："汝合却还。然屋舍已坏，如何？"敏悫祈固求还，王曰："宜更托生，倍与官禄。"敏悫不肯。王难以理屈，徘徊久之。敏悫陈诉称冤，王不得已，使人至西国求重生药，数载方还。药至布骨，悉皆生肉。唯脚心不生，骨遂露焉。其后家频梦敏悫云："吾已活。"遂开棺，初有气，养之月馀方愈。敏悫在冥中检身，当得十政刺史。遂累求凶阙，轻侮鬼神，卒获无恙。

其后为徐州刺史，皆不敢居正厅，相传云："项羽故殿也。"敏悫到州，即敕洒扫视事。数日，空中忽闻大叫曰："我西楚霸王也，崔敏悫何人，敢夺吾所居？"敏悫徐云："鄙哉项羽，生不能与汉高祖西向争天下，死乃与崔敏悫竞一败屋乎？且王死乌江，头行万里，纵有馀灵，何足畏也？"乃帖然无声，其厅遂安。后为华州刺史，华岳祠傍，有人初夜闻庙中喧呼。及视，庭燎甚盛，兵数百人，陈列受敕云："当与三郎迎妇。"又曰："崔使君在州，勿妄飘风暴雨。"皆云："不敢。"既出，遂无所见。

【讲解】

本篇据《太平广记》卷三〇一。

崔敏悫最大的特点就是不惧鬼神，在这篇作品中，他的这种性格特征是通过三个故事来充分体现的。其一是与阎王斗争，其二是讽刺项羽，其三是威慑华山神。

与阎王的斗争主要体现了崔敏悫威武不能屈、富贵不能淫的坚强个性与不屈不挠的抗争精神。一开始，他作为一个十岁的少年，被阴曹地府错误地追魂致死。他没有像一般的冤魂一样向阴司最高统治者阎王乞求活路，而是据理力争。"敏悫苦自申理"，终于获得了自由，"岁馀获放"。但却由于时间久了，尸身已坏，不能还阳。这大概相当于阴司的"责任事故"，对此，阎王是要负责任的。崔敏悫也是看准了这一点，因此他"祈固求还"，毫不让步。阎王先是采取蒙混过关的办法，要崔敏悫重新托生，并以"倍与官禄"的条件相利诱。结果，遭到了崔敏悫的拒绝。"王不得已"，才不惜花大力气，"使人至西国求重生药"，崔敏悫终于如愿以偿。在与阎王的斗争中，崔敏悫取得了彻底的胜利。

一个连阎王都不怕的人，难道还怕其他的鬼魅吗？更何况崔敏悫明明知道自己有当十任刺史的命运，因此他将任何淫神恶鬼都不放在眼里。"累求凶阙，轻侮鬼神"。终于谱写了讽刺楚霸王、威慑华山神的辉煌篇章。有意思的是，作者在写这两个故事时所用的笔法并不一样。讽刺楚霸王一节，除了表现崔敏悫的勇气与胆量之外，更重要的是抓住对方的短处以理服之。从而使那位自以为是、不可一世的"鬼雄"含愧而退。威慑华山神一节,则重在气氛渲染。先写华山神为其公子迎亲时的气势,"庭燎甚盛,兵数百人,陈列受敕"。然后,笔锋突然一转,传出一句"崔使君在州,勿妄飘风暴雨",而后突然万籁俱寂。由此,崔敏悫在鬼神中的崇高威信也就可见一斑了。

崔敏悫斗阎王时所体现的是抗争精神之执着,而他讥项羽时体现的则是执敌弱点而攻之的斗争艺术,最终,对华山神,则是"绣幡开遥见英雄俺"的八面威风。作者写三个故事,用三种方法,亦可谓妙笔生花也。

最后需要说明的是,本篇对后世文学创作,尤其是小说创作影响颇大。崔敏悫勇斗阎王一段对《聊斋志异》中席方平这一人物的影响自不待言,崔敏悫骂项羽一段则又直接影响了话本小说《清平山堂话本》中之《霅川萧琛贬霸王》篇和拟话本小说《人中画》中之《狭路逢》篇等作品。

李霸

歧阳令李霸者,严酷刚鸷,所遇无恩。自丞尉已下,典吏皆被其毒。然性清自喜,妻子不免饥寒。一考后暴亡,既敛,庭绝吊客。其妻每抚棺恸哭,呼曰:"李霸,在生云何,令妻子受此寂寞。"数日后,棺中忽语曰:"夫人无苦,当自办归。"其日晚衙,令家人于厅事设案几,霸见形,令传呼召诸吏等。吏人素所畏惧,闻命奔走。见霸,莫不战惧股栗。又使召丞及簿尉皆至,霸诃怒云:"君等无情,何至于此?为我不能杀君等耶?"言讫,悉颠仆无气。家人皆来拜,庭中祈祷。霸云:"但通物数,无忧不活。卒以五束绢为准,绢至便生。"各谢讫去后,谓两衙典:"吾素厚于汝,何故亦同众人?唯杀汝一身,亦复何益,当今两家马死为验。"须臾,数百匹一时皆倒欲死。遂人通两匹细绢,马复如故。因谓诸吏曰:"我虽素清,今已死,谢诸君,可能不惠涓滴乎?"又卒以五匹绢毕,指令某官出车,某出骑,某吏等修,违者必死,一更后方散。后日,处分悉便,家人便引道。每至祭所,留下歆飨,飨毕,又上马去。凡十馀里,已及郊外,遂不见。至夜,停车骑,妻子欲哭,棺中语云:"吾在此,汝等困弊,无用哭也。"

霸家在都,去歧阳千余里。每至宿处,皆不令哭。行数百里,忽谓子曰:"今夜可无寐,有人欲盗好马,宜预为防也。"家人远涉困弊,不依约束,尔夕竟失马。及明启白,霸云:"吾令防盗,何故贪寐?虽然,马终不失也。近店东有路向南,可遵此行十馀里,有丛林,马系在林下。"往取,如言得之。

及至都,亲族闻其异,竞来吊慰。朝夕谒请,霸棺中皆酬对,莫不踧踖。观听聚喧,家人不堪其烦。霸忽谓子云:"客等往来,不过欲见我耳。

汝可设厅事，我欲一见诸亲。"其子如言。众人于庭伺候。久之，曰"我来矣。"命卷帏，忽见霸，头大如瓮，眼赤睛突，瞪视诸客等。客莫不颠仆，稍稍引去。霸谓子曰："人神道殊，屋中非我久居之所，速殡野外。"言讫不见，其语遂绝。

【讲解】

本篇据《太平广记》卷三三一。

这篇作品的主人公李霸有两大特点：其一，做人不如做鬼；其二，有些项羽意味。

李霸做人是很糟糕的。其"严酷刚鸷"的一面，使他不得人心；其"自喜"的一面，又使他无以养妻子。他既不是一个好长官，也不是一个好家长，无论于私于公，都是失败的。然而，写作为"人"的李霸并不是本文的重点，作者对他的为人稍作勾勒以后，笔锋一转，写他"一考后暴亡"。从此，作为"人"的李霸悄然逝去，而作为"鬼"的李霸却大放光彩。面对死后的一片凄凉景象，鬼李霸采用了一切办法来捍卫自己的尊严和谋求妻儿的生存条件。斥责、威胁、恐吓、惩罚，直至夺得大量资财扬长而去。他的做法，虽然不很"道德"，但道德是对人而言的，既已做鬼，哪管得这许多。这，就是鬼李霸的逻辑。这种逻辑或许有不通处，但社会中的"不通之处"也太多。以鬼类之不通对人类之不通，或许正是通达之道。作者是否有此一层寓意，我们不知道。但李霸这一"鬼雄"形象是无论如何比人间县令的李霸要可爱些许的，因为鬼李霸在满身霸气的同时，毕竟带有几分豪气。

说到"鬼雄"，使人自然而然想到楚霸王项羽。其实，本篇中的鬼李霸是的的确确有几分像项羽的。刻薄寡恩，是其一也。威风可掬，是其二也。妇人之爱，是其三也。前两点已如上述，第三点却是饶有意味的。豪气和柔情的辩证统一，正是"楚霸王"和"鬼李霸"的共同之处。楚霸王不待言，观其"虞兮虞兮奈若何"一句足矣。此篇中的鬼李霸之柔情，却表现得更为细腻。鬼李霸的死后显灵，乃是由于妻子的呼号啼哭；鬼李霸的责罚众人，是因为老婆孩子将来的生活；鬼李霸一路护佑，是怕家里人口财产有失；鬼李霸的吓退亲友，是为了还妻子儿女一个安宁。天下还有如此多情的鬼中豪杰吗？作者为写李霸之"刚"，特特以如此多重笔墨的"柔"来反衬。以"刚"写"刚"，至多只得十分之"刚"，以"柔"写"刚"，则"刚"乃百分、千分、万分也。这大概就是所谓艺术的辩证法吧。

（原载《中华活页文选》2002年第24期）

《谢小娥传》

小娥，姓谢氏，豫章人，估客女也。生八岁，丧母。嫁历阳侠士段居贞。居贞负气重义，交游豪俊。小娥父畜巨产，隐名商贾间，常与段婿同舟货，往来江湖，时小娥年十四矣。始及笄，父与夫俱为盗所杀，尽掠金帛。段之弟兄，谢之生侄，与童仆辈数十，悉沉于江。小娥亦伤胸折足，漂流水中，为他船所获，经夕而活。因流转乞食，至上元县，依妙果寺尼净悟之室。初，父之死也，小娥梦父谓曰："杀我者，车中猴，门东草。"又数日，复梦其夫谓曰："杀我者，禾中走，一日夫。"小娥不自解悟，常书此语，广求智者辨之，历年不能得。

至元和八年春，余罢江西从事，扁舟东下，淹泊建业，登瓦官寺阁。有僧齐物者，重贤好学，与余善。因告余曰："有孀妇名小娥者，每来寺中，示我十二字谜语，某不能辨。"余遂请齐公书于纸，乃凭槛书空，凝思默虑。坐客未倦，了悟其文。令寺童疾召小娥前至，询访其由。小娥呜咽良久，乃曰："我父及夫，皆为贼所杀。尔后尝梦父告曰：'杀我者，车中猴，门东草。'又梦夫告曰：'杀我者，禾中走，一日夫。'岁久无人悟之。"余曰："若然者，吾审详矣。杀汝父是申兰，杀汝夫是申春。且车中猴，车字去上下各一画，是申字；又申属猴，故曰车中猴。草下有门，门中有东，乃兰字也。又，禾中走是穿田过，亦是申字也。一日夫者，夫上更一画，下有日，是春字也。杀汝父是申兰，杀汝夫是申春，足可明矣。"小娥恸哭再拜，书申兰申春四字于衣中，誓将访杀二贼，以复此冤。娥因问余姓氏官族，垂涕而去。

尔后小娥便为男子服，佣保于江湖间。岁余，至浔阳郡，见竹户上有纸榜子，云"召佣者"。小娥乃应召诣门，问其主，乃申兰也。兰引归，娥心愤貌顺，在兰左右，甚见亲爱。金帛出入之数，无不委娥。已三岁余，竟不知娥之女人也。先是谢氏之金宝锦绣衣物器具，悉掠在兰家，小娥每执旧物，未尝不暗泣移时。兰与春，宗昆弟也。时春一家住大江北独树浦，与兰往来密洽。兰与春同去经月,多获财帛而归。每留娥与兰妻兰氏同守家室,酒肉衣服,给娥甚丰。

或一日,春携文鲤兼酒诣兰。娥私叹曰:"李君精悟玄鉴,皆符梦言。此乃天启其心,志将就矣。"是夕,兰与春会,群贼毕至,酣饮。暨诸凶既去,春沉醉卧于内室,兰亦露寝于庭。小娥潜锁春于内,抽佩刀先断兰首,呼号邻人并至,春擒于内,兰死于外,获赃收货数至千万。初,兰春有党数十,暗记其名,悉擒就戮。时浔阳太守张公,善娥节行,为具其事,上旌表,乃得免死。时元和十二年夏岁也。

复父夫之仇毕,归本里,见亲属。里中豪族争求聘,娥誓心不嫁。遂剪发披褐,访道于牛头山,师事大士尼将律师。娥志坚行苦,霜春雨薪,不倦筋力,十三年四月,始受具戒于泗州开元寺,竟以小娥为法号,不忘本也。其年夏月,余始归长安,途经泗滨,过善义寺谒大德尼令操。见新戒者数十,净发鲜帔,威仪雍容,列侍师之左右。中有一尼问师曰:"此官岂非洪州李判官二十三郎者乎?"师曰:"然。"曰:"使我获报家仇,得雪冤耻,是判官恩德也。"顾余悲泣。余不之识,询访其由。娥对曰:"某名小娥,顷乞食孀妇也。判官时为辨申兰申春二贼名字,岂不忆念乎?"余曰:"初不相记,今即悟也。"娥因泣,具写记申兰申春,复父夫之仇,志愿既毕,经营终始艰苦之状。小娥又谓余曰:"报判官恩,当有日矣。岂徒然哉!"嗟乎,余能辨二盗之姓名,小娥又能竟复父夫之仇冤,神道不昧,昭然可知。小娥厚貌深辞,聪敏端特,炼指跛足,誓求真如。爰自入道,衣无絮帛,斋无盐酪,非律仪禅理,口无所言。后数日,告我归牛头山,扁舟泛淮,云游南国,不复再遇。

君子曰:誓志不舍,复父夫之仇,节也。佣保杂处,不知女人,贞也。女子之行,唯贞与节能终始全之而已。如小娥,足以儆天下逆道乱常之心,足以观天下贞夫孝妇之节。余备详前事,发明隐文,暗与冥会,符于人心。知善不录,非《春秋》之义也。故作传以旌美之。

【讲解】

《谢小娥传》乃李公佐所撰。李公佐,字颛蒙,陇西(今属甘肃)人,生活在唐代宗、德宗、宪宗时代,曾中进士。贞元十三年(797)泛潇湘、苍梧。十八年(802)秋,自江南赴洛阳,同年作《南柯太守传》。元和六年(811)五月,任江淮从事,奉使赴长安,作《庐江冯媪传》。后又为钟陵(今江西南昌市)从事,八年,罢江西从事,泊南京,冬,至常州。九年(814),泛洞庭湖,登包山，同年作《古岳渎经》。十三年（818），自南方归长安。另据《旧唐书·宣宗纪》载，大中二年（848）朝廷派扬府录事参军李公佐推勘吴湘狱。若彼李公佐即是此李公佐的话，则他是非常长寿的。李公佐是中唐著名传奇小说作家，其传奇小说作品保存至今者除上述三篇外，还有本帙所选之《谢小娥传》。另外，李公佐与白行简友好，曾劝白行简写成唐代传奇小说名篇《李娃传》。

本篇据《太平广记》卷四九一，是一篇独具品格的传奇作品。

篇中写侠女谢小娥佣身虎穴狼窝而报杀父戮夫之深仇大恨，读之令人心旌震动。然小娥乃一普通女子，篇中未见其娴于武功的描写，其之所以报仇而具"侠"气，究其原因有二：一是父亲、丈夫惨死，乃切肤之痛，是所谓"哀兵"，而哀兵是必胜的；二是其夫段居贞乃"负气重义，交游豪俊"之士，想必对小娥深有影响。如此，作者便写出了侠女复仇特定的环境与心境，读者对她以一弱女子而杀剧盗复仇的壮举便不觉突然了。

至若小娥之复仇过程，按常理，本应写得饱满曲折、淋漓尽致，然作者写来却十分简明，如行云流水。你看，小娥先解仇人之名，又访仇人之地，继而佣身仇家，又获仇人赃物，最终俟机报仇。简洁明快之笔，犹如侠女复仇本身一样令人畅快不已。其中，尤以小娥杀贼的场面至为简洁："小娥潜锁春于内，抽佩刀先断兰首，呼号邻人并至，春擒于内，兰死于外。"这样的场面，如果让拟话本小说或当今武侠小说的作者写来，不知要耗费多少笔墨，然而李公佐仅仅用了二十余字，就将其"敷衍"过去。是作者没有描写才能吗？是小娥杀贼的场面本身不够精彩吗？都不是。作者这里采取的是"春秋左氏传"的笔法："画龙"不遗余力，"点睛"则惜墨如金。请看："郑伯克段于鄢"有数千字，但写其点睛处"克段于鄢"的场面却只有三十余字："命子封帅车二百乘以伐京。京叛太叔段，段入于鄢。公伐诸鄢。五月辛丑，太叔出奔共。"同样，"秦晋崤之战"的来龙去脉也是写得洋洋洒洒数千言，真正打起来，却只有"夏四月，辛巳，败秦师于崤。获百里孟明视、西乞术、白乙丙以归"这样二十多字。在《左传》中，像这样详于画龙、精于点睛的例子还有很多，而唐人传奇小说的重要文学渊源之一恰恰就是诸如《左传》这样的传记文学的经典名著。从这样一些细微末节之处，我们恰可看到异代文学传承的因子真是无处不在。

本篇还有一与众不同之处，在作品中作者将自己写了进去，并充当一个颇为关键的角色。李公佐这样做，主要是为了证明谢小娥复仇一事的真实性，但在无意之中却显示出唐代传奇小说的又一品格。当然，这里的"作者入书"与唐代早期传奇作品《游仙窟》又有不同。《游仙窟》是文人群体意识入书，是类型化的产物；而本篇则以文人个体入书，已具有典型性。虽然李公佐解释贼名带有封建迷信和文字游戏意味，但一位正直、聪颖的下层官吏形象已跃然纸上，而且并不是现实生活中李公佐的机械复制。

篇中对谢小娥节烈的描写，实已超出个人品质的范畴，而成为一种复仇情结的有机组成部分。对于这一点，将它作为封建糟粕来看待是可以的，但过分强调，则未免造成新的"迂执"。

本篇对后世的影响亦自不小。唐代李复言据此写了另一篇传奇作品《尼妙寂》（见《太平广记》卷一二八）。《新唐书》的编者则根据本篇，将谢小娥的事迹列入《列女传》。明代凌濛初据此写了拟话本小说《李公佐巧解梦中言，谢小娥智擒船上盗》。清人王夫之又据此写了杂剧作品《龙舟会》。

（原载《中华活页文选》2003年第13期）

《童区寄传》

柳先生曰：越人少恩，生男女，必货视之。自毁齿已上，父兄鬻卖，以觊其利。不足，则盗取他室，束缚钳梏之。至有须鬣者，力不胜，皆屈为僮。当道相贼杀以为俗。幸得壮大，则缚取幺弱者。汉官因以为己利，苟得僮，恣所为，不问，以是越中户口滋耗。少得自脱，惟童区寄以十一岁胜，斯亦奇矣。桂部从事杜周士为余言之。

童寄者，柳州荛牧儿也。行牧且荛，二豪贼劫持，反接，布囊其口，去逾四十里之虚所卖之。寄伪儿啼，恐栗为儿恒状。贼易之，对饮。酒醉，一人去为市，一人卧，植刃道上。童微伺其睡，以缚背刃，力下上，得绝，因取刃杀之。逃未及远，市者还，得童，大骇，将杀童。遽曰："为两郎僮，孰若为一郎僮耶？彼不我恩也。郎诚见完与恩，无所不可。"市者良久计曰："与其杀是僮，孰若卖之？与其卖而分，孰若吾得专焉？幸而杀彼，甚善。"即藏其尸，持童抵主人所，愈束缚牢甚。夜半，童自转，以缚即炉火烧绝之，虽疮手勿惮，复取刃杀市者。因大号，一虚皆惊。童曰："我区氏儿也，不当为僮。贼二人得我，我幸皆杀之矣！愿以闻于官。"

虚吏白州，州白大府。大府召视儿，幼愿耳。刺史颜证奇之，留为小吏，不肯。与衣裳，吏护之还乡。乡之行劫缚者，侧目莫敢过其门，皆曰："是儿少秦武阳二岁，而讨杀二豪，岂可近耶！"

【讲解】

《童区寄传》的作者是柳宗元。柳宗元（773—819），字子厚，河东（今山西永济县）人。二十一岁进士，二十六岁考取博学鸿词科，历官集贤殿正字、监察御史里行等。永贞元年（805），参与王叔文为首的政治革新活动，失败后，贬官永州司马，十年后，改柳州刺史，病卒于柳州。柳宗元是我国古代著名的散文家，其散文作品主要包括三个方面：一是政论文，二是游记文，三是传记文。而其中许多优秀的人物传记文章同时又可称为漂亮的传奇作品，如《种树郭橐驼传》《宋清传》《河间传》以及《童区寄传》等等。

本篇据《柳河东集》卷一七。柳宗元是我国历史上著名的散文大家,而这篇《童区寄传》同时也是一篇独具特色的传奇作品。

我们首先来看似乎与"童区寄"关系不大的"柳先生曰"一段。在这里,柳宗元比较详细地介绍了越人的恶俗:偷盗儿童,贩卖人口,甚至父兄贩卖子弟,甚至成年人之柔弱者也被当作童仆贩卖。由此而导致的后果是"越中户口滋耗",普通百姓尤其是那些"弱势群体"中人更是陷入水深火热之中。这段话的深刻意义,在这里无需多言,许多分析本篇的文章都已讲得很详尽了。我们在这里着重要提出的是,这段话与"童区寄"有什么关系?我想,这里有显隐层次不同的三层关系。其一,最明显者,这段话为童区寄的出场设置了一个背景。童区寄就生活在这么一个混乱的时代、混乱的地区,他具有与众不同的活动空间。其二,比较明显者,将那些未能逃脱强盗魔爪的弱者作为童区寄的参照系,从而达到在对比中塑造人物的效果。其三,比较隐蔽者,那就是暗写了童区寄深层性格的来源。试想,在那样一个时时处处都可能发生绑架劫持事件的环境中,我们的小英雄该听过多少他人(甚至包括成年人)被绑架的故事啊!在他幼小的心灵中,早已不知不觉地筑起了抵御强盗的"防火墙"。正因为有了这堵"防火墙",他那种对付突如其来的变化的能力才成为有源之水。否则,我们试想一下,在太平的时代和地区长大的孩子,连劫持绑架是什么都不知道,怎么可能去对付它呢?因此,我们今天的少年儿童尤其更应该多读一些"童区寄",多学一些"童区寄"。

柳宗元在第一段的最后说:"惟童区寄以十一岁胜,斯亦奇矣。"那么,区寄之"奇"究竟奇在什么地方呢?答曰:一是勇,二是智,三是垂髫之龄居然有如此之勇和智。作者在作品中有三处写区寄之勇,首先是见贼人醉卧,"因取刃杀之"。其次是"以缚即炉火烧绝之,虽疮手勿惮,复取刃杀市者"。最后是杀贼之后向众人宣称:"我区氏儿也,不当为僮。贼二人得我,我幸皆杀之矣!愿以闻于官。"三次写其"勇",一次比一次强烈。第一次取刀杀贼,已给小英雄定下勇敢无畏的基调。第二次又杀另一贼人,则是在双手被火烧伤之后。不仅杀贼需要勇气,双手被火炙烤时也需要相当的勇气,这简直有点儿关云长刮骨疗毒的意味。而第三次更是向众人宣称自己杀了二贼,并公然提出主动见官,这实际上需要更大的勇气。这种敢做敢当的气概,其实是一种豪侠之气,是对此后许许多多英雄小说和武侠小说中的江湖好汉产生巨大影响的豪侠之气。至于作品中对区寄智慧的描写,则是一目了然的。当他被贼人掳掠时,首先是"伪儿啼,恐栗为儿恒状",取得了"贼易之"的效果,最大限度地麻痹了敌人。随后,"以缚背刃,力上下,得绝",杀了醉酒之贼。当被另一贼再次擒住时,他又啖之以利,用合情合理的说辞诱敌上当,为自己争得了时间和主动。最后,再一次烧断绳索,手刃贼人。以上所言,勇敢也罢,智慧也罢,如果放在一个成年人身上,已经足以令人刮目相看了。然而这些行为却由一个十一岁的垂髫童子来完成,那就更令人敬佩万分了。然而,奇迹终究发生了。在极端不利的情况下,童区寄取得了惊人的成功。他所战胜的绝不仅仅是两个贼人,而是孤独、劣势、弱小、恐惧、疼痛、饥饿等种种严峻的考验。正因如此,这位少年英雄才能让千百年来的读者读之汗颜、读之振奋、读之经久不息地颤抖着灵台而作浮想联翩的长久思考。

  这篇作品对后世文学创作的影响是隐性的。它虽然没有什么据以改编的戏曲小说作品流行于世,但在许多文学作品的少年英雄身上总可以或多或少、或此或彼地看到童区寄的影子在晃动。《聊斋志异》中的"贾儿",就是一个典型例证。

(原载《中华活页文选》2003年第13期)

《博异志·木师古》

游子木师古,贞元初,行于金陵界村落。日暮,投古精舍宿,见主人僧。主人僧乃送一陋室内安止。其本客厅,乃封闭不开。师古怒,遂诘责主人僧。僧曰:"诚非客惜于此,而卑吾人于彼。俱以承前客宿于此者,未尝不大渐于斯。自某到已三十馀载,殆伤三十人矣。闭止周岁,再不敢令人止宿。"师古不允其词,愈生猜责。僧不得已,令启户洒扫,乃实年深朽室矣。

师古存心信而口貌犹怒,及入寝,亦不免有备预之志。遂取箧中便手刀子一口,于床头席下,用壮其胆耳。寝至二更,忽觉增寒,惊觉,乃漂沸风冷,如有扇焉。良久,其扇复来。师古乃潜抽刀子于幄中,以刀子一挥,如中物,乃闻坠于床左,亦更无他。师古复刀子于故处,乃安寝。至四更以来,前扇又至。师古亦依前法挥刀,中物又如堕于地。握刀更候,了无馀事。

须臾天曙,寺僧及侧近人同来扣户。师古乃朗言问之:"为谁?"僧徒皆惊师古之犹存,询其来由。师古俱述其状,徐徐拂衣而起。诸人遂于床右见蝙蝠二枚,皆中刀狼藉而死。每翅长一尺八寸,珠眼圆大,爪如银色。

按《神异秘经法》云:"百岁蝙蝠,于人口上服人精气,以求长生。至三百岁,能化形为人,飞游诸天。"据斯未及三百岁耳,神力犹劣,是为师古所制。师古因之亦知有服练术,遂入赤城山,不知所终。宿在古舍下者,亦足防矣。

【讲解】

《木师古》选自《博异志》。《博异志》或作《博异记》《博异录》《博异传》,是唐代一部传奇志怪小说的选集。《新唐书·艺文志》、郑樵《通志》皆云三卷,《宋史·艺文志》、晁公武《郡斋读书志》、陈振孙《直斋书录解题》、马端临《文献通考》、胡应麟《少室山房笔丛》均作一卷。原书已佚,《太平广记》录存三十五则，后人有辑本。《新唐书》谓《博异志》作者乃"谷神子"，胡应麟认为谷神子即郑还古，余嘉锡《四库提要辨证》又加以论证，故学界多从此说。另有冯廓、裴铏等说法，因其生活时间不甚相合，多不取。郑还古，字号籍里及生卒年均不详，家居洛阳，元和年间（806—820）进士，尝官河北从事、吉州掾、国子博士等。《博异志》记事时间下限为会昌二年（842），书中故事大多曲折离奇，而其文辞则雅赡可爱。

  本篇据《太平广记》卷四七四，是一篇很有趣味的作品。

  趣味之一，是木师古杀了两个什么妖精，读者不知道，寺院僧人不知道，就连木师古本人都不知道。篇中只是隐隐约约模模糊糊地描写了那精怪的形态，而且还是通过主人公的一种感觉来进行描写的。而这种感觉一言以蔽之，就是像扇子——带着"漂沸"的冷风的扇子。直到故事的最后，才由作者借众人的眼睛看到，原来是两只蝙蝠，两只令人感到恐怖的蝙蝠："每翅长一尺八寸，珠眼圆大，爪如银色。"这才使人恍然大悟，原来所谓"扇子"就是蝙蝠那长长的翅膀。这种写法，既是一种限知叙事，也是一种悬念设置，它有利于造成故事的神秘感。而神秘感，则最容易引发读者的阅读趣味。

  趣味之二，是木师古这个人物写得非常真实而可爱。这本是一篇描写英雄豪杰勇斗妖精的作品，但作者在描写英雄人物木师古时，却没有进行任何夸张和渲染。他既非身高九尺，亦非腰大十围；既不会飞檐走壁，又不弄珠光剑气。他只是一个普普通通的游子，而且是一个心眼很小的游子。你看，当和尚没给他客房而将他送到"陋室"居住时，他愤怒了，并"遂诘责主人僧"。随后，当主人僧向他讲述了那客房原来是凶宅的缘由以后，他还是不相信，并且"愈生猜责"。弄得人家没有办法，只好打开客房让他看，果然是一间年深日久而破烂不堪的房子。这时，他虽然相信了这一事实，但只是心里承认，口头上却又臭又硬："存心信而口貌犹怒"。以上表现，足见其心眼很小，是一个喜欢"找茬"而又不愿意认错的人。然而，"小心眼"的另一面却是"小心"。等到睡觉时，他"亦不免有备预之志"，在床头准备了趁手的刀子。当他杀死了第一个精怪之后，当确定"更无他"时，他仍然"复刀子于故处"，作进一步的防范。而当他再次杀死第二个精怪时，他干脆"握刀更候"，随时准备应付再来之敌。由此又可见他是一个胆大而心细的游子。更为有趣的是，他还是一个很愿意表现自我的人。第二天早晨，当僧俗众人来叫门时，木师古明明知道不是精怪（精怪多半在夜里出没，而且根本不用敲门），但他仍然装模作样地大声问道："为谁？"当众人问他昨夜的情况时，"师古俱述其状"，亦即详细地叙说了那惊心动魄的过程。说完以后，又"徐徐拂衣而起"，作从容不迫状。这些表演，真有点当今的"炒作"意味。然而,就是这么一个具备多重性格特征的人物,他偏偏能吸引读者,从另一个角度引起人们对该篇的阅读兴趣。个中原因,其实一句话便可概括——人物的可爱与否取决于其真实与否。木师古是真实的,因而他是可爱的,因而他也是能吸引读者的。

趣味之三,对比、衬托手法的成功运用。精怪没有出现之前,作者就通过主人僧的叙述,间接地描写了那神秘的妖精的厉害:"承前客宿于此者,未尝不大渐于斯。自某到已三十馀载,殆伤三十人矣。闭止周岁,再不敢令人止宿。"这实际上也是一种衬托的手法,越是写精怪的厉害、客房的神秘,就越显得木师古的勇敢与自信。随后,当木师古杀了精怪之后,作者又通过对主人僧和侧近人惊魂悸动的描写,"僧徒皆惊师古之犹存,询其来由",对比衬托出木师古的沉着镇静。最后,又用已经被杀死的精怪的令人恐怖的躯体,衬托出木师古忙家不会、会家不忙的"豪侠"风度。

此外,木师古不知从何处来的"游子"身份以及最后"不知所终"的结局,也从另一角度增加了作品的神秘感和无穷韵味。

有以上数"趣",这篇作品的可读性就非同寻常了。

(原载《中华活页文选》2003年第21期)

《续玄怪录·尼妙寂》

尼妙寂，姓叶氏，江州浔阳人也。初嫁任华，浔阳之贾也。父升与华往复长沙广陵间。唐贞元十一年春，之潭州，不复。过期数月，妙寂忽梦父被发裸形，流血满身，泣曰："吾与汝夫湖中遇盗，皆已死矣！以汝心似有志者，天许复仇。但幽冥之意，不欲显言，故吾隐语报汝。诚能思而复之，吾亦何恨？"妙寂曰："隐语云何？"升曰："杀我者，车中猴，门东草。"俄而见其夫，形状若父，泣曰："杀我者，禾中走，一日夫。"妙寂抚膺而哭，遂为女弟所呼觉。泣告其母，阖门大骇。念其隐语，杳不可知。访于邻叟及乡间闾之有知者，皆不能解。

秋诣上元县，舟楫之所交处，四方士大夫多憩焉。而又邑有瓦棺寺，寺上有阁，倚山瞰江，万里在目，亦江湖之极境。游人弭棹，莫不登眺。"吾将淄服其间，伺可问者，必有醒吾惑者。"于是褐衣上元，舍身瓦棺寺。日持箕帚，洒扫阁下。间则徒倚栏槛，以伺识者。见高冠博带吟啸而来者，必拜而问。居数年，无能辨者。

十七年，岁在辛巳。有李公佐者，罢岭南从事而来。揽衣登阁，神采俊逸，颇异常伦。妙寂前拜泣，且以前事问之。公佐曰："吾平生好为人解疑，况子之冤恳而神告如此。当为子思之。"默行数步，喜招妙寂曰："吾得之矣。杀汝父者申兰，杀汝夫者申春耳。"妙寂悲喜呜咽，拜问其说。公佐曰："夫猴，申生也。车去两头而言猴，故申字耳。草而门，门而东，非兰字耶？禾中走者，穿田过也，此亦申字也。一日又加夫，盖春字耳。鬼神欲惑人，故交错其言。"妙寂悲喜若不自胜，久而掩涕拜谢曰："贼名既彰，雪冤有路。苟或释憾，誓报深恩。妇人无他，唯洁诚奉佛，祈增福海。"

初，泗州普光王寺，有梵氏戒坛，人之为僧者必由之。四方辐辏，僧尼繁会，睹者如市焉。公佐自楚之秦，维舟而往观之。有一尼眉目朗爽，若旧识者，每过必凝视公佐，若有意而未言者。久之，公佐将去。其尼遽呼曰："侍御，贞元中不为南海从事乎？"公佐曰："然。""然则记小师乎？"公佐曰："不记也。"妙寂曰："昔瓦棺寺阁求解'车中猴'者也。"公佐悟曰："竟获贼否？"对曰："自悟梦言，乃男服，易名士寂，泛佣于江湖之间。数年，闻蕲黄之间有申村，因往焉。流转周星，乃闻其村西北隅有名兰者。默往求佣，辄贱其价。兰喜，召之。俄又闻其从父弟有名春者。于是勤恭执事，昼夜不离。见其可为者，不顾轻重而为之，未尝待命。兰家器之。昼与群佣苦作，夜寝他席，无知其非丈夫者。逾年，益自勤干，兰逾敬念，视士寂即自视其子不若也。兰或农或商，或蓄货于武昌，关锁启闭悉委焉。因验其柜中，半是己物，亦见其父及夫常所服者，垂涕而记之。而兰春叔出季处，未尝偕出，虑其擒一而惊逸也。衔之数年，永贞年重阳，二盗饮既醉，士寂奔告于州，乘醉而获，一问而辞服就法。得其所丧以归，尽奉母而请从释教，师洪州天宫寺尼洞微，即昔时受教者也。妙寂一女子也，血诚复仇，天亦不夺。遂以梦寐之言，获悟于君子，与其仇者得不同天。碎此微躯，岂酬明哲？梵宇无他，唯虔诚法象以报效耳！"公佐大异之，遂为作传。

大和庚戌岁，陇西李子复言游巴南，与进士沈田会于蓬州。田因话奇事，持以相示，一览而复之。录怪之日，遂纂于此焉。

【讲解】

《尼妙寂》出自《续玄怪录》。《续玄怪录》乃续牛僧孺《玄怪录》的一部志怪传奇小说集，《新唐书·艺文志》《宋史·艺文志》均谓是书为五卷，王尧臣等《崇文总目》和《郡斋读书志》则谓该书十卷。今存南宋临安府尹家书籍铺刻本，书名作《续幽怪录》，是与《玄怪录》改作《幽怪录》一样，乃避讳之所致。该帙所存者为23篇，又《太平广记》所录除去重复者尚有13篇，今人有辑本。《续玄怪录》作者李复言，生平事迹不详，仅知其元和六年（811）任彭城宰，大和（827—835）间犹在世。或以为李复言即李谅（775—833），然与集中若干篇章在时间上发生冲突，故存疑。《续玄怪录》多记大和年间逸闻佚事，该书情节生动，刻画细腻，文辞瑰丽，多有名篇。

本篇据《太平广记》卷一二八。这是一个被反复演绎的故事。

先是李公佐有《谢小娥传》记载这位豪气十足的烈女的行为，而后有本篇的换角度叙述，再往后，甚至进入了正史。《新唐书·列女传》载："段居贞妻谢，字小娥，洪州豫章人。居贞本历阳侠，少年重气决，娶岁馀，与谢父同贾江湖上，并为盗所杀。小娥赴江流，伤脑折足，人救以免。转侧丐食，至上元。

梦父及夫告所杀主名,离析其文,为十二言。持问内外姻,莫能晓。陇西李公佐隐占,得其意,曰:'杀若父者必申兰,若夫必申春,试以是求之。'小娥泣谢。诸申,乃名盗亡命者也。小娥诡服为男子,与佣保杂。物色岁余,得兰于江州,春于独树浦。兰与春,从兄弟也。小娥托佣兰家,日以谨信自效,兰浸倚之,杂包苴无不委小娥。见所盗段、谢服用故在,益知所梦不疑。出入二期,伺其便。它日,兰尽集群偷酾酒,兰与春醉卧庐。小娥闭户,拔佩刀斩兰首。因大呼捕贼,乡人墙救,擒春,得赃千万,其党数十。小娥悉疏其人,上之官,皆抵死。乃始自言状。刺史张锡嘉其烈,白观察使,使不为请。还豫章,人争聘之,不许。祝发事浮屠道,垢衣粝饭终身。"

　　《新唐书》中的这篇传记,实际上是对《谢小娥传》的缩写,但与《尼妙寂》相比,却有很大的不同。其一,《谢小娥传》的主人公名叫谢小娥,其夫名段居贞;而《尼妙寂》的主人公姓叶,法号妙寂,其夫名任华。其二,主人公的父亲和丈夫被强盗杀害时,《谢小娥传》写她也在现场,只不过未被杀死,落水逃生,后得到父亲和丈夫梦中诉说;而《尼妙寂》中则说主人公根本没有随丈夫外出,只是在家中得到父亲和丈夫的梦中哭诉。其三,也是最重要者,《谢小娥传》谓主人公亲自杀死了申兰,然后呼邻人擒申春。而《尼妙寂》中则未写主人公手刃仇人,只是趁二贼醉卧之机,奔告于州,一举擒获。其四,《谢小娥传》的复仇过程由作者叙述,全篇均为第三人称全知视角叙事;而《尼妙寂》则将复仇过程改由主人公自叙,并采取了第一人称和第三人称交相更迭的叙事方法,在叙事时间问题上也采用了倒叙、补叙等手法。

　　以上四个方面,第一点无关紧要:书中人物的姓氏,除了像申兰申春那样与"关目"相关而外,不过是一个符号而已。第二点各有优劣:《谢小娥传》写主人公身在杀人现场,可以增强真实感和恐怖感,但不大符合情理。父亲与丈夫做买卖,一个女子跟在一起干什么?《尼妙寂》写主人公在家中,且其母未卒,比较符合常情,但却影响了故事的曲折生动。第三点,应该说《谢小娥传》更令人振奋且更具可读性一些,而谢小娥的形象也似乎更具"侠"气。但我们也不能因此而认为《尼妙寂》中的主人公就没有侠气,其实,她所缺乏的只是后世世俗观念中的侠气。这里,我们有必要首先弄清楚什么叫"侠"。尽管《韩非子·五蠹》篇中有"侠以武犯禁"的话,但最早的"侠"却与"武"没有什么关系。从文字学的角度看,最早的"侠"就是"夹"。甲骨文、金文中间没有"侠"字,而金文中的"夹"就像是两个小"人"拱卫、追随一个大"人"。因此,"侠"(夹)的本意就是一种特殊的人与人之间的关系。从思想行为的角度看问题,"侠"可以追踪到"墨侠"。墨子曾经将自己的子弟门人们组织成带有民间宗教性质的政治团体。这个团体的所有成员必须对其首领"巨子"绝对服从。全体成员必须具有吃苦耐劳的精神和视死如归的气概，团体内部有严密的纪律，如"杀人者死，伤人者刑"之类。这种思想行为就是后世"侠"文化的主要源头。弄清"侠"的原始意义之后，我们可以看到，《尼妙寂》中的女主人公虽然没有亲手杀死仇人，但她却具有非常充分的"侠"气、尤其是原始意义上的"侠"的气质和精神。正因为如此，我们才将尼妙寂"请"入豪侠系列之中。至于第四点，涉及两种不同的叙事方法问题。《谢小娥传》叙事明白晓畅，波澜起伏；《尼妙寂》叙事扑朔迷离，曲折多变。二者可谓春花秋月，各尽其妙。不同的读者自有各自的审美兴趣，或喜春花之烂漫，或爱秋月之澄明，我们只能尊重各人的选择，而无法强行规定其间之优劣。

(原载《中华活页文选》2003 年第 21 期)

《集异记·胡志忠》

处州小将胡志忠，奉使之越。夜梦一物，犬首人质，告忠曰："某不食岁余，闻公有会稽之役，必当止吾馆矣，能减所食见沾乎？"忠梦中不诺。

明早遂行，夜止山馆。馆吏曰："此厅常有妖物，或能为祟。不待寝食，请止东序。"忠曰："吾正直可以御鬼怪，勇力可以排奸邪。何妖物之有？"促令进膳。方下箸次，有异物，其状甚伟，当盘而立。侍者慑退，不敢旁顾。志忠撤炙乃起而击之，异物连有伤痛之声，声如犬语，甚分明，曰："请止，请止！若不止，未知谁死！"忠运臂愈疾。异物又疾呼曰："斑儿何在？"续有一物，自屏外来，闪然而进。忠又击之，然冠簪带解，力若不胜。仆夫无计能救，乃以彗扑罗曳。入于东阁，颠仆之声如坏墙然。

未久，志忠冠带俨然而出，复就盘命膳，卒无一言，唯顾其阁，时时咨嗟而已。明旦将行，封署其门，嘱馆吏曰："俟吾回驾而后启之。尔若潜开，祸必及尔。"言讫遂行。

旬余乃还，止于馆。索笔砚，泣题其户曰："恃勇祸必婴，恃强势必倾。胡为万金子，而与恶物争。休将逝魄趋府庭，止于此馆归冥冥。"题讫，以笔掷地而失所在。执笔者甚怖，觉微风触面而散。吏具状申刺史，乃遣吏启其户，而志忠与斑黑二犬，俱仆于西北隅矣。

【讲解】

《胡志忠》出自《集异记》。《集异记》又名《集异录》《古异记》，唐代传奇小说集。《新唐书·艺文志》《郡斋读书志》（袁本）均著录为三卷，而《郡斋读书志》（衢本）作二卷，《宋史·艺文志》、纪昀等《四库全书总目》均作一卷。今所传之《顾氏文房小说本》等丛书本多为二卷十六篇。《太平广记》引录该书不见今存本且去其错误者七十二篇，今人有汇集本。《集异记》作者薛用弱，字中胜，唐代河东（今山西永济县）人，生卒年不详。长庆年间（821—824）尝任光州刺史，大和年间（827—835）初由仪曹郎出为弋阳守，为政严而不残。《集异记》多记隋唐间诡谲之事,文辞雅饰,韵味隽永,对后世影响很大。汪辟疆称其为"唐人小说中之魁垒也"。(《唐人小说》)

本篇据《太平广记》卷四三八。

胡志忠是一位豪气冲天的英雄人物,然而,他更是一位具有深刻内涵的悲剧人物。

谈到悲剧人物,我们首先要弄清与之相关的几个问题:什么是悲剧?悲剧的特性如何?悲剧具有什么样的特殊效果?悲剧的冲突最集中地表现在哪里?对这些问题,众多思想家的说法是见仁见智的。亚里士多德认为悲剧性的特殊效果在于引起人们的怜悯和恐惧之情,唯有一个人遭遇不应遭遇的厄运,才能达到这种效果;黑格尔认为悲剧的特性根源于两种对立理想和势力的冲突;鲁迅说,将人生的有价值的东西毁灭给人看是悲剧性的;恩格斯指出,历史的必然要求和这个要求的实际上不可能实现是悲剧性的冲突;有时悲剧性也产生于由自身的缺陷和过失而引起的毁灭。但归纳起来,文学作品、尤其是中国古代文学作品中众多的悲剧人物之所以成为悲剧人物的根本原因,最突出的有三点:一是时势,二是命运,三是性格。

本篇中胡志忠的悲剧是典型的性格悲剧。

中国有句古话:勤俭富贵之本,刚强惹祸之源。这后面一半说的就是胡志忠这种人物,也可作为本篇主题思想的精练概括。胡志忠悲剧性格的核心就是两个字——刚强,过分的刚强。而这种"刚强"又可细分为两个方面:其一,对弱者不给予丝毫的同情;其二,在任何情况下都要显示自己的能耐。你看,当胡志忠尚未上路之时,先得一梦,梦中有一弱者向他乞求一口饭吃:"某不食岁馀,闻公有会稽之役,必当止吾馆矣,能减所食见沾乎?"这话说得够可怜了,但,刚强的胡志忠即使在梦中也是够"刚强"的,他的态度非常明确:"不诺"——坚决不答应。殊不知,所有的灾难根源就在于此。后来,当那"犬首人质"的家伙到馆驿中来与胡志忠争斗时,一开始胡志忠是占据了优势的。于是,犬精再次发出带威胁性的哀求:"请止,请止!若不止,未知谁死!"而胡志忠却毫不理会,"运臂愈疾",也就是说,他在加大力度继续攻击那种准备投降的敌人。所有这些,都充分说明这位处州小将对弱者始终没有丝毫的同情心。再看,当胡志忠投奔山馆而馆吏说"此厅常有妖物,或能为祟"时,胡志忠刚强的另一面——目空一切又显现出来,居然说出了"满"得不能再满的话:"吾正直可以御鬼怪,勇力可以排奸邪。何妖物之有?"这真是带有几分狂妄的骄傲。即便是后来他与二犬同归于尽了,灵魂从房间里走出来,他仍然是充满自傲的:"未久,志忠冠带俨然而出,复就盘命膳。"所有这些,又充分体现了这一人物自视甚高的"刚强"。一个盲目自信而又没有丝毫同情心的"英雄",十之八九是悲剧"英雄",因为他既没有认识自我又没有认识他人,没有摆正自己在人群中的位置。果然,胡志忠落得个身败名裂、三魂六魄荡悠悠的下场。

胡志忠那充满悲剧意味的忏悔之歌是非常深刻的,至少对于世俗社会的人们具有相当深刻的教育意义。更令人深思的是,在封建社会的中国,胡志忠的这种思想和行为,这种悲剧情结,甚至在一定程度上还融入我们的民族文化之中而被某些人所接受、赞赏乃至效法。如果认识到这一层面,本篇的思想价值就又提高了几分。

本篇在写作艺术方面也颇值得称道。首先是叙事方式颇为新奇,全篇的前半部分采取全知视角的顺叙法,后半部分则采取了限知视角,并运用了倒叙。其次是悬念的设置,一开始,胡志忠没有答应怪物的请求,读者已预料到他将遭受到对方的报复,但怎样报复,却不得而知之,只好耐心地读下去。后来,当胡志忠与二妖物搏斗进入东边房间以后,不多久出来的却是胡志忠一人,二妖物结局如何?没有讲。而胡志忠后来的表现又让人感到扑朔迷离,尤其是他"封署其门"的行为和对馆吏所交代的那番话,更充满了神秘感。这实际上是作者再次设置了一个大大的悬念。直到篇末揭开谜底,读者才恍然大悟,然而也就在恍然大悟之际,读者得到了一分浓浓的审美享受。再次是场面描写精练而又传神,尤其是描写胡志忠与二妖物搏斗的场面,令人有身临其境之感。

这么一篇既具警世内容又具审美意味的作品,是值得我们一读的。

(原载《中华活页文选》2003年第21期)

《原化记》（六篇）

《原化记》的作者皇甫氏，号洞庭子，名字籍里不详，唐代作家，生活年代较段成式稍后。《原化记》一卷，《通志·艺文略》著录于"小说类"。原书早佚，曾慥《类说》录其佚文9则，《太平广记》录其佚文59则，又有5则亦录入《太平广记》，然题作《原仙记》。

《原化记》约成书于唐武宗会昌年间（841—846），或谓成书于唐僖宗乾符年间（874—879）。该书广泛地反映了晚唐的社会生活和人们的思想，当然，有的是直接反映，有的则是间接描写。所反映的社会生活面十分广泛，所揭示的当时人的思想颇为深刻。但《原化记》中最优秀的篇章却毫无疑问是那些描写豪侠人物、豪侠故事的传奇之作。

车中女子

唐开元中，吴郡人入京应明经举。至京因闲步坊曲。忽逢二少年着大麻布衫，揖此人而过，色甚卑敬，然非旧识，举人谓误识也。后数日，又逢之，二人曰："公到此境，未为主，今日方欲奉迓，邂逅相遇，实慰我心。"揖举人便行，虽甚疑怪，然强随之。抵数坊，于东市一小曲内，有临路店数间，相与直入，舍宇甚整肃。

二人携引升堂，列筵甚盛。二人与客据绳床坐定。于席前，更有数少年各二十余，礼颇谨。数出门，若伫贵客。至午后，方云来矣。闻一车直门来，数少年随后，直至堂前，乃一钿车。卷帘，见一女子从车中出，年可十七八，容色甚佳。花梳满髻，衣则纨素。二人罗拜，此女亦不答；此人亦拜之，女乃答。遂揖客入。女乃升床，当局而坐，揖二人及客，乃拜而坐。又有十余后生皆衣服轻新，各设拜，列坐于客之下。陈以品味，馔至精洁。饮酒数巡，至女子，执杯顾问客："闻二君奉谈，今喜展见。承有妙技，可得观乎？"此人卑逊辞让云："自幼至长，唯习儒经，弦管歌声，辄未曾学。"女曰："所习非此事也。君熟思之，先所能者何事？"客又沈思良久曰："某为学堂中，著靴于壁上行得数步。自余戏剧，则未曾为之。"女曰："所请只然，请客为之。"遂于壁上行得数步。女曰："亦大难事。"乃回顾坐中诸后生，各令呈技，俱起设拜。有于壁上行者，亦有手撮椽子行者，轻捷之戏，各呈数般，状如飞鸟。此人拱手惊惧，不知所措。少顷女子起，辞出。举人惊叹，恍恍然不乐。

经数日，途中复见二人曰："欲假盛驷，可乎？"举人曰："唯。"至明日，闻宫苑中失物，掩捕失贼，唯收得马，是将驮物者。验问马主，遂收此人。入内侍省勘问，驱入小门。吏自后推之，倒落深坑数丈，仰望屋顶七八丈，唯见一孔，才开尺余。自旦入至食时，见一绳缒一器食下。此人饥急，取食之。食毕，绳又引去。深夜，此人忿甚，悲惋何诉。仰望，忽见一物如鸟飞下，觉至身边，乃人也。以手抚生，谓曰："计甚惊怕，然某在无虑也。"听其声，则向所遇女子也。云共君出矣。以绢重系此人胸膊讫，绢一头系女人身。女人纵身腾上，飞出宫城，去门数十里乃下。云："君且便归江淮，求仕之计，望候他日。"此人大喜，徒步潜窜，乞食寄宿，得达吴地。后竟不敢求名西上矣。

【讲解】

本篇据《太平广记》卷一九三，又见于《剑侠传》卷一。

这是一篇颇为精彩的豪侠小说作品。青年女侠，本为群盗之魁首，也是篇中的头号主人公，然作者仅用两个片段就将她描写得光彩照人。第一个片段以侧面描写为主，正面描写为辅，重点描写群盗对她的恭敬之态："更有数少年，各二十余，礼颇谨。数出门，若伫贵客。至午后，方云：'来矣。'闻一车直门来，数少年随后，直至堂前，乃一钿车。""女乃升床，当局而坐。揖二人及客，乃拜而坐。又有十余后生，皆衣服轻新，各设拜，列坐于客之下。"这些，都是烘云托月之法，写群盗之恭谨，是为了衬托车中女子之威严。而对于车中女子的服饰容颜，作者只用了"年可十七八，容色甚佳，花梳满髻，衣则纨素"等十数字进行正面描写。另一个片段是以正面描写为主，充分展示了女侠出神入化的轻功："忽见一物如鸟飞下，觉至身边，乃人也。……以绢重系此人胸膊讫，绢一头系女人身。女人耸身腾上，飞出宫城。去门数十里乃下。"通过这两个片段的描写，女侠的英姿风神就跃然纸上了。

本篇故事情节并不十分曲折，但却非常生动、惊险，这主要是因为作者在不算太长的篇幅中连连设置悬念的缘故。本篇中，往往一个悬念刚刚解开，下一个悬念又已形成。正是在众多悬念环环相套的运行过程中，读者得到了一种刺激，一种不可名状的审美快感。请看：故事一开始就写吴郡举人在坊曲中碰到二少年无缘无故地与他打招呼，对此，不仅吴郡举人纳闷，就是读者也感到奇怪。二人是谁，为什么打招呼？这便是第一个悬念。随后，吴郡举人与二少年再度相逢，又被莫名其妙地邀进一座整肃的舍宇之中，糊里糊涂地坐下，大家似乎都在等待一个重要人物。那重要人物是谁呢？这便是第二个悬念。当盗魁女侠出现以后，饮馔之间，女子突然提出要领教吴郡举人的绝技，而举人一下子也弄不明白自己到底有什么绝技在身。这便是第三个悬念。等到吴郡举人表演了着靴壁上行数步的所谓"绝技"之后，众少年纷纷表演各自的拿手好戏，唯独女子没有表演，而是起身离去。这样，又留下第四个悬念：女侠到底有多大的本领？及至吴郡举人因借马与盗贼而被牵连入狱，处境十分艰难的时候，作者又抛出第五个悬念：举人能否出狱，他将如何出狱？最终，女侠大显身手，救出吴郡举人，悬念方才得到彻底的消解。然而，当读者大大地松了一口气的时候，故事也就临近尾声了。本篇之悬念设置，与段成式笔下的《僧侠》篇，具有异曲同工之妙。

写女侠而不及于爱情，是本篇的一大独特之处。写盗贼直入禁中盗物，女侠又敢入内侍省救人，可谓胆大妄为至极，这是本篇的又一大独特之处。而这后一点，又对后世侠义公案小说如《施公案》《彭公案》《三侠五义》等作品影响甚大。如盗御马、盗九龙冠之类，均以本篇为滥觞。

嘉兴绳技

唐开元年中，数敕赐州县大酺。嘉兴县以百戏，与监司竞胜精技。监官属意尤切。所由直狱者语与狱中云："倘若有诸戏劣于县司，我辈必当厚责。然我等但能一事稍可观者，即获财利，叹无能耳。"乃各相问，至于弄瓦缘木之技，皆推求招引。狱中有一囚笑谓所由曰："某有拙技，限在拘系，不得略呈其事。"吏惊曰："汝何所能？"囚曰："吾解绳技。"吏曰："必然，吾当为尔言之。"乃具以囚所能白于监主。主召问罪轻重，吏云："此囚人所累，逋繙未纳，余无别事。"官曰："绳技人常也，又何足异乎？"囚曰："某所为者，与人稍殊。"官又问曰："如何？"囚曰："众人绳技，各系两头，然后于其上行立周旋。某只须一条绳，粗细如指，五十尺，不用系著，抛向空中，腾掷翻复，则无所不为。"官大惊悦，且令收录。

明日，吏领至戏场。诸戏既作，次唤此人，令效绳技。遂捧一团绳，计百余尺，置诸地，将一头，手掷于空中，劲如笔。初抛三二丈，次四五丈，仰直如人牵之，众大惊异。后乃抛高二十余丈，仰空不见端绪。此人随绳手寻，身足离地，抛绳虚空，其势如鸟，旁飞远飏，望空而去。脱身行楷，在此日焉。

【讲解】

本篇据《太平广记》卷一九三，又见于《剑侠传》卷一。

这是一篇篇幅不长却又饶有趣味的传奇小说。本篇的最大特点就是一个"奇"字，背景"奇"，人物"奇"，技艺"奇"，结局"奇"。而所谓"奇"，主要又体现在两个方面：一是与众不同，二是出人意料。

本篇的故事具有与众不同的背景。大唐帝国最兴旺发达的时候，"忆昔开元全盛日"，边衅不开，朝野太平，皇家与民同乐，敕令特许百姓大规模聚饮。而州县地方各级行政司法官员也似乎无所事事，居然都搞起百戏竞赛活动来。上有好者，下必甚焉。官员如此，吏员亦如此，大家都因为没有一技之长而感到深深的羞愧。似乎为官作吏并不是为了审理案件或看好犯人，而是为了争竞赛胜负，呈一技之长而取悦上宪。正是这样一种在中国封建时代颇为罕见的生活背景，决定了后面故事的可能性。

在这种与众不同的背景之中，我们与众不同的主人公上场了。他是一个囚犯，因为表示身怀绝技而被官员吏员们当作可居之奇货、博戏之王牌，被推到一个奇异的位置上。而那人对官吏们的拿捏却也恰到好处，请看：他先是笑谓所由曰："某有拙技，限在拘系，不得略呈其事。"吊起狱吏的胃口。随即，又对司法大人说："某所为者，与人稍殊。""众人绳技，各系两头，然后于其上行立周旋。某只须一条绳，粗细如指，五十尺，不用系著，抛向空中，腾踯翻覆，则无所不为。"这样一来，这个狡黠的囚徒就将监狱中的各级官吏一个个、一步步引人其彀中，使得官吏们或"惊曰"或"大惊曰"，煞是可笑。

至若那人之"技"，确可通神。而可贵之处，也仍在与众不同。请看："遂捧一团绳，计百余尺，置诸地，将一头，手掷于空中，劲如笔。初抛三二丈，次四五丈，仰直如人牵之。众大惊异。后乃抛高二十余丈，仰空不见端绪。此人随绳手寻，身足离地，抛绳虚空，其势如鸟，旁飞远飏，望空而去。"别人之绳技，是在与地面平行的绳上翻滚腾挪，而此人之绳技，则是直入云端的望空而去。如此表演，才真正算得上神乎其技，才是真正的出神入化的功夫。

如此多的与众不同，导致了出人意料的结尾。当那囚犯"随绳手寻，身足离地，抛绳虚空，其势如鸟，旁飞远飏，望空而去"之后，作者特意加了八个字："脱身行楷，在此日焉。"给在场的观众和书外的读者一个共同的意外：原来此人之所谓"绳技"，不过是一种逃跑的手段而已。但是，作为一个心态正常的读者，谁也不会去谴责这位囚徒，谁也不会认为他的手段是卑鄙的，当然，谁也不会认为他的技艺是下流的。相反，读者在得到一种舒畅的审美快感之后，反而更加赞美那人高超的技艺和他那可爱的狡黠，同时，也觉得作者所安排的这样一个结局真正是一个大快人心的意外。

最后说明一点，本篇对后世小说创作具有较大的影响。《聊斋志异·偷桃》中的有关情节，就是学习本篇的结果。

崔慎思

博陵崔慎思，唐贞元中应进士举。京中无第宅，常赁人隙院居止。而主人别在一院，都无丈夫，有少妇年三十余，窥之亦有容色，唯有二女奴焉。慎思遂遣通意，求纳为妻。妇人曰："我非仕人，与君不敌，不可为他时恨也。"求以为妾，许之，而不肯言其姓。慎思遂纳之。

二年余，崔所取给，妇人无倦色。后产一子，数月矣，时夜，崔寝，及闭户垂帷，而已半夜，忽失其妇。崔惊之，意其有奸，颇发忿怒。遂起，堂前彷徨而行。时月胧明，忽见其妇自屋而下，以白练缠身，其右手持匕首，左手携一人头。言其父昔枉为郡守所杀，入城求报，已数年矣，未得；今既克矣，不可久留，请从此辞。遂更结束其身，以灰囊盛人首携之。谓崔曰："某幸得为君妾二年，而已有一子。宅及二婢皆自致，并以奉赠，养育孩子。"言讫而别，逾跨墙越舍而去。慎思惊叹未已。少顷却至，曰："适去，忘哺孩子少乳。"遂入室。良久而出曰："喂儿已毕，便永去矣。"慎思久之，怪不闻婴儿啼。视之，已为其所杀矣。杀其子者，以绝其念也。古之侠莫能过焉。

【讲解】

本篇据《太平广记》卷一九四。

此篇虽然被冠以"崔慎思"的题目，但真正的主人公却毫无疑问应该是那位不知名姓的"侠女"。作者在塑造这一个性格奇特而鲜明的女侠形象时，采用了"藏"与"露"两种手法，写出了她"隐"与"显"的双重品格。进而，在强烈的自我对比中，完成了这一与众不同而又充满传奇色彩的女性形象。

表面看来，那女人是何等美丽温柔、忠厚可爱，甚至带有几分自卑："有少妇年三十余，窥之亦有容色"，"慎思遂遣通意，求纳为妻。妇人曰：'我非仕人，与君不敌，不可为他时恨也。'求以为妾，许之，而不肯言其姓。""二年余，崔所取给，妇人无倦色。"但这一切都是假象，或者说，都是作者用"露"的手法写那女人的显性人格的一面。而实际上，那女人是一个脂粉金刚、裙钗罗刹,是一个杀人不眨眼的复仇女侠。与她外在的温柔忠厚相比,她的内在性格十分的"冷"——冷酷、冷静、冷漠。她可以在月光朦胧之夜径取仇人之头,她可以断然割掉两年恩爱逾墙越舍而去,她甚至可以去而复返,不动声色地杀死自己的亲生儿子。所有这些,都是她真实的一面,或者说是作者用"藏"的手法写出的她的隐性人格的一面。尤妙在最后一笔,妇人告辞后,"少顷,却至,曰:'适去,忘哺孩子少乳。'遂入室,良久而出,曰:'喂儿已毕,便永去矣。'"似乎在无情之中包含有情,于冷酷之外稍具仁爱。但结果,却是忍心杀子,做出了常人所不能为之事。读到这里,人们或许认为这个女人太过残酷。但作者却认为"杀其子者,以绝其念也",并赞扬这种做法"古之侠莫能过焉"。究竟那种杀子以绝情的做法是不是一种"至情"的表现,或者说,作者笔下的侠女是不是完成了一个"有情"——"无情"——"至情"的回旋,各种不同世界观、人生观的读者自可得出不同的结论。但有一点却应该是可以肯定的,那就是作者在本篇中完成了一种境界—— 一个超乎常人的侠女对人生领悟的境界。而这种境界的完成,或者说,这位侠女形象的最终得以完成,主要就是借助于"对比"的手法,隐与显、藏与露的对比。

  本篇所写的故事,与薛用弱《集异记》中的《贾人妻》一篇大体相近。或乃一事二传,或为题材因袭。而这两篇作品所描写的故事,又对后世小说创作产生了较大的影响。蒲松龄《聊斋志异》中《侠女》一篇,就是相同题材的作品。

韦滂

  唐大历中,士人韦滂,膂力过人,夜行一无所惧。善骑射,每以弓矢随行,非止取鸟兽烹炙,至于蛇蝎、蚯蚓、蜣螂、蝼蛄之类,见则食之。尝于京师暮行,鼓声向绝,主人尚远,将求宿,不知何诣。忽见市中一衣冠家,移家出宅,子弟欲锁门。滂求寄宿,主人曰:"此宅邻家有丧,俗云,妨杀入宅,当损人物。今将家口于侧近亲故家避之,明日即归。不可不以奉白也。"韦曰:"但许寄宿,复何害也。杀鬼吾自当之。"主人遂引韦入宅,开堂厨,示以床榻,饮食皆备。滂令仆使歇马槽上,置烛灯于堂中,又使入厨具食。食讫,令仆夫宿于别屋,滂列床于堂,开其双扉,息烛张弓,坐以伺之。

  至三更欲尽,忽见一光,如大盘,自空飞下厅北门扉下,照耀如火。滂见尤喜,于暗中,引满射之,一箭正中,爆然有声。火乃掣掣如动,连射三箭,光色渐微,已不能动,携弓直往拔箭,光物堕地。滂呼奴,取火照之，乃一团肉，四向有眼，眼数开动，即光。滂笑曰："杀鬼之言，果不虚也。"乃令奴烹之，而肉味馨香极甚。煮令过熟，乃切割，为齑啖之，尤觉芳美。乃沾奴仆，留半呈主人。至明，主人归，见韦生，喜其无恙。韦乃说得杀鬼，献所留之肉，主人惊叹而已。

【讲解】

本篇据《太平广记》卷三六三。

虽然《太平广记》的编者将本篇归入"妖怪"类，但实际上这仍然是一篇非常不错的写"豪侠"的作品。篇中的主人公韦滂，可以说是一位胆大心细而又狂放不羁的豪侠，是一位在文学作品中并不多见的英雄人物形象。

一开篇，作者就给我们勾画了韦滂与众不同、豪放不羁的个性："士人韦滂，膂力过人，夜行一无所惧。善骑射，每以弓矢随行，非止取鸟兽烹炙，至于蛇蝎、蚯蚓、蜣螂、蝼蛄之类，见则食之。"这种个性的揭示，为以后描写他一连串出人意料的行为打下了基础，埋下了伏笔。

接下去，作者描写了韦滂一连串的与众不同的行为。京中暮行而求宿，不怕鬼魅而入凶宅居之，鬼魅尚未惹他却先以弓矢相待，鬼魅出现后又主动射之，射中后竟然直往拔箭，以火照之又大笑己言之不虚。旋即烹怪肉、切怪肉、食怪肉、分怪肉、留怪肉，直到最后赠主人以怪肉。这些行为并不是在每一个人身上都可能发生的，甚至也并不是在每一个英雄人物身上所可能发生的。因为在许多英雄人物身上可能会具备机智和勇敢的气质，但却不一定有韦滂这一份狂放，这一份带有幽默趣味的勇敢和机智，甚至可以说是一份带有人类原始野性的勇敢和机智。这，正是韦滂的与众不同之处，也正是这篇作品的与众不同之处。而所谓与众不同，恰恰也就是一种独特的、异趣的审美意味之所在。当我们读了许多味道很"正"的豪侠传奇作品之后，再来读读这篇味道特殊的作品，是否有一种吃过太多的鸡鸭鱼肉以后再去品尝"蛇蝎、蚯蚓、蜣螂、蝼蛄之类"的感觉呢？

当然，韦滂也有与正常英雄人物相一致的地方，那就是他的勇敢和机智，或者称为胆大心细吧。当得知求宿之处乃凶宅之后，他仍然回答"但许寄宿，复何害也！杀鬼吾自当之"，这便是其胆大之处。而吃饱喝足之后，他"列床于堂，开其双扇，息烛张弓，坐以伺之"，这又是其心细之处。随后，"于暗中引满射之，一箭正中"，"连射三箭"，从而进一步掌握了杀戮鬼魅的主动权，这是对他机智性格的进一步展开。同时，"携弓直往拔箭"，"呼奴取火照之"，又是对他勇敢精神的深一层表现。通过这样反反复复的交错描写，一个机智勇敢、胆大心细的英雄形象就跃然纸上了。

为了体现韦滂的胆大心细和豪放不羁，作者除了进行正面描写之外，还采取了其他的手段和方法。如对韦滂仆人的描写虽只有寥寥数笔，却也对主人公起到了一种很好的陪衬作用。那位连姓名都未曾展示的仆人一会儿"歇马槽上"，一会儿"置烛灯于堂中"，一会儿"入厨具食"，看来非常机智灵活。还是这位不知名姓的仆人，居然在其主子的命令下取火照怪物，厨下烹怪物，最终还吃了主子分给他的怪物之肉。看来他在其主子平时的带动之下，对于各种怪物肉的烹食是训练有素的。当然，这也需要一定的胆量。当然，没有这样胆量的仆人是配不上他的主子的。这就是所谓有其主必有其仆的道理。反过来讲，仆人的所有行为，都是其主子性格的一种陪衬，或者说，也是一种延伸。此外，故事最后写房屋主人听了韦滂杀鬼魅、吃鬼魅的经过以后，惟有"惊叹而已"，也对韦滂英雄形象的塑造起到了一种烘托作用。

义侠

顷有仕人为畿尉，常任贼曹。有一贼系械，狱未具。此官独坐厅上，忽告曰："某非贼，颇非常辈。公若脱我之罪，奉报有日。"此公视状貌不群，词采挺拔。意已许之，佯为不诺。夜后，密呼狱吏放之，仍令狱卒逃窜。既明，狱中失囚，狱吏又走，府司谴罚而已。

后官满，数年客游，亦甚羁旅。至一县，忽闻县令与所放囚姓名同。往谒之，令通姓字。此宰惊惧，遂出迎拜，即所放者也。因留厅中，与对榻而寝。欢洽旬余，其宰不入宅。忽一日归宅。此客遂如厕。厕与令宅，唯隔一墙。客于厕室，闻宰妻问曰："公有何客，经于十日不入？"宰曰："某得此人大恩，性命昔在他手，乃至今日，未知何报？"妻曰："公岂不闻，大恩不报，何不看时机为？"令不语。久之乃曰："君言是矣。"此客闻已，归告奴仆，乘马便走，衣服悉弃于厅中。至夜，已行五六十里，出县界，止宿村店。仆从但怪奔走，不知何故。此人歇定，乃言此贼负心之状。言讫吁嗟。奴仆悉涕泣之次，忽床下一人，持匕首出立。此客大惧。乃曰："我义士也，宰使我来取君头。适闻说，方知此宰负心。不然，枉杀贤士。吾义不舍此人也。公且勿睡，少顷，与君取此宰头，以雪公冤。"此人怕惧愧谢，此客持剑出门如飞。二更已至，呼曰："贼首至。"命火观之，乃令头也。剑客辞诀，不知所之。

【讲解】

本篇据《太平广记》卷一九五，又见于《剑侠传》卷四。

这是一篇篇幅短小而情节曲折的作品，寥寥数百字，却塑造了四个栩栩如生的人物形象，而且四人之间形成了鲜明的性格对比。作者的写作手法，无疑是十分高明的。

京畿尉是一个忠厚长者的形象。当贼人向他表白自己的时候，他出于对贼人的"状貌不群，词采挺拔"的爱惜，冒着极大的危险，放了贼人，并且还害得自己手下的一名亲信狱吏因此而逃亡江湖，最终，自己也受到了上司的谴责与惩罚。后来，京畿尉在自己多年客游生活非常疲惫的时候，他乡遇故知，而且是对之有救命之恩的故知。然而，他并没有什么过分的要求，只不过在一起盘桓了十几天，让对方尽尽地主之谊罢了，殊不知却落下个被人追杀的结局。在生死关头，京畿尉体现了他忠厚老实甚至有几分软弱无能的性格，除了"乘马便走"，就是"言讫吁嗟"，最终，当剑客要为他报仇时，也不过是"怕惧愧谢"而已。这个人物是封建时代许许多多读书人的典型：有正义感，有同情心，甚至对某些事情也有自己的主见，但碰到突发的变故时却无以自保。作者塑造的京畿尉的形象是真实的，他本身就具有一定的价值和意义。然而，京畿尉的形象更重要的倒不在于他本身，而在于他对某县令的反衬和他作为线索人物对整个故事的推动作用。

某县令是另一个很复杂也很真实的人物形象。一开始，他或许是真的受冤枉而被投进了监狱。但他不愿因此而毁掉自己的一生，他要寻找机会碰碰运气，因为他很自信。他对县尉说的话是真实的，他不仅不是一个贼人，而且还绝非等闲之辈。京畿尉是他的恩人，更是他的福星，他被偷偷地释放了。几年后，他已经凭着自己的能力混到了一县之长的位置。但就在这样的时候，他的救命恩人同时又是知根知底的京畿尉来到了他的领地。京畿尉的双重身份决定了县令对他的复杂的态度，所谓"惊惧"，就是这种心理的真实反映。这时，在显意识里他把京畿尉当作救命恩人，因此能与之"欢洽旬余"而"不入宅"；但在潜意识里，他感觉到京畿尉对自己的威胁，不然，故人兼恩人来访，何"惧"之有？而这种复杂的心态，就为后来京畿尉的悲剧埋下了伏笔。随后，在妻子的点醒之下，他终于下定决心，对恩人下毒手，要恩将仇报了。这种忘恩负义的人物，在现实生活中并非罕见，在文学作品，尤其是戏剧小说作品中更为多见。发人深省的是，这些恩将仇报的人多半并非愚民百姓，而是有知识、有文化、有本领、有造化，至少是有一技之长的"聪明人"。而本篇中的县令就是这方面的典型，是一个有所作为的以怨报德者。作者对这种人物的严厉批判，其实就是本篇的创作主旨之所在。

县令妻在作品中只说了两句话，但却给读者留下了深刻的印象。为什么会出现这种现象呢？那是因为她所说的后一句话是一种"文化"。古人云："受人滴水之恩，必当涌泉相报。"古人还说："大恩不报，报则以身。"这个女人的丈夫受人之最大的"恩"——救命之恩，而她却劝丈夫去结果恩人的性命，还说什么"公岂不闻大恩不报？"这完全是颠倒黑白、混淆视听的言论，这个女人的罪恶真令人切齿。进而言之，人们之所以痛恨这样的女人，固然是因为她极端自私，但更重要的是因为她破坏了一种道德，破坏了传统道德中的美好因素，破坏了已经被许许多多的人所根深蒂固地接受了的传统文化的合理性的一面。历史和实践都多次证明，凡站在深受大多数人所接受、所喜爱、所信奉的传统文化合理性的对立面的人，终究是会被人类所唾弃的。

义侠形象当然是被作者所深深赞扬的，而这位剑客的行为也是封建时代许多渴望正义的人们所渴望看到的，因此，他身上的理想主义的光辉自不待言。更为有趣的是，侠客形象是在与县令夫妻、京畿尉的对比中得以完成的。县令的忘恩负义与剑客的是非分明，县令妻的阴险自利与剑客的凛然正气，京畿尉的忠厚软弱与剑客的刚强果决，都形成了鲜明的对比。通观全篇，作者并未对剑客的剑术或武功进行多少正面描写，而只是写了他的"态度"，一种为人处世的态度，就勾画出了这一侠义人物的三魂六魄。这种经济而有效的笔墨之所以能造成如此好的艺术效果，是与"对比"手法的成功运用分不开的。

这个故事对后世文学创作的影响也很大，《醒世恒言》卷三十《李汧公穷邸遇侠客》就是根据本篇改写的。

刘氏子妻

刘氏子者，少任侠，有胆气，常客游楚州淮阴县，交游多市井恶少。邻人王氏有女，求聘之，王氏不许。

后数岁，因饥，遂从戎。数年后，役罢，再游楚乡。与旧友相遇，甚欢，常恣游骋，昼事弋猎，夕会狭邪。因出郭十余里，见一坏墓，棺柩暴露。归而合饮酒。时将夏夜，暴雨初至，众人戏曰："谁能以物送至坏冢棺上者？"刘秉酒恃气曰："我能之。"众曰："若审能之，明日，众置一筵，以赏其事。"乃取一砖，同会人列名于上，令生持去，余人饮而待之。

生独行，夜半至墓。月初上，如有物蹲踞棺上，谛视之，乃一死妇人也。生舍砖于棺，背负此尸而归。众方欢语，忽闻生推门，如负重之声。门开，直入灯前，置尸于地。卓然而立，面施粉黛，鬟发半披。一座绝倒，亦有奔走藏伏者。生曰："此我妻也。"遂拥尸至床同寝。众人惊惧。至四更，忽觉口鼻微微有气，诊视之，即已苏矣。问所以，乃王氏之女，因暴疾亡，不知何由至此。未明，生取水，与之洗面濯手，整钗鬟，疾已平复。

乃闻邻里相谓曰:"王氏女将嫁暴卒,未殓,昨夜因雷,遂失其尸。"生乃以告王氏,王氏悲喜,乃嫁生焉。众咸叹其冥契,亦伏生之不惧也。

【讲解】

本篇据《太平广记》卷三八六。

在中国古代小说作品中,有不少"冥契"故事,本篇就是其中之一。然而,本篇之意义,又不是"冥契"二字所能包含得了的。尽管《太平广记》的编者将本篇置于"再生"一类中,但"再生"二字同样也无法概括本篇丰富的内涵。不错,这篇作品是写了"冥契"啦、"再生"啦一类的事情,但它给读者留下最深印象的却应该是那天不怕、地不怕、鬼神也不怕的豪侠形象——刘生。

作品一开始就给刘生豪侠的性格定下了基调:"刘氏子者,少任侠,有胆气。""与旧友相遇,甚欢。常恣游骋,昼事弋猎,夕会狭邪。"后来,又通过两大具体事件的描写,充分体现了这一豪侠人物奇特的性格特征。一是送物于坏冢棺上,二是背女尸而归家。

第一件事,刘生是被动的,也是被激的。为了体现刘生的包天大胆,作者特意给他安排了一个极其恐怖的场景:"时将夏夜,暴雨初止。""夜半至墓,月初上。"在这么一个雨后的月夜,要将一件物品送至"棺柩暴露"的"坏墓"之上,这是多么能考验人胆量的一件事情啊。尽管这样的事并非绝对没人敢做,但敢这样做的人也委实不会太多。然而,在本篇中,这还算不上最奇特、最给人刺激的情节和场景。刘生所干的第二件事,那主动的,并非被同侪所激的,或许是被一种莫可名状的情绪所激发的一件事——背女尸,却令人受到更大的刺激。刘生似乎是面对恐惧环境的一根弹簧,场面越是可怕,他的胆子就越大。当来到棺柩暴露的坏冢附近时,借着初升的月光,他看见一个物体蹲坐在棺木上。碰见这种状况,一般的胆大者恐怕也会心悸而逃的。然而,刘生是胆大者中的胆大者,他不仅没跑,反而近前仔细看了起来。当发现是一具女尸后,他又一次体现了胆大者中之胆大者的风采,不仅没有后退,反而背起死尸一口气跑了十几里路,直把死尸背回家,又抱着尸体睡觉。如此胆量,如此豪气,如此作为,不用说在现实生活中几乎难以见到,就是在文学作品中也堪称罕有其俦。通过这样两个故事,刘生这个不知道人世间有"恐惧"二字的豪侠形象就在人们心目中矗立起来了。

本篇为了塑造刘生形象,除正面描写和环境烘托外,还用了层层递进和对比映衬的方法。作者写刘生的英雄豪气,一共分三个层次:一是基调铺垫,二是送物坏冢,三是背尸夜行。三个层次一个比一个深入,一个比一个精彩,层层递进,环环相扣,直至将人物的精神面貌表现得淋漓尽致为止。对比映衬的手法，主要体现在对其他市井恶少的描写方面。在众人看来，能于黑夜将物品送到坏冢之上，就很了不得了，就值得摆一桌酒席以犒赏之了。孰料刘生不仅送物品于坏冢之中，而且还背回一个尸体。这种行为大大出乎众人意料之外，因此才有"一座绝倒"，才有"奔走藏伏者"，才有事后众人"亦伏生之不惧也"。值得注意的是，这些用来映衬刘生的，并非寻常之辈，而是一伙街巷中的无赖之徒、亡命之徒——市井恶少。这就比用那些文弱书生或其他人物来映衬豪侠之士效果要好得多。

最后需要指出的是，本篇作品对后世文学创作影响尤大。刘生所干的两件事，第一件明显影响了《聊斋志异》中的《陆判》，第二件则在《拍案惊奇》中被改编成一个几千字的白话故事而作为《宣徽院仕女秋千会，清安寺夫妇笑啼缘》一篇的头回。

（原载《中华活页文选》2002 年第 19 期）

《酉阳杂俎》（七篇）

《酉阳杂俎》作者段成式（803？—863），字柯古，山东临淄人。其父段文昌为元和末年宰相。段成式少年时代就十分好学，长成后，能诗善文，对佛学尤有研究。曾担任过秘书省校书郎，后又任庐陵、缙云、江州等地刺史，官至太常少卿。段成式是晚唐著名文人，在当时与李商隐、温庭筠齐名。除《酉阳杂俎》外，他还创作过大量的诗词散文作品，可惜大多散佚，幸存的三十多首诗词，见《全唐诗》，文十一篇，见《全唐文》。另有《庐陵官下记》二卷，已佚，残文若干则，收入《类说》《说郛》二书中。

《酉阳杂俎》二十卷、续集十卷，全书计二十多万字。书名"杂俎"，可知其内容驳杂。其中有传说、神话、故事、传奇、志怪、杂记，珍异杂陈、五彩缤纷。所述内容，既有自然科学，也有人文科学。举凡天文、地理、生物、化学、矿藏、交通、习俗、外事等方面，无所不包，甚至秘闻趣事、志怪传奇，也多有记叙。自其成书以至今日，早已引起学术界的广泛重视。

然而，若从文学的角度看问题，则《酉阳杂俎》中最绚烂的篇章无疑还是那些传奇之作，尤其是那些反映剑侠豪杰的传奇之作。如《京西店老人》《兰陵老人》《僧侠》《卢生》以及《周皓》《邱濡》诸篇，都写得豪气逼人、精光四射。有的篇章虽然很短，只能算是微型小说，但作者却能尺水兴波，于极小的范围内为主人公传奇写照，寥寥数笔，勾画人物如生。有些篇章的场面描写也精彩绝伦，引人入胜，让读者于不知不觉中得到一种美的享受。由此，亦足见作者具有极强的谋篇布局、遣词造句之能力。

京西店老人

唐韦行规自言少时游京西，暮止店中，更欲前进，店前老人方工作，谓曰："客勿夜行，此中多盗。"韦曰："某留心弧矢，无所患也。"因进发。行数十里，天黑，有人起草中尾之，韦叱不应，连发矢中之，复不退。矢尽，韦惧，奔马。有顷，风雷总至，韦下马负一大树。见空中有电光相逐如鞠杖，势渐逼树杪，觉物纷纷坠其前。韦视之，乃木札也。须臾，积札埋至膝，韦惊惧，投弓矢，仰空乞命，拜数十，电光渐高而灭，风雷亦息。韦顾大树，枝干童矣。鞍驮已失，遂返前店，见老人方箍桶，韦意其异人，拜之，且谢有误也。老人笑曰："客勿恃弓矢，须知剑术。"引韦入院后，指鞍驮言："却领取相试耳。"又出桶板一片，昨夜之箭，悉中其上。韦请役力汲汤，不许，微露击剑事，韦亦得其一二焉。

【讲解】

本篇除见于《酉阳杂俎》卷九"盗侠"外，又见于《太平广记》卷一九五、《剑侠传》卷一。

这是一篇非常短小的剑侠小说，全文不过三百字，但却写得波澜起伏、曲折多致。尤其是对于韦行规心理活动的描写，更可谓一波三叠。先是骄傲自负，"某留心弧矢，无所患也。"自以为精通箭术，无所畏惧，但实际上却是色厉内荏。接下去便显现出他的真实心理，于黑暗之中见有人尾随，他就十分惊慌起来："矢尽，韦惧，奔马。"表明他实际上胆量并不大，对自己的估价过高，先前只是一种盲目的自信。最终，在雷电交加之际，积札埋膝之时，韦生的恐惧达到了极点："韦惊惧，投弓矢，仰空乞命，拜数十。"他怯弱的本性在这里得到了充分的体现，而且传形传神。这样的描写，十分符合一个稍有一技之长而无绝大本领且又自以为是的夜行人的心态。

擅长场面描写，是本篇的又一特色。在场面描写的过程中，作者特别善于抓住人物的动作与环境的关系下笔，因此，写来情景交融，令人有身临其境之感。如写夜行人被人跟踪的恐惧场面："行数十里，天黑，有人起草中尾之，韦叱不应，连发矢中之，复不退。"你看，行数十里，表明行程已经不短，已到了荒野之处。兼之天色已"黑"，在草丛中又有人"起"而"尾"之，这就造成了第一层恐怖气氛。紧接着，我们这位自以为胆大的主人公"叱"之，对方却不搭理，这是第二层恐怖。再往后，韦生连连发箭，而且都射中了，但对方却不肯退却，这是第三层恐怖；而且是无以复加的极端恐怖。读到这里，读者可以闭目想象，如此时间、如此地点、如此孤独的环境、如此无法战胜的敌人，难道不令人恐惧到了极点吗？而这样一种给人以强刺激的场面描写，一般俗手能写出来吗？再如雷电交加、木札纷飞的紧张场面的描写也很精彩："有顷，风雷总至，韦下马负一树。见空中有电光相逐如鞠杖，势渐逼树杪，觉物纷纷坠其前，韦视之，乃木札也。"这同样是环境与人物融为一体的场面描写，而且是通过韦生的视角来描绘的，这就更加给人以深切的感受。以上二例，足见作者在场面描写方面深厚的功力。

一篇短小的作品，能具有如此生动的人物心理描写和场面描写，自然也就具有极强的可读性了。

兰陵老人

相传黎干为京兆尹时，曲江涂龙祈雨，观者数千。黎至，独有老人植杖不避。干怒，杖背二十，如击鞍革，掉臂而去。黎疑其非常人，命坊老卒寻之。至兰陵里之内，入小门，大言曰："我今日困辱甚，可具汤也。"坊卒遽返白黎。黎大惧，因弊衣怀公服与坊卒至其处。时已昏黑，坊卒直入，通黎之官阀。黎唯而趋入，拜伏曰："向迷丈人物色，罪当十死。"老人惊起，曰："谁引尹来此？"即牵上阶。黎知可以理夺，徐曰："某为京兆尹，威稍损则失官政。丈人埋形杂迹，非证惠眼，不能知也。若以此罪人，是钓人以贼，非义士之心也。"老人笑曰："老夫之过。"乃具酒设席于地，招坊卒令坐。夜深，语及养生之术，言约理辨。黎转敬惧。因曰："老夫有一伎，请为尹设。"遂入。良久，紫衣朱鬣，拥剑长短七口，舞于庭中，迭跃挥霍，批光电激。或横若制盘，旋若规尺。有短剑二尺余，时时及黎之袵。黎叩头股栗。食顷，掷剑植地，如北斗状。顾黎曰："向试黎君胆气。"黎拜曰："今日已后，性命丈人所赐，乞役左右。"老人曰："君骨相无道气，非可遽教，别日更相顾也。"揖黎而入。黎归，气色如病，临镜方觉须制寸余。翌日复往，室已空矣。

【讲解】

本篇见于《酉阳杂俎》卷九"盗侠"，又见于《太平广记》卷一九五、《剑侠传》卷一，也是一篇短小精悍的剑侠传奇小说。本篇最为高妙之处，第一是人物神情描写，第二是人物对话描写。

本篇写人物之神情，简练而传神。如写老人之狂傲，用"植杖不避"四字；而写老人之愤恚，则用"掉臂而去"四字。写黎干之谨慎小心，用"唯而趋入"四字；写黎干之惊慌失措，则用"叩头股栗"四字。最后，又用"掷剑植地"四字写老人动作之干净利落，用"气色如病"四字写黎干事后的倍加恐惧。如此写人物之神情，真可谓得乎其中三昧，以少少许胜多多许，给读者留下了极为深刻的印象。

本篇之写人物语言则有令读者闻其声如见其人之妙。如写老人被京兆尹责打后回到家中，大声嚷道："我今日困辱甚，可具汤也。"活灵活现地表现了这位老侠客一朝被辱的满心愤恚，以及希望"具汤"一洗今日之羞的急切心理。

再如黎干赔罪的语言："向迷丈人物色，罪当十死。"既为自己开脱，又借责备对方（丈人真人不露相），从而在赔罪的同时显得不卑不亢。再如老人吃惊地发问："谁引君来此？"在吃惊的同时，似乎也蕴涵了一些儿喜悦和兴奋。还有老人宽容的笑语："老夫之过。"既显示了老人的大度，又多多少少有一点高深莫测的意味。如此等等，不一而足。这样一些精彩的对话，皆可谓各尽其妙。最终，黎干心悦诚服地恳求："今日以后，性命丈人所赐，乞役左右。"老人温和委婉地推辞："君骨相无道气，非可遽教，别日更相顾也。"所有这些，都做到了既符合人物性格，又切合当时的环境气氛，都是令人读后经久难忘的传神之笔。

一篇短短的《兰陵老人》，就是依靠精彩的人物神情描写和精炼的人物对话描写才取得成功的。

僧侠

建中初，士人韦生，移家汝州，中路逢一僧，因与连镳，言论颇洽。日将衔山，僧指路谓曰："此数里是贫道兰若，郎君岂不能左顾乎？"士人许之，因令家口先行。僧即处分步者先。排比行十余里，不至，韦生问之，即指一处林烟曰："此是矣！"又前进，日已没，韦生疑之，素善弹，乃密于靴中取弓卸弹，怀铜丸十余，方责僧曰："弟子有程期，适偶贪上人清论，勉副相邀，今已行二十里不至，何也？"僧但言用行。至是，僧前行百余步，韦知其盗也，乃弹之，正中其脑。僧初不觉，凡五发中之，僧始扪中处，徐曰："郎君莫恶作剧。"韦知无奈何，亦不复弹。见僧方至一庄，数十人列火炬出迎。僧延韦坐一厅中，唤云："郎君勿忧。"因问左右："夫人下处如法无？"复曰："郎君且自慰安之，即就此也。"韦生见妻女别在一处，供帐甚盛，相顾涕泣。即就僧，僧前执韦生手曰："贫道，盗也，本无好意，不知郎君艺若此，非贫道亦不支也。今日固无他，幸不疑也。适来贫道所中郎君弹悉在。"乃举手搁脑后，五丸坠地焉。有顷，布筵具蒸犊，犊劄刀子十余，以斋饼环之，揖韦生就坐，复曰："贫道有义弟数人，欲令伏谒。"言未已，朱衣巨带者五六辈，列于阶下。僧呼曰："拜郎君！汝等向遇郎君，则成齑粉矣。"食毕，僧曰："贫道久为此业，今向迟暮，欲改前非，不幸有一子，技过老僧。欲请郎君为老僧断之。"乃呼："飞飞出参郎君。"飞飞年才十六七，碧衣长袖，皮肉如脂。僧叱曰："向后堂侍郎君。"僧乃授韦一剑及五丸，且曰："乞郎君尽艺杀之，无为老僧累也。"引韦入一堂中，乃反锁之。堂中四隅，明灯而已。飞飞当堂执一短马鞭，韦引弹，意必中，丸已敲落。不觉跳在梁上，循壁虚蹑，捷若猱玃，弹丸尽不复中。韦乃运剑逐之。飞飞倏忽逗闪，去韦身不尺。韦断其鞭数节，竟不能伤。僧久乃开门，问韦："与老僧除得害乎？"韦具言之，僧怅然，顾飞飞曰："郎君证成汝为贼也，知复如何。"僧终夕与韦论剑及弧矢之事。天将晓，僧送韦路口，赠绢百匹，垂泣而别。

【讲解】

本篇除《酉阳杂俎》卷九"盗侠"外，又见于《剑侠传》卷一。《太平广记》卷一百九十四亦录此篇，篇末注："出《唐语林》。"而明抄本又说出自《酉阳杂俎》。《唐语林》乃宋人抄录唐人作品而成，《酉阳杂俎》则为唐人段成式所作，当属之《酉阳杂俎》为是。

这是一篇别具一格的剑侠小说，僧侠欺骗韦生，本无好意，是想打劫。后来见韦生身怀绝技，便改变主意，想借用韦生做一奇怪的试验——让韦生与自己的儿子飞飞比武，借韦生善弹的绝技来威慑儿子，从而使其子断绝继续为贼的念头。这样，僧侠的行为就变得既无善意，又无恶念了。

本篇故事平平，描写却引人入胜。其关键首先在于作者善于设置悬念。如僧侠邀请韦生，韦生疑其非善良之辈，数弹之而不伤，但僧侠却仍然从容邀客。读到这里，韦生不知僧侠之意，读者亦不知其意，给人设置了第一个悬念。至后来，僧侠才缓缓道出通过比武来决定其子是否继续为盗一事，大家方才知其底里，韦生才放下心来，读者亦放下心来。不料第一个悬念刚刚解开，第二个悬念又高高挂起。飞飞与韦生比武，结果如何？此时飞飞不知，韦生不知，僧侠不知，读者亦不知。直到比武结束，方知飞飞技高一筹，至此，第二个悬念亦迎刃而解。读这样一种善设悬念的作品，会有一种特殊的感受，一种长时间的大惑不解之后而豁然开朗的审美快感。好奇，是中国千百年来千千万万的普通民众所共有的一种普遍心理，他们总希望透过那扑朔迷离的表象去探究其中所蕴涵着的秘密。而当秘密被揭穿以后，一种愉快的、如释重负的感觉就会涌上心头。高明的小说作家，往往最善于利用读者这种审美心理来大做文章，而这方面最好的办法就是设置悬念。本篇的悬念设置在段成式的小说中是最为成功的，在整个唐人传奇作品中也并不多见。

其次，作者善用"冷处理"的方式描写武技。如韦生弹打僧侠一段："僧前行百余步，韦知其盗也，乃弹之，正中其脑。僧初不觉，凡五发中之，僧始扪中处，徐曰：'郎君莫恶作剧。'"无论你怎么挑衅，人家总是不理，亦不还击，这大概算是一种武侠中的高级境界吧。再如韦生与飞飞斗技一段，韦生处处主动进攻，而飞飞只是躲闪招架，并不还击，而结果韦生并没有占到丝毫的便宜。碰到这样的对手，除了自叹不如以外，还有什么办法？通过这样的描写，僧侠和飞飞超凡的武功武技就深深地刻在了读者的心底。而韦生，只不过在不知不觉中两次充当了试刀石和垫脚石，成为一种陪衬。这样一种写法，对后世小说，尤其是清代侠义小说影响甚大。进而言之，武侠小说中这种用冷处理的方式描写武功武技的方法，从深层次看，其实是受到了道家文化的影响。道家认为，柔弱胜刚强，无胜于有，后发制人，这些思想观念，对后世武侠小说的创作影响甚大。许多武侠小说写武林中的绝顶高手，就是在与对方搏斗时比一种意念，而不是具体的一招一式，更不是单纯地依仗武器的精良。无上的武功往往是"心剑合一"，是人与自然、人与环境的高度融会。段成式不知是有意还是无意，总之，他在《僧侠》中的这些描写，与这一法则达到了高度的吻合。这大概也是这篇作品经得起咀嚼的主要原因吧。

卢生

　　元和中，江淮有唐山人者，涉猎史传，好道，常游名山。自言善缩锡，颇有师之者。后于楚州逆旅遇一卢生，气相合，卢亦语及炉火，称唐族乃外氏，遂呼唐为舅。唐不能相舍，因邀同之南岳。卢亦言亲故在阳羡，将访之，今且贪舅山林之程也。中途止一兰若，夜半语笑方酣，卢曰："知舅善缩锡，可以梗概语之？"唐笑曰："某数十年重跰从师，只得此术，岂可轻道耶！"卢复祈之不已，唐辞以师授有时日，可达岳中相传。卢因作色："舅今夕须传，勿等闲也。"唐责之："某与公风马牛耳，不意盱眙相遇，实慕君子，何至驺卒不若也！"卢攘臂瞋目眄之，良久，曰："某刺客也，如不得，舅将死于此。"因怀中探乌韦囊，出匕首，刀势如偃月，执火前熨斗削之如札。唐恐惧具述。卢乃笑语唐曰："几误杀舅。"此术十得五六。方谢曰："某师，仙也。令某等十人，索天下妄传黄白术者杀之。至添金缩锡，传者亦死。某久得乘蹻之道者。"因拱揖唐，忽失所在。唐自后遇道流，辄陈此事以戒之。

【讲解】

本篇见于《酉阳杂俎》卷九"盗侠"，又见于《太平广记》卷一九五、《剑侠传》卷二。

这篇作品最大的特点就是当你读开头部分时，无法预料它的结尾，甚至当故事快要结束时，你仍然无法判断它的结局。这是一篇最能显示什么叫作"尺水兴波"的小说。全文包括标点符号不过四百字左右，而情节却不断转换，高潮迭起。一开始，唐山人与卢生邂逅，唐山人不知卢生究竟何许人也，读者亦不知卢生何许人也。然而唐山人与卢生之间竟有三大契合点：其一，二人都对"炉火"，亦即黄白之术有兴趣；其二，卢生外祖家也姓唐，与山人同姓；其三，他们所行路程的方向是一致的。这样，二人既系同志，又兼同路，而且还是亲戚，其间的关系自然十分亲密。接着，作者笔锋一转，进入行文的第二道曲折，写卢生要求唐山人教他缩锡术的大概。而这种要求的提出又分为三个步骤：第一步，"语笑方酣"时突然要求；第二步，"祈之不已"的反复要求；第三步，"攘臂瞋目"的强制要求。而唐山人则寻找各种借口推托，其态度也由"笑曰"到"责之"。这样，就使得原本"春光融融"的气氛一下子变成"山雨欲来"了。这么一个大的情节兼氛围的转换，这么一种多层次的描写，作者只用了一百字左右，就十分成功地抓住了读者，让你必须跟着他的笔看下去，看个究竟。接下去，更精彩的场面出现了，卢生终于露出其庐山真面目——侠客，并且有"怀中探乌韦囊，出匕首，刀势如偃月，执火前熨斗削之如札"的出色表演，真让人有惊心动魄而又痛快淋漓的复杂感受。这大概可算是第三道曲折了。再接下去，当唐山人在极端恐惧的前提下和盘托出缩锡之术以后，卢生又转怒为笑，并说出自己为什么这样做的原因。至此，情节与气氛又一次转换，形成第四道曲折。最后，当读者跟着唐山人一起正在咀嚼回味这位卢大侠还没有醒过神来的时候，卢生竟自"拱揖唐，忽失所在"了。真正是突兀而来，飘然而去，神龙现首不现尾，从而，也给人一种余音袅袅的审美感受。在一篇不到五百字的小说作品中，其故事情节居然经历了多重转换、几番曲折，而且又是那么自然，整个故事又是那样的浑然一体，让人看不出转折的痕迹，这才是真正的编故事的高手之所为。而这种手段，大概就叫作尺水兴波吧！

周皓

薛平司徒常送太仆卿周皓，上诸色人吏中，末有一老人，八十余，著绯。皓独问："君属此司多少时？"老人言："某本艺正伤折，天宝初，高将军郎君被人打，下颔骨脱，某为正之。高将军赏钱千万，兼特奏绯。"皓因领遣之，唯薛觉皓颜色不足。伺客散，独留，从容谓周曰："向卿问著绯老吏，似觉卿不悦，何也？"皓惊曰："公用心如此精也。"乃去仆，邀薛宿，曰："此事长，可缓言之。某年少常结豪族为花柳之游，竟畜亡命。访城中名姬，如蝇袭膻，无不获者。时靖恭坊有姬，字夜来，稚齿巧笑，歌舞绝伦，贵公子破产迎之。予时数辈富于财，更擅之。会一日，其母白皓曰：'某日夜来生日，岂可寂寞乎？'皓与往还，竟求珍货，合钱数十万，会饮其家。乐工贺怀智、纪孩孩,皆一时绝手。局方合,忽觉击门声,皓不许开。良久,折关而入。有少年紫裘,骑从数十。大诟其母,母与夜来泣拜,诸客将散。皓时血气方刚,且恃扛鼎,顾从者敌。因前让其怙势,攘臂殴之,踣于拳下,遂突出。时都亭驿所有魏贞,有心义,好养私客,皓以情投之。贞乃藏于妻女间。时有司追捉急切,贞恐踪露,乃夜办装具,腰白金数挺,谓皓曰:'汴州周简老,义士也。复与郎君当家。今可依之,且宜谦恭不怠。'周简老,盖大侠之流,见魏贞书,甚喜,皓因拜之为叔,遂言状,简老命居一船中,戒无妄出,供与极厚。居岁余,忽听船上哭泣声,皓潜窥之,见一少妇,缟素甚美,与简老相慰。其夕简老忽至皓处,问:'君婚未?某有表妹,嫁与甲,甲卒,无子,今无所归,可事君子。'皓拜谢之,即夕其表妹归皓。有女二人,男一人,犹在身中。简老忽语皓:'事已息,君貌寝,必无人识者,可游江淮。'乃赠百余千。皓号哭而别,简老寻卒。皓官已达,简老表妹尚在,儿聚女嫁,将四十余年,人无所知者。适被老吏官言之,不觉自愧。不知君子察人之微。"有人亲见薛司徒说之也。

【讲解】

本篇在《酉阳杂俎》中,虽列入前集卷十二"语资"部,但实际上仍然是一篇豪侠小说。《剑侠传》之所以没有引录,是因为它不是那种描写剑侠生活的作品。《太平广记》卷二七三亦收录本篇。

我们说本篇是描写豪侠生活的,主要是因为它前半写周皓侠气,后半写魏贞、周简老义气,而且篇中明确指出"周简老,盖大侠之流"。《酉阳杂俎》之所以将其归入"语资"部,只是从形式上着眼,因为本篇的中心故事基本上都是由周皓自己讲述的。而这,又恰恰是本篇在写作方式上的第一大特点。

这是一篇在第三人称掩盖下的第一人称小说,这种叙事方式,在中国古代文言小说,尤其是早期文言小说中极为罕见。开篇第三人称的叙述,不过是个引子,如同元杂剧的楔子一般,是正文前的一种必要的交代。周皓因为与一个八十多岁而又身穿红色官服的老者对话,无意中得知此人之所以得官,乃是因为曾经替高将军的儿子矫正了被人打坏的下颌骨,而打坏这位"高衙内"下颌骨的,不是别人,正是周皓自己。这样,就引起周皓对一段永生难忘的痛苦往事的回忆。通过司徒薛平的追问,周皓终于全盘托出了这段令人悲酸的往事。

"往事"是小说的主体部分,作者在叙述这段往事的过程中,层次极为清晰,而且详略得当。先是周皓在青楼中面对不平事大打出手,惩治邪恶。接着是周皓闯下大祸后突围而逃，亡命天涯。再往后，通过行侠仗义的魏贞的过渡，将周皓送到另一个更为行侠仗义的周简老那儿。最终，写周简老竭尽全力救助周皓，"供与极厚"，嫁周皓以表妹，"赠百余千"。这样，一个故事写了三个侠义人物，而性格又决然不同。作者在写上述这三位豪侠之人及其故事时，运用了不同的笔法，且胸有成竹，重点突出。如周皓青楼行侠，作者写来如暴风骤雨："扃方合，忽觉击门声，皓不许开。良久，折关而入。有少年紫裘，骑从数十。大诟其母。母与夜来泣拜，诸客将散。皓时血气方刚，且恃扛鼎，顾从者敌。因前让其怙势，攘臂殴之，踣于拳下，遂突出。"这样，就充分体现了周皓这一"少侠"的血气方刚和不谙世事。这一段，可谓详写。再如后面写周简老对周皓竭尽全力的关照，则如同和风细雨："简老命居一船中，戒无妄出，供与极厚。居岁余，忽听船上哭泣声，皓潜窥之，见一少妇，缟素甚美，与简老相慰。其夕简老忽至皓处，问：'君婚未？某有表妹，嫁与甲，甲卒，无子，今无所归。可事君子。'皓拜谢之，即夕其表妹归皓。"这样，就同样充分地写出了周简老这位"老侠"的洞察秋毫和深谙世事。这一段，亦乃详写。而两大段故事中间写魏贞收留周皓一段却是略写，仅用简略的语言一带而过："时都亭驿有魏贞，有心义，好养私客，皓以情投之。贞乃藏于妻女间。"紧接着，就写魏贞将周皓介绍给周简老那儿去了。所有这些，应该算作是本篇写作上的第二大特点。

本篇写作上的第三大特点更为突出，那就是由于让故事的主人公周皓充当了叙述人，使得故事的主体部分均出自周皓一人之口，这就必须保证在叙述过程中要能够充分体现周皓的语言特色。那么，周皓的语言具有何种特色呢？第一是颇为冷静客观，第二是喜欢用短句。关于这方面的例子只要再看看周皓对司徒薛平的一段开场白就足以证明了："此事长，可缓言之。某少年常结豪族为花柳之游，竟蓄亡命，访城中名姬，如蝇袭膻，无不获者。时靖恭坊有姬，字夜来，稚齿巧笑，歌舞绝伦，贵公子破产迎之。予时与数辈富于财，更擅之。"中心故事的开端，竟写得如此坦白客观、简明扼要，真可以称得上是一种写作的高速度，我想，一般的读者是欢迎这种高效率的叙事方式的。至于这方面更多的例子，原文俱在，读者自可在阅读时细细地体会和品味。

邱濡

博士邱濡说，汝州傍县，五十年前，村人失其女。数岁忽自归，言初被物寐中牵去，倏止一处，及明，乃在古塔中。见美丈夫谓曰："我天人，分合得汝为妻。自有年限，勿生疑惧。"且戒其不窥外也。日两返，下取食，有时炙饵犹热。经年，女伺其去，窃窥之，见其腾空如飞，火发蓝肤，磔磔耳如驴焉，至地乃复人矣，惊怖汗洽。其物返，觉曰："尔固窥我，我实野叉，与尔有缘，终不害尔。"女素惠，谢曰："我既为君妻，岂有恶乎？君既灵异，何不居人间，使我时见父母乎？"其物言："我辈罪业，或与人杂处，则疫疠作。今形迹已露，任尔纵观，不久当尔归也。"其塔去人居止甚近，女常下视，其物在空中不能化形，至地方与人杂。或有白衣尘中者，其物敛手侧避；或见挠其头，唾其面者，行人悉若不见。及归，女问之曰："向见君街中有敬之者，有戏狎之者，何也？"物笑曰："世有吃牛肉者，予得而欺之。或遇忠直孝养，释道守戒律、法箓者，吾误犯之，当为天戮。"又经年，忽悲泣语女："缘已尽，候风雨送尔归。"因授一青石，大如鸡卵，言至家可磨此服之，能下毒气。后一夕风雷，其物遽持女曰："可去矣。"如释氏言，屈伸臂顷，已至其家，坠之庭中，其母因磨石饮之，下物如青泥斗余。

【讲解】

本篇见于《酉阳杂俎》前集卷十四"诺皋记上"，又见《太平广记》卷三五七。

从严格的意义上讲，本篇不能算豪侠类小说的典型作品，因为它夹杂有神异和人情描写。然而，也正是因为它描写了豪侠中的人情、神异中的豪侠，故而我们仍然可以视之为豪侠类中的特异之作。

野叉虽然是佛教故事中天龙八部的神将之一，但在本篇中的这名野叉身上，却分明体现了一种人间豪侠之情。去掉其身上的神异色彩，野叉恰是一位人间抢夺民女为妻的"强人"。他占据险要之地，如篇中的高塔，将民间女子掳掠其间。这种人，在《水浒传》以及某些侠义小说中多半是作为反面形象来进行讽刺和鞭挞的。然而，在本篇中，野叉形象却让人感到分外可爱，与一般的小说所产生的审美效果大相径庭。何以如此？究其原因，最重要的有两条。其一，野叉是非分明，善善恶恶，这一点，他自己说得很清楚："世有吃牛肉者，予得而欺之。或遇忠直孝养，释道守戒律、法箓者，吾误犯之，当为天戮。"其二，他虽然身为怪物，却具有"人"的感情，甚至可以说比某些庸俗的人更具有"人性"特征。他深深地爱着那抢来的女子，将自己变化为美貌郎君，并天天给她弄来可口的食物。他生怕自己的"妻子"被自己的行为和本来面目吓坏，反反复复地进行解释和安慰。一而曰"勿生疑惧"，二而曰"终不害汝"，三而曰"不久当尔归也"。最后，终于实践诺言，在雷雨交加、风驰电掣的令人伤感的时刻,将女子送回家去。更有意味的是,他还送给女子一块青石,用以解除自己多日来对她的"毒害",真可谓关怀备至,无以复加。如此具有侠骨柔情之野叉,胜过人间薄情寡义的男子何止千百万倍!以上两点,是这名野叉的可爱之处,同时,也是这篇作品理性的光辉和人性的光彩之所在。进而言之,野叉的鲜明爱憎和侠骨柔情,野叉的这种野蛮的外表与文明的内质的对立统一,正是后世侠义小说,乃至近代武侠小说中的许多重要人物形象得以成功塑造的楷模、源头与根据。正是从这一角度出发,我们才认为这篇貌似豪侠小说外围作品的《邱濡》,实乃真正具备豪侠小说之内在精神。

本篇写作方面最大的特色乃是对比,并非人物与人物之间对比,而是野叉形象自身的对比,是其外貌之丑恶与内在之美好的对比。

李和子

元和初,上都东市恶少李和子,父努眼。和子性忍,常攘狗及猫食之,为坊市之患。常臂鹞立于衢,见二人紫衣,呼曰:"公非李努眼子名和子乎?"和子遽只揖。又曰:"有故,可隙处言也。"因行数步,止于人外,言冥司追公,可即去。和子初不受,曰:"人也,何绐言。"又曰:"我即鬼。"因探怀中,出一牒,印窠犹湿。见其姓名分明,为猫犬四百六十头论诉事。和子惊惧,乃弃鹞子拜祈之,且曰:"我分死,尔必为我暂留,当具少酒。"鬼固辞不获已。初,将入鞞罐肆,鬼掩鼻不肯前。乃延于旗亭杜家,揖让独言,人以为狂也。遂索酒九盌,自饮三盌,六盌虚设于西座,且求其为方便以免。二鬼相顾,我等既受一醉之恩,须为作计。因起曰:"姑迟我数刻当返。"未移时至,曰:"君办钱四十万,为君假三年命也。"和子诺许,以翌日及午为期。因酬酒直,且返其酒,尝之味如水矣,冷复冰齿。和子遽归,货衣具凿楮,如期备醉焚之,自见二鬼挈其钱而去。及三日,和子卒。鬼言三年,盖人间三日也。

【讲解】

从某种意义上讲,本篇与《邱濡》篇均应属于神异小说。然而,更有意味的是,这两篇作品又都与豪侠题材脱不了干系,或者说,从另一个角度看问题,这两篇小说又都是豪侠题材的作品。

作者在这篇作品中,虽然主观上想通过世人攘食猫犬而终遭报应的故事来反映善恶到头终有报的思想,但在客观上却给我们留下了一个豪侠小说中的反面形象——李和子。这一反面形象的主要特征有三点:残忍、霸道、卑鄙。作者在作品中为读者勾画了一个充分体现出这些劣质的市井无赖的形象。"恶少李和子","和子性忍,常攘狗及猫食之,为坊市之患","臂鹞立于衢","和子即遽衹揖","和子惊惧,乃弃鹞子拜祈之","乃延于旗亭杜家,揖让独言,人以为狂也","和子遽归,货衣具凿楮,如期备酹焚之"。欺善怕恶、卑鄙无耻,这种市井中的"公害"型的人物,在后世的侠义小说和武侠小说中都是屡见不鲜的,即使有一点功夫,也会被人们称之为"武林败类"。段成式在《李和子》篇中本无意表现"豪侠"题材,却在不知不觉中为后人留下了一个豪侠作品中的反面形象。李和子尽管有上述那许多恶劣之处,但毕竟多多少少带有一点粗豪之气,所以,他不是一个软弱的孬种,而是那种强硬的坏蛋。再把眼光放开一点,似乎中国古代小说中就有不少江湖好汉、绿林豪杰是从这种市井无赖发展而来的。更有甚者,就是在某些令人景仰的英雄人物身上,似乎也或多或少地带有一些诸如李和子般的残忍、霸道乃至卑鄙的时代的、阶级的劣根性。说到这里,我想,《李和子》篇与豪侠题材的作品之间的关系也就大体清楚了吧。应该说,这是一篇混杂着神异、豪侠甚至市井内容的作品。

(原载《中华活页文选》2002 年第 3 期)

《谈宾录》（两篇）

《谈宾录》是一部以记载轶事为主的小说集，《新唐书·艺文志》著录该书十卷，《宋史·艺文志》则作五卷。原书已佚，《太平广记》录存其文121条。该书所记多为唐代朝廷内外各种人物的轶事，不少内容可补史料之不足，故而有些内容如李林甫、杨国忠、李义府、侯恩止等人的事迹被史家纳入《旧唐书》和《新唐书》。该书篇幅虽长短参差，但其中某些作品，记人形象生动，叙事委婉曲折，且首尾完备，故事完整，故可视为传奇小说。作者胡璩，字子温，生平事迹不详，生活在唐文宗、唐武宗时代（827—846）。

白孝德

唐白孝德，为李光弼偏将。史思明攻河阳，使骁将李龙仙率骑五千，临城挑战。龙仙捷勇自恃，举足加马鬣上，嫚骂光弼。光弼登城望之，顾诸将曰："孰可取者！"仆固怀恩请行，光弼曰："非大将所为。"历选其次。左右曰："孝德可。"光弼召孝德前问曰："可乎？"曰："可！"光弼问："所加几何人而可？"曰："独往则可，加人多不可。"光弼曰："壮哉！"终问所欲，对曰："愿借五十骑于军门，候入而继进，及请大众鼓噪以做气。他无用也。"光弼抚其背以遣之。

孝德挟二矛，策马截流而渡。半济，怀恩贺曰："克矣。"光弼曰："未及，何知其克？"怀恩曰："观其揽辔便僻，可万全。"龙仙始见其独来，甚易之，足不降鬣。稍近，欲动。孝德摇手止之，若使其不动。龙仙不之测，又止龙仙。孝德曰："侍中使予致词，非他也。"龙仙去三十步，与之言，褻骂如初。孝德伺便，因瞋目曰："贼识我乎？"龙仙曰："何也？"曰："国之大将白孝德！"龙仙曰："是猪狗乎？"发声虓然，执矛前突。城上鼓噪，五十骑亦继进。龙仙矢不及发，环走堤上。孝德逐之，斩首提之归。

【讲解】

本篇据《太平广记》卷一九二。

就"豪侠"这一主题而言，本篇的主人公主要体现的是"豪"而不是"侠"。白孝德可谓豪气冲天、豪气逼人，而他的英雄豪气主要在两个阶段得到表现。

其一，战前准备阶段。当史思明手下的骁将李龙仙"捷勇自恃，举足加马鬣上，嫚骂光弼"时，敌方气焰是十分嚣张的。这时，李光弼经过选择，决定让偏将白孝德出马。但李光弼对白孝德是否能取胜，并不具备十足的信心，因此，他将白孝德叫到跟前问："可乎？"白孝德的回答是简捷而坚定的，这表明他对自己充满信心。从某种意义上讲，信心就是豪气的基础和底蕴，一个对自己都缺乏信心的人，哪里还去找什么豪气？随即，李光弼又问白孝德需要多少兵力的支持，这表明作为统帅的李光弼对白孝德仍然不太了解，同时也缺乏完全的信任。白孝德的回答令书中的人物大吃一惊，也让读者出乎意料。他居然连一个同伴都不要，而仅仅只要一些人给他助助威势而已。这是什么？这是一种孤胆英雄的气概。可见白孝德不仅是一位豪气十足的英雄，而且还是一位孤胆英雄。然而，对这段对话的解读如果仅仅停留在作者只是为了体现白孝德孤胆英雄的气概这一平面上是不够的。因为白孝德的不带兵卒除了表明他的豪气之外，还表明了他的粗中有细。他不仅仅是要凭着个人实力去与李龙仙抗衡，而且还要利用"出其不意，攻其不备"的方式去偷袭李龙仙。这样，带去的士兵越多就越不利于这一计划的实施。由此可见，白孝德虽然具有足够的"豪"气，却是豪而不粗的。果然，白孝德的气概和对答取得了李光弼的信任，于是，这位统帅对手下的这一名偏将"抚其背以遣之"。白孝德在战胜李龙仙之前，首先战胜了自己的长官和同僚，或者说，他首先战胜了自我。同时，也可以看到，对于一位即将承担生死搏斗的将军而言，战前准备阶段信心的奠定和计划的构成是多么重要。

其二，战斗过程。白孝德与李龙仙的战斗过程，基本上是按照白孝德的预想进行的。首先是李龙仙对白孝德的极端藐视——无名鼠辈且又单身一人居然敢来撞阵？因此，这位自以为横行一世的骁将做出了战场上最为傲慢的行为——"足不降鬣"。等到稍稍靠近一点以后，李龙仙"欲动"，准备迎战了，而白孝德则对他进行了进一步的误导——又是"摇手止之，若使其不动"，又是欺骗他说："侍中使予致词，非他也。"而趁敌人完全没有准备之际，白孝德发起了猛然的攻击："发声虓然，执矛前突"。终于使李龙仙措手不及，"矢不及发，环走堤上。"而白孝德也终于取得了胜利："斩首提之归"。这段描写虽然篇幅不大，却充分体现了豪气十足的白孝德的智勇兼备。

回头再看全篇作品，在写法上是很有特色的。首先，生动的人物塑造。全篇不过500多字，却写出了众多的人物。除了智勇兼备的白孝德之外，如李光弼的统帅风度，仆固怀恩的慧眼识人，尤其是李龙仙的骄横不可一世，都跃然纸上，栩栩如生。其次，精彩的对话描写。篇中各种人物的对话几乎占了全文一半的篇幅。有号召语，有询问语，有对答语，有赞美语，有分析语，有欺骗语，有嫚骂语，有愤怒语，种种色色，美不胜收。最后，叙述语言的精炼妥帖。全篇基本没有冗长的句子，大多为简短的句式。例如："龙仙始见其独来，甚易之，足不降鐙。稍近，欲动。孝德摇手止之，若使其不动。龙仙不之测，又止龙仙。"再如："发声虓然，执矛前突。城上鼓噪，五十骑亦继进。龙仙矢不及发，环走堤上。孝德逐之，斩首提之归。"遣词造句都非常准确生动，如果朗读这样一些片段，必定朗朗上口，令人有大珠小珠落玉盘的感觉。

马勋

　　唐德宗欲幸梁洋，严振遣兵五千至盩厔，以俟南幸。其将张用诚阴谋叛背，输款于李怀光，朝廷忧之。会梁州将马勋至，上临轩与之谋。勋曰："臣请计日至山南，取节度符召之。即不受召，臣当斩其首以复命。"上喜曰："几日当至？"勋克日时而奏，上勉劳而遣之。

　　勋既得振符，乃与壮士五十人偕行，出骆谷。用诚以为未知其叛，以数百骑迓勋。勋与俱之传舍，用诚左右森然。勋曰："天寒，且休军士！"左右皆退。勋乃令人多焚其草以诱之，军士争赴火。勋乃令人从容出怀中符示之，曰："大夫召君！"用诚惶骇起走，壮士自背束其手而擒之。不虞用诚之子居后，引刀斫勋。勋左右遽承其背，刀不甚下，微伤勋首。遂格杀其子而仆用诚于地，令壮士跨其腹，以刃拟其喉曰："声则死之！"勋驰就其军营，士已被甲执兵。勋大言曰："汝等父母妻孥，皆在梁州，弃之，从人反逆，将欲灭汝族耶？大夫使我取张用诚，不问汝辈，乃何为乎？"众詟服。于是缚用诚遣送洋州，振杖杀之，拔其二使总其众。勋以药自封其首，来复命，惩约半日。

【讲解】
本篇亦据《太平广记》卷一九二。
　　中唐，经历了天崩地坼的安史之乱之后，天宝年间许多隐藏的社会危机已暴露无遗。其中，军队首领的异心、叛乱愈演愈烈，终至酿成旷日持久甚至可以说导致大唐帝国灭亡的藩镇割据。本篇所反映的就是在这样一种社会现实导致的一场惊心动魄的斗争，本篇的主人公马勋就是一位维护中央政权的利益而坚决与叛逆分子作斗争的英雄人物。

之所以说马勋是一位英雄豪杰，主要是基于以下几点。首先，其行为的正义性。从国家和人民的利益出发，在中唐那种历史背景下，维护统一，反对分裂，维护和平，反对战乱应该说是正义的表现。这种正义性，使马勋的行为具有了颇为深厚的社会基础和文化积淀意味。其次，其行为的合理性。马勋并非不分青红皂白，直接跑到张用诚的军营中将其擒获或杀死，而是先从张的顶头上司严振那里请来兵符，只是在张用诚不肯奉召而准备逃跑时才动手消灭他。这就使得马勋的行为合情合理，不至于滥杀无辜。其三，其行为的计划性。在京城尚未出发时，马勋就进行了周密的谋划，甚至连行动的时间都做了周密的安排。并且，他对张用诚采取的是突然袭击的方式，使对方仓促间难以应对。其四，其行为的灵活性。当马勋面对张用诚戒备森严的几百名骑兵时，他身边只有五十骑，双方的力量悬殊。在这种情况下，马勋并没有盲目地蛮干，而是根据具体情况决定自己的作战方针。他首先采取麻痹敌人的做法，松懈张用诚的警惕。继而利用天寒，使对方士兵争相烤火。最终亮出底牌——兵符，用强制的手段迫使张用诚就范。整个过程都体现了马勋过人的机智和随机应变的能力以及控制局面的风度。其五，其行为的鼓动性。如果马勋仅仅是擒拿了一个张用诚，而逼反了张手下众多的军士，那么，他这次行动也不能算取得成功。马勋不仅懂得"擒贼先擒王"的道理，而且还懂得"攻城为下，攻心为上"的道理。你看他对着被甲执兵的张用诚部下所说的一番话，可谓有理有利，晓之以利害，动之以感情，既有政策的交代，又有隐含的威胁，终于凭着三寸舌解除了千万人的武装。这才算得上真正的大手段、大智慧。有以上五点，马勋作为一个出类拔萃的英雄人物应该说是当之无愧的。

本篇也非常短小，但同样非常精致。全篇几乎没有多余的文字，每句、每词、每字都被派到应该去的地方，遣词造句十分精练、准确、生动。此其艺术成就之一也。本篇的场面描写非常精彩，尤其是马勋率五十人从数百骑中擒得叛军首领张用诚的描写，更是纸上生辉，令人读后精神为之一振。数百年后的辛弃疾亦曾率五十骑于千军万马中擒得叛贼之首，大概就是这种精神的延续和发展吧。此其艺术感染力之二也。故事跌宕起伏，情节变化莫测，让读者始终处于紧张状态之中，此其艺术魅力之三也。

一篇作品，能塑造出性格如此丰满之人物，并且具有如此多层的审美效果，即便篇幅再短些，也是经久耐读的。

（原载《中华活页文选》2003 年第 21 期）

《窦烈女》

烈女姓窦氏，小字桂娘。父良，建中初，为汴州户曹掾。桂娘美颜色，读书甚有文。李希烈破汴州，使甲士至良门，取桂娘去。将出门，顾其父曰："慎无戚戚，必能灭贼，使大人取富贵于天子。"桂娘既才色，以在希烈侧，复能巧曲取信，凡希烈之密，虽妻子不知者，悉皆得闻。希烈归蔡州，桂娘常谓希烈曰："忠而勇，一军莫如陈仙奇。其妻窦氏，仙奇宠且信之，愿得相往来，以姊妹叙齿，因徐说之，以坚仙奇之心。"希烈然之。因以姊事仙奇妻。常间请曰："贼凶残不道，迟晚必败。姊因早图遗种之地。"仙奇妻然之。

兴元元年四月，希烈暴死。其子不发丧，欲尽诛老将校，俾少者代之。计未决，有献含桃者。桂娘白希烈子，请分遗仙奇妻，且以示无事于外。因为蜡帛书曰："前日已死，殡在后堂。欲诛大臣，须自为计。"以朱染帛丸如含桃。仙奇发丸见之，言于薛育曰："两日称疾，但怪乐曲杂发，昼夜不绝，此乃有谋未定，示暇于外，事不疑矣。"明日，仙奇、薛育各以所部兵噪于衙门，请见希烈。烈子迫出拜，愿去伪号，一如李纳。仙奇曰："汝悖逆，天子有命。"因斩希烈妻及子，凡七首以献，陈尸于市。后两月，吴少诚杀仙奇。知桂娘谋，因亦杀之。

【讲解】

《窦烈女》的作者是杜牧。杜牧（803—852），字牧之，京兆万年（今陕西西安市）人，其祖父杜佑曾为宰相。杜牧于大和二年（828）中进士，同年制举登科。历官弘文馆校书郎、左补阙、史馆修撰、膳部员外郎、比部员外郎、司勋员外郎等职，并曾出为黄州、池州、睦州、湖州等地刺史。杜牧曾入牛僧儒幕府，李党中人亦赏识其才能，但因其性格刚直有奇节，在牛李党争的时代两边都不讨好，故而终身郁郁不得重用。杜牧诗文兼工，其散文继承韩愈笔法，针砭时事，风格健朗晓畅。本帙所选之《窦烈女》一篇，先叙后议，朴素感人，是一篇很不错的传奇作品。

本篇据《太平广记》卷二七〇，又见《樊川集》。

这本是一篇歌颂节烈妇女的作品,为什么也能算作豪侠传奇之作呢?那是因为,在本篇的主人公窦烈女身上,具备了相当程度的豪侠之气。窦烈女堪称一位大智大勇的巾帼英雄,她沉着冷静、目光远大、见机行事、胆大心细,不是一般女性所能比拟的。当李希烈的手下将她强行抢走时,她没有丝毫的紧张、恐惧和悲哀,而是对父亲说:"慎无戚戚,必能灭贼,使大人取富贵于天子。"进入李希烈家门以后,她又运用自己年轻貌美的优长,"巧曲取信",以至于达到了"凡希烈之密,虽妻子不知者,悉皆得闻"的地步。随后,又以姓氏相同、姊妹叙齿为由,与李希烈部下最有实力的将军陈仙奇的妻子拉上了关系,进而达到能在一定程度上左右陈仙奇的地步。最终,在李希烈暴死,其子秘不发丧而企图全部杀掉老将校的时候,窦烈女通过含桃传信,利用陈仙奇等人杀了李希烈全家。这样做可谓一举两得,既报了家仇,又为国除害。在整个事件发生、发展直至取得结果的过程中,窦烈女的行为完全不像一个深闺女子,而更像一个须眉丈夫。这样的女性,难道说不能算作豪侠吗?

如果作进一层的分析,窦烈女的思想境界按封建时代的观念来要求,可以算作是最高层次了。为了君父的利益而牺牲自己的利益,是封建时代最高的人生信条。窦烈女为了报家仇,除国贼,牺牲了自己的青春、年华、幸福直至生命,这在封建的中国是值得千千万万的人去学习和效法的。因此,作者要表彰她,要为她写下了这篇流传千古的佳作。也正因此,作者在叙述了窦烈女的故事之后,有一段由衷的赞叹:"请试论之:希烈负桂娘者,但劫之耳,希烈僭而桂娘妃,复宠信之,于女子心,始终希烈可也。此诚知所去所就,逆顺轻重之理明也。能得希烈,权也;姊先(仙)奇妻,智也;终能灭贼,不顾其私,烈也。六尺男子,有禄位者,当希烈叛,与之上下者众矣,岂才力不足邪?盖义理苟至,虽一女子可以有成。"窦烈女的形象也因此影响到此后小说创作中的两种女性形象的类型:一是如《三国演义》中貂蝉那样的为军国大事而献身的烈女子,另一类是如《石点头》卷十二和《二刻拍案惊奇》第十一回中的申屠氏那样的为报家仇而牺牲的烈女子。

本篇在写法上最大的特点便是质朴无华,无论是写窦烈女的大智大勇,还是写窦烈女的灵活机动,乃至写这位奇女子的自我牺牲精神,作者都是淡淡写来,并没有运用夸张、渲染等手法。然而,就是在这质朴无华的描写中,窦桂娘的形象却跃然纸上,并给人留下了深刻的印象。这其实是一种十分高级的表现方式,以少少许胜多多许,以朴素胜奢华。这种方式,对于在写作方面具有一定水平的作家而言更有借鉴意义。

(原载《中华活页文选》2003 年第 13 期)

《虬髯客》

　　隋炀帝之幸江都也，命司空杨素守西京。素骄贵，又以时乱，天下之权重望崇者，莫我若也。奢贵自奉，礼异人臣。每公卿入言，宾客上谒，未尝不踞床而见。令美人捧出，侍婢罗列，颇僭于上，末年益甚。

　　一日，卫公李靖以布衣来谒，献奇策。素亦踞见之。靖前揖曰："天下方乱，英雄竞起。公为帝室重臣，须以收罗豪杰为心，不宜踞见宾客。"素敛容而起，与语，大悦，收其策而退。当靖之骋辩也，一妓有殊色，执红拂立于前，独目靖。靖既去，而拂妓临轩指吏问曰："去者处士第几？住何处？"吏具以对。妓颔而去。

　　靖归逆旅，其夜五更初，忽闻叩门而声低者。靖起问焉，乃紫衣戴帽人，杖揭一囊。靖问谁，曰："妾，杨家之红拂妓也。"靖遽延入，脱衣去帽，乃十八九佳丽人也，素面华衣而拜。靖惊。答曰："妾侍杨司空久，阅天下之人多矣，未有如公者。丝萝非独生，愿托乔木，故来奔耳。"靖曰："杨司空权重京师，如何？"曰："彼尸居馀气，不足畏也。诸妓知其无成，去者众矣，彼亦不甚逐也。计之详矣，幸无疑焉。"问其姓。曰："张。"问其伯仲之次。曰："最长。"观其肌肤、仪状、言词、气性，真天人也。靖不自意获之，益喜惧瞬息，万虑不安，而窥户者足无停履。数日，闻追访之声，意亦非峻。乃雄服乘马，排闼而去。

　　将归太原，行次灵石旅舍。既设床，炉中烹肉且熟。张氏以发长委地，立梳床前。靖方刷马，忽有一人，中形，赤髯而虬，乘蹇驴而来。投革囊于炉前，取枕欹卧，看张氏梳头。靖怒甚，未决，犹刷马。张氏熟观其面，一手握发，一手映身摇示，令勿怒。急急梳头毕，敛衽前问其姓。卧客答曰："姓张。"对曰："妾亦姓张，合是妹。"遽拜之。问第几，曰："第三。"问妹第几，曰："最长。"遂喜曰："今日多幸遇一妹。"张氏遥呼曰："李郎，且来拜三兄！"靖骤拜，遂环坐。曰："煮者何肉？"曰："羊肉，计已熟矣。"客曰："饥甚！"靖出市买胡饼。客抽匕首切肉共食。食竟，馀肉乱切炉前，食之甚速。客曰："观李郎之行，贫士也。何以致斯异人？"曰："靖虽贫，亦有心者焉。他人见问，固不言；兄之问，则无隐矣！"具言其由。曰："然则何之？"曰："将避地太原耳。"客曰："然，吾故非君所致也。"曰："有酒乎？"靖曰："主人西，则酒肆也。"靖取酒一斗。酒既巡，客曰："吾有少下酒物，李郎能同之乎？"靖曰："不敢。"于是开革囊，取出一人头并心肝。却收头囊中，以匕首切心肝共食之，曰："此人乃天下负心者心也，衔之十年，今始获。吾憾释矣。"又曰："观李郎仪形器宇，真丈夫。亦知太原有异人乎？"曰："尝见一人，愚谓之真人。其馀，将相而已。""其人何姓？"曰："同姓。"曰："年几？"曰："近二十。""今何为？"曰："州将之爱子也。"曰："似矣。亦须见之。李郎能致吾一见否？"曰："靖之友刘文静者，与之狎。因文静见之可也。兄欲何为？"曰："望气者言太原有奇气，使吾访之。李郎明发，何时到太原？"靖计之，某日当到。曰："达之明日，方曙，我于汾阳桥待耳。"讫，乘驴而其行若飞，回顾已远。靖与张氏且惊惧久之，曰："烈士不欺人，固无畏，但速鞭而行。"

及期，入太原候之，相见大喜。偕诣刘氏，诈谓文静曰："以善相，思见郎君，迎之。"文静素奇其人，方议论匡辅，一旦闻客有知人者，其心可知。遽致酒延焉。既而，太宗至，不衫不履，裼裘而来，神气扬扬，貌与常异。虬髯默居坐末，见之心死。饮数巡，起，招靖曰："真天子也！"靖以告刘，刘益喜自负。既出，而虬髯曰："吾见之，十八九定矣。亦须道兄见之。李郎宜与一妹复入京。某日午时，访我于马行东酒楼下，下有此驴及一瘦骡，即我与道兄俱在其所也。"

公到，即见二乘。揽衣登楼，即虬髯与一道士方对饮，见靖惊喜，召坐，环饮十数巡，曰："楼下柜中有钱十万，择一深隐处驻一妹毕，某日复会我于汾阳桥。"如期登楼，道士、虬髯已先坐矣，共谒文静。时方弈棋，揖起而语心焉。文静飞书迎文皇看棋。道士对弈，虬髯与靖旁立为侍者。俄而文皇来，长揖而坐。神气清朗，满坐风生，顾盼炜如也。道士一见惨然，下棋子曰："此局输矣！输矣！于此失却局哉！救无路矣！知复奚言！"罢弈请去。既出，谓虬髯曰："此世界非公世界也，他方可图，勉之，勿以为念。"因共入京。虬髯曰："计李郎之程，某日方到。到之明日，可与一妹同诣某坊曲小宅。愧李郎往复相从，一妹悬然如磬。欲令新妇祗谒，略议从容，无令前却。"言毕，吁嗟而去。

靖亦策马遥征，俄即到京，遂与张氏同往。乃一小板门，叩之有声者，拜曰："三郎令候一娘子、李郎久矣。"延入重门，门益壮丽。奴婢三十馀人，罗列于前。奴二十人，引靖入东厅。非人间之物。巾妆梳栉毕，请更衣，衣又珍奇。既毕，传云："三郎来！"乃虬髯者纱帽裼裘，有龙虎之姿，相见欢然。催其妻出拜，盖天人也。遂延中堂陈设，盘筵之盛，虽王公家不侔也。四人对坐，牢馔毕，陈女乐二十人，列奏于前，似从天降，非人间之曲度。食毕，行酒。而家人自西堂舁出二十床，各以锦绣帕覆之。既呈，尽去其帕，乃文簿钥匙耳。虬髯谓曰："尽是珍宝货泉之数。吾之所有，悉以充赠。何者？欲于此世界求事，或当龙战三二年，建少功业。今既有主，住亦何为？太原李氏，真英主也。三五年内，即当太平。李郎以奇特之才，辅清平之主，竭心尽善，必极人臣。一妹以天人之姿，蕴不世之略，从夫之贵，荣极轩裳。非一妹不能识李郎，非李郎不能遇一妹。圣贤起陆之渐，际会如期，虎啸风生，龙腾云萃，固当然也。将余之赠以奉真主，赞功业，勉之哉！此后十馀年，东南数千里外有异事，是吾得志之秋也。妹与李郎，可沥酒相贺。"顾谓左右曰："李郎、一妹，是汝主也！"言毕，与其妻戎装乘马，一奴乘马从后，数步不见。

靖据其宅，遂为豪家，得以助文皇缔构之资，遂匡大业。贞观中，靖位至仆射。东南蛮奏曰："有海贼以千艘，积甲十万人，入扶馀国，杀其主自立，国内已定。"靖知虬髯成功也。归告张氏，具礼相贺，沥酒东南祝拜之。乃知真人之兴，非英雄所冀。况非英雄者乎？人臣之谬思乱，乃螳螂之拒走轮耳。或曰："卫公之兵法，半是虬髯所传也。"

【讲解】

《虬髯客传》作者有异说。洪迈《容斋随笔》称"杜光庭《虬髯客传》"。《宋史·艺文志》亦载"杜光庭《虬须客传》一卷"。然《虞初志》《说郛》《五朝小说》《唐人说荟》《龙威秘书》等书于此篇作者均题张说。此从洪迈所言，以杜光庭为本篇作者。杜光庭（850—933），字宾至（一作宾圣或圣宾），京兆杜陵（今陕西西安市东南）人，久居处州缙云（今属浙江）。唐咸通中，设万言科取士，光庭应举不中，遂入天台山学道。僖宗至蜀，召见，仕为内供奉，赐紫衣。王建据蜀，光庭事之，为金紫光禄大夫，左谏议大夫，封蔡国公，进号"广成先生"。后主王衍立，以之为传真天师，崇真馆大学士。后辞官隐青城山，自号东瀛子。杜光庭是唐末五代时的著名道士，著述甚丰，有《谏书》《历代忠谏书》《道德经广圣义疏》《录异记》《广成集》《壶中集》《墉城集仙录》《王氏神仙传》《仙传拾遗》《神仙感遇传》等。上述著作中的后四种为杜光庭采集神仙传说故事编撰而成，有不少篇章是杜光庭自己的创作。故《四库全书总目提要》云："治城客论曰，广成先生杜光庭撰《仙传》《录异》等书，率多自作。故人有无稽之言，谓之'杜撰'。"

本篇据《太平广记》卷一九三，又见《艳异编》卷二十三。本篇尚有《顾氏文房小说》本，鲁迅据以收入《唐宋传奇集》。各本文字略有不同。又，《道藏》收杜光庭《神仙感遇传》有《虬须客》条，文字朴陋，叙述简略，或为杜氏原作，而今本乃后人润饰而成。

这是一篇流传久远、影响巨大的豪侠传奇名作，在艺术表现方面也堪称唐人传奇成熟的代表作。择其要者而言之，本篇最善用的是衬托法。全篇的叙述起点是杨素，一权重望崇者，然李靖以一布衣却敢于面质之，迫使杨素敛容而起，这就是以杨素衬托李靖。随即，又写红拂慧眼识英雄，私奔李靖，李靖尚担心杨司空权重京师，红拂则箴称杨素为尸居馀气，此又用李靖衬托红拂。更有甚者，虬髯客于客旅窥红拂梳头，与李靖、红拂食羊肉，又食仇人心肝。这段描写，是双重衬托。李靖见虬髯客窥红拂，怒甚，而红拂则"一手握发，一手映身摇示，令勿怒。"是又一次以李靖衬托红拂。同时，又以李靖、红拂二人之举动、心理，衬托虬髯客的豪侠之气。最终，共入太原，初见李世民时，虬髯客默然居末座，见之心死。第二次，更出一道人见证之，是以众人衬托真命天子李世民。如此，则李世民为最高一层。通过层层铺垫、层层衬托，写出了李靖、红拂、虬髯客这"风尘三侠"，更写出了真命天子李世民的风采。尤妙是对李世民的描写，纯用客观笔墨，通篇未让李世民开口说话，更给人一种神龙不见首尾和高不可攀的神秘感。

篇末虬髯客赠金一段，亦写得豪气四溢。至其海外兴霸，又托以人言，用虚写，益妙。本篇的人物对话也很精彩。如在客舍之中，虬髯客与红拂的对话、与李靖的对话均十分简洁有力。三人语言既具豪侠共性，又各具自身之特色。本篇中，人物神态的描写亦多妙笔。如写李靖与杨素对话时，红拂"独目靖"。如写虬髯客进客栈，"投革囊于炉前，取枕欹卧，看张氏梳头。"如写红拂周旋于李靖、虬髯之间，"张氏熟观其面，一手握发，一手映身摇示，令勿怒。"如写李世民两次上场，或"神气扬扬，貌与常异"，或"神气清朗，满坐风生，顾盼炜如"。如此等等，均乃传神写照之妙笔。

本篇对后世的影响甚大，尤其对明末的戏曲创作更著影响。凌濛初有杂剧《北红拂》和《虬髯翁》，张凤翼、张太和均有传奇戏《红拂记》，冯梦龙则有传奇戏《女丈夫》。以上剧本俱存。至于红拂、李靖、虬髯客的故事作为典故，为人所用，则多得不胜枚举。

（原载《中华活页文选》2003 年第 13 期）

04

四、诗词曲与民歌时调赏析

杜甫《登高》导读

风急天高猿啸哀,渚清沙白鸟飞回。无边落木萧萧下,不尽长江滚滚来。万里悲秋常作客,百年多病独登台。艰难苦恨繁霜鬓,潦倒新停浊酒杯。

【导读】

杜甫(712—770),字子美,祖籍湖北襄阳,生于河南巩县。因远祖杜预为京兆杜陵人,故自称"杜陵布衣""杜陵野老""杜陵野客"。二十岁起漫游三晋、吴越、齐赵等地。期间,曾参加进士考试,不第。天宝十载(751),献"三大礼赋",玄宗奇之,命待制集贤院。十四载授河西尉,不就,旋改右卫率府兵曹参军。困守长安十年,尝居城南少陵附近,自称"少陵野老",故世称"杜少陵"。安史乱起,曾陷贼中。肃宗至德二载(757)四月,自长安奔赴凤翔行在,授左拾遗,故世称"杜拾遗"。不久得罪朝廷,被贬华州司功参军。后弃官流寓陇、蜀等地。期间,曾卜居成都浣花溪畔,人又称"杜浣花"。代宗广德二年(764)剑南节度使严武表奏为节度参谋、检校工部员外郎,故世称"杜工部"。晚年出川,漂泊荆、湘一带,最终病逝于长沙至岳阳的船上。杜甫生当唐王朝由盛转衰的历史时期,其诗广泛而深刻地反映了安史之乱前后的现实生活和社会矛盾,被誉为"诗史"。他是我国古典诗歌的集大成者,为诗刻意求新,叙事抒情,写景状物,真实而细腻。杜诗众体兼擅,风格多样,锤炼精严,沉郁顿挫,具有高度的概括性、客观性和感染力,后世尊为"诗圣"。现存诗一千四百五十余首。有《杜工部集》。

本诗作于唐代宗大历十年(767)的秋日重阳,作者当时流寓夔州(今重庆奉节),通过登高的所见、所闻、所感,描绘了大江两岸的深秋景象,抒发了诗人半生艰难的身世之感和无法排解的郁闷情怀。这首诗境界高远,气势雄浑,语言凝练,意蕴深广,生动地描绘了深秋的景物,抒发了沉重的情怀,言近旨远,含蓄有味,极沉郁顿挫之致。一般律诗只有中间两联对偶,这首诗却八句皆对，十分工整。尤其善于用深秋景物渲染苍凉的气氛，烘托沉郁的感情。全篇以登高所见为明线，悲秋所感为暗线，明暗交织，情景交融，历来为人传诵。明人胡应麟曾把这首诗誉为古今七言律第一。而宋人罗大经则对本诗颈联尤为叹赏，尝言："杜陵诗云：万里悲秋常作客，百年多病独登台。盖万里，地之远也；秋，时之惨凄也；作客，羁旅也；常作客，久旅也；百年，齿暮也；多病，衰疾也；台，高迥处也；独登台，无亲朋也。十四字之间，含八意，而对偶又精确。"（《鹤林玉露》地集卷之五《一联八意》）

（原载赵丰主编：《党员干部必读的文学经典71篇》，湖北教育出版社2012年版）

陆游《书愤》阅读提示

　　早岁那知世事艰，中原北望气如山。楼船夜雪瓜洲渡，铁马秋风大散关。塞上长城空自许，镜中衰鬓已先斑。出师一表真名世，千载谁堪伯仲间。

【提示】

　　陆游（1125—1210），字务观，自号放翁，越州山阴（今浙江绍兴）人。年少时即立志抗金报国。宋高宗绍兴二十三年（1153）应礼部试，为秦桧所黜。孝宗时，赐进士出身。历官隆兴、夔州通判。乾道八年（1172）为四川宣抚使王炎干办公事，投身军旅生活。光宗时，官至朝议大夫、礼部郎中。后被劾去职，归老故乡。他是南宋最杰出的爱国诗人，诗作近万首，题材极为广泛。多言征伐恢复之事，抒写抗敌报国的抱负与壮志难酬的义愤，风格雄放悲壮。其词兼豪放、婉约之长，散文笔调清新活泼。有《渭南文集》《剑南诗稿》等。

　　诗作于宋孝宗淳熙十三年（1186）春陆游居山阴时。写得大气磅礴，悲愤异常。颔联既概括宋兵在东南、西北两处与敌作战事，又自叙平生怀抱，或自瓜洲渡北伐抗击金人，或出大散关东向恢复故地。结尾提到诸葛亮《出师表》。在《出师表》中有"兴复汉室，还于旧都"语，陆游一生心事正在于此。

（原载石麟主编：《中国古代文学作品选（第二册）》，武汉大学出版社2001年版）

辛弃疾《水龙吟·登建康赏心亭》导读

  楚天千里清秋，水随天去秋无际。遥岑远目，献愁供恨，玉簪螺髻。落日楼头，断鸿声里，江南游子。把吴钩看了，栏干拍遍，无人会，登临意。

  休说鲈鱼堪脍，尽西风，季鹰归未？求田问舍，怕应羞见，刘郎才气。可惜流年，忧愁风雨，树犹如此。倩何人，唤取红巾翠袖，揾英雄泪。

【导读】

  辛弃疾（1140—1207），字幼安，号稼轩，历城（今山东济南）人。宋高宗绍兴三十一年，二十一岁的辛弃疾聚集二千人参加耿京领导的抗金起义军，任掌书记之职。不久，叛徒张安国杀耿京降金，辛弃疾率众闯入金营，生擒张安国归宋。南归后，历任江阴佥判、建康通判、江西提点刑狱、湖北转运副使、湖南转运副使、江西安抚使等职。力主北上抗金，反对投降妥协。曾于湖南任上组建过飞虎军，为当政者忌恨。四十二岁时遭谗落职，闲居江西上饶一带近二十年。六十四岁起任浙东安抚使、镇江知府，不久罢归，抑郁而终。辛弃疾是南宋伟大的爱国词人，他继承和发展了苏轼的豪放词风，使之成为南宋词坛的主流。辛词题材广泛、博大精深，以抗金复国为主旋律，充溢着一腔爱国激情和壮志难酬的悲愤。艺术上敢于突破前人，善于以文为词，借鉴诗文等艺术手法，极大拓宽了词的意境。现存六百多首词，在以纵横慷慨、沉郁顿挫为主体风格的前提下，或豪放、或沉郁、或俊爽、或飘逸、或闲适、或谐谑、或柔媚、或婉约，无不达其极致。部分作品更是肝肠似火，色貌如花，刚柔相济，张弛有致，令人叹为观止。有《稼轩长短句》等。

  赏心亭，在建康下水门城楼上，下临秦淮河，是一处观览胜地。本词写作时间有两种说法，一说作于淳熙元年（1174），作者在建康（今南京）担任江东安抚司参议官时；一说作于乾道五年（1169）。总之是南归十年之后，作者一直没有机会施展宏图，复国立功，一腔忠愤无人知晓。词人登上赏心亭眺望故国，不禁百感交集，通过这首作品集中表达了英雄失意的悲慨之情。

辛弃疾是一位家乡故国情结极为浓厚的词人，也是一位伦理意识极为强烈的英雄人物。眼下，中原沦陷，国耻未雪，故乡难回，异地漂泊。作者感到孤独无依，愁恨不已。国家的危亡，民族的灾难，同胞的痛苦，个人的郁闷，纠缠着作者，折磨着作者，使英雄的心灵无法安逸。辛弃疾一贯以天下为己任，视国家为生命，国难当头，他羞于求田问舍，享受个人欢乐。然而，更令作者揪心的是，他有心报国却无路请缨，胸怀壮志却无人理解。而且，随着时间的推移，生命的流逝，他的报国之志将一步步成为泡影。这一切又怎能不令英雄潸然泪下呢？因此，情感丰富的词人借助美丽山河，借助惆怅秋景，借助历史人物，也借助长于表现复杂心态的词体，火山迸发一般地表达了自己深邃而又激越的内心情感，同时，也向读者展现了自己系念家乡、怀恋故国的伦理诉求！

（原载赵丰主编：《党员干部必读的伦理经典71篇》，湖北教育出版社2012年版）

马致远《越调天净沙·秋思》导读

枯藤老树昏鸦,小桥流水人家,古道西风瘦马。夕阳西下,断肠人在天涯。

【导读】

马致远,生卒年不详,字千里,号东篱,大都(今北京)人,早年功名不遂,有过二十年漂泊生涯,中年曾任江浙行省务提举,晚年归隐田园。马致远是元曲早期作家,在大都时参加过元贞书会,和民间艺人一起写过杂剧,与关汉卿、白朴、郑光祖并称为"元曲四大家"。马致远作杂剧十五种,今存七种,多为神仙道化题材,被当时人称为"万花丛中马神仙",其杂剧代表作是写王昭君故事的《汉宫秋》。马致远在散曲方面也取得很高的成就,在当时就有"曲状元"的美称。有《东篱乐府》。

本篇是马致远最为人称道的一首小令,元人周德清在《中原音韵》中誉之为"秋思之祖"。全曲在萧瑟凄凉的秋景描写中表现了一位天涯游子悲秋思乡的痛苦之情。作者在前三句中巧妙地利用元曲特有的"鼎足对"(又名"三枪")将九种景物交织组装成一幅多视点、多意象的深秋图景。景物分为三组:首先是以"老树"为中心的一组,作者分别用"枯""老""昏"三个带有衰颓灰暗色彩的字眼,写出"藤""树""鸦"的状态,给人以心理压抑感。随即,又以"人家"为中心推出第二组画面,表面上看,是与第一组反向而写,以"小桥流水人家"的温馨与"枯藤老树昏鸦"的冷清对比;但实际上,作者越是写"人家"的温馨就越发体现"自身"的孤独,因他人之团聚更勾起旅人思家的情怀,这是一种非常高级的表现方式。接着,作者又写下了以"瘦马"为视点中心的第三组图像。这就由对客观景物的描写逐步推进到抒情主人公的身边,或者说,是渐次渗入主人公的主观情感世界。"古道"意味着路途跋涉之遥遥无期,"西风"又增添了包括现实空间和情感空间的大片悲凉,"瘦马"是重中之重,其实,它就是抒情主人公的替代者。马尚如此羸弱消瘦,人何以堪?作者写瘦马是宾,而不写之写的"瘦人"才是主。以上九种景物,都是名词或名词性的词组,没有一个动词或主谓结构的词组,这种写法是从唐代温庭筠《商山早行》中的"鸡声茅店月,人迹板桥霜"之类诗句化过来并发展而成的。更有甚者,这三组画面之间的关系也不是平列的,而是以第三组为中心。作者的重点是要写"古道西风瘦马"的萧索悲凉,第一组"枯藤老树昏鸦"是正衬,第二组"小桥流水人家"是反衬,通过双重衬托,才能凸现出伴随着瘦马的抒情主人公这个"瘦人"的孤独和无奈。但是,事情到此并没有结束,上述三组画面是彼此分离的,缺乏一种力量将三者之间构成一个整体,这就要借助"夕阳西下"的浑然一笔了。有了这种背景色,以上三组画面才能融为一体,一切都在夕阳余晖的笼罩之下。如此辽阔深远的意境的推出,非马致远这样的大手笔不办!最后,在这样令人迷惘惆怅的背景之中,我们的抒情主人公直接喊出了内心的呼声——"断肠人在天涯"!这是全篇的画龙点睛之笔,也是全篇的主旨之所在。本来,按照"词"的写法,这最后一句完全可以不出现,因为词讲究含蓄,讲究话只说七八分,讲究给读者留下审美空白,让读者自己去填写;但是,马致远的《秋思》不是"词"而是"曲",曲讲究丰满,讲究把话说到十二分,讲究将一切都告诉读者,让读者有全部的"知情权",如此,这最后一句就非有不可了。从这个意义上讲,这支小令是地地道道的最好的"散曲"作品。

(原载赵丰主编:《党员干部必读的文学经典71篇》,湖北教育出版社2012年版)

张养浩《中吕山坡羊·潼关怀古》导读

峰峦如聚,波涛如怒,山河表里潼关路。望西都,意踌躇。伤心秦汉经行处,宫阙万间都做了土。兴,百姓苦;亡,百姓苦。

【导读】

张养浩(1270—1329),字希孟,号云庄,又称齐东野人,山东济南人。年十九,以省荐为东平学正。二十三岁游京师,累辟御史台丞相掾。大德九年(1305),授堂邑县尹,有善政。据说他去官十年后,当地犹为立碑颂德。入朝,历官监察御史、礼部尚书,因直言敢谏而屡遭风险。至治元年(1321),以父老辞官家居。后朝廷七次遣使征聘,均辞不就。天历二年(1329),关中大旱,饥民相食,朝廷特拜张养浩陕西御史台中丞,入关中赈灾。张养浩闻命立赴,以六十高龄远涉千里。到官四个月,终因积劳成疾,死于任所。张养浩是元代后期重要的散曲作家,著有散曲集《云庄休居自适小乐府》,存小令一百六十一首,套数二套。多写山林隐居之趣,而忧民之心终不能忘,也不乏揭露现实、关心民瘼之作,风格平易自然,不事雕琢。其诗作亦佳,清逸、豪放兼而有之。有《云庄类稿》。

这首小令是作者赴陕西救灾途中经咸阳时所作,名为怀古,实乃伤今。它以高度概括的语言,对历代王朝的兴衰史作了全面、深刻的反省。前三句以磅礴气势描绘潼关地势的险要,为中间四句的抒情作了扎实的铺垫。中间四句讲历史变迁,大有沧桑感慨。结末二句,紧接前面的抒情而生发议论,揭示了一个铁的事实:无论天下兴衰更替,受苦受难的永远是老百姓。全诗气势雄伟,感叹深沉,写景、抒情、议论融合无间,为元散曲中所罕见。

其实,罕见的不仅是这首小令,更难得的是象张养浩这样的为人,尤其是像他这样的政府官员。他本来是解甲归田,不想再当官了,而实际上也有八年时间离开官场,过着逍遥自在的生活。但是,当朝廷要他到饥民相食的关中赈济难民时,他闻命即赴。而且,到官四月,倾囊橐以赈饥民。日不胜给,每抚膺痛哭，遂得疾不起。张养浩是以身殉职的，而且是死在赈济灾民的岗位上。他把一切都献给了灾民，直至他花甲之年的生命。这样的政府官员，古今中外殊为罕见。这样的政府官员，应该作为古今中外官员的表率与楷模。如果每一个为官作宦之人，都能像张养浩这样心里装着百姓，甚至为人民而死，那么，天下的伦理道德就到了不用再提倡的地步。如果人人心中都有这种人伦大德，人人皆为尧舜，人人皆为张养浩，天下何愁不治？人间何愁不美?!

可见，张养浩能写出《潼关怀古》这样的为人民着想的篇章绝非偶然，他是一贯地、长期地、执着地坚信着这样一个基本道理：为官者，爱民就是最大的伦理。谓予不信，我们不妨再录一首这位张中丞在陕西赈济灾民时所写的《哀流民操》以作证明。

哀哉流民！
为鬼非鬼，为人非人，哀哉流民！
男子无缊袍，妇女无完裙，哀哉流民！
剥树食其皮，掘草食其根，哀哉流民！
昼行绝烟火，夜宿依星辰，哀哉流民！
父不子厥子，子不亲厥亲，哀哉流民！
言辞不忍听，号哭不忍闻，哀哉流民！
朝不敢保夕，暮不敢保晨，哀哉流民！
死者已满路，生者与鬼邻，哀哉流民！
一女易斗粟，一儿钱数文，哀哉流民！
甚至不得将，割爱委路尘，哀哉流民！
何时天雨粟，使女俱生存，哀哉流民！

（原载赵丰主编：《党员干部必读的伦理经典71篇》，湖北教育出版社2012年版）

于谦诗二首简析

石灰吟

千锤万凿出深山,烈火焚烧若等闲。粉骨碎身全不怕,要留清白在人间。

咏煤炭

凿开混沌见乌金,藏蓄阳和意最深。爇火燃回春浩浩,洪炉照破夜沉沉。鼎彝元赖生成力,铁石犹存死后心。但愿苍生俱饱暖,不辞辛苦出山林。

【简析】

于谦(1398—1457),字廷益。钱塘(今浙江杭州)人。永乐十九年(1421)进士,授山西道御史,迁兵部右侍郎,罢为大理寺少卿。宣德初,任监察御史,巡抚河南、山西,平反冤狱,赈济灾荒,颇有政声。正统十四年(1449),召为兵部右侍郎。同年"土木堡之变",于谦力排众议,反对南迁,组织军民,经营部署,拜兵部尚书。于是拥立景帝,整饬朝纲,率军守城,击退瓦剌,京师赖以安。天顺元年(1457),英宗复辟,于谦被人诬陷,以谋逆罪处死,天下冤之。于谦为一代名臣,与宋代的岳飞颇为相似。诗歌创作乃其余事,然而亦能冠冕时辈。其诗风格平实,语言朴素。有《于肃愍公集》。

《石灰吟》流传极广,然并不见于《于肃愍公集》。个中原因可能是因为于谦被诬下狱,家产籍没,其著作也多有流失。或谓此诗作于永乐十二年(1414)作者17岁时,亦可备一说。但无论如何,这是一首极好的咏物诗,也是一篇脍炙人口的述志佳作。《咏煤炭》也是一首很不错的通过咏物而言志的作品。二诗同一机杼,都运用了拟人的手法,借助石灰和煤炭这两样并不起眼的物品,挖掘了它们内在的辉煌,从而也就表达了诗人的崇高的品格和廓大的襟怀。

《石灰吟》多以人们习用语入诗,如"千锤万击""烈火焚烧""粉骨碎身",贴切而又自然,能很好地表达少年作者勇敢而又坚韧的人生志向。《咏煤炭》则通过深入细腻的描写,充分表述了"煤炭"炽热而又深沉的精神气质,当然,这也是成年作者人格精神的真实写照。

(原载罗漫主编:《大学语文新读本》,湖北教育出版社2008年版)

《正宫叨叨令·东来的》鉴赏

东来的也写在墙儿上,西来的也写在墙儿上,南来的也写在墙儿上,北来的也写在墙儿上。兀的不羞杀人也么哥,兀的不羞杀人也么哥,再来的休写在墙儿上。

【鉴赏】

本篇出自李开先《词谑》,嘲讽那些会几句歪诗便到处题壁乱写乱画的浅薄之徒。

本篇表面看来是最没有艺术性的,因为全篇的语句大量重复,而且是那么啰唆。你看,前面四句除了"东""西""南""北"四字不同而外,其他全是重复。不仅如此,最后一句除了两个字不同外,还要再次重复!不仅如此,没有重复的两句居然还要重叠!!这样的歌唱能算是佳作吗?

当然能算!因为"重章叠句"乃是民间歌唱的生命线,所谓"一唱三叹"指的就是这种境界。

《诗经》中的作品,尤其是"风诗",大量运用了重章叠句的修辞手段。例子实在太多,毋庸列举。此后,汉魏六朝的乐府诗中运用重章叠句的例子也不在少数,不妨举出一篇大家最熟悉的作品为例:"江南可采莲,莲叶何田田。鱼戏莲叶间,鱼戏莲叶东,鱼戏莲叶西,鱼戏莲叶南,鱼戏莲叶北。"(《乐府诗集》卷二十六)毫无疑问,这就是本篇前四句的娘家,由此亦可见得明代散曲时调是从《诗经》到乐府诗的嫡派子孙。当然,上引乐府诗中的重复手法是为了写青年男女纯洁的爱情,而本篇的重复手法则是为了对某些不良现象进行辛辣嘲讽,但二者之间所要达到的艺术效果却是一样的。就本篇而言,反复描写"东""西""南""北"的"写在墙儿上",是为了表明这种现象的严重程度,同时,也表现了作者对这种现象极其厌恶的心理。至于一连两句"兀的不羞杀人也么哥",一方面是"叨叨令"曲牌的规定,另一方面也进一步强调了这种在公共场所乱写乱画的浅薄轻佻行为是极其可耻的。最后,作者从正面提出忠告,希望这种不良行为不再发生。这种直抒其意的做法，也是由散曲的特点所决定的。

直白，直白，绝不遮遮掩掩的直白，利用重章叠句反反复复的直白来表达一种情绪，这就是本篇最大的艺术价值。

有时候，表面看来最没有艺术性的作品其实最有艺术性。

（原载赵义山主编：《明清散曲鉴赏辞典》，商务印书馆2014年版）

《正宫醉太平·夺泥燕口》鉴赏

夺泥燕口，削铁针头，刮金佛面细搜求。无中觅有，鹌鹑嗉里寻豌豆，鹭鸶腿上劈精肉，蚊子腹内刳脂油——亏老先生下手！

【鉴赏】

本篇出自李开先《词谑》，是讽刺贪婪悭吝之徒的佳作。

李开先云："《醉太平》讥贪狠小取者，无名氏作。"这位佚名的作者通过种种尖酸刻薄的比喻，对那种为了蝇头微利而"奋斗"不已的贪小利者进行了辛辣而又诙谐的讽刺。

问题在于，什么是讽刺？笔者认为，讽刺手法的成功运用具有以下要点：其一，讽刺对象必须具有真实性；其二，讽刺常常运用夸张手法，但"夸张"后的变形物像要为一般读者所熟悉；其三，在运用夸张手法进行讽刺时一定要注意掌握应有的"度"；其四，讽刺的最佳效果应该是出人意料之外而又在情理之中。

本篇完全达到了上述四点要求。其一，篇中所讽刺的悭吝之徒，在现实生活中并不罕见。他们的行为，或许没有达到曲中所写的那样"夺泥燕口"云云，但也相差不远。那些锱铢必较、雁过拔毛的人，想必每一位读者在日常生活中都会碰到。其二，本篇主要运用夸张手法进行讽刺，而且夸张后变形的七大物像全都为一般读者所熟悉。燕子与泥；针头与铁；佛像与金；鹌鹑与豌豆；鹭鸶与肉；蚊子与油，大家都曾经看到过或理会过。这样，就使得读者对作品有一种亲切感。其三，讽刺不是"谴责"，不是"谩骂"，而是要追求一种冷峻的幽默、夸张的调侃。要达到这种效果，关键就在于要掌握一个"度"，适可而止，不能夸张过度。就本篇而言，如果过分夸张——到蚂蚁口中夺泥，到芒刺尖上削铁，到陶俑脸上刮金，到蜂鸟嗉子寻豌豆，到螳螂腿上劈精肉，到跳蚤腹内刳脂油，那就不能令读者产生"可信度"了。通过夸张手法来进行讽刺，如果在读者面前失去了可信度，那么它的艺术生命也就趋向于零了。其四，本篇有两个在上述七大物像之外的关键词:"无中觅有"和"亏老先生下手"。而且,这两者之间是相互矛盾的。既然是"无中觅有",那老先生又从何下手呢?但结果是,老先生真的下手了,而且取得了"辉煌"成果。这么一来,强烈的讽刺效果就油然而生了。一般人连想都不敢想的抠门"境界",悭吝的"老先生"居然努力达到了。我们不得不佩服老先生是"贪狠小取"之极致!讽刺艺术所要达到的最佳效果是出其不意而又在情理之中。没有"出其不意",读者会觉得寡然无味,缺乏刺激性;但如果仅仅是出人意料而不符合情理,则给人以有意寻找噱头的感觉,浅薄、做作,同样会失去艺术魅力。而本篇是成功的,它是夸张与讽刺有机结合的最佳范例。

(原载赵义山主编:《明清散曲鉴赏辞典》,商务印书馆2014年版)

《南商调山坡羊·熨斗儿》鉴赏

熨斗儿熨不展眉间折皱,竹绷儿绷不开面皮黄瘦,顺水船儿撑不过相思黑海,千里马儿也撞不出四下里牢笼扣。俺如今吞了倒须钩,吐不的,咽不的,何时罢休?奴为你梦魂里抓破了被角,醒来不见空迤逗。泪道也有千行哟,恰便是长江不断流。休,休,阎罗王派俺是风月行头;羞,羞,夜叉婆道你是花柳营对手。

【鉴赏】

本篇出自李开先《词谑》,写女子对男子的相思相恋之苦。

开篇便用四个排比句写出相思的痛苦和无奈,是第一层次。四个排比句同时运用了夸张和比喻的修辞手法。主人公眉间褶皱如同衣上褶皱,不!应该说比衣间褶皱深刻的多。因为衣间褶皱是可以用熨斗平服的,而眉间褶皱,也可以理解为心间褶皱,却是熨斗无法平服的。同样,主人公缺乏光泽和弹性的黄瘦面皮也是绣花绷儿绷不开的,因为滋润容颜的心血已日趋干涸。这两句除了用夸张、比喻、排比的修辞手法而外,还有一点值得注意。"熨斗儿""竹绷儿"均为女子日常所用之物。用身边的物事写主人公的内心世界,诚可谓信手拈来,自然天成。下二句进一步引发开去,用更为夸张的笔调写女子内心无奈的相思,相思的无奈。世界上最宽的海洋应该是"相思黑海",无论怎样顺风顺水的船儿都无法渡过。人世间最牢的套头自然是"情丝"造就,任凭是赤兔、乌骓、黄骠、白龙都撞不开,冲不脱。这两句写得极其阳刚,与上两句之阴柔形成对照,共同阐述了主人公的特定心理。

接下来,作者用错综的句法表现了主人公痛苦的状态和心理。其中,吞了倒须钩,是写相思的缠绵,故用徘徊不定的参差句法来完成这个巧妙的比喻。而"梦魂"一句则是直抒胸臆,这正是散曲的本色:将话说到十二分。本来,"抓破被角"的梦中行为已经将相思的苦痛写尽写绝,却要再加一层——醒后的"迤逗"。迤逗者,引惹也,是无穷无尽的牵肠挂肚。随后又宕开一笔,用夸张之法写泪水的无穷无尽。值得注意的是，这里与宋词的表达方式不大一样。柳永词云："惟有长江水，无语东流。"（《八声甘州》）是暗示，比较委婉含蓄；而此处的"恰便是"，却是暗喻，表现得强烈直率。这也正是词与曲的区别之一。

最后两句是第三层次，写主人公用俏皮的自嘲和谑骂来压抑和掩盖自己对情人苦涩的思恋。"阎罗"与"夜叉"都是随着佛教而传入中国的外来词汇，古代的通俗文学作品中常常以之进行调侃。如《牡丹亭》最后一出《圆驾》中，当杜宝责怪杜丽娘不该"无媒而嫁"时，女儿便以反唇相讥的调侃对父亲进行了针锋相对的回答："（外）谁保亲？（旦）保亲的是母丧门。（外）送亲的？（旦）送亲的是女夜叉。"嬉笑怒骂，皆成文章。此处与之有异曲同工之妙。

（原载赵义山主编：《明清散曲鉴赏辞典》，商务印书馆2014年版）

《挂枝儿》十首鉴赏

明代，尤其是明代中后期，是一个率性任情的时代。一方面，上自帝王将相，下至贩夫走卒，人们都对欲望抱着坦然的态度。另一方面，这是真性情的提炼，有些人越过了欲望的沼泽而展望着情感的光闪。从理论上的"情教观"，到生为情，死为情，生生死死总为情的文学创作。这样的时代足以产生《金瓶梅》，也定然会出现《还魂记》，这样的时代会造就独抒性灵的诗歌，也会灌溉求新求变的小品文，当然，也就有那"无赖冯生唱挂枝"，将广大百姓心中的歌搜集拢来，在市井与田野中流行传唱，直唱他个轰轰烈烈、悲悲切切，直唱到天尽头，唱到生命的终结，唱到地老天荒，唱到永远永远……

什么样的时代有什么样的歌！"我明"人就是这样说的。

（原载石麟《明清民歌时调及其文学渊源管见》，《荆楚理工学院学报》2012年第十期）

分离

要分离除非是天做了地，要分离除非是东做了西，要分离除非是官做了吏。你要分时分不得我，我要离时离不得你。就死在黄泉也做不得分离鬼。

【鉴赏】

本篇出自冯梦龙编《挂枝儿·欢部二卷》，充分表现了青年男女对爱情的执着和永不分离的决心。

中国诗歌史上，在这首题为《分离》的小曲之前，至少已有两首题材、风格相近的民歌。一是"汉乐府民歌"中的《上邪》："上邪！我欲与君相知，长命无绝衰。山无陵，江水为竭，冬雷震震，夏雨雪，天地合，乃敢与君绝！"二是"敦煌曲子词"中的一首《菩萨蛮》："枕前发尽千般愿，要休且待青山烂。水面秤锤浮，直待黄河彻底枯。白日参辰现，北斗回南面。休即未能休，且待三更见日头。"读了这两首分别出自汉代与唐代的民间歌曲以后,我们可以明显地看到《分离》一歌的渊源有自。

这一首《分离》,具有哪些特色?笔者看来,至少有四点。

第一,句句点题,造成了一种缠绵悱恻的情致。全篇一共六句,句句点明题目,绝无旁骛,绝不转弯抹角,绝不分散读者的注意力。这样一种缠绵中的直率、直率中的缠绵,正是明代民歌时调有别于历史上任何一个时代的民间歌唱的一大特色。

第二,排比句法的使用,使全篇充满一往无前的气势。开篇三句,用鼎足对,又名"三枪",这是自金元以来散曲常用的表现方式。而这种鼎足对实际上也就是一种排比句法,它具有一种旋风般的气势,勇往直前,绝无回头的余地。

第三,重复句法与嵌字法的运用,一唱三叹,让人读后荡气回肠,感叹不已。开始三句"要分离"是重复句法,而六句之中全都有"分离"二字,或合并使用,或分开使用,这就是嵌字法。将这两种方法结合使用,就使得全篇格外回旋反复,造成一种一唱三叹、荡气回肠的艺术效果。

第四,最后一句决绝语,尤其显得有张力。"就死在黄泉也做不得分离鬼",这是爱情誓言的绝唱。如"生愿同衾,死愿同穴";如"哪个九十七岁死,奈何桥上等三年";如"不求同年同月同日生,但求同年同月同日死"等等,民间有很多与此具异曲同工之妙的爱情誓词,但说到底,都不及此句那么干净利落,那么斩钉截铁,那么义无反顾!

帐

为冤家造一本相思帐,旧相思,新相思,早晚登记得忙。一行行,一字字,都是明白帐。旧相思销未了,新相思又上了一大桩。把相思帐出来和你算一算,还了你多少也,不知还欠你多少想。

【鉴赏】

本篇出自冯梦龙编《挂枝儿·想部三卷》,冯氏篇末附记:"琵琶妇阿圆,能为新声,兼善清讴,余所极赏。闻余广《挂枝儿》刻,诣余请之,亦出此篇赠余,云传自娄江。"可见这篇题为《帐》的小曲乃是琵琶妇阿圆提供给冯梦龙的,来自娄江(今江苏太仓)一带。

人生在世,谁都免不了欠点儿账。这些账有"实"的,也有"虚"的;有物质的,也有精神的。譬如说,有人欠别人的经济账,也有人欠别人的感情账。就感情账而言,又可分成很多种类。子女欠父母的养育之恩,是账;"骏马"欠"伯乐"的知遇之恩,也是账;就是亲戚朋友之间,也往往会欠别人一些感情的债务。然而,在所有的感情账中,最为"顿不开,解不脱"或"剪不断,理还乱"的却是情人之间的相思账。难道没有看见伟大的《红楼梦》中最伟大的篇章就是"苦绛珠魂归离恨天,病神瑛泪洒相思地"吗?本篇所写,就是这种青年男女之间的相思账。

作者以一"帐"字统摄全篇,可谓构思奇特。全篇可分三层:第一层,总写一笔,女子为心上人"打造"了一本相思账,里面记满了所有的相思。"早晚登记得忙"一句,尤为传神,显示出女子为"情"所忙的劳碌情状。第二层,突出表现这些相思账的确确实实、明明白白、无穷无尽、层层叠叠。俗话说:"旧的不去,新的不来。"但这句话在相思账面前彻底失效了。相思最大的特点就是缠绵无尽:"旧相思销未了,新相思又上了一大桩。"第三层,拖出一条漫长而沉重的尾巴:以前的相思账已经够多了,今后更不知还有多少。这样的账算得清吗?作者虽然摆出一副"算账"的架势,其实,包括作者、包括读者都在内,所有的人都知道,这笔账是永远也算不清的。算不清却偏要算,这其实就是一种写作技巧,一种欲擒故纵的写作技巧。

本篇还有一个值得注意的地方,就是动词的运用。全篇几乎每句都有动词,有的非常明显,如"造""登记""销""上""把""算""还""欠"等等,有的则比较隐晦,如"一行行,一字字",表面上没有动词,实际上指的是"写"了一行行,一字字。而说到底,全篇的词眼"相思"也是一种动作——心理活动。故而,通过连续不断的"动"来表现抒情主人公心潮滚滚、相思不已,也正是本篇写作特点之一。

泣想

青山在,绿水在,冤家不在;风常来,雨常来,书信不来;灾不害,病不害,相思常害。春去愁不去,花开闷不开。泪珠儿汪汪也,滴没了东洋海!

【鉴赏】

本篇出自冯梦龙编《挂枝儿·想部三卷》,写多情女子对心上人永无止境、无以复加的想念。

开篇一个鼎足对,是为全篇第一层。三句的结构一样,"青山在,绿水在"是反衬"冤家不在";"风常来,雨常来"是正衬"书信不来";"灾不害,病不害"又反衬"相思常害"。三句之中,前两句又是衬托第三句,亦即"冤家不来""书信不来"衬托"相思常害"。三句之间,不仅是"衬"与"被衬"的关系,还是具有内在联系的"递进"关系。因为冤家不在面前,所以不得已求其次,见不到人见了书信也好;谁知不仅人不见,就连书信都不来,令主人公更加痛苦,这便是所谓"加一层"写法;在见不到人的甚至连书信都没有的情况下,多情的女子不害相思都不行!这样写相思,就显得很自然,很合理,很有点瓜熟蒂落、水到渠成的意味。

第二层则是通过比喻和夸张相结合的方法来写相思。春天去了又来,来了又去,而"愁"却没有随之而去,这是写相思的持久;花儿开了又谢,谢了又开,而"闷"却没有随之而开释,这是写相思的浓重。那么,这又长又重的相思究竟有多少呢?那可说不清!旁的不说,就看相思化作的泪珠儿吧,它可是"秋流到冬尽、春流到夏"!它流到了天涯海角,连东洋大海都被它包容!

全篇最大的写作特点是通过有形之物来陪衬或状写无形的相思。山来了,水来了,风来了,雨来了,痛苦的灾难和疾病来了,美好的春天和花儿来了,最后,泪珠儿也如约而至。一的一切,一切的一,都来了!它们来干什么?来帮助主人公,帮助读者,表现那无尽的相思和相思的苦痛!

用具体的事物写抽象的情感,此法古人常用之。尤其是以具体事物写心中愁苦,古人用得更为精到。别的不说,仅以"曲"的近亲"词"而言,这方面的例子就不胜枚举。如:"问君能有几多愁,恰是一江春水向东流。"(李煜《虞美人》)如:"离愁渐远渐无穷,迢迢不断如春水。"(欧阳修《踏莎行》)如:"只恐双溪舴艋舟,载不动,许多愁。"(李清照《武陵春》)读到这里,我们可以明白"有名氏"和"无名氏"的词曲作者们是怎样用江河、溪流以至"东洋海"来写相思、愁怀的一脉相承了吧?

空书

寄情书,泪珠儿滴在封皮上。奴亲手拆开看,只见纸半张。俏冤家哑谜儿鹘突帐,话儿没一句,字儿没半行。教我独对着空书也,白白的把你想!

【鉴赏】

本篇出自冯梦龙编《挂枝儿·想部三卷》,是一篇构思颇为奇特的作品。

男人给女人寄来一封情书,却没有一个字,而只有素纸半张,这就是所谓"空书"。然而,女人读懂了空书。她知道"此处无声胜有声",这空书中藏着无限的情意。世界上的事情就是这么奇怪,有时候,千言万语横亘胸中,临时却默默无言。难道没有看见吗?情人分离,"兰舟催发"时,所有的甜言蜜语都被"屏蔽",只留下这样的情景:"执手相看泪眼,竟无语凝噎。"当然,柳七所写的乃是当面无语的分离,那么分离后寄来的情书又会怎样呢?人同此心,心同此理。同样是千言万语横亘胸中,却无法写在纸上。有人采取了"寄物"的方式,一枝梅、一根钗、一面镜子、一个同心结……而我们的男主人公别出心裁,却寄来了一纸空书。见到这样的空书,女主人公为什么没有认为受到戏弄而生气呢?因为她感受到空书封皮上的一种信息——泪珠儿的痕迹。封皮上滴有泪珠儿的书信,不管是千言万语还是一纸空白,它都是被情感浸透的。

其实,"空书"传到女人手上的时候,从"科学"的角度讲,她应该无法看到上面的泪珠儿。但是,"小曲"是文学,是艺术,而不是科学。不管三七二十一,女主人公反正就是感受到了封皮上的泪痕,其奈她何!她说有泪痕就是有泪痕,这就是文学超越现实的力量!具体到本篇而言,其实正是一种表现技法:通过"无理"而写"有情"。古今中外有很多文学名篇都是这样写的,而本篇第一句就具有这样无穷的妙处。

其实,不仅第一句,全篇采取的都是这种方法。女主人公拆开情人来信,却只有半张纸,这难道是合理的吗?不合理,但它合情。男人大老远给情人的情书居然是"鹘突"帐,居然"话儿没一句,字儿没半行",这难道合理吗?不合理,但它合情。可怜的女子对着一纸空书,却愈加要"白白"的把这"鹘突"的男人想,这难道合理吗?不合理,但它合情!就是在这一连串的"无理"之中,作者写出了寄书男子的"有情"和收书女子对男子之情的领悟。这真是"心有灵犀一点通"呀!

无须明确表达双方就能深刻领悟的"情"才是至情!

送别(一)

送情人,直送到丹阳路。你也哭,我也哭,赶脚的也来哭。"赶脚的,你哭是因何故?"道是"去的不肯去,哭的只管哭。你两下里调情也,我的驴儿受了苦!"

送别(二)

送情人,直送到河沿上。使我泪珠儿湿透了罗裳,他那里频回首添惆怅。水儿流得紧,风儿吹得狂。那狠心的梢公也,又加上一把桨。

【鉴赏】

在《挂枝儿·别部四卷》中,冯梦龙接连收录了七首以"送情人"开头的《送别》小曲,这里介绍的是其中的第五首和第六首。

冯梦龙在上引第一篇的后面,有一段长长的读后感,最后是这样说的:"名为相爱,犹未若赶脚者之于驴也。妙哉!赶脚的也来哭,语诙而意讽。'送情人'诸篇,此为第一。"愚以为这段话的最后一句是对的,在这七首"送情人"的作品中,该篇是为第一。但是,该篇之所以成为第一的关键,却并不在于"语诙而意讽"。实在话,该篇语言之诙谐的确是一大特色,但其中如冯梦龙所言是通过对"赶脚的"真正的心疼他的"驴"来讽刺现实中某些人"爱情"的虚假性,却未必是其特色。

那么,作者在一篇描写男女爱情的作品中何以突然楔入"赶脚的"之插科打诨呢?答曰:此"背面傅(敷)粉"法也。何谓"背面傅粉"法?先看一个例子:《红楼梦》第三十八回写林黛玉评价史湘云《供菊》诗曰:"据我看来,头一句好的是'圃冷斜阳忆旧游',这句背面傅粉。'抛书人对一枝秋'已经妙绝,将供菊说完,没处再说,故翻回来想到未折未供之先,意思深透。"由此可知,所谓"背面傅粉",就是在对某些情景的正面描写已颇为充分,似乎无可再写的情况下,干脆暂时放下描写中心,而从侧面或反面来描写其他事物以反衬之,使中心情景的描写更为深透的一种艺术手法。这与绘画时利用同一画面中其他景物来衬托中心景物的手法是有相通之处的。本篇也是如此,题为《送别》,而正面写男女之间恋恋不舍的却只有一句"你也哭,我也哭"。接下去突然笔锋一转,大写特写赶脚的痛哭自己的驴儿受了苦。这就使得读者自然而然会发问:驴儿为什么受苦?答曰:因为一直骑在驴子身上那人"不肯去"。再问:那人是谁?答曰:被送之人。再问:被送之人为什么"不肯去"?答曰:因为有人"只管哭"。再问:哭的是谁?答曰:送行之人。再问送行的和被送的为什么这样?答曰:他们不忍分别。再问为什么不忍分别?答曰:因为他们是"情人"。经过这样一连串的"逆推"之后,读者恍然大悟:作者大写特写"驴儿受了苦",就是为了写"两下里调情",而两下里无穷无尽的调情,正写了感情的深厚和离别的痛苦。这就是"背面傅粉"法的成功运用。

第二篇写"送别"也很别致,是步步紧逼的写法。背景是河边,当然抓住"水"与"船"大做文章。先写送别之人泪满衣襟,次写被送之人频频回望,这是第一层。再写"水儿流得紧,风儿吹得狂",环境烘托,是第二层。最后突然加上一笔,"狠心的梢公也,又加上一把桨",使送别的悲苦达到顶点。艄公哪里是用"桨"划在"水"上,分明是用"刀"划在送别者的"心"上!这种表现技法,古人称之为"加一层写法"。所谓"加一层"写法,其实就是一种更高层次的烘托垫衬。诚如冯镇峦所言:"用垫衬加一层写法,所谓写煞红娘正是写双文也。"(《聊斋志异·促织》夹批)依此类推,此处写煞"艄公"正是写透"离人"也。如此看来,本篇的"加一层写法"又与上一篇的"背面傅粉"法有相通之处。

负心

俏冤家,我待你是金和玉,你待我好一似土和泥。到如今中了旁人意。

痴心人是我,负心人是你。也有人说我也,也有人说着你。

【鉴赏】

本篇出自冯梦龙编《挂枝儿·隙部五卷》,写被辜负的女子对负心汉坚定而又缠绵的谴责。

俗话说:多情女子负心汉。在中国古代的戏曲小说作品中,就有许多这样的故事。而本篇,则以小调的形式,表达了一个被辜负的女子内心的痛苦和愤懑。然而,其表现形式却是缠绵而又回旋往复的。

首先是回忆。即便是两人相好时,也是女子付出的厚重,男子回报的轻薄。"金和玉""水和泥",对比鲜明,充分表现了女子的情真意切和男子的敷衍了事。这实际上已经暗示了男子后来负心的必然性。

紧接着是女主人公内心愤怒的爆发。按照常情,此处发泄的对象应该是那"负心的贼子"之类。然而,女子却没有这样骂,而是极其无奈而哀怨地说出了"到如今中了旁人意"这样一句责怪"第三者"的话。然而,女子越是不恶气狠狠、直截了当地骂负心男子,读者就越发感到负心汉的可恶和女子的可怜。

下一句,女子只是平淡地说出一个事实:"痴心人是我,负心人是你",仍然没有对负心汉严厉谴责。然而,深深的谴责正包含在平淡的话语之中。读此处,如同咀嚼橄榄,须慢慢回味,须从平淡中品尝出内在激烈。女子是要把自己和负心汉的"心"放在人性的天平上去衡量一下:那"痴心"是多么高贵,如同"金和玉";那"负心"是多么卑贱,好像"土和泥"。泾渭分明、黑白分明、善恶分明、贵贱分明!"今众人各有耳目,共作证明,妾不负郎君,郎君自负妾耳!"(《警世通言》卷三十二)杜十娘这斩钉截铁的言辞,与本篇女主人公那纡徐平淡的话语实在具有异曲同工之妙。

更妙的还在最后两句,说女子痴心和男子负心的并非女子本人,而是众口一词:"也有人说我也,也有人说着你。"说"我"什么?无非是"痴心";说"你"什么?只能是负心。那负心人儿,你可曾知道:坛口封得住,人口可是封得住的?从此以后,"痴情女"就是我的别名,"负心汉"就是你的外号!正如同杜十娘所言:"今众人各有耳目,共作证明。"众口铄金,这是永远都无法抹掉的!

毫无疑问,多情女子对负心汉的谴责是缠绵中的坚定,坚定中的缠绵。而这一切又都是在从容不迫的诉说中表现出来的。这就是一种境界,一种谴责别人的高级境界。

夜闹

明知道那人儿做下亏心勾当,到晚来故意不进奴房,恼得我吹灭了灯把门儿闩上。毕竟我妇人家心肠儿软，又恐怕他身上凉。且放他进了房来也，睡了和他讲。

【鉴赏】

本篇出自冯梦龙编《挂枝儿·隙部五卷》，写女子对亏心的男子汉既怨恨又体贴的复杂心态。

本篇紧扣"夜闹"二字下笔，叙事连带抒情一气而下，可分为三层转折。

第一层，写"闹"的原因和"闹"的行动。因为"那人儿做下亏心勾当，到晚来故意不进奴房"，因此，奴家就"恼"，恼了就要"闹"。其实像这种痴情的女子"闹"起来也没有什么了不起的招数，无非就是赌赌小气儿："吹灭了灯把门儿闩上"。甚至，那可怜的妇人就连这样的小打小闹也坚持不了多久。可不是吗？第二层随即就写了她的软心肠儿："又恐怕他身上凉。"从第一层到第二层，描写了女子的软弱，但这种软弱其实是非常可爱的，因为它是以爱情为基础的，是"爱"的软弱，为"爱"而软弱。世界上只有这一种"软弱"是最可贵的，也是最难得的。如果一个人因为"爱"在另一个人面前示弱，那其实不是软弱，而是一种坚强，一种为爱情而抛弃一切，包括自己的面子的坚强。更何况这位女子虽然在负心男子面前有所"软弱"妥协，但却并没有完完全全地放弃自己爱的权力，尤其是为了爱而对负心汉谴责的权力。因此，第三层就必然是"且放他进了房来也，睡了和他讲"。帐还是要算的，皮还是要扯的，该说的就得说，该骂的就得骂，女子为了自己的"爱"，必须斗争到底！

全篇三层，层层转折而又一气呵成，既有"夜闹"的过程，又有感情的抒发。尤妙在全篇所写的"闹"自始至终是在"夜"的笼罩下进行的。且看那些与"夜"相关的词汇："到晚来""吹灭了灯""门儿闩上""身上凉""睡了"。正是这些词汇的准确运用，组成了一幅生动活泼的"夜闹图"，而且是在闺房中的"夜闹"。本篇还有一个妙处，结尾处余音嫋嫋。那女人将怎样盘问男人，谴责男人，甚至嗔骂男人，甚至揪拧男人，作者一概不写，但不写并不等于没有故事。在这里，"夜闹"还只是刚刚开始，还有很多精彩的节目在夜幕的掩盖下即将表演。这些节目极有可能是五味杂陈的：辛辣的、苦涩的、酸不溜秋的，或者竟是带有几分甜蜜。作者不用写了，全部都写了读者就没事干了。一篇作品，如果让读者读过之后觉得再也没有回味的余地了，那将是最大的失败。然而，本篇是绝对成功的，因为在它刚刚"发表"的同时，就有人感觉到了它的深刻。请看冯梦龙那简捷而又俏皮的读后感："宛转可怜。虽怕他讲，亦不得不进房矣。"

告状

鬼门关，告一纸相思状。不告亲，不告邻，只告我的薄幸郎！把他亏心负义开在单儿上，欠了我恩债千千万，一些儿也不曾偿。勾摄他的魂灵也，在阎王面前去讲！

【鉴赏】

本篇出自冯梦龙编《挂枝儿·怨部六卷》，该卷接连有两首题为《告状》的小曲，此乃第一首，写多情女子对负心郎的愤怒和绝望。

先看本篇在流传过程中所产生的异文，冯梦龙篇末有云："末二句，一云：'那一个掌情事的灵神也，听我把冤情细细讲。'亦可。然首句曰'鬼门关'，则'阎王面前'较确。"冯梦龙言之有理，开篇既云"鬼门关，告一纸相思状"，则篇末又云"掌情事的灵神"，似有点牛头不对马嘴。唯有用"阎王面前"，才与开篇相应，最为准确。除冯梦龙所言而外，最后一句依本文而不依异文，笔者还认为，本文反映女子的情绪更为激烈，因此也更具震撼力。

其实，这首小曲全篇都是很具震撼力的。开门见山，提出"告状"，而且是到"鬼门关"告状，如异峰突起，令人震撼。紧接着，一连两句排除："不告亲，不告邻"，随即逼出"只告我的薄幸郎！"又如剑锋直指，再次令人震撼。接下来，又通过算账的方式，说负心汉欠下女子的恩情债"千千万"，而且点滴没有偿还，并且都被苦命而纯情的女子一桩桩、一件件记得清清楚楚、明明白白。这里，作者虽然有意放松一笔，写得比较舒缓，似乎有点缠绵。但这三句实际上如同两座险峰之间幽深而又绵延的峡谷，令人感觉到另一种莫名的恐惧，同样产生震撼的效果。最后两句，如长江之出夔门、黄河之喷壶口，愤怒的潮水奔流迸发：要勾负心汉的魂灵，要他见阎王！这已经不是一般的震撼，而是一种振聋发聩的黄钟大吕的和鸣齐奏，是足以惊天地、泣鬼神的超强震撼！

读罢这样一篇解秽文字，读者可能会在心灵震撼的同时感到一种发泄后的心灵释放。但是，平心静气地想一想，这位多情却被无情误的女子为什么要把状子递到鬼门关呢？为什么要把负心汉揪到阎王面前呢？道理很简单，因为尘寰中没有她说理的地方，因为人世间没有铁面无私的阎罗天子来管这弱女子的风月闲事。其实，在女子通过梦呓般的言辞谴责、控诉负心汉的同时，她已经在灵与肉两方面准备与负心男儿同归于尽了。因此，正如同女子的悲哀是无助而愤怒的悲哀一样，女子的愤怒只能是绝望而悲哀的愤怒！

读到这首小曲的"愤怒"，并为之精神震撼，那只是暂时的、表面的审美触动；只有读到它的"悲哀"，并为之灵台颤抖，这才是永久的、深层的审美感染。

猫

纱窗上乱写的都是人薄幸,一半真,一半草,写得分明。猫儿错认做鹊儿影,爪去纱窗字,咬得碎纷纷。薄幸的人儿也,猫儿也恨得你紧!

【鉴赏】

冯梦龙作有一首南《南吕·一江风·谱挂枝儿词》小令:"恨冤家,写着他名儿挂,对着窗儿骂。怪猫儿,错认鹊儿,抓碎纷纷,就打也全不怕。你心亏做事差,猫儿也恨他,我不合错把猫儿打。"(《全明散曲》)通过女主人公骂人又怨人、怪猫又谅猫的复杂心理活动过程的描写,充分表达了痴心女子对薄幸人儿的怨恨。然而,冯梦龙的这首小令,却是对民间小曲的模仿之作,所模仿者,就是本篇,亦即冯梦龙编《挂枝儿·感部七卷》中题为《猫》的两首小曲的第二首。

相比之下,虽然冯曲更为曲折多致,更具谐趣之美,大有青蓝之胜。但无论如何,没有蓝也就没有青,论其精妙构思之滥觞,我们还得盛赞这位佚名作者。

这是一篇类似"童话"的作品,作者借"猫"写人。开篇第一句中的"人薄幸",其实是倒装句法,亦即"薄幸人",说得更明确一点,就是薄幸人的名字。女主人公在书写这些往昔于心灵深处不知呼唤过多少次的代表那人的"符号"时,心情极其紊乱。难道没有看见吗?那字迹有"真体""草书",说不定还有别的什么"书体",可见这位"女书法家"写得很随意,也很认真。而这种随意而又认真的"诸体并用",恰恰反映了她的全神贯注而又心不在焉。但无论是什么字体,无论是何等情绪,所写的却全都是那几个原本亲爱而今愤恨的"字"。女主人公对薄幸人恨到极致而辞不尽意时突发奇想,何不让猫儿来进一步表达我心头的愤懑?好主意!于是,那只可爱的猫儿便"粉墨登场"了。它表现得果然不错!非常"正确"地"错认"那"鸟人"的名字是鹊儿的影儿,于是,用爪儿将那字儿所代表的人儿抓了个稀巴烂。这真是歪打正着,而且是世界上最令人惬意的歪打正着!女主人公异常兴奋,对着那已然碎纷纷的字儿的"遗骸"大声呼喊:"薄幸的人儿也,猫儿也恨得你紧!"这喊声,既是一种童话中的飘忽,也是一种现实中的坚定。不,应该说是通过童话的飘忽所表现的现实的坚定!

本篇构思之奇妙无与伦比。前半写"人"的愤怒,是给后面"猫"的愤怒进行铺垫。但反过来,后面写"猫"的愤怒行为,又实实在在代表了"人"的愤怒心理。"猫"的"大手笔",乃是"人"的心灵在一片童话氛围中的外化和物化。

(原载赵义山主编:《明清散曲鉴赏辞典》,商务印书馆2014年版)

《山歌》八首鉴赏

今天所能见到的明代民歌,主要被冯梦龙收在《挂枝儿》《山歌》《夹竹桃》中。明代的民歌时调流传到今天的至少在一千种以上,这么多的作品,概括而言,有两大特点:其一,多半是城镇中的流行歌曲;其二,多半以写爱情为主。

明代的民歌时调大部分的思想情调是积极健康的,无论是有情人终成眷属,还是痴情者劳燕分飞,在这里所展现的都是一种活生生的、不可抗拒的,充满幸福同时也充满痛苦的生命的躁动。这些作品中的男女主人公们,有的追求欲望的满足,有的追求心灵的共鸣,但更多的则是追求着一种灵魂与身体的全面结合。为此,他们表现出了惊人的炽烈、执着和勇敢,也表现出了足够的坦白、纯洁和忠诚。人类生命的潮水在这里奔流,人类心灵的火焰在这里得到了真正的燃烧。这是根本用不着诠释的诗篇,因为它们是从有情人的心田流出的,完全不需要咬文嚼字、布局谋篇。一切写作学、修辞学、语言学的概念在这里都变成了零,因为来自大自然的东西是无须雕饰的,也是不需要规定的。所以,对于这样一些民间歌曲,我们无法分析什么艺术成就、思想内涵、审美效应,只能将它们摆出来,各人自己去阅读。至于你用"眼"阅读,还是用"心"阅读,那是每个读者自己的事。

(原载石麟:《通俗文娱体育论》,湖北教育出版社2006年版)

做人情

二十去子廿一来,弗做得人情也是駇。三十过头花易谢,双手招郎郎弗来。

【鉴赏】

本篇出自冯梦龙编《山歌》卷一,写青春少女对年华易逝的深沉感叹。冯氏在篇后附言:"少壮不努力,老大徒伤悲。当权若不行方便,如入宝山空手回。此歌大可玩味。"这当然是有点夸大本篇的含义而又带有点调侃的意味的借题发挥。下面，我们还是回到这篇作品本身的分析。

先从题目说起。什么叫做"做人情"？就是恋爱，就是去爱某一个异性并且被他所爱。这，本应是每一个青春少女心底深处必然会萌发并且纠缠的情结，却被这位歌者勇敢地高声"唱"了出来。

这里，首先让读者感受到的是那些青春少女对年华易逝的一种发自内心的焦虑。"二十去子廿一来，弗做得人情也是騃。"过了二十紧接着就是二十一，转眼又是一年春，生命的潮水永远不可能倒流。在这样的年龄，如果没有能够体会到"爱"，如果没有得到异性的温柔体贴，如果没有向如意郎君射出爱神之箭，那简直就是白活了。从某种意义上讲，一个没有经历过爱情的女人就不是一个完整的女人。一个女人如果活得不完整，那就是"騃"，就是痴呆，就是傻乎乎，就是太可惜了！正因为有这种情结萦绕在女主人公的心头，因此前两句就充分表达了这种年华易逝、青春不再的焦灼感。

接着，歌唱者更为直接更为坦白也更为大胆地道出了内心焦虑的底蕴。为什么女人过了二十岁就会产生这种焦灼感呢？因为"三十过头花易谢，双手招郎郎弗来"。时下有一句很流行的话："男人四十一朵花，女人四十豆腐渣。"古人的平均寿命比今人短，因此，古人的性成熟期比今人早，女人年过三十便被称为"半老徐娘"。在古代中国，三十岁以上的女子要想得到男人过滤了"义务"和"情感"后单纯的"性爱"是不大容易的。这首歌的后两句所反映的就是这么一种社会现实，一种让生性风流的女子焦虑不安的生活真实。其实，在某些与这首歌同时的通俗文学作品中，这种感受已经成为某些女子的共识。请看："有朝一日花容退，两手招郎郎不来。"（《浪史奇观》第十八回）"二十去了廿一来，不做私情也是呆。有朝一日花容退，双手招郎郎不来。"（《警世通言》第三十八卷）

至于本篇的写作特色，有相关的两点值得注意：其一，女主人公焦虑不安的情绪是通过异常急促的节奏而得到充分体现的；其二，急促的节奏感又是由一连串的代表年龄的数字作为载体而形成的：二十、廿一、三十……

穿青

姐儿上穿青下穿青，只有脚底下三寸弓鞋也是青。小阿奴奴上青下青青到底，见子我郎君俏丽一时浑。

【鉴赏】

本篇出自冯梦龙编《山歌》卷二，写纯洁的女子见了俏丽郎君后忘情的爱悦与迷恋。

四句歌唱，倒有三句写的是一个"青"字，而且，在寥寥四十一字的篇幅中，"青"字竟然反复出现了六次。这是一种什么样的写作方法呢？四两拨千斤！前面这么多"青"的描写是为了最后的反拨——"浑"。画龙点睛！前面三句写"青"是画龙，后面一句写"浑"是点睛。这种最后一句突然逆转的写法，本是唐人绝句的绝妙手段，居然被这位不知名的歌者借了过来并且运用自如。君不见以下名篇名句吗？"兰陵美酒郁金香，玉碗盛来琥珀光。但使主人能醉客，不知何处是他乡。"（李白《客中行》）"闺中少妇不知愁，春日凝妆上翠楼，忽见陌头杨柳色，悔教夫婿觅封侯。"（王昌龄《闺怨》）"寂寂花时闭院门，美人相并立琼轩。含情欲说宫中事，鹦鹉前头不敢言。"（朱庆余《宫中词》）"宣室求贤访逐臣，贾生才调更无伦。可怜夜半虚前席，不问苍生问鬼神。"（李商隐《贾生》）"千里莺啼绿映红，水村山郭酒旗风。南朝四百八十寺，多少楼台烟雨中。"（杜牧《江南春》）这些唐人绝句，都是前半写一种情调，后半突然转换，而且，往往都是借助第三句的铺垫、蓄势，第四句突转，逼出另一番境况。本篇也是如此。

另外，本篇还借助了谐音的手段来达到最后突然逆转的效果。前三句的"青"，表面上是写穿着打扮的"青"色，而实际上是以"青"谐"清"，暗指女主人公头脑的清醒。然而，这位头脑一贯清醒的女子，见了"俏丽郎君"，居然一下子就犯"浑"了。通过"长期"的"清"与"瞬间"的"浑"的强烈对比，郎君容貌风姿的迷人自不待言，女子对美貌风流的郎君的爱悦与迷恋亦不用言说。这又是本篇的另一高明之处。

唱

姐儿唱只《银绞丝》，情哥郎也唱只《挂枝儿》。郎要姐儿弗住介"绞"，姐要情郎弗住介"枝"。

【鉴赏】

本篇出自冯梦龙编《山歌》卷二，写青年男女通过唱歌而传达的无比缠绵的情致。

表面上看，女主人公是在要求情郎与自己对歌，但实际上却是要求情郎与自己交心，而且是持续不断地交心。何以如此？因为他们对唱的并非一般的歌曲，而是地地道道的"情歌"，而且是当时流行的时调情歌。且看当时人陈弘绪《寒夜录》引卓人月语："我明诗让唐，词让宋，曲又让元，庶几吴歌〔挂枝儿〕〔罗江怨〕〔打枣竿〕〔银绞丝〕之类，为我明一绝耳。"

本篇之前的二十多首和以后的几首,就是这种堪称明代一绝的民歌时调。这种时尚小曲的传播速度和为广大民众所喜爱的程度是惊人的,正如晚明沈德符《万历野获编》卷二十五《时尚小令》所云:"元人小令,行于燕赵,后浸淫日盛。自宣正至成弘后,中原又行〔锁南枝〕、〔傍妆台〕〔山坡羊〕之属。……自兹以后,又有〔耍孩儿〕、〔驻云飞〕、〔醉太平〕诸曲,然不如三曲之盛。嘉隆间,乃兴〔闹五更〕、〔寄生草〕、〔罗江怨〕、〔哭皇天〕、〔干荷叶〕、〔粉红莲〕、〔桐城歌〕、〔银纽丝〕之属,自两淮以至江南,渐与词曲相远,不过写淫媟情态,略具抑扬而已。比年以来,又有〔打枣竿〕、〔挂枝儿〕二曲,其腔调约略相似。则不问南北,不问男女,不问老幼良贱,人人习之,亦人人喜听之。以至刊布成帙,举世传诵,沁人心腑。其谱不知从何来,真可骇叹!"

本篇就是上述情况的生动体现。青年男女在一起,你唱一首《银绞丝》,我唱一遍《挂枝儿》,当然还有别的,非常热闹,也非常热烈。而且,他们唱得还是那么执着,那么忘情。他们不希望对方停顿,自己也不准备停顿,就这样没完没了地唱下去,费心费力地唱下去。他们是用灵魂在歌唱,用生命在歌唱,用各自一的一切、一切的一在歌唱!

如此炽热而又悠长的情感,作者却用平白无奇的语言表达出来。如话家常,如小儿女语,亲切、自然,没有丝毫的修饰,没有丝毫的做作。这,就是本篇与众不同的特点。

旧人

情郎一去两三春,昨日书来约道今日上我个门。将刀劈破陈桃核,霎时间要见旧时仁。

【鉴赏】

本篇出自冯梦龙编《山歌》卷三,写女子得知分别已久的情人突然相约见面时无比喜悦的心情。

前两句,自然而然形成时间上的强烈对比。情郎离开的时间是多么漫长,两三年之久;情郎约见的时间又是多么快速,昨日到今天。因此,那一千多个日日夜夜对情郎的思念,就在短暂的一天时间内猛然爆发。这就好比长江三峡的水,积聚,积聚,积聚到开闸放水的时候,那将是惊天动地的,那将是移山填海的,总之是无比巨大的奔流迸发。此二句,实乃下两句的铺垫、造势,为下两句感情的抒发打下了牢固的基础。

后二句,紧承前两句而来,写万分激动时候的典型动作:用利刃咔嚓一声劈破陈年的核桃，十分急切地要见到核桃仁。此处，"仁"谐音"人"，兼之上句"陈核桃"之"陈"，合在一处，便是所谓"旧时仁（人）"。此处也就是老情人的意思，亦即开篇所谓"一去两三春"的"情郎"。这种谐音手法来自南朝乐府，例多不举。进而言之，这里的一刀劈破核桃仁的典型动作，其实多半不过是女主人公的想象而已，是一种宣泄感情的想象而已，并不一定说她真的拿起刀来劈核桃。但是，这种将想象"化"动作的描写，实际上也是一种情感外化的表现方法，它远比直接描写女子的内心激动"我马上就要见到心上人了，多么高兴呀"之类要具有更大的艺术魅力、艺术张力。

本篇最大的特点是在时间概念上做文章。你看："两三春""昨日""今日""霎时间"，缓缓而起，逐步加速，当进入到风驰电掣之际，咔嚓一声，戛然而止。这样，就形成了一种颇具力度的"美"的决断。宛如利刃劈破核桃一般，让你在震惊的同时得到隽永的享受。

要

郎种荷花姐要莲，姐养花蚕郎要绵。井泉吊水奴要桶，姐做汗衫郎要穿。

【鉴赏】

本篇出自冯梦龙编《山歌》卷四，青年情侣之间的卿卿我我、相互依傍被表现得缠绵不已、如痴如醉。

此歌可以分成两个层面来解读。第一层是字面的意思："要"。情郎种荷花阿姐就要莲蓬，阿姐养了蚕儿情郎就要丝绵，阿姐井边打水要郎做水桶，阿姐做件汗衫情郎就要在身上穿。当然，这里笔者的解释是相当死板的，而山歌却唱得更为灵活。从句法上看，前两句是对举的，虽然够不上对仗，但大体上是一种对仗句法，大体工整。如果改变"郎""姐"二字的重复使用，它就是较好的对偶句了。第三句的句法是一种突变，与前两句完全不一样。这是歌者故意的顿挫，使得全诗四句有些波澜。如果将这一句写成"姐取泉水要郎做桶"，那就太死板，太没有回旋余地了。第四句，又是前两句的大致回归，但又略有不同。相对于第三句而言，它却形成又一次转折。因此，全诗的句法结构是：工整——突变——回归工整。这样，就有一点回旋往复的意味。否则将短短的四句歌词都写成四扇屏风一般的"一套"，那还叫民歌吗？那还有民歌生动活泼的韵味吗？

相对于第一层字面反复强调的"要"而言，第二层则是字里行间蕴涵着的"是"。何以言之？解释如下：姐就是郎种的荷花中的莲子，郎就是姐养的花蚕吐的丝儿，郎君还是奴家井边打水的桶，阿姐还是阿郎身上穿的汗衫。在这里，"是"比"要"更深一层。情侣之间相互"要"些什么，虽然也很亲热，但多少有些生分、间隔、理智，只有变成了"我是你的什么"，那才是零距离的亲密无间，百分之一百的狂热！

从"要"到"是"，是一种情感的进步。而情感的每进一步都需要双方的共同努力。《红楼梦》有言："痴情女情重愈斟情"。爱情是需要培养的，本篇所写，就是有意无意间对情感"仙草"的滋润。

多

　　天上星多月弗明，池里鱼多水弗清，朝里官多乱子法，阿姐郎多乱子心。

【鉴赏】

　　冯梦龙曾与名妓侯慧卿有一段滴血沥髓的情缘，在《山歌》卷四选录本篇之后，他附有一段与侯慧卿的对话："余尝问名妓侯慧卿云：'卿辈阅人多矣，方寸得无乱乎？'曰：'不也！我曹胸中，自有考案一张。如捐外额者不论，稍堪屈指，第一第二以致累十，井井有序。他日情或厚薄，亦复升降其间。倘获奇材，不妨黜陟。即终身结果，视此为图，不得其上，转思其次，何乱之有？'余叹美久之。虽然，慧卿自是作家语，若他人未必心不乱也。世间尚有一味淫贪，不知心为何物者，则有心可乱，犹是中庸阿姐。"

　　男女相爱，贵在用情专一，女子在这方面表现尤为充分，是以古来多痴情女子。良家妇女自不待言，即便是青楼女子，虽有肉体上不得已之"阅人多矣"，然一旦遇到终身可托之人便魂销心定而不移，这便是侯慧卿所谓"不乱"。当然，滥用情欲的女子也不在少数，本篇所嘲讽的就是这种"郎多乱子心"的阿姐。

　　在写法上，本篇采用的是三虚一实法。这也是民歌常用的一种表现方式，先以一连串相类的事物来比喻，然后"兴起"本意。一般而言，用来比喻的事物就是"虚"，作者的本意即为"实"。如本篇，先以"天上星多月弗明，池里鱼多水弗清，朝里官多乱子法"来做比喻性的铺垫，随后自然而然引出"阿姐郎多乱子心"的叙述本意。运用这种方法的要点有三。一是虚写部分必须"虚中有实"。相对于最后一句而言它们都是虚写，但它们自身却又都是符合实际的实写，一点都假不得。而且，最好是"大实话"。例如，自然界中天上的星星多了就会影响月亮的光芒，池塘的鱼儿多了就会影响水儿的清澈，同样的道理，在社会中，官儿多了，政出多门，就会使得形势混乱，人民无所适从。这些都是人人都能看到的"真理"。二是虚写部分与实写部分必须具有类比性，能够达到"兴起"——由此及彼的效果。而且，最好在表达时与前三句形成句式相同的排比句。三是在虚写与实写之间要有一个契合点，而且这个契合点必须自始至终贯串在每一句之中。如本篇的契合点就是"多"。有此三点，这种三虚一实的方法必然取得成功。

最后要说明的是，如果此诗的重心不在讽刺"乱子心"的阿姐而是谴责"乱子法"的官儿的话，只要稍作调整便可达到目的：将第三句移到最后。当然，那就是另外一篇作品了，一篇具有政治讽刺意味的作品。这大概可以算作是赏读此篇额外的收获了，但有的时候，额外的收获或许比分内的收获还要大。

月子弯弯

月子弯弯照九州，几家欢乐几家愁。几家夫妇同罗帐，几家飘散在他州。

【鉴赏】

此篇来历颇为复杂。目前所知，最早应该是宋代的舟行之歌。宋代赵彦卫《云麓漫抄》卷九云："彭祭酒学校驰声，善破经义。每有难题，人多请破之，无不曲当。后在两省，同僚尝戏之，请破'月子弯弯照几州，几家欢乐几家愁。'彭停思久之，云：'运于上者，无远近之殊；形于下者，有悲欢之异。'人益叹服。此两句，乃吴中舟师之歌。每于更阑月夜，操舟荡桨，抑遏其词而歌之，声甚凄怨。"这里所记仅前两句，但已指出其来历及基本特点。至于全篇的引录，则在明代，而且不止一处。如叶盛《水东日记》卷五云："吴人耕作或舟行之劳，多作讴歌以自遣。名唱山歌中亦多，可为警劝者。谩记一二：'月子弯弯照几州，几家欢乐几家愁，几家夫妇同罗幛，多少漂零在外头。'"再如田汝成《西湖游览志馀》卷二十五云："吴歌惟苏州为佳，杭人近有作者，往往得诗人之体。如云：'月子湾湾照几州，几人欢乐几人愁，几人高楼行好酒，几人飘蓬在外头。'"还有王世贞《弇州四部稿》卷一百五十云："吴中人棹歌，虽俚字乡语不能离俗，而得古风人遗意，其辞亦有可采者。如陆文量所记：'月子弯弯照九州，几家欢乐几家愁，几人夫妇同罗帐，几人飘散在它州。'"

由上可见，这是一首流传久远的民歌。它十分生动而真切地表达了长年漂泊在外的舟师们生活的艰辛与内心的痛苦，情景交融、感人肺腑。凡曾经有漂泊经历者，聆听此歌定当百感交集，潸然泪下。而其之所以如此动人，主要是它直指正常人最令人留恋的环节——夫妻团聚。自古及今，夫妻间的生离死别乃是一切文学作品所表现的永恒的主题，同时也是人类感受生活最敏感的一根神经。本篇之成功,就在于它用一唱三叹的句式挑动了人们神经的敏感。另外,本篇还有一大特点——"月照万川"。后三句是重复与排比的交相为用,毋庸细论。值得提出的是,"几家欢乐"也罢,"几家愁"也罢,"夫妇同罗帐"也罢,"飘散在他州"也罢,统统笼罩在同样的月光之下。但是,这月光在不同的人看来其实又是迥然不同的,或清冷、或温柔、或明媚、或凄凉……诚如彭祭酒所言:"运于上者,无远近之殊;形于下者,有悲欢之异。"但无论如何,歌者心中的月亮则是无比凄凉的,就如同他们此时此刻的心境一样凄凉无比。

源于劳动的歌声是最感人的,而源于为生活劳碌奔波且不得不抛弃至爱的众多劳动者心中的歌更是感人,因为这既是孤独灵台的颤抖,更是亿万心扉的共振。

乡下人

天昏日落黑湫湫,小船头砰子大船头。小人是乡下麦嘴弗知世事了撞子个样无头祸,求个青天爷爷千万没落子我个头。

【鉴赏】

本篇选自冯梦龙《山歌》卷五所收《乡下人》一曲的后记,冯氏说:"莫道乡下人定愚,尽有极聪明处。余犹记丙申年间,一乡人棹小船放歌而回,暮夜误触某节推舟,节推曰:'汝能即事作歌,当释汝。'乡人放声歌曰:'天昏日落黑湫湫,……千万没落子我个头。'节推大喜,更以壶酒劳而遣之。"

一位驾船的乡下人在"闯祸"之后,面对地市级官员,居然可以即兴作歌而唱之,并博得那位官员的爱赏。此事至少可以说明以下问题:第一,民间小曲在丙申(万历二十四年,1596)年已经非常深入人心,尤其是在下江太湖一带,就连没有什么文化的下层民众都可以即兴创作,而且是在达官贵人面前即兴创作。第二,正如冯梦龙后记的旁批所言:"此节推亦不俗。"那位节推大人也是一个民歌的爱好者,乡里小民的船儿冲撞了他的船,他居然以能否当场歌唱小曲作为是否处罚对方的标准。而当小民现场创作并歌唱了自己的作品以后,这位大人不仅没有责罚他,居然还请他喝了一壶酒而后放行。第三,既然乡里小民也喜欢小曲,达官贵人也喜欢小曲,可见这种民间俗唱在当时所具有的巨大的感召力量。从某种意义上讲,这种民歌时调正是明代最有代表性的诗歌形式。无怪乎卓人月要说它乃"我明一绝耳"。

至于本篇的表现技法,其实达到了诗歌艺术的最高境界,那就是没有任何表现技法。随口而唱,随心而唱,我口唱我心,天然无雕饰。尤其是口语的运用,更体现了其"脱口而出"的特点。如"黑湫湫""砰""麦嘴""无头祸"